长篇小说 ⊙ 阿祥 著

地产江湖

一部抄底房地产的书

重庆出版集团 重庆出版社

目录

　　刘玫清楚，搞房地产开发，任何一个环节的"资金链"出了差错，都会引发连锁反应，导致全盘链条的断裂，有时仅仅几千万"资金链"的脱节，便可以引发十亿甚至数十亿"资金链"的断裂和崩溃。这种断裂和崩溃不但足以让贾伟这个房地产大鳄在房地产界所向披靡、战无不胜的商界神话瞬息破灭，还可能导致他陷入破产的困境，令他痛不欲生！

　　刘玫轻轻摇晃着杯中洋酒，轻描淡写地说："董天海和贾伟都是这社会的暴发户，从这点来说，他们都是呼风唤雨的有钱人。但他们又有本质的区别。如果说贾伟是儒商，那么董天海就是枭雄。如果他们两个斗起来，你说，谁是王侯谁是寇？"

　　董天海手臂上被咬出了两排深深的牙印，鲜血直流。他大怒，狠狠扇了刘玫一个耳光，恶狠狠地说："你不要反抗了！今天就是有杆枪顶着我的脑壳，老子也要日了你！到嘴的肥肉，我从来不会放过！"

　　一个人在最需要亲人和朋友帮助的时候，如果没有人对他伸出援助之手。他会非常痛苦、失望，甚至绝望。我一直认为只要自己有能力，帮助别人是一种快乐，是给这个世界播种爱和希望！

屑买；三，有实力的买房人却不想买这里。而我和刘总的定位就是要将华秀苑打造成精品高档社区，销售给富裕阶层！所以在我们加大投入、有计划地打造精品高档社区的同时，必须有计划地涨价、涨价，再涨价！"

赵苇忽然欲哭无泪。她被爱抛弃了，真爱抛弃了她，虚假的爱也抛弃了她，而这种后果全是她自己一手造成的。

董天海恶狠狠地说："刘玫，我虽然爱你，但如果得不到你，我就会不择手段地毁了你。你也知道我的个性，我得不到的东西，绝不会让它落到别人手上！"

贾伟笑道："没错，人生就得有奋斗目标，我要在短暂的一生中干出几件轰轰烈烈的事情来。不过，这并不是我今生今世最大的奋斗目标。我最大的奋斗目标是有一天能够娶你为妻。"

白雪眼里噙着泪水，苦涩地说："阿伟，你也不要把我想象得这么洒脱，其实我心里很痛苦很伤心很无奈。我不想离开你，我害怕分手，但是我无能为力。我不通情达理又能怎么样？当感情变淡，当爱已成惘，当缘分只有等待分手，我又能作怎样的挽留？一切都是徒劳的。"

董天海羞得无地自容，急忙用床单裹住光溜溜的身子。而香香则在床上蜷缩成一团，指着董天海对警察哭诉："警察叔叔，他要强奸我！他说他是黑道老大，在W市有钱有势，如果我不答应他，他就叫人弄死我，让我死无全尸。"

贾伟沉痛地说："程辉，你也跟了我几年了，你应该清楚资金链断裂对于一家大型房地产公司来说将意味着什么？那将意味着即将建成的高楼大厦因为没有后续资金全部会变成烂尾楼，一文不值！那将意味着我们所有的投入将变成肥皂泡，那将意味着我们要负债累累，成为建筑商、包工头的逼债对象。到时他们从我们手上拿不到钱，便会鼓动成千上万的民工跟我们闹，到时我们招架不住，只有破产，只有跳楼！"

这世上最至高无上的就是利益！没有邪恶和正义的区分，也不必顾忌良心和道义的制约，一切都是实力和智慧的较量，人最低级的欲望和原始的本性赤裸裸地淋漓尽致地暴露在光天化日之下，胜者王侯败者寇！这世上没有谁为失败者鼓掌，无论他败得如何惨烈和光荣！

刘玫凄厉的叫声引来了赵洪和其他同事，他们涌向刘玫办公室，一种刺鼻的浓硫酸味道在办公室里弥漫。只见刘丽扔掉手中的硫酸瓶子惊惶地从里面跑了出来，而刘玫则在办公室挣扎旋转，脸上在不断地翻涌着可怕的泡沫。

程辉本想一刀宰了董天海为刘玫报仇，但转念一想觉得就这样让他死了自己还得搭上一条性命，太便宜他了。于是手起刀落朝董天海胯间刺了下去，一切一拉，瞬间将董天海胯间那个作孽的物件给切割了下来。在董天海的嚎叫声中，他将那截东西抓起扔出窗外。马路上一辆大客车正好经过，将那截东西碾了个稀烂。

第二十九章：风雨过后 ／280

贾伟能够清晰地感觉到叶子身体的变化。他拦腰抱起了她，一步步走向床边，轻轻将她放到了床上，慢慢解开了她的衣扣，叶子美丽的身体渐渐呈现在他眼前。

第三十章：喜结良缘 ／292

在两对童男童女的簇拥下，贾伟和叶子穿着漂亮得体的礼服走进了教堂，在牧师面前交换了戒指，并对圣经庄严宣誓终生不渝、相爱一生。

尾声 ／305

贾伟预测，在今后的 5 至 10 年内，中国 90% 的房地产公司将会在激烈而残酷的竞争中消亡，届时国内将会逐步形成百家以上百亿元资产的跨区域经营的房地产企业。其中将会涌现出几位像香港李嘉诚一样的地产寨头。

引子

W 市，世纪大厦 38 层。那是颖竹房地产开发公司装修得金碧辉煌、豪华气派的办公场所。

写字楼的总裁室里，风姿绰约、仪态万方的刘玫站在落地窗前，手持高脚玻璃杯向外眺望，杯中琥珀色的极品洋酒微微地轻漾着。窗外是车水马龙的繁华闹市，行色匆匆的人们在她的目光中形同蚂蚁般渺小。从 38 层的落地窗极目远眺，映入眼帘的是无数的高楼大厦，那些已建成投入使用的豪华醒目，正在建造当中的则声势喧天。

在这片城市的钢筋水泥丛林中，也有贾伟建造的楼盘。不过，这位昔日财大气粗的房地产大鳄如今已是焦头烂额。有人以嘉客房地产开发公司的名义作担保，从 W 市四家银行中恶意借贷了 1 亿 2000 万元，将所有风险全部转嫁给了嘉客公司。现在嘉客公司在开发楼盘中根本无后续资金，不但银行求贷无门，而且还陷入了声势浩大的民工讨薪浪潮之中。

刘玫清楚，搞房地产开发，任何一个环节的"资金链"出了差错，都会引发连锁反应，导致全盘链条的断裂。有时仅仅几千万"资金链"的脱节，便可以引发十亿甚至数十亿"资金链"的断裂和崩溃。这种断裂和崩溃不但足以让贾伟这个房地产大鳄在房地产界所向披靡、战无不胜的商界神话瞬息破灭，还可能导致他陷入破产的困境，令他痛不欲生！

现在，贾伟的所有楼盘都停工了。几个工头鼓动工人们向建筑商要钱。建筑商双手一摊，悲愤地说："我先垫付了 1000 多万，自己都要跳楼了，你们跟我要钱？要钱找开发商去！"

于是工人们浩浩荡荡地涌到玉芝阁花园，想闯进贾伟的别墅去讨薪。结果，民工们与保安发生了冲突，还厮打了起来。

贾伟闻讯赶来安抚民工平息打斗，但他刚一现身，民工们便蜂拥而上，对他进行围追阻截，欲抓他做人质，逼嘉客公司支付工钱。贾伟一看情形不对，在司机程辉及几个亲信的护卫下狼狈逃回别墅……

这起事件很快经一位媒体记者的生花妙笔报道出来，在 W 市引起了轩然大波，给贾伟造成了更加恶劣的影响。

紧接着，这位媒体记者，继续关注事态的发展，作连续报道，十分敬业地炮制了一篇又一篇十分煽情的新闻报道。

形势越来越糟糕，拿不到工钱的民工们情绪也越来越悲愤冲动。有五名民工爬上了起重机的吊桥，声称他们再拿不到工钱，就从距离地面二十米高的吊桥上跳下去……

全城哗然，报纸、电台、电视，纷纷聚集；警察、交警、城管，纷纷出动。

短短几天之内，这起民工讨薪事件愈演愈烈，致使本市的报纸新闻、电视新闻、电台新闻、政府措施、专家说法、市民评议……各种矛头都铺天盖地、尖锐无比地指向了嘉客公司，指向了公司老总贾伟。嘉客公司声名狼藉，形象大跌；贾伟焦头烂额、身败名裂。

此时，世纪大厦38层里，刘玫将手中的洋酒一饮而尽，露出了得意的笑容。

第一章：各显神通

第1节：地产大鳄

故事就从2000年开始说起吧！

2000年是个值得载入史册和大事庆贺的美好年景，十几亿中国人沸腾在世纪之交、喜事连连的无边喜悦之中。

2000年2月19日是贾伟的34岁生日。当贾伟吹灭生日蜡烛时，蓦然回首，发现自己已在商海中搏杀了十一个年头。此时的他早已完成了资金的原始积累，拥有了一家颇具规模的房地产开发公司。

房地产是个可以创造商业神话的行业。运气好两三年就可生产出一个亿万富豪。而贾伟不但一向运气很好，而且是个非常有头脑的商人。他不但拥有超凡的智慧和胆略，还具备丰富的房地产专业知识以及对市场敏锐准确的把握能力，这些年来，正是因为他有一系列精彩绝伦的策划定位和销售手段，才使他的房地产开发公司有了今天的辉煌业绩，才得以在波诡云谲的商海中立于不败之地。

W市是世界著名的内陆山水城市，是中国西部最著名的经济重镇。在此之前，贾伟的商战阵地在上海浦东。1998年初，W市政府官员组成的招商团去上海参观、考察、学习、交流经验，以一系列优惠政策吸引外商及国内企业家到W市投资。在市场准入方面，郑重承诺并明确指出：除了国家法律明确规定禁止的领域，中外投资商在W市经营不受行业的限制，不受投资比例的限制，不受投资形式的限制，不受经营类别及经营年限的限制。

在一系列优惠政策的感召下，贾伟和一批海外、港澳台及国内商界风云人物，欣然来到W市。其实，真正吸引贾伟来W市投资的，并不仅仅是市政府许诺的诸多优惠政策，还有更多的因素。可是最最重要的一个因素是他本身那股子天生的好胜性格和不满现状的冒险精神。

贾伟的房地产开发公司名叫"嘉客"。这个挺吉利的名字是他的副手陈明当初在上海专门请一家起名测字公司起的。陈明说测字大师说了，起这个名字做地产一准儿风生水起、人流不息、财源滚滚。其实贾伟一向不信这些，他信的是人定胜天。不过，他还是欣然接受了这个名字，并夸这名字起得不错。

贾伟一到W市便租下了国际金融大厦第28层作为公司的写字楼，随即投资1亿2000万在市中心的黄金地段渔桥庄买下了300亩土地，打造愿景花园小区，首期工程投资3亿启动资金后已经在1999年底收盘，获得纯利1亿9000万，现在嘉客公司正在倾力打造愿景花园二期工程，争取2001年年底开盘。

嘉客房地产开发公司旗下现有员工66人，部门齐全、机制完善。在公司里，员工们没有废话没有玩笑，更没有闲聊。人人都像是被设置好了程序的机器，除了工作还是工作。这帮精英具备军人一般绝对服从的素质和机器一般极高的工作效率。而贾伟需要的就是这个，他需要员工们对公司决策层无条件地服从。贾伟对职工的要求是：要用自己的屁股指挥自己的脑袋，而不要用脑袋指挥自己的屁股。坐哪个位置就只想那个位置的事情。绝不允许每个人过问超越自己职权范围的业务和工作，无论动机和效果。他说公司就好比一台完整的机器，而每个员工就是这台机器的一个组成部件，贾伟只要求每个部件在自己的位置上发挥正常功能，只有这样才能保证这台机器最高效率的运转。

贾伟在W市站稳脚跟后，毅然放弃了上海的市场，接着便在玉芝阁花园量身定做了一幢独体豪华大别墅。他从开发商提供的众多设计图样中选择了一套西欧风格的样本，由新西兰建筑大师操刀。别墅的选景、取势，以及园林规划、装修全遵照他的要求，充分体现了别墅的个性化以及别墅主人的个性化。

玉芝阁花园是 W 市房地产界最顶尖的楼盘。在这里置业的都是些处于收入金字塔最顶端的成功人士。他们拥有自己的财富王国，并占有巨大的财富，享有显赫的社会地位。而贾伟更是一个具备全球化视野和国际化观念的儒商。他钟情于纯自然背景的顶级建筑。讲究个性，讲求内心的尊贵，追求珍品化的生活。他对住宅的需求更多体现在环境和建筑风格上。他之所以选择玉芝阁花园，是看中这里"不可孪生"的纯自然环境和建筑风格。当然还有这里的优越的配套设施和无微不至的物业管理。

在 W 市生活了两年后，贾伟发自内心地喜欢上了这座城市。这座城市虽然现在还没有北京、上海、深圳那么繁华，但她具有无穷的发展潜力。而且这座城市从始至终、浑身上下散发着一种不可言传、只可意会的特殊魅力。这种魅力深深地吸引了他，令他产生了一种痴迷之感……

近期阴雨连绵，美丽的 W 市给人一种灰蒙蒙的感觉。早上八点，贾伟便起床了，他拉开窗帘，望着窗外凄迷的细雨，心情莫名地坏了起来。

贾伟喜欢这座城市，喜欢这座城市的景色，喜欢这座城市的前途，喜欢这座城市的特色美食，喜欢这座城市的漂亮姑娘。但，他不喜欢这灰蒙蒙的鬼天气。

这鬼天气容易勾起他的伤心回忆。几年前他的新婚妻子程娟便是在这样的一个雨天出车祸死了。美丽的躯体被无情的车轮碾得支离破碎，那副惨景至今还烙印在他的脑海里，无法抹去。

那是一幕不堪回首的往事，贾伟不敢过多去缅怀、回忆，那甜蜜而又夹杂着太多苦痛的往事会令他心力交瘁。贾伟轻轻地擦了擦眼睛，发现自己竟然又不知不觉地湿了双眼……

第 2 节：专职情人

白雪起床了，见贾伟站在窗前，痴痴地望着窗外的细雨发呆，知道他又在想什么心事。她清楚贾伟是个惯于将心事埋在心里的人，从不与人倾诉。她轻轻地走近他，从身后轻轻地搂住了他的腰，将脸靠在他肩膀上，柔声问："阿伟，在想什么呢?"

贾伟说："没想什么。"

白雪是贾伟的专职情人，这位湖南妹子以与生俱来的多情，死心塌地地爱着他。尽管她知道她不是他心目中的最爱；尽管她知道她配不上他；尽管她知道他对她好，只是一种怜惜、一种责任，甚至仅仅是一种生理需要。但她还是爱他，情不自禁地爱他，全心全意地爱他。爱到深处无怨尤!

贾伟是个大忙人，白雪平时闲着没事，便在家里煲复杂的美容汤，往脸上贴黄

4

瓜片或柠檬片，在别墅的健身房练瑜伽；或者上街买衣服，有时为挑一款漂亮的丝巾，会逛遍全市的大商场和女人广场；还有大部分时间用于上网休闲。

白雪的生活过得闲散而舒心，但也有隐隐的寂寞。她曾听许多女人发出过"女人青春短"的哀叹，于是也害怕自己不再美丽，怕心爱的男人不再爱自己，便变着法儿折磨自己，其实她非常地青春可人。

贾伟明白白雪的良苦用心，他除了偶尔摇摇头外，无话可说。美丽真的是那么的脆弱和娇嫩，并且短暂。就像转眼即逝的阳光，带一点微微的青涩、毛茸茸的透明、手指轻弹即破的质感。

贾伟从来不乱搞女人，尤其有一点，他从来不沾风尘女子，不管对方有多漂亮多性感多迷人。他没有陈明那种对异性无休无止的好奇和欲望，更没有陈明那种见到漂亮女人就想弄到床上去的淫欲和轻狂。自从自己的新婚娇妻程娟出车祸去世之后，贾伟也曾断断续续地交往过几个漂亮女人，非常不幸的是那几个女人都是同一类货色，外表漂亮内心却很肤浅，一旦跟他上床之后马上就产生了一种莫名其妙而又欣喜若狂的优越感和矫情，甚至于还愚蠢到在他的公司对他的员工指手画脚、一副准老板娘样子的地步。结果她们都被贾伟毫不留情地花钱打发掉了。

然而，出身于农村贫苦家庭的白雪却没有这种肤浅的恶习，对白雪他并没有半点腻味和厌倦，相反，他把她当做自己的亲人。这丫头对自己百分百的敬重和仰慕，十分乖巧和顺从，几乎是一颗心全放在自己身上，还有更可贵的是她一点也不贪婪，从来不主动问他要钱花，有时贾伟主动给她钱她也拒绝。她说她爱他，跟他在一起根本不是为了钱。她说他给她的钱已经够多了。因此，对于白雪，贾伟内心常常会涌生出一种感动和愧疚相交和的情绪。

第3节：官场朋友

贾伟和白雪下了楼。别墅一楼的餐厅里，厨师小张已做好早点摆在餐桌上。陈明、程辉和小张已经开始在吃了。

用完早餐，陈明对贾伟提议约几个人在家打打麻将。贾伟想起前些日子城北区建委主任王海坚和规划局局长高建国给他打了好几次电话，说有空好好聚一聚，打打牌。

贾伟知道他们想打牌是假，想弄几个钱花花是真。想要钱还不明说，他们有的是捞钱的艺术，让你自个儿主动变相地把钱送给他。这样他们既不叫贪污也不叫受贿。如果你不识相，到时办事他就给你"卡壳"，卡你个一年半载的，急死你。

商场如战场，竞争激烈，厮杀残酷。掌握丰富的专业化知识与对手斗智斗勇就好比单兵作战，而掌握各种盘根错节的官场关系、熟悉官场争斗，就等于对多兵种、立体化的战争有了足够的认识和清晰的概念。很多时候，权利是常常会直接介入商场的利益争夺的。权利的分量不可忽视，也不容忽视。所以，贾伟自然懂得并善于运用一套跟权贵打交道的技巧。

但是贪婪残忍、狭隘、歹毒、做事不留余地这些习性都是贾伟所不屑和唾弃的。但这并不代表他迂腐不识时务，他深谙官商之道，精通于官场上的权钱交易和人际交往，虽然内心不耻，但操作起来驾轻就熟。

贾伟看中了 W 市城北区一块黄金地段的地皮，打算征用搞房地产开发。目前正是有求于两位官员的时候，不容得罪也不敢得罪。他分别给王主任和高局长打了电话，说今天是周末，下雨天没啥事，到别墅来打打牌吧。王主任和高局长高兴地满口答应，说马上就到。

不到半小时，王主任和高局长便坐着小车相继来了。贾伟和陈明将他们迎进客厅。在几人说说笑笑之时，程辉已揭开自动麻将桌的台布，开通了电源，沏好了四杯上好龙井茶放在麻将桌四角专放茶杯的杯扣中，并在麻将桌的四个香烟格子里各放了100 元一包的大熊猫香烟。

贾伟给每人发了一支大亨雪茄，四人叼着雪茄进入牌局。

玩了四圈，贾伟和陈明已各输了六七万。他们只是偶尔象征性地和一把牌。两位官员心照不宣，心安理得地大赢其钱。

打第五圈时，程辉接听了一个电话后对贾伟说："贾总，我要出去一趟，会个朋友，如果上午不用车，我想开车出去。"

贾伟温和地说："去吧，早去早回，下午要用车。"

程辉开出大奔，如风般疾驰而去。

第 4 节：暗恋对象

车速如风，十多分钟后，便来到了天峰酒店。

气势辉煌、颇具西欧风情的酒吧厅里，一个长发飘逸、身材窈窕、面容姣好，身穿 CafeCoton 蓝色牛仔衣、Cap 白色梭形纹纯棉卷领衫和 APC 黑色牛仔裤的女子正在独自品着洋酒。她那一身成熟男装的女性化装扮，掩不住一份自然的柔情缱绻、刚中带柔的形象，毫不造作地幻化出她有别于其他女子的秀丽和温婉。

程辉快步走过去，在她对面坐下，欣喜地说："刘玫！什么时候来 W 市了？我以为你还在上海呢。两年多没你半点音讯，你还好吧？"

刘玫怪怪地笑了笑，从小坤包中拿出一个精致的烟盒，优雅地用纤纤玉手从中拈出两支进口名烟，甩给程辉一支，自己叼了一支。她那涂抹了名贵黑色唇膏的嘴唇，线条分明，颇具性感。她点燃，优雅地吸了一口，吐着烟圈说："难得这世上还有人关心我。我被贾伟踢出公司后，在上海一家房地产公司干了大半年，干得不是很顺心。后来就回到了家乡，投奔了我大姐夫。他是W市海豪房地产开发公司的老板。"

刘玫递给程辉一张名片。程辉认真看了看，见名片上写着：W市海豪房地产开发公司刘玫（副总经理），不由笑道："哟！跟我们还是同行，以后可别跟我们'打仗'啊！"

刘玫将身子略往后仰，惬意地靠在小皮椅上，缓缓地吐了口烟圈，然后两根手指头轻巧地端起了高脚玻璃酒杯，淡淡地飘出一句："那可不一定。商场如战场。只有永久的敌人，没有永久的朋友。"

程辉定定地看了一眼捉摸不定的刘玫，不知此时她心里在想些什么。刘玫见程辉默不吭声地喝着酒，笑问："你恐怕对海豪公司一无所知吧？"

程辉说："略知一二。海豪公司是本地最有实力的房地产公司之一。1998年我们公司初到W市竞标渔桥庄那300亩黄金地段的地皮时，海豪公司便是最强劲的竞争对手之一，后来这块最有价值的地皮还是被贾总高价拿下了。海豪公司拿下旁边的一块稍逊的地皮，听说第一期工程开发得很不错，应该狠赚了一笔吧？"

刘玫冷冷地笑了笑："钱倒是赚了不少，不过跟你们公司开发愿景花园首期相比可就逊色多了。"刘玫接着问，"你对董天海这个人了解多少？"

程辉说："据说董天海四十多岁，没念多少书，蹲过几年大狱。他是靠黑社会起家的。"

刘玫说："没错！商场上知己知彼才能百战百胜。董天海是靠强取豪夺、组织黑社会起家的。他十几岁就在黑道上混，二十出头就成为帮派老大。24岁那年，他因为跟一位镇长的公子争我姐姐把对方弄残了，坐了六年大牢。出狱后他变本加厉，很快组织了一帮人马，帮人收账，在酒店、饭馆、歌舞厅等娱乐场所收取保护费，继而发展为垄断建筑工地和工程承包。就这样，他在短短几年内暴发起来，最后成为本地的房地产大亨。"

"这么说他是个厉害人物喽？"程辉望着高深莫测的刘玫，不知她将董天海的老底抖搂给他是何居心。

刘玫轻轻摇晃着杯中洋酒，轻描淡写地说："董天海和贾伟都是这社会的暴发户，从这点来说，他们都是呼风唤雨的有钱人。但他们又有本质的区别。如果说贾伟是儒商，那么董天海就是枭雄。如果他们两个斗起来，你说，谁是王侯谁是寇？"

程辉从刘玫的话中听出点言下之意，他笑道："不会吧？贾总跟他不沾边，无冤无仇的，怎么会斗起来呢？"

刘玫冷笑："我告诉你，这世上没有不可能的事！命运如戏，任何不可能的事情都有可能会发生！再说了，商场如战场，竞争激烈、厮杀残酷，两家公司都是搞房地产的，为了各自的利益，怎么就不可能斗起来？不说别的，就凭董天海现在开发的星海别苑跟你们开发的愿景花园毗邻，开盘时相互争夺客户在所难免，怎么会没有矛盾和争斗？董天海这人是黑道出身，报复心强，这才开发第一期楼盘呢，现在他是赚了点钱，如果接下来的第二期第三期项目他拼不过你们公司，造成销售业绩不佳、无利可图的恶果的话，你看他会不会迁怒于你们公司，会不会对贾伟动刀子？"

程辉不再言语，俩人一时之间不知该说些什么了，各自沉默着，慢慢地品着杯中的威士忌。过了片刻，刘玫打破僵局，问程辉："贾伟对你还好吧？"

程辉回答得很干脆："好。他待我亲如兄弟！"

刘玫不以为然，嘴角牵动了一下，有点嗤之以鼻的味道："给你几个钱花，让你当个破司机，就叫对你好啊？你在他手下混得再好也只是个打工仔。他要真对你好，就该给你一笔钱，让你自己发展！"

程辉从没这么想过。贾伟对他好他是能用心感觉到的。在人人认为他不可救药、连父母都对他心灰意冷弃之不顾时，是贾伟对他伸出了热情之手。像贾伟这样一个大富豪，能让他这么个人人心存戒备的江湖混混做司机，这是多大的信任？这比给他几百万还让他感动。贾伟是将身家性命全托付给了他啊！

程辉平静地告诉刘玫："贾总对我是真好，好得不能再好了。他不是那种屑于对别人施小恩小惠的人，他待人真诚，从不做作。你想啊，他那么有钱，请不到好司机吗？况且他自己也会开车。他让我开车是想给我件事干，不让我吃闲饭，维护我的自尊。再说我没文化没技术，除了开车，也干不了别的。他就是给我个部门经理当，我也当不了啊。"

程辉接着对刘玫说了一件四年前在上海发生的事：程辉学会开车后，有一天无意中听到陈明和贾伟在办公室的对话。陈明嫌程辉做事毛躁，劝贾伟另请个司机或自己开车，这样比较安全。贾伟说这样不好，程辉毕竟是程娟的亲弟弟，他了解程辉的个性，自尊心极强，不让他做点事，你就是给他钱花，他也不会要。男人都是要面子的。他说他这么做可以激发程辉的上进心，他说他不信程辉是个不可救药的人。当时程辉在门外听了这番话，感动得掉了眼泪，这可是他长大成人以来第一次掉眼泪。以前在北京做混混时，他跟别人打架，身上挨了几刀都没掉过一滴泪。

程辉告诉刘玫："贾总是我这辈子唯一敬重和佩服的人。假如有人对贾总动刀子，我会毫不犹豫地扑上去，替他挡刀子。"

刘玫笑道："我知道你是条重义气的汉子。贾伟就是看中了你这一点。他对你好，正是收买你的一种手段，必要时可以拿你当枪使。"

程辉笑刘玫："你别把一件很简单的事情想象得那么复杂。贾总是个至情至性之人，他犯不着花费心思收买我。我又不是什么大人物，对他没有任何利用价值。"

程辉接着黯然神伤地告诉刘玫："贾总对我好，是因为我姐，我姐是贾伟的前妻。"

刘玫感兴趣地望着程辉，期待着他的下文。程辉说："我们两家是世交，贾总和我姐从小青梅竹马，后来又一同考上北大。1987年他们一同从北大毕业，贾总分配到一所高校教书，没教两个月就下海经商了，我姐分配到海淀区政府工作。1992年春节前夕，在海南已干出一番大事业的贾总回北京和我姐举行了婚礼，蜜月中的某天，他们两人去商场购物。出商场时，我姐被一个酒后驾车的司机开车轧死了。我姐死后，贾总整天茶饭不思，眼睛都哭肿了，连生意也无心料理，委靡不振了好长一段日子。说句毫不夸张的话，我从未见谁爱一个人爱得这么刻骨铭心。虽然我姐现在已去世多年了，但他心里还放不下她，至今没有谁可以代替我姐在他心目中的地位。"

刘玫反驳道："白雪呢？他不是也很爱白雪吗？我离开公司不久，就听说他们同居了。"

程辉说："贾总和白雪仅仅是男欢女爱的情人关系罢了。贾总是个生理正常的男人，而且是个对女人很有吸引力的优秀男人，身边不可能没有女人，像贾总这样的男人，拥有一个情人一点也不为过。不过，我了解贾总，他不可能娶白雪为妻。她并不是贾总心目中最理想的女人。贾总至今未婚，除了忘不了我姐外，还有另一个原因，那就是一直在等待一个令他一见倾心的女子。"

刘玫冷笑说："贾伟是钻石王老五，当然有资本一边寻欢作乐一边细心挑选。男人就没有一个是好东西！"

程辉打抱不平："阿玫。你可别把天下男人一棒子打死。这世上还是有不少好男人的。莫说贾总，就说我吧。我也不错啊！绝对是个用情专一的男人。"

刘玫嗤之以鼻："你？你也会是好男人？"

程辉半开玩笑半认真地说："怎么？好男人脸上写了字啊？我就不是好男人？你要是不信，你嫁给我，我保证做个模范丈夫给你看看。"

刘玫说："你美吧你。除非我毁了容或是瞎了眼，否则我这辈子是不可能嫁给你的。越是自我标榜的男人，越不是好男人。像你，现在是没钱没势没地位，等你有了

9

这一切啊，要不三妻五妾、夜夜新郎才怪呢!"

刘玫的话一针见血。程辉叹口气说:"我看你是被哪个男人伤害了，变得对天下的男人都充满了敌意。"

刘玫纠正说:"不是我对天下的男人充满了敌意。我这说的是实话，男人都是贪婪的，朝三暮四、喜新厌旧是男人的劣根性。只不过碍于现实条件或伦理道德规范，大多数男人别无选择，才不得不满足于现状，把裤腰带拴在一个女人身上。哪个男人不喜欢花天酒地、漂亮姑娘? 就连那些生活在社会最底层的民工，还时不时去嫖一次低档妓女，开开洋荤换换口味呢。"

程辉被刘玫的话逗笑了:"我说不过你。我们不谈这个好吗? 我想知道，你今天约我出来，不只为了跟我叙旧吧? 还有没有别的事?"

刘玫不满地说:"没事就不能找你吗?"

程辉解释说:"我是抽空赶来的，上午城北区建委王主任和规划局高局长在别墅打牌，下午贾总和陈总要陪他们出去玩，要用车。我今天时间很紧，不能聊久了。这样吧，中午我请客，就在酒店吃点东西。中餐或是西餐，由你做主。吃完饭我得赶回去。你若找我有事不妨直说，不会是有什么为难的事需要我帮忙吧?"

刘玫笑道:"你也太把自个儿当回事了。我有啥事手下有的是人为我效力，还用得着麻烦你吗?"说着故作遗憾地叹了口气:"我今天约你出来纯粹是想跟你叙叙旧，本打算好好请你玩一天。现在看来你还是个大忙人，只好作罢了。午饭，我们就不吃了，改天再聊吧。"

刘玫叫来女侍，埋了单，将小坤包往肩上一挎，和程辉握手道别，叫程辉以后有空或无聊时，尽管打电话找她。末了，她突然特意提醒程辉:"今天我们见面的事，你一定要保密，不要告诉贾伟和陈明你是出来会我。我现在还不想让他们知道我的情况。能做到吗?"

程辉满口答应:"行。你叫我不说我就不说。我替你保密就是了。不过我就不明白了，你回到W市这么久了，怎么就不跟我们打个照面? 而且你们公司开发的星海别苑就在愿景花园旁边，按道理我们应该是可以经常碰面的。可是我们从来没有在工地上看到你。你是不是有意躲着我们啊?"

刘玫淡淡地笑了笑:"可以这么说吧，我目前是有意躲着贾伟。人都是有自尊的嘛，我当初被贾伟踢出公司时对自己发过誓，不混出个人样，不干出一番令贾伟刮目相看的大事业，绝不跟他见面。如果我哪天跟贾伟见面了，那就一定是我扬眉吐气的时候!"

听了刘玫的一番解释，程辉算是理解了刘玫的要强心态，便也不再说什么了。

俩人走出酒店，钻进各自的轿车。程辉目送刘玫发动宝马轿车绝尘远去，还痴痴呆呆地坐在驾驶位上，细细地回味着刚才会面的情景。

程辉轻抚着刚才被刘玫握过的手，暗暗责备自己刚才不该说是抽空来会她的，不该说下午还有事，否则，刘玫说不定真会好好陪他玩一天。他叹口气，发动车子，一溜烟驶离天峰酒店。

刘玫一手驾车，一手拨通了手机："董哥！我打听到了城北区建委王主任和规划局高局长今天在贾伟的别墅打牌。下午他们还有活动。我猜想贾伟一定是想打城北'山村'那块地皮的主意。你看，我们是不是也该活动活动了？"

手机扬声器里传来董天海瓮声瓮气的声音："他们找区建委主任和规划局局长，我们就找主管国土开发和城市建设规划的秦副市长。城北要建北部新城，几年后这里就和上海浦东一样繁华。'山村'那块地是个金三角，我志在必得！谁也休想和我争！这事就交给你去办吧！跟当官的打交道，你比我在行。"

秦武属于那种酒、色、财、胆样样旺盛的人物，这些年他利用手中的职权和在官场上左右逢源、上蹿下跳的本事为自己捞了不少好处。刘玫跟他交情相当不错。只要刘玫开口的事情，他都相当给面子，几乎是有求必应。

刘玫答应下来，她说她今天便约秦副市长见个面。刘玫挂了电话，加快车速，狂飙驶向逸庭花园。

刘玫在逸庭花园有一套120平方米的公寓，是董天海送给她的。她决定好好休息一下，晚上陪秦武去隆豪夜总会消遣玩乐。

刘玫今天跟程辉见面，其主要目的便是要从憨厚耿直的程辉口中套出贾伟及嘉客公司的近况，并蓄谋将程辉发展为自己的间谍，为自己最终打败贾伟服务。

刘玫曾经对自己发过毒誓，一定要打败贾伟，让他对自己刮目相看。为了达到这一目的，她什么屈辱都可以忍受，什么手段都可以使得出来。

第5节：金钱攻势

下午，贾伟和陈明陪同城北区建委主任王海坚和规划局局长高建国去W市最豪华最高档的昌隆保龄球馆，开心地玩了几个小时，然后开车去绅士桑拿中心洗桑拿。

从桑拿中心出来，已是黄昏，他们便开往假日酒店用晚餐。贾伟财大气粗，点了一系列山珍海味，要了瓶极品洋酒——路易十三。觥筹交错间，贾伟打开话题，问两位官员："听说W市最近几年的投资重点在城北，要把城北建设成为上海浦东一样的经济开发区，可有这回事？"

王海坚说："贾总消息倒挺灵通的，是有这么回事。这个议题是去年12月份提出的。在未来五年，市政府将投入630亿美元作为市政和基础建设，前景广阔啊！这其中主要包括建高速公路、铁路、机场、集装箱码头、轻轨线、大桥等，并计划在城北建一座北部新城，大力开发高新技术产业。W市的发展前途不可限量啊，你们这些大老板可要抓住赚钱的机会哦！"

贾伟笑了笑，引入正题："我们打算在城北山村一带征用500亩土地，投资建一片豪华写字楼和商住楼。在征地这个关卡上，还请两位多多帮忙。"

王海坚表态："没问题，贾总要在城北投资搞开发，这是利国利民的大好事嘛！这个忙我们应该帮、值得帮、一定帮。为公为私都义不容辞！"王海坚说着，将球抛给了高建国："高局长，你说呢?"

高建国连连点头："那当然。这是职责所在。现在市政府提倡优化投资环境、大量引进外资。我们请你和陈总这样的大财神还来不及呢。认真地说这不是我们帮你们的忙，而是贾总和陈总帮了我们的忙，帮了山村村民的忙，帮了W市人民的忙。你们是来为W市人民造福的嘛！"

高建国一番话说得贾伟和陈明眉开眼笑，贾伟说："那我和陈总就先谢谢二位了。来！我先敬二位一杯！"三人碰杯，贾伟先一口把杯中酒干了，倒转杯子，说："我先干为敬！一滴未剩。二位也把酒干了吧。"

两位官员豪兴大发，仰起脖子一口干了杯中酒。接下来，陈明和程辉各向两位官员敬酒。几巡下来，两位官员有些招架不住了，连连摆手说："不行了不行了，这样喝下去哪行？贾总你这玩的是车轮战术嘛！"

贾伟笑道："二位的酒量我清楚。你们是久经沙场，这点酒算什么？再来两瓶也不在话下。你们可别为我节约钱啊！喝，放开酒量喝！今天我们要一醉方休。"

两位官员相视一笑，故作无奈地说："那我们只好舍命陪君子了。"

贾伟本想三下五除二将他们撂趴下，没想到两位官员海量。贾伟又叫了两瓶路易十三，才把他们灌个七分醉。当白雪最后向二位官员敬酒时，王海坚才有点招架不住了："白小姐敬的这杯酒我们一定喝，但喝完这杯就不喝了。我们知道两位老总豪爽、有钱，这一万八一瓶的路易十三，喝一百瓶也不在乎。但我们实在不能再喝了。晚上还要去夜总会乐呵乐呵呢。喝醉了到时岂不毫无情趣?"

贾伟便也不再多劝。埋单后，贾伟率一帮人从酒店鱼贯而出，驱车直往W市最高档的隆豪夜总会。

到了隆豪，贾伟挑了间大包房，叫了三位漂亮性感的小姐陪侍两位官员和陈明。两位陪侍官员的坐台小姐久经风月，在这个全市最高档的风月场所，她们见惯了官商之间的龌龊勾当，一眼便看出这帮人中谁是官谁是商，谁有求于谁。于是，她们使出浑身解数，贴靠在两位官员怀里，用她们的身子和柔若无骨的手撩拨他们。

两位官员几经挑逗，一个个面红耳赤、呼吸急促、意乱情迷、丑态毕露。

贾伟轻搂着白雪，慢慢地品着醒胃酒，静静地看着这一切。见火候已差不多了，便吩咐程辉打电话到丽都大酒店订两间豪华套房。

程辉出去不久，就回到包房，告诉贾伟事情办妥了。

第6节：意外发现

程辉多喝了几杯饮料，尿胀得难受，起身走进卫生间，痛快地撒了一大泡尿。夜总会软绵绵的情歌通过排气扇飘了进来，使程辉感觉生活变成虚幻，变成泡沫。走出卫生间，他意外地碰见刘玫匆匆往卫生间跑来。

刘玫显然是喝多了，边跑边用手捂着嘴，还没跑进卫生间，便"哇"的一声吐了一地。程辉心疼不已，上前扶住她关切地问："没事吧？你应酬谁啊？喝成这个样子？要不要我送你回去？"

刘玫摆手，有气无力地说："谢谢，用不着。我陪公司一个大客户，不要紧的，我会照顾好自己。"说着欲进卫生间，忽然又回头问程辉："对了，你没把我的事告诉贾伟吧？"

程辉说没有。刘玫说："没有就好。今晚的事，你也要替我保密，可别告诉你两个老板。能做到吗？"

刘玫的反问语气让程辉感觉很不舒服："你把我当什么人了？我连一句话都藏不住，那还叫男人吗？我答应替你保密就一定会做到。不过我觉得就算贾总知道你的情况也没什么要紧啊？"

刘玫说："谁说不要紧，他一向看不起我，如果知道了我被他踢出公司后走投无路，投奔了自己的亲姐夫，他一定会更看不起我。我不想他看不起我，另外，我反感他！不想让他知道我的情况。"

刘玫眼睛里充满了忧伤和怨恨："阿辉！我一直把你当做我最好的朋友，你一定要暂时替我保密，等到我拥有了自己的公司，干出一番轰轰烈烈的事业时，我自然会扬眉吐气地出现在贾伟面前……"

刘玫冲进卫生间继续哇哇大吐，出来时脸色很苍白、凄美。程辉看着心疼，问："真没事吗？要不要我帮你去陪陪酒，应酬一下？"

刘玫摆手说："不用。你走吧，不要管我。我没事，真的没事。"边说边摇摇晃晃地走了。

程辉放心不下，悄悄跟上去，来到刘玫的包房外。透过包房门中间的玻璃小窗，他发现刘玫今晚应酬的贵宾是电视上经常见到的副市长秦武。年过半百、大腹便便、头已谢顶的秦副市长此时正搂着刘玫在跳那种肉麻的贴面舞。

程辉实在看不下去了。他一直无比伤心、无比热烈地暗恋着刘玫。无数个日日夜夜里，她的笑容就像巨大的万花筒一样，在他眼前散发出绚丽夺目的诱惑。他怎能忍受别的男人搂着他心爱的女人？

程辉真想冲进去揍秦武一顿。但他不敢这么做。一来人家是位高权重的副市长；二来刘玫自个儿愿意，他这叫狗拿耗子多管闲事。他无可奈何地掉头伤心离去。

程辉回到包房时，贾伟已用金卡埋了单。临出包房时，贾伟给了两位小姐一笔不菲的包夜费，并悄悄将开房费塞给了王海坚。这就意味着今晚他们可以尽情玩乐，明天一早直接埋单走人。

第二章：爱恨情仇

第1节：不择手段

贾伟的车子刚走，刘玫和秦武便从夜总会出来了。俩人钻进宝马轿车，刘玫驾着车，车子如风般驶往种玉山庄。

秦武在种玉山庄拥有一套秘密豪宅，是 W 市恒运丰路桥公司老板徐丰送给他的。购房、装修以及配套设施共花了 400 万。秦武为恒运丰路桥介绍了几项大工程，恒运丰路桥公司从中获利两个多亿。

作为海豪房地产公司的副总，刘玫和秦武打过几次交道。每次应酬时，秦武都要她陪舞。在跳舞时，他的手总在她的背部和臀部乱摸，并且那双色迷迷的眼睛一直瞅着她。刘玫最受不了他那种目光，每当他的目光从上到下打量她的身躯时，她总觉得自己没穿衣服似的。那双眼睛肆无忌惮，仿佛所有女人都不过是他高兴时享用的财产罢了。

他手中握有重权，掌管着房地产开发的命脉，许多政府制定的优惠政策由他说了算。他高兴了，一块黄金地段的地皮，可以优惠几千万批给你。政策是死的，人是活的。

刘玫虽然心里无比厌恶秦武，但是她知道自己要想依靠秦武、利用秦武，就必须不惜一切代价。想到董天海的专横跋扈、不可一世和对自己的摧残霸占，想到自己今后的出路，她决定依从秦武，找他做靠山。反正自己已是残花败柳，犯不着为谁守贞洁。

看不出身材矮胖的秦武在床上倒还真有一套，大概是平时那些虎鞭驴鞭海马鞭吃多了的缘故，浑身有使不完的劲。他变换着花样一次又一次地侍弄着刘玫。刘玫娇喘着、呻吟着假意奉承，秦武就更来劲了，以为刘玫高兴快活了，以为自己的本事征服刘玫了，以为刘玫从此离不开自己了。于是愈发卖力地冲刺，恨不得将毕生的精力一下子全发泄到刘玫身上。

折腾了几个回合，俩人都精疲力竭、大汗淋漓地躺在床上，喘着粗气。气息稍平，秦武搂着刘玫倒头便睡。刘玫推了推他，娇嗲嗲地说："喂！秦市长，城北那块地的事情你还没答复我呢！"她特意省略了一个副字。

秦武轻描淡写地说："不就一小块地吗？只要你对我好，莫说一块地，十块地也就我一句话。睡吧，宝贝！那块地具体怎么操作，以后我们再商量，好吗？"

秦武显然是累坏了，很快就打起了呼噜。刘玫却毫无睡意，进卫生间洗了个澡，然后躺在床上点燃一支香烟，慢慢地吸了起来……

此时，在丽都大酒店的两间豪华套房里，王海坚和高建国正使出浑身解数，在三陪小姐身上大展其已渐渐日落西山的阳刚之气。两位小姐风骚性感、经验丰富、大方主动，让两位官员几乎消受不了。

次日一早，刘玫离开秦武的秘密豪宅。她将车开到江边，下了车，蹲在江边，迎着微凉的晨风一阵哇哇大吐。她对自己感到恶心，觉得自己很脏，和娼妓没什么两样。

刘玫眼里聚满了泪水，吐完之后，站在江边痛苦地狂呼："贾伟！这一切都是因为你！我一定要打败你！我一定要看到你后悔！"

第2节：被逐之辱

刘玫心情坏透了，在江边透了会儿气，开车回到逸庭花园。进房一头扎到了床上，心如死灰。

刚躺了十多分钟，董天海就打来了电话，开门见山问她事情办得怎么样了。刘玫告诉他事情办妥了。董天海问秦武是怎么答复的。刘玫说秦副市长说了那块地非他们莫属。

董天海仍有些不放心，又问秦武有没有提什么条件，刘玫说暂时没有。董天海从电话中听出刘玫说话有气无力的，似乎很疲惫，便问她是不是人不舒服。刘玫说昨晚多喝了点酒，浑身无力，有些疲倦。董天海说："那你好好休息一天吧。晚上我上你那儿去。"

刘玫骗他说她来了例假，叫他别来。董天海只好遗憾地说再见，挂了电话。

刘玫愤恨地将手机摔在梳妆台上。屈辱的泪水不可抑制地从眼里涌了出来。她恨董天海，恨这个畜生不如的男人。如果不是他毁了她的身子，并长期霸占她，昨晚她也不会自暴自弃让秦武得逞。

刘玫忍辱负重满足秦武，一是为报复董天海，二是为自己今后自立门户找个靠山，好跟贾伟开战。她早已打定了主意，迟早要摆脱董天海的控制。她无法忍受董天海对她的伤害，这种伤害是双重性的。他在伤害她的同时，也伤害了她姐姐刘丽。

刘玫恨董天海，更恨贾伟。如果不是贾伟将她逐出公司，她又怎么会落到今天这个地步？

1996年8月，刘玫从上海交大毕业后应聘到上海嘉客房地产开发公司做了总经理贾伟的秘书。她才貌出众，一向心高气傲，可是对贾伟交代的工作兢兢业业，任劳任怨。

然而，贾伟却对她的忠诚视而不见。后来白雪进了公司，不知出于什么缘故，贾伟对白雪倒是关怀备至，这让她心里很不平衡。于是她妒恨白雪，认为是白雪的到来，使贾伟忽略了她的所有努力。

接着，刘玫发现白雪居然和她领一样的薪水，月薪3000元，另外，贾伟还为白雪安排了一个单间。为此，刘玫心里就更不平衡更不舒服了，有一天便借故与白雪发生了冲突。她冲白雪吼道："你有什么能耐？比我后进公司，居然跟我拿一样的工资！你不就仗着比我年轻几岁，是老板身边一个中看不中用的'花瓶'吗？"

白雪被刘玫训得无言以对。她知道自己的确没她有能力，薪水却不比她低，这些都是事实，也难怪刘玫心里不平衡。她没有与她争吵，只默默地干自己的事。

但不巧这一幕恰恰被贾伟看在了眼里。贾伟脸色阴暗地将她叫进办公室，给了她两个月薪水，叫她从明天起不用来公司上班了。

刘玫连忙向贾伟认错，希望有挽回的余地。但贾伟决心已定，不容商量。她见贾伟不留半点情面，就横下心来跟他吵了起来。

她责问贾伟："你炒我鱿鱼，总得有个理由吧？难道就为了那个乡下女子？你为什么如此宠着她，护着她？她是你的亲人，还是你的情人？"

贾伟正色说："白雪不是我的亲人，更不是我的情人！你别把这世上的男人都想歪了！正因为她不是我的情人。我才更不能让你污辱了她，我要给她一个公道！"

刘玫双眼积聚着晶莹的泪水，幽怨地望着贾伟："在你眼里，我比不过白雪？比不过一个没学识没气质的乡下丫头？你给我一句实话，她是不是比我好？为了她，为这么点小事，你不惜炒我鱿鱼？"

贾伟说："其实，我根本没必要回答你的问题。不过，你要走了，我给你几句忠告也好。白雪是没你有能力、有见识。但她纯朴、善良、真诚、没有野心。我给她和你一样的工资，是因为她需要帮助。她有一个贫困的家庭，弟弟还等着她的钱念书。你为这点事，心里就不平衡了？借故吵骂人家！难道我这个做老板的做什么决定，还要看你的脸色不成？"

刘玫委屈地说："就算我不对，我错了。你可以批评我啊！你犯得着炒我鱿鱼吗？你就是为了那个乡下丫头。"

贾伟有些恼了，大声训斥道："你不要迁怒白雪！我炒你鱿鱼并不完全是为了要给她一个公道，最重要的原因是我不喜欢我的员工不团结，而且在背后对老板说三道四，我必须杀一儆百！刘玫！我给你一个真实的评价：你很漂亮，也很有能力，这是你的优点。但你太泼辣、太要强，眼里容不下人，这是你最大的缺点！并不是天下所有人都欣赏你这类姑娘。我认为人活于世，还是真诚、真实些好，做人，远比做事重要！这世上有本事的人多不胜数，如果有本事没人品，终究是会被别人厌弃的。"

刘玫怨恨地剜了贾伟一眼："谢谢你的忠告！我也送你一句话：山水有相逢！我会记住你的！总有一天，我会让你后悔今天的所作所为！"

第3节：痛苦失贞

刘玫被贾伟逐出公司后，在上海一家房地产公司干了几个月，担任了市场策划部经理，但干得并不开心，当然这并非是没有用武之地，也不是待遇不好，而是她心中还有一个解不开的情结。后来，她得知贾伟转移阵地，杀到了 W 市开辟新的天地，便也辞职从上海回到了家乡 W 市。

无论怎么样，刘玫不想贾伟走出自己的视线。她要了解他的生活和工作动态，她要报复他。

刘玫回到 W 市投奔了姐夫董天海。她知道董天海的为人，知道他是个心黑手狠、无恶不作的恶棍。但考虑到他是自己的亲姐夫，考虑到他在本地拥有一家数一数二的房地产公司，最终经过复杂的思想斗争，还是作出了这个不情愿的选择。她心想：董天海再坏，也不至于对自己的小姨子下毒手。然而，她料错了。

那晚是刘玫今生今世最痛苦最绝望的经历。那段经历已深深地在她心头烙下了屈辱的印记，永远无法抹去。她在完全清醒的状态下被董天海强暴，她挣扎着，反抗着，哭喊着，哀求着，都无济于事……

那晚，她陪同董天海去参加一个生日宴会。在酒宴上，她一直心存戒备，只喝了一小杯酒。董天海兴致不错，喝了不少酒，开车送她回公寓时，借口上楼看看她房里还需要添置点什么，死皮赖脸地跟着她进了房间。

进房后，董天海便原形毕露，借着几分醉意对她动手动脚要脱她的衣服，嘴里还不停地说着胡话："阿玫！我喜欢你。你跟我好吧。我不会亏待你的。"

刘玫又惊又怕，一边躲避着一边哀求："姐夫哥。你喝多了，别这样，我可是你亲亲的小姨子啊！你这样做叫人吗？你这样对得起我姐吗？你放过我吧！"

董天海淫邪地笑道："阿玫，我最喜欢人的就是你。我看上你可不是一天两天了，只是苦于你一直离我太远，没有机会。没想到这次你主动回来投奔我，这是上天成全我的一片苦心啊！今晚我说什么也不会放过你。你知道你姐夫可是个天不怕地不怕的人，我看上的东西一定要得到，哪怕不择手段。你还是乖乖地依了我吧，免得我动粗。只要你依了我，你要什么我可以给你什么。你那黄脸婆姐姐，我随时可以把她休了，娶你做太太！"

董天海将刘玫逼到了房间的一个死角。刘玫没有了退路，和董天海厮打着，拼命反抗，然而她这样做非但没有让董天海知难而退，反而更激发了他的兽欲。他说："我最喜欢烈性女子。还从没有哪个女人敢反抗我，你倒是个例外，我就不信我征服不了你！"

董天海撕扯着刘玫的衣服，将她的上衣和文胸撕了个粉碎，一对坚挺的乳房暴露了出来。董天海愈发来劲了，将手忙脚乱护着胸脯的刘玫抱起，抛到了床上，然后扑了上去。

刘玫狠狠地咬了他一口，几乎使尽了全身的力气。董天海手臂上被咬出了两排深深的牙印，鲜血直流。他大怒，狠狠扇了刘玫一个耳光，恶狠狠地说："你不要反抗了！今天就是有杆枪顶着我的脑壳，老子也要日了你！到嘴的肥肉，我从来不会放过！"

刘玫停止了反抗。她知道反抗也是徒劳的。她淌着泪水，屈辱地任由董天海夺去了自己的贞操。

董天海急不可待、粗暴而野蛮地狠狠地刺杀进她的身体，那滋味就像干涩的眼睛里，揉进了粗粝的沙子，令刘玫充满了肿胀和痛楚的被撕裂的感觉。

董天海占有了刘玫之后，心满意足地抚弄着她的脸蛋："真过瘾！我已经很久没碰过处女了。现在这世道女人都不在乎贞操了，几乎找不出几个货真价实的黄花闺女。没想到我天仙般的小姨子倒一直守身如玉，让我捡了个大便宜。"

不堪入耳的下流话掺着唾沫星子，从董天海那些被香烟熏得发黄发黑的大板牙缝里挤出来，又脏又臭，令人恶心至极。刘玫痛不欲生，声嘶力竭地哭骂道："董天海！你是个丧尽天良的畜生！你会遭报应的！"

董天海哈哈笑道："遭报应？亲爱的小姨子！不瞒你说，我从来不信这个。我这辈子从来就不屑做什么好人，做好人只会被别人踩在脚下。在这世界上，别说人，就连鬼都怕恶人。这个道理难道你不懂吗？我更不信奉什么好人有好报，只信奉胆量和实力。只要我看上的东西，我从不放过。当初你姐就是我拿刀子从镇长公子的手里抢过来的，虽然我为此坐了六年牢，但我树立了自己的威信，体现了人生的价值。如今我想要的一切都拥有了，你说，这世上有什么报应？古话说得好：好人不长命，祸害活千年！"

刘玫咬牙切齿地说："不是不报，是时候未到！总有一天，你会不得好死！"

董天海说："那我就等着那一天。"边说边穿好了衣服裤子。

临出房间，他又转身对刘玫说："阿玫。你也别跟我闹了，跟我好亏不了你。明天我就给你一套房子，再给你买一辆宝马轿车。你别胡思乱想了，好好地做我的女人吧，有你享不尽的荣华富贵！"

第二天，董天海果真将他在逸庭花园花费了80多万买下又花费了50万装修好了的一套公寓楼的产权过户给了刘玫，并将一辆崭新的宝马轿车的车钥匙交到了她手中。

当夜，董天海又强行占有了她。他说："我不管你乐不乐意。从今以后，你就是我的女人。我不许任何男人碰你。如果谁吃了豹子胆，敢碰我的女人，我就废了他！"

就为着这句话，刘玫昨晚没有拒绝秦武。

她想：如果董天海自认为他是她唯一的男人，那她就偏偏要给他戴许多绿帽子。她绝不让自己成为董天海的私有财产。

如果有机会，她还要报复他，置他于死地。

第4节：流氓心思

午后，刘玫驾车回到公司，刚在办公桌前坐下，董天海便走了进来，对她表白心迹，说他已下定了决心要跟刘丽离婚，求刘玫嫁给他。

刘玫冷漠地说："你不要伤害我姐，我不会答应嫁给你的。你就算不替我大姐着想，也该替圆圆着想吧？她都9岁了，现在的孩子早熟。你离婚就不怕她伤心吗？"

董天海说："如果不是顾虑到圆圆，我早一脚把刘丽这傻堂客踢开了。这傻堂客简直俗不可耐，明明人老珠黄了偏偏不服老，要学那些小姑娘穿着打扮，整天化妆化得像个熊猫，脸上的粉底打得厚厚得要掉渣。人没头脑不说，而且一点也不现实。总喜欢管老子的闲事，明明管不了偏要多嘴多舌，老子是越来越讨厌她！"

刘玫冷笑道："你说我姐俗不可耐，我看你更是俗不可耐！你以为你自己有多高雅、有多大的学问？你是个彻头彻尾的大流氓。还说我姐人老珠黄了。那我问你，当初为啥子要爱她、要追求她，要从别人手里抢她？哪个女人会有不老的青春？你说你爱我，过十年八年我同样会变老变丑，到时你岂不是也会一脚把我踢开？你这种男人，根本就没有爱，有的只是永无止境的贪欲！"

董天海被骂得狗血喷头，不但不怒不恼，反而笑了起来："阿玫，我就喜欢你这副泼辣性格。不管你信不信，我是真心喜欢你的。我承认我曾经是个流氓，我承认我是靠黑社会起家。但那都是过去的事了，现在我已经跨过了那个过渡期，是堂堂的大公司老板了。阿玫，你不但漂亮，而且有智慧。你在我心目中是永远不会老的。嫁给我吧，我是真心的。圆圆你不用担心，我会善待她的。我相信她也是喜欢你的。"

刘玫冷哼一声："你想得太天真了！圆圆会喜欢一个夺去她母爱的女人？而且这女人原本是她的亲小姨。我告诉你，她不但不会接受我，还会恨死我！"

董天海说："那由不得她，她不敢跟我作对。"

刘玫反感地瞪了董天海一眼："收起你的霸权主义！我是不会嫁给你的，不必多费唇舌了。如果你还想和我维持目前这种关系，就不要节外生枝，否则，我马上离开公司！"

董天海无奈地叹了口气："好吧。我不难为你。不过，跟秦武谈好的事，你要抓紧。你打电话跟他约一下，看他的日程如何安排。如果最近有空，我想亲自陪他吃顿饭，另外送点钱给他，秦武这种人是不见兔子不撒鹰的。"

刘玫不满地说："你自己不会跟秦武联系吗？"

董天海嘿嘿一笑，说："你在秦武面前说话比我有分量。"

刘玫冷笑："你就不怕他打我主意？"

董天海板着脸说："这就要靠你自己把握分寸了，千万不能让他占便宜。他要钱、要房子、要车子，我都可以满足他。但想要我最最爱的女人，老子会跟他拼命！他也晓得我是黑道出身的，谅他不敢跟我翻脸！"

刘玫不语，嘴角却挂着一丝冷笑，心里说：我倒要看看你们狗咬狗！迟早有一天，我要让你们反目成仇！

董天海走后，刘玫抓起电话，拨通了秦武的手机。秦武告诉她，他在城东开发区视察，问她的公司有没有兴趣去搞开发。

刘玫说："我们就不去分那杯羹了。城东再好，也只是一块小蛋糕。我们做好市区这块大蛋糕就行了。我今天打电话给你，是受董总所托。他想和你见面谈谈，不知你最近有没有空？"

秦武说："最近的日程都排满了，我在城东要视察一段时间。回来后，我会给你打电话。"

刘玫说："好吧，再见。"然后挂了电话。

第三章：肝胆相照

第1节：指点江山

2000年2月26日，风淡云闲，空气清爽，阳光温暖地泻进车内，给贾伟和陈明增添了不少好心情。

程辉把车子开到了城北一个叫"山村"的村子。这里有一块约500亩空旷的荒地，这块荒地便是未来的"北部新城"的中心地带。

三人下了车，贾伟驻足，极目四望，豪情万丈地说："阿明，你看这里像不像当年的上海浦东？这里有长江码头、有高速公路、有城北机场。水、陆、空交通形成一个交通网络，四通八达。听说市政府还将在这里建立一个免税区，我相信过不了五年，这里就会和上海浦东一样繁华。"

陈明感慨："这的确是一块黄金宝地！"

贾伟说："在未来的五年内，市政府将陆续有630亿美元投入到市政基础建设中。阿明。630亿美元是个什么概念，你知道吗？那将意味着这里所有的荒山荒地都可以变成摩天大楼。那将意味着可以再造一座新城。抓住这个商机，不光是有利可图，这更是利国利民、造福子孙万代的大事。我们可得有一种紧迫的历史使命感啊，要干就要捷足先登，不要落后于人。"

陈明说：“我深有同感。可是我们要在这里搞大手笔，资金不够啊。我们所有的资金加起来也才六个多亿，能行吗？搞房地产投资大，周期长，尤其是搞大手笔风险更大。现在我们在渔桥庄投资开发的'愿景花园'正需要投入大笔资金，如果又忙着对另外一块'蛋糕'下叉子，到时会不会造成首尾不能兼顾的局面？”

贾伟自信地说：“就算有些小难题，我们也可以克服嘛。天下无难事，只怕有心人。你也清楚这是块黄金宝地，如果我们不抢先下手，别人就会捷足先登。再说，搞房地产的，如果不进行土地储备，到时一个项目搞完了，临时抱佛脚去找土地，怎么行？以前我们可以白手起家打出天下。现在手头有六个多亿，还怕干不成大事？我们可以一边开发一边筹集更多的资金。实在不行还可以贷款嘛。只要我们干得有声有色，还怕政府不支持我们吗？”

陈明觉得贾伟的构想很正确，便说：“你放心。我不会打退堂鼓。我永远与你并肩作战、共同进退。我只是认为我们要量力而行，要时刻保持清醒头脑，要把投资风险降到最低。”

贾伟笑道：“顺应时代潮流，绝对不会有什么风险。对此我是深有体会的。可以说我能有今天的成功，最主要的一点就是抓住了时代的脉搏，跟着国家政策和时代潮流走。”

贾伟用数码相机不停地拍摄照片。他要把这里的现状记录下来，作一个历史见证。再过几年，这里的一切将被一幢幢高楼大厦和繁华街道所取代。到时今天拍的资料图片就是最珍贵的回忆了。

拍摄完毕，贾伟又意气风发地对陈明说：“近几年 W 市经济发展迅速，基础设施突飞猛进，房地产形势一片大好，前景无量，我们在渔桥庄买下 300 亩土地现在已升值了将近一倍，如果我们能够拿下这 500 亩黄金地皮，我有把握在三至四年之内将公司资产再翻个一番！”

第 2 节：冤家路窄

正当贾伟和陈明豪气干云地畅想未来、指点江山时。董天海和刘玫各自驾着他们的专车也来到了山村。透过车窗，刘玫远远地就看到了贾伟的奔驰 S600 专车，接着看到了更远处在一小山坡上的贾伟、陈明和程辉，她给前面刚从卡迪拉克专车上下来的董天海打了个电话："董哥，真不巧，遇上我们的死敌了，在那边山坡上的便是贾伟和他的副手陈明。以前我在贾伟手下打过工，为了不暴露我们公司的实力，我今天不方便露面。我在车子里面躺一会儿。"

董天海"嗯"了一声，露出个高深莫测的笑容，带着钟勇和于兵两个贴身保镖向贾伟和陈明走去。

董天海叼着雪茄来到山坡上，远远地就对正惊诧于他的到来的贾伟和陈明豪情满怀地大笑道："贾总、陈总，真是幸会啊！我们又见面了！"

贾伟和陈明哈哈笑着："董老板好啊！怎么今天也有兴致出来踏青啊？今天阳光真的不错，空气也很清爽！"

董天海嘿嘿笑着，赤裸裸地带着挑战意味地说："两位老总，我可不是来踏青的，我今天是专程来看这块地的。怎么，你们也看上这块地了？真不巧，这块地我是志在必得啊！"

贾伟哈哈笑道："看来，我们又要有一番激烈的竞争了！那就看最终咱们谁能笑到最后吧！"

贾伟不会在董天海面前示弱，尽管他知道董天海是个卑鄙贪婪的角色，但他相信现在是法制社会，谅他也不敢超越游戏规则的底线。

贾伟跟董天海在1998年竞标渔桥庄那300亩土地时交过手，他也领略过董天海的一些龌龊手段：躲在幕后策划，搞些电话恐吓、制造车辆碰撞、派马仔砸别墅玻璃，肆意渗透到他的安全范围内给他制造恐惧氛围，妄图让他知难而退，但收效甚微。且不说贾伟不是那种胆小无能之辈，就凭他身边有程辉这个以一当十的打架王，五六个小混混光凭拳脚功夫根本近不了贾伟的身。更何况嘉客公司还有强横的保安力量。

贾伟对董天海没有什么好感，第一次跟他接触时，他觉得董天海就像个憨厚谦恭的农民企业家，眼睛里时常会透露出一股子农民的精明和商人的奸诈。他浑身上下透着一股泥土味和大蒜味，尤其是配上名贵的西服、粗大的铂金项链以及手腕上金光灿灿的劳力士金表，给人一种极不协调的感觉，怎么看怎么别扭。但随着生意竞争当中的接触了解加深，他发现这家伙骨子里却透着霸气和杀气，站在他十步之内也会感觉到一股子寒意。而且他极富表演天才，说起瞎话做起坏事来一套一套的，向来是毫无顾忌。

董天海嘿嘿笑了笑，赤裸裸地宣称："是吗，那我们就看谁能笑到最后！98年竞标渔桥庄那块土地败给二位，是因为那时我手下缺乏顶级专业人才。自那次被你挫败之后，我清楚地认识到如今是个拼知识、拼智慧、拼实力的年代，人才才是最重要的！所以我招募了一大批精英，而且其中不乏国内最顶尖的精英。现在我这个大老粗可是鸟枪换炮了，你想再次打败我，可不是那么容易的事情！"

贾伟温和地笑道："董老板言重了！这不存在谁打败谁的说法！生意各做各，W市房地产市场是一块巨大的蛋糕，我嘉客公司根本吃不下，你们随处可以找到属于自己的份额嘛!"

董天海嗤之以鼻地冷笑道: "还份额个屁啊! 最好的蛋糕都被你贾总下了叉子了, 那我还吃什么啊? 我是个大老粗, 没什么素质, 说不来假话, 你别介意。咱们说笑归说笑, 竞争还归竞争。这回我一定跟你公平竞争, 绝不搞歪门邪道。"

贾伟含讥带讽地说: "董老板声名显赫、地位尊贵, 怎么会搞歪门邪道呢? 真是说笑了。"

董天海昂首叉腰地腆着个将军肚四处巡视了一遍, 感慨道: "贾总! 说句掏心窝子的话, 这他妈的真是块黄金宝地啊! 恐怕惦记这块地的可不止我们两家公司啊。这块地地处未来的北部新城中心, 拿下这块地, 就等于拿下一个最好的开局, 日后在各方面都能占据主动地位。"

贾伟赞同: "那是当然。所以说这是一块兵家必争之地! 到时竞争一定非常激烈。不过我认为得失之间不必太过于介怀, 如果这次我竞争失败, 无论输给哪一个对手, 我都会有一个平常心态。拿不下这块地, 还可以去搞别的项目嘛。只要有资金有技术有人才, 还怕会没有施展抱负的天地吗? 你说是不是这个道理, 董老板?"

董天海点了点头: "没错。是这个道理。所以如果到时你败在我手里, 可千万不要不服气哦!" 说罢匪气十足地哈哈大笑, "跟贾总开个玩笑而已。贾总是常胜将军, 要战胜你可不是那么容易的事。唉, 不谈这些了, 既然聚在一起就是缘分, 中午一起吃个饭, 我做东, 到本市最豪华的大酒店, 怎么样? 说实话, 我们之间也没什么大的过节, 就算有, 也可以一笑泯恩仇嘛!"

贾伟平静真诚地说: "谢董老板盛情, 不过今天中午我还真事先安排了一个饭局, 要接待一个重要客户。这样吧, 中午就我做东, 董老板一起去聚一聚, 喝两杯?"

两个人表面上客套得不亦乐乎, 而刘玫此时还在车子里, 她可是董天海手中的秘密武器。董天海谢绝了贾伟的邀请。

贾伟不想跟董天海纠缠, 他微笑着跟董天海握手: "董老板, 那我们以后有机会再聚, 好好聊聊。今天时候不早了, 我还得去准备饭局, 就不陪董老板多聊了。我们下次再见!"

董天海大笑: "行。你忙你的去吧! 有机会再聚!" 待贾伟三人走远, 他狠狠地朝地上吐了口唾沫, 骂道: "妈的, 换了十年前的脾气, 直接灭了他, 居然跟老子在一个碗里争饭吃!"

程辉呆呆地看着刘玫那辆白色的宝马车, 他知道刘玫一定在车子里面。两边的车窗遮得严严实实的, 从车头看去根本看不到躺在后座边听歌边休息的刘玫。

陈明催促道: "阿辉, 发什么呆啊, 开车啊!"

程辉啊的一声醒悟过来，掉转车头从刘玫的宝马轿车边驶了过去。

第3节：京城贵客

车行途中，贾伟的手机响了，对方自报姓名"江洋"。贾伟笑道："是强盗啊！多年没有音讯，怎么想起我了？"

江洋说："你老兄现在可是亿万富豪了，声名远播啊。我是通过一位同学了解到你的情况的。后来我去看望了伯父伯母，知道你现在在W市，就抄下了你的手机号。如今俄罗斯的生意不好做，我打算到到你那边看看适合干点什么。机票我都买好了，下午就可抵达，到时候恐怕要打扰你了。"

贾伟爽朗地笑道："说什么话？见外了。欢迎你来，咱们是老同学、好哥们儿。我一定尽好地主之谊接待你。你几点到？我去机场接你。"

江洋说："下午3点40分到。你来机场接我当然更好。如果公务繁忙，告诉我你的住处，我自己打个车去。"

贾伟说："你老弟来了，我就是有天大的事也得搁一边，亲自去接你。就这么定了，祝你一路顺风。"

贾伟告诉陈明："江洋是我一个多年未见的朋友，读书时同学们给他取了个外号叫强盗。这小子做生意挺机灵，早几年听说去俄罗斯做生意发了点财。这回想到W市来看看风水。"

陈明说："这叫'穷在闹市无人问，富在深山有远亲'。只要你有钱，无论你在哪个角落，都有人来找你。那些来找你的人，多半并非为什么感情、友谊，而是需要你的资助。我也一样。这些年发财了，许多我根本不太熟悉的亲戚朋友都钻了出来，向我借钱，要我帮忙。"

贾伟超然地说："这很正常啊，这是人之常情。因为他们知道你有能力，能给他们帮助，能帮助别人，这本身也是一种快乐。"

陈明笑道："阿伟。我的人生观跟你不一样。我从来不敢把人生想象得太完美。这世界生存竞争残酷激烈。人情冷暖、世态炎凉，有时会令一个人变得成熟、悲怆起来。以前我事业未成时，急需资金，四处求借，没一个人借钱给我。他们都怕我失败，怕他们的钱打了水漂。唉！不说了……伤心往事，不提也罢。"

贾伟说："阿明。我知道你的内心感受。其实，你的事例更说明人与人之间需要关爱和帮助。一个人在最需要亲人和朋友帮助的时候，如果没人对他伸出援助之手。他会非常痛苦、失望，甚至绝望。我一直认为只要自己有能力，帮助别人是一种快乐，是给这个世界播种爱和希望！我可以断定江洋这次来 W 市，一定在某些方面会求助于我，他选择来这里做生意，说不定就是因为我在这里。只要他需要帮助，我就一定会尽力帮他。这是我的做人原则。"

陈明叹道："如果这世上每个人都像你这样真诚，对朋友掏心相待，那多好啊！"

回到别墅，贾伟吩咐厨师小张晚上准备一桌家宴，弄几个地道的能代表本地风味的凉菜和热菜，再弄几个大菜、主菜。小张一听就知道有贵客要来，忙骑上摩托车出去采购。

下午，贾伟在别墅闲着无聊，邀上陈明和程辉"斗地主"，打 20 元对翻，他说小赌可怡情。白雪则在房间上网。

不知不觉间两个多小时就从指缝间溜走了。贾伟一看表，已是三点钟，便放下扑克牌和陈明去机场接江洋。江洋戴着一副墨镜提个密码箱出现在他们的视野。远远的，贾伟和江洋便彼此认出了对方，他们挥着手打着招呼，十分亲热。

走近后，江洋和贾伟交臂相拥。随后，贾伟将陈明介绍给了江洋："这位是我的副手陈明。我们既是合作愉快的好伙伴，又是肝胆相照的好兄弟。"

陈明伸手和江洋相握："欢迎你来 W 市。"三人有说有笑地上了车，驶回玉芝阁花园。

贾伟领着江洋参观起整幢别墅。别墅共分三层，所有电源设备均采用电脑触摸式开关控制，不明就里的外人根本无从下手。就凭这点，就足以让所有五星级酒店都感到逊色。

别墅一楼由客厅、餐厅、厨房和一间套房组成。客厅占据了大厅五分之三的面积，非常气派。进口真皮沙发、欧式茶几、大理石打蜡地板、镂花吊顶、豪华大吊灯……餐厅面积也不小，中间由一条设计十分新颖、装潢十分考究的花槽相隔。但并不完全隔断，花槽高一米，上面放着一排花盆，一年四季花香扑鼻。在这种环境下用餐，可以大大增强人的食欲。

二楼由四间套房和一个家庭 KTV 组成。套房的装修和摆设十分奢侈。KTV 的配套设施一应俱全。三楼有一间大套房是贾伟和白雪的起居室，一间书房，作为贾伟办公和看书休闲专用，还有三间豪华客房。

楼顶平台是个修缮得清新脱俗的空中花园。不但有花草树木，还有露天酒吧座和秋千架，是个休闲乐园。

江洋如同进了皇宫，对别墅金碧辉煌的装修赞不绝口，参观完毕，回到一楼大厅，羡慕地问贾伟这么一幢别墅弄下来要多少钱。贾伟说："定做和装修总共花了1080 万。"

江洋感慨："我要是有这么一幢别墅，可就美了！"

贾伟笑道："不会吧？老弟你就这么点志向？一幢别墅就是你的奋斗目标？"

江洋说："当然还有更高的目标。比如弄辆大奔，开个大公司，银行再存上一大笔。但梦想和现实不可能画等号，很多时候会事与愿违。"

贾伟拍拍江洋的肩膀："那你就努力使自己梦想接近现实吧！"

第4节：亲密家宴

说话间，小张已经将十几道美味佳肴摆上了大餐桌，开了瓶人头马X.O，斟满了几个高脚玻璃杯。江洋望着丰盛得超乎他想象的酒菜，受宠若惊："阿伟！你这是招待外宾的规格嘛！"

贾伟说："你不是刚从俄罗斯回来吗？今天你就是外宾。"说着，起身举杯号召大家："来！我们热烈欢迎江洋的到来。古语云'有朋自远方来，不亦乐乎'。我们为朋友自远方来，干杯！"

在酒杯的一阵阵清脆碰撞中，江洋显得十分激动，他将杯中酒一口干了，说："谢谢大家！谢谢！说真的，能得朋友如此厚爱，我非常高兴，也非常感动。这些年我一直在中俄边境当倒爷，赚了几个小钱，人也累得够呛，身边没有朋友和亲人，整天只是忙忙碌碌地奔波，人都有些麻木了。但今天阿伟带给了我温暖和友爱，使我有种归家的感觉。这感觉太难得，太美妙了！"

贾伟说："江洋，到了我这里你就不要客气，尝尝小张的厨艺，喜欢吃什么就夹什么。小张是一级大厨，各大菜系都会做，尤其擅长川菜。他做的菜，来我这里的客人没有不竖大拇指的。"

江洋尝了几样菜，有爆炒鸡丁、凉拌肚条、清蒸甲鱼、梅菜扣肉，最后又尝了一口麻婆豆腐，连连竖起大拇指说："霸道！真的霸道，霸道惨了！"

大伙哈哈大笑，贾伟说："没想到你还会两句W市方言。不错嘛，说得还蛮标准的。"

江洋说："我在俄罗斯做生意时认识一个W市姑娘，一有空她就教我说家乡话。时间久了，我也就不伦不类地会说两句了。"

贾伟说："我猜想那姑娘一定是你的红颜知己吧？"

江洋嘿嘿一笑："人在江湖，身不由己。"

贾伟笑道："好一个'人在江湖，身不由己'。来，为你这句经典名言，我们俩单独干一杯。"

江洋倒也豪爽，酒来必干。干杯后，江洋回味无穷地说起了那位 W 市妹子，他说那是位非常漂亮的姑娘，身材和脸蛋都挺抢眼，并不比巩俐、章子怡差。不过性格太泼辣，风风火火的，有时很让人受不了。最后，他们还是分手了。

白雪插话："W 市姑娘都泼辣，敢爱敢恨。这是她们的天性，也是她们可爱的一面。你因为这个跟她分手，那你大错特错了。"

江洋说："我也很舍不得她。不过，我怕跟她吵架，每次吵架我都吵不赢她。在骨子里，我还是喜欢温柔一点儿的姑娘。"

陈明敬了江洋一杯酒，问江洋俄罗斯美女跟中国姑娘的区别。贾伟笑陈明只会关心这些风花雪月的事情。陈明说："家事国事天下事风流事，要事事关心。如果连对美女都不关心，岂不是麻木不仁了？江洋！你说对吗？"

江洋说："言之有理。不瞒各位，我在俄罗斯还真的有几个相好。那些俄罗斯姑娘大方、性感、主动、浪漫。中国姑娘跟她们比较起来，要娇小、含蓄、害羞、细腻些，这也叫各有千秋吧。"

第5节：花天酒地

饭后，贾伟和江洋在客厅落座，一边喝茶，一边问起江洋来 W 市的打算。

江洋说他打算开家夜总会。他说在 W 市发展娱乐业存在四大优势：一，W 市资源富集，市场潜力巨大，劳动力成本低廉，是长江中上游的经济中心和物资集散地，具有不可限量的发展前景。二，W 市拥有世界闻名的长江黄金水道，拥有三峡工程库区开发建设的特殊优势和许多风景名胜，每年来此旅游的中外游客特别多。三，现在国家提出"西部大开发"，投资重点在西部，而 W 市是长江中上游的经济重镇，地处东部经济发达地区和西部资源富集地区和结合部。通过长江经济带的贯通，能够起到承东启西、左传右递的作用，区位优势十分明显，在这里投资必然会有高回报。四，W 市的小姐资源在全国是最好的，这点对搞娱乐业至关重要。

贾伟听了江洋一番高论，连连赞道："精辟！真是听君一席话，胜读十年书啊！你老弟完全可以上经济论坛。就你这块材料要不选择经商，真的是商界的一大损失。"

江洋惭愧地笑了笑："阿伟！说正经的，我所有家当只有 400 多万。我想要开就开家上档次的夜总会，如果钱不够，你能不能借点钱给我？"

江洋热切地望着贾伟，期待着他的满意答复。贾伟淡淡地笑了笑，问江洋打算借多少钱。江洋说借 400 万，如果资金有困难，300 万也行。

贾伟豪爽地说："兄弟开了口，还有打折扣的吗？我借给你 400 万。明天阿明陪你先去把场地落实了。要用钱时，跟我说一声就是，我随时从银行给你提钱。"

江洋没想到事情会这么顺利，激动地握住贾伟的手，几乎要热泪盈眶："阿伟！你真够哥们儿！"

贾伟笑道："朋友嘛！理应肝胆相照、互相帮助。不然就不叫朋友了。好了，不多说了。你远道而来一定很累，你的房间我已经叫小张收拾好了，二楼第三间套房。你去洗个澡休息一下，养足精神，晚上八点，我尽地主之谊，带你出去玩玩。"

晚上八点整，贾伟亲自开车和陈明一起带江洋到隆豪夜总会享受夜生活。为了让江洋彻底放松，贾伟没有带白雪同往。到了隆豪夜总会，贾伟叫了三个漂亮小姐，他们喝着法兰西红酒，吃着小点心嚼着开心果，搂着风骚性感的小姐调着情、唱着歌，自在潇洒，风流快活。

江洋感叹："没想到 W 市的夜生活这么多姿多彩。不比北京、上海、深圳差。"

贾伟说："单单指夜生活，我认为有过之而无不及。W 市的夜景天下闻名，W 市的小姐天下闻名，夜生活自然就丰富多彩。W 市是世界著名的内陆山水城市。你老弟选择在这里开夜总会是明智之举，我保证你赚大钱。不过你得定好位，该定个什么档次。我认为你最好定位在中档以上。这里高档的夜总会已经有了，像隆豪这样的夜总会没有几千万的投资是拿不下来的。搞低档的投资少，但是利润不大。我看你只能选择走中庸之道。你说呢?"

江洋说："英雄所见略同。我的定位也是在中档或中档以上。"

陈明建议说："搞高档的没有 1500 万投资是拿不下来的。江洋，用 800 万，开一家中档偏上的夜总会应该没问题。"

江洋说："有二位老兄做后盾，我可以放心大胆地干。等我的夜总会搞起来，你们免费到我那里玩乐。"

几个小姐千娇百媚地听着他们说笑谈论，叽叽喳喳讨好地问江洋打算在哪里开夜总会，要不要她们去捧场。江洋欣喜地说："好啊！几位小姐这么漂亮，我欢迎得很啊，能给我多介绍些漂亮小姐更好。不过现在我的夜总会还没搞起来，等搞起来后我再找你们。把你们的联络方法告诉我吧，到时我跟你们联络。"

几个小姐纷纷掏出纸和笔，要将她们的手机号抄送给江洋。

贾伟从来不跟小姐打情骂俏，他内心清楚，做小姐的无论她表面上对嫖客们如何百般乖巧、千般温柔，其实她们在骨子里是看不起嫖客的，甚至是鄙视和厌恶的，她们在出卖自己肉体的同时，为了保持心态的平衡就常常也在内心嘲弄羞辱她们的"上帝"。

朋友们都以为贾伟不碰小姐是为了专情，他们并不完全了解他内心的想法。贾伟认为，做爱做爱越做越爱，就得跟爱自己或者自己爱的女人做才有意义和情趣。

第6节：歌厅转让

陈明带着江洋跑遍了W市区所有街道，奔忙了两天，最后在最繁华的商业中心看到一间歌舞厅打出的"转让"牌子，这真是瞌睡遇枕头。两人兴致勃勃地与歌舞厅的老板谈了起来。

歌舞厅老板胡三热情地接待了陈明与江洋。陈明和江洋见歌舞厅地势、面积、装修都不错，对胡三要转让这间歌舞厅感到不解。胡三苦笑着道出了实情，原来他也是迫不得已。

胡三没多少文化，只念到初中。在这个社会里，他是那种根本没有任何家庭背景、没有个人天分以及朋友资助，完全凭借"时代"大背景成就事业的人。在七十年代，中国开始走出极度贫困，大多数中国人的口袋里除了各种各样的票证外，几乎没有值钱的东西。当时胡三就做起了票证"窜窜"（中间人），从而慢慢地完成了资本的原始积累。

胡三一边招呼陈明和江洋喝茶，一边得意地对两位客人介绍他的辉煌过往。他说他最得意的时候手中有5万公斤粮票，价值好几万元，在那时便是笔巨款，而他的全部财产有十几万。那时整个W市还找不到几个手里有10万元钱的人物。

到80年代中期，票证慢慢退出了历史舞台，物资供应逐渐丰富。他便租了一层办公楼，当起了私企老板，打一枪换一个地方，盘元、角钢、水泥、摩托车、汽车配额、甚至免税车的指标……什么东西来钱他就倒腾什么，收益相当可观。

短短几年里，他用赚来的钱不仅买了一幢别墅式的小洋楼，拥有了两间门面，还买了一辆轿车。在八十年代，如果一家人的月收入超过100元，就是富裕家庭了。而他当时的富有是无人可比的，到1989年，他的个人资产超过了500万。

1989年之后，正是娱乐业兴盛时期，胡三看准时机在商业区买下两层楼面，开了家KTV歌舞厅。装修得富丽堂皇的，弄了许多豪华包房，然后买了最好的音响，请了最好的主持人及歌手。这样一来，几百万很快填进去了。

然而，不管多么豪华的装修和多么精美的节目，没过多久就过时了。新开的夜总会和歌舞厅一家比一家好，他请的主持人和歌手不断地跳槽，让他受伤惨重。

1993年全国银根紧缩前期，胡三又头脑发热投资了一位朋友的房地产，结果400万——其中包括200万是贷款——都赔了进去，建了一幢无人问津的烂尾楼。现在朋友的房地产公司还处于休眠状态。

胡三说现在他的资金已经所剩无几。如果不转让这间歌舞厅，他连银行的贷款都还不了。他苦着脸说："这世上没有后悔药啊！我现在是四面楚歌。我离了四次婚，光是给老婆和孩子的抚养费一年就得40万，而且为他们的付出是终生的，我真不知道我还能支撑多久。"

陈明和江洋觉得胡三这人很坦诚，多少也有点草莽英雄的气度吧。他们还是能够理解他的，毕竟一个社会最底层的人，赚那么多钱也不易，胡天胡地挥霍潇洒也在情理之中。

由于双方都很有诚意，生意很快谈成，江洋以400万将歌舞厅转让过来，合同年限为5年，每年80万。向贾伟借的400万进行装修和添置设备。

江洋给夜总会起名叫"大世界"，在夜总会装修筹备期间，江洋脸上每天都洋溢着一种即将要做大老板的喜悦。

第四章：狼狈为奸

第1节：各怀鬼胎

2000年3月初，刘玫正在办公室草拟征地计划书，秦武打来电话。秦武说他刚从城东开发区视察回来，一回来就给她打电话。他告诉刘玫他今天有空，如果董天海要跟他见面，可以安排一下。

刘玫看了看表，现在是上午十一点四十分，于是和秦武相约中午十二点半在蝶湖酒店见面，边吃饭边谈。

刘玫将和秦武的约定告诉了董天海。董天海闻言大喜，开了一张100万元的现金支票，叫刘玫吃饭时送给秦武。

十二点半，秦武的小车准时抵达酒店，早已恭候多时的董天海和刘玫赶紧迎了上去。秦武跟两人客套了几句，便昂首走进酒店大堂。董天海边走边询问秦武中午吃西餐还是吃中餐，秦武说客随主便。董天海说："那我们就吃西餐吧。"

三人穿过大堂走进宽敞明亮的西餐厅，选了靠窗的8号台位坐了下来。

一支优雅的轻音乐温柔似水地流淌着，使豪华气派的西餐厅显得分外有情调。他们刚坐定，一个漂亮的服务小姐盈盈含笑地走了过来，奉上酒水卡。

　　董天海接过将制作精美的酒水卡递给秦武，秦武懒懒地说："你随便点吧，我什么没吃过啊？"

　　董天海笑了笑："这倒也是。秦副市长能赏脸陪我们吃顿饭，那是我们的荣幸。"

　　董天海点了一瓶路易十三，单独为刘玫点了杯墨西哥列酒，接着点了新西兰牛扒、米兰猪扒、美式蜜汁鸡腿、火腿蛋三文治、酥炸石斑鱼、挪威烟三文鱼，秦武见董天海还有再点下去的趋势，便说："够了够了，堆一大桌子的，反叫人看了没胃口。再点一个汤就行了。"

　　董天海最后点了个"些厘牛尾汤"。服务小姐不一会儿便送来了酒水和西式佳肴，十分礼貌地将尚未开瓶的路易十三给董天海验过之后，开瓶倒酒。几个杯子斟满之后，董天海举杯和秦武碰撞："秦副市长。我敬您一杯！"

　　秦武见刘玫单独品着一杯甜酒，兴致瞬间就低落了许多。他十分勉强地和董天海这个他一向看不上眼的大老粗碰了碰杯，将杯子里的酒干了，然后略带痴迷地注视着刘玫，见这个和他有过一夜欢情的漂亮女人仍在慢慢地品着那杯甜酒，便不满地说："刘小姐，你就不陪我喝一杯吗？"

　　刘玫说："我酒量实在不行，白兰地一喝就醉。"

　　秦武叹口气，放下杯子，拿起刀叉吃起牛扒来，连话也懒得说一句了。秦武没了劲，董天海也就跟着泄了气，犯了愁。他今天本打算好好陪秦武喝一次酒，但现在人家连杯子也懒得动，丝毫没有和他再喝下去的意思，便向刘玫使了一个眼色。刘玫自顾吃着她的酥炸石斑鱼，装作没看见，把他气了个半死。

　　董天海见场面上的气氛瞬间僵冷了下来，连话也没人和他说，便也十分笨拙地拿起刀叉，吃起自己面前的那份火腿蛋三文治。

　　刘玫对故作高雅的董天海嗤之以鼻；同时，她对秦武的故作傲慢和不可一世更是深恶痛绝。因为她知道，如果秦武丧失了手中的权柄，将一无是处。

　　在刘玫眼里，董天海和秦武是世上最可恶、最无耻、最死有余辜的臭男人。可是，她目前却离不开这两个男人。此时，这两个男人各怀鬼胎。她要先晾他们一会儿，让他们心里干着急，又不能做得过分，否则对自己没有丝毫好处。过了片刻，她妩媚矜持地对秦武微笑着说："秦市长！怎么不喝酒了？来！我陪您喝一杯。"

　　秦武说："你喝的是甜酒，没劲。要喝，你也喝白兰地。"

　　刘玫说："我就知道您会这么说。行！喝白兰地就喝白兰地。我今天就舍命陪君子。小姐！再给我拿个杯子来。"

服务小姐取来杯子，为她和秦武各斟满了路易十三。刘玫微笑着，热情洋溢地举杯与秦武对碰。秦武的情绪一下子就被调动了起来，将杯中酒一饮而尽，倒转杯子说："你看好，我可是一滴未剩。"

　　在秦武一眼不眨的注视下，刘玫仰起脖子一口气把杯中酒喝干了。秦武说："好！刘小姐不愧是女中豪杰。够意思！我们再来。"

　　秦武示意服务小姐再把空杯斟满。刘玫含嗔带怨、风情万种地注视着秦武："秦市长！您不够意思。您是不是非要把我灌趴下了才高兴啊？我不喝了。您要喝，和我们董总喝，他酒量好。"

　　秦武说："和董老板是肯定要喝的。不过得先跟你喝两杯。你不是说要舍命陪君子吗？喝两杯酒醉不倒你的。来，再喝一杯。"说着率先举起了酒杯。刘玫箭在弦上不得不发，只好和秦武又干了一杯。

　　董天海见秦武的兴趣起来了，便又叫了一瓶路易十三。他要和秦武大战几个回合。秦武吃了块牛扒，稍事歇息又与董老板干了起来，说今天要一醉方休。

　　第二瓶酒很快又见底了。董天海又叫了瓶路易十三。喝了两大杯，刘玫见董天海依然面不改色心不跳，而秦武却有了几分醉意，她清楚以董天海的酒量，秦武根本不是对手。当第三瓶酒快要喝完时，董天海本打算叫服务小姐再去拿酒，刘玫在桌子底下踩了他一脚，朝他使了个眼色。

　　董天海立即醒悟过来，明白自己不能再逗英雄喝下去了。如果真将秦武灌趴下了，对自己大大的不利。秦武这人好强霸道，如果将他灌趴下，势必会让他颜面无光；他今天和秦武吃饭的目的是有求于他。如果将他灌趴下了，还谈个屁呀？这种傻事可千万做不得；这路易十三可不便宜，一瓶一万八千元。掏钱买单的可不是秦武。他又何必糟蹋自己的钞票呢？

　　董天海马上装出一副不胜酒力的样子，弃杯拱手认输："秦副市长，我不行了，我敌不过您海量。不能再喝了。再喝就要吐了。"

　　秦武哈哈大笑："董老板，你终于认输了。我还以为你多能喝呢！不过如此！"

　　董天海见秦武这副得意忘形的样子，暗自吸了一口冷气，他奉承道："秦副市长是宰相肚，肚里能行船呢，装几瓶酒自然不在话下。我哪会是您的对手？我甘拜下风。"

　　秦武得意地笑了。刘玫从坤包里拿出事先准备好的支票递给秦武，说："这是董老板的一点小心意，请笑纳。"

　　秦武看了看支票上的金额，假意推却了一阵："无功不受禄。这怎么好意思呢？"

　　刘玫说："我们需要仰仗您的地方还多着呢。您不收，我们就不好开口了。"

秦武收下了支票，说："刘小姐有话就直说吧。只要我能帮上忙的，一定尽力。"

刘玫便将海豪公司想尽快把城北山村那块地批到手的事说了，请秦市长多多帮忙。她说："那块地在市政府规划的'北部新城'中处于金三角地带，竞争非常激烈。现在有不少房地产公司在打那块地的主意。"

秦武一锤定音："就这么点小事，值得你们这么紧张吗？不管金三角还是银三角，你们该干吗还干吗。这块地我说是你们的就是你们的，谁也抢不走。"

刘玫说："秦市长！您别嫌我啰唆。不怕一万就怕万一。听说城北区建委的王主任和规划局的高局长也在帮嘉客房地产开发公司弄这块地。"

秦武不屑一顾地笑了笑："他们两个跳梁小丑没有说话权。他们归谁管？还不都得归我管！这块地最后一关还不得通过我拍板？你们这是杞人忧天嘛！"

董天海见秦武钱也收了，话也摞桌面上了，自己预期的效果达到了，不由暗自窃喜。竞争这块地他是稳操胜券了。

第2节：高尚运动

午餐后，董天海对秦武提议下午去拉普曼高尔夫球俱乐部打高尔夫球。秦武说："好啊，打高尔夫球可是高尚运动。不过，你有会员卡吗？"

董天海笑道："不瞒秦副市长，我还真没有会员卡。不过，'拉普曼'的老板钱峰是我兄弟伙。我去他那里向来通行无阻。但话说回来，今天有您秦副市长大驾光临，就算我与钱老板素不相识，托您的福，他也不敢将我拒之门外。因为钱峰还有另外一个身份，他是城北区临江乡钱家坝村的村委会主任。好歹也是个村官，他可是做梦都盼着您光临他的俱乐部呢！"

秦武很受用地微笑着，他觉得董天海很善于溜须拍马、揣摩圣意，是个混江湖混社会的角色。

拉普曼高尔夫球俱乐部是W市最大的高尔夫球休闲运动中心，配套设施齐备。会员都是上流社会的风云人物，单办一张会员卡每年就要缴纳十万元会费。当然，这里还有其他休闲娱乐项目。比如打打牌赌赌钱，洗洗桑拿泡泡妞啊。来这里的人不用担心钱会没有用武之地。

三辆轿车开到了"拉普曼"。门卫一见秦武驾到，立即向老板通报了消息。钱峰正在会客厅陪两位朋友打牌，听说秦武大驾光临，丢下牌就奔了出来。将秦武等人恭恭敬敬地迎进会客厅，沏茶看座，双手奉上名片："欢迎秦副市长光临指导！"

秦武笑问钱峰："听说钱老板和董老板是朋友？"

钱峰谦恭地说："在下和董哥是从小穿开裆裤长大的兄弟伙。这些年董哥在生意场上没少关照我，我一直记着他的恩情。"

秦武怪怪地笑了笑，说："不错嘛！钱老板在商场上能有这样的成绩。非常棒。不过，我听董老板说你还有另外一个身份，你是城北区临江乡钱家坝村的村委会主任？"

钱峰说："是的，当了个小小的村官。是村民们信任我，通过选举我已经当了两届村委会主任了。"

秦武微笑道："不错，不错！很早以前就允许一部分人先富起来嘛，你就属于那先富起来的一部分人！好好干，你应该会有更好的前途！"

钱峰点头哈腰地说："是的，秦副市长，我能有今天，也全靠政策好！几年前，我们这一带搞开发，我就抓住机遇筹集资金，并贷了一部分款，搞起了这个俱乐部。开始时，场面没这么大，后来赚了钱，我就滚动发展，有了现在这个局面。"

董天海不失时机地插了句："秦副市长，钱老板发财之后，没有忘记邻里乡亲。他给社区捐了不少钱。现在他还当选了区政协委员。"

秦武打着官腔："钱峰同志，一个人有了能力，就要多多为社会作贡献！尤其是我们党员干部，更要以身作则！好好干，你的前途是无量的！"

钱峰毕恭毕敬地说："在下谨记秦副市长教诲！"

秦武满意而亲切地拍了拍钱峰的肩膀，说："你是高尔夫球俱乐部的老板，想必高尔夫球一定打得不错。能教教我吗？我的球技不是很好。"

钱峰不知该怎么回答，望了董天海一眼。董天海说："秦副市长这么信任你！这可是你老弟的造化。你可要好好表现表现。"

钱峰这才心里有底，喜悦地说："秦副市长如此看得起在下，在下深感荣幸！一定竭尽全力倾囊相授。"

钱峰带着秦武和董天海来到贵宾室，换上全套意大利进口的球衣球帽和球鞋，然后轻装上阵，来到宽阔无边的高尔夫球场，潇洒地挥棒玩了起来。刘玫则坐在太阳伞下，一边悠闲自在地喝着饮料，一边观战。

夕阳西下，三人玩够了玩累了玩出一身臭汗。秦武见时间不早，秦武非常高兴，亲热地拍着钱峰的肩膀说："你的球技真的不错，稍加指点，我就将董老板打败了。以后我得常来，拜你为师。没问题吧？"

钱峰喜出望外，受宠若惊地说："秦副市长若能时常光临，在下是求之不得。您什么时候有空来，临行前打个电话。我抛开一切事务恭候着您。"

秦副市长高兴地说："好！就这么说定了。"

第 3 节：色情贿赂

钱峰带着秦武和董天海来到拉普曼桑拿中心洗了一个时辰的桑拿浴。三个钱峰事先安排好的按摩女穿着暴露的三点式早已恭候在按摩室。

负责给秦武按摩的是位年约十七八岁的漂亮女子，水灵灵的，脸带红晕，显得有些羞羞怯怯的，看上去十分楚楚动人。按完摩出来，秦武意犹未尽地问钱峰："刚才给我按摩的女孩手法不错，按起来很舒服。她叫什么名字？"

钱峰说："她叫小蝶，还是个黄花闺女。如果秦副市长不嫌弃小蝶身份低微，今晚我安排小蝶陪您过夜。"

秦武微微地笑了笑，满意地点了点头。

已到了用晚餐的时间，钱峰带着秦武、董天海、刘玫来到俱乐部的酒楼吃山珍野味，当宾主落座之后，酒楼服务小姐三分钟之内便将所有酒菜上齐了。秦武看在眼里，觉得钱峰这人真的不错，机灵，会来事。

酒菜的滋味出乎秦武意料，非常的合胃口，他频频点头，直夸比那些所谓的五星级酒店的酒菜强多了。秦武就这么嘴里吃着美味，心里想着美人，浑身每一个细胞都是美滋滋的。

当晚，钱峰安排几位贵客在俱乐部住下。刘玫执意要回去，钱峰也觉得她在身边有点碍事，不方便男人做某些事情，便没有强留。

刘玫开车走后，钱峰将秦武带到一间套房门口，说小蝶早在里面恭候着。钱峰事先给了小蝶 10 万元"开处"费，对她循循善诱、软硬兼施，小蝶捧着大把大把的现金，懵懵懂懂地点头答应为秦副市长献身。

秦武很满意钱峰的精明能干，拍着他肩膀说："钱老板够意思！再过几个月城北区商会主席就要换届选举了。我认为凭你的商业才能和对社会作出的贡献，竞选城北区商会主席绝对没问题。这虽然是个虚职，但对你今后的仕途和经商都大有益处！多历练历练，两三年内我会想方设法给你往上挪个位子。"

钱峰听了兴奋不已："多谢秦副市长栽培！"

秦武说："这几个月你得抓紧时间活动活动。只要跟城北区委区政府的领导搞好关系，到时我再跟他们通个气，这事是十拿九稳的！"

钱峰感激涕零："秦副市长的知遇之恩，钱某铭记在心。"

秦武进房后，钱峰掩饰不住内心的兴奋来到董天海房间，把正要宽衣解带的小姐打发出去，喜形于色地对董天海说："董哥，今天谢谢你了。你给我带来好运了！"

董天海戏言："什么事值得你这么高兴？是不是秦市长要封你当官啊？"

钱峰笑道："董哥真是火眼金睛啊。没错！秦市长主动提出要我竞选这届城北区商会主席。他说他会跟区委区政府的领导通个气的。秦副市长还说了，先让我历练两年，然后再帮我往上挪个位子，以后我的仕途会一片光明！"

董天海淡淡地说："你要真想往仕途上发展，这倒是个千载难逢的好机会。秦武这人好对付，也还算仗义。只要你给他点甜头，他就会帮你办事。"

钱峰说："谁不想当官？谁不想捞点政治资本？现在这世道，像我们这些经商做买卖的，虽然有几个钱，但是没权没势。男人没权没势就说不了大声话，就不能大口吃肉大碗喝酒，就不算真正扬眉吐气。董哥！你不晓得，这些年我辛辛苦苦赚了几个钱，有多少人、多少部门向我化缘？我先后捐款和赞助 23 笔，共计 480 万，我都记了账的。我的钱又不是抢来的，凭什么要捐给他们送给他们？但是不捐不行啊，不送不行啊，我不少地方要求他们，我谁都得罪不起。只要老子当了官，今后就是他们求我了！"

董天海说："你说得很有道理。不过我没几滴墨水，不想当官，也当不了官。今后你老弟要是真当了大官，可得多关照关照你老哥我啊。"

钱峰笑道："那是当然。不过话说回来，董哥你是黑道的龙头老大，又是房地产大亨，手下一大帮弟兄，根本不需要我关照，在这地方没有你办不到的事情！"

董天海忧心如焚地说："我又不是天下无敌！说实话，我有很多东西是见不得光的，手下那帮人时不时会给我闯祸，有几个弟兄还背着命案呢。我有时也会做噩梦啊！"

钱峰劝道："董哥。我看你还是早点把手下那帮兄弟伙遣散了吧，不然真的迟早会出事。他们平时都倚仗你的势力胡作非为，真要是闯下大祸，你可脱不了干系呀。"

董天海感叹："你以为大哥就这么好当啊？过河拆桥、不讲义气，哪个服你？人在江湖，身不由己啊！有时候你明知是错的事，还是不得不要去做，当然，这也许是我太不知足的缘故吧。老弟。我也奉劝你一句：不要不知足，最好不要涉足官场。官场也有勾心斗角，险象环生啊，稍有差池，就会坠入万劫不复之境地！"

钱峰说："董哥不必替我担忧。我自己有钱，不缺钱，如果我当了官，我想只要我不贪污不受贿，没人可以扳得倒我。"

董天海见劝阻无效，便无奈地叹口气说："但愿如此！"

两人交谈了一会儿，钱峰不好意思多打扰董天海和小姐行乐，便告辞离去。

他前脚出来，小姐就溜进了房间，钻进了董天海的被窝。

第五章：一见钟情

第 1 节：酒会相识

夜幕降临，华灯璀璨。W 市夜景天下闻名，高高低低的楼宇，纵横交错的街道，被七彩的灯光、霓虹点缀着。这就是一片灯的海洋。

2000 年 3 月 18 日晚，贾伟去会雅大酒店参加一个酒会。举办这次酒会的东家是 W 市市政府招商引资办。所有知名外企老总和本土名牌企业老总及部分社会名流均受邀出席。贾伟算来得较晚的一个。酒会上，一群官员、大款、银行家、律师、教授、经济学家等绅士名流组成的堂堂皇皇的上层人物正在一边喝着美酒吃着西式点心，一边唾沫四溅地高谈阔论。他们谈论 WTO，谈论国际形势，谈论跨国贸易，谈论高新科技，谈论香车美女，谈论房地产开发……简直是上下五千年、纵横八万里。

其中有位贾伟认识的有头有脸的某大学教授兼经济学家兼市人大代表更是舌龙过江，从经济走势到政治形态；从绿色食品到服装潮流；从经典国粹到出口贸易；从国外的疯牛病到国际反恐；从飞船上天到美伊战争；从海啸地震到飓风灾难；从性开放到全球艾滋病……每一言、每一句，都力求语不惊人誓不休，非要博个满堂喝彩不可。

贾伟对此嗤之以鼻。他知道这种人永远只会纸上谈兵。若真要他来具体实施某项富国利民的计划，他什么也干不了。现在社会上这种人太多了，他们忽略了一个最根本的道理——那就是事情是干出来的，不是喊出来，唱出来的。

贾伟从侍者盘子里端起杯洋酒找了个靠近角落的座位坐下，一边慢慢品尝，一边漫不经心地搜寻他感兴趣的人和事物。他发现所有参加酒会的人都是道貌岸然或花枝招展的。男士西装革履，梳着油光锃亮的大奔头，女士身着名贵晚礼服，戴着价值连城的珠宝首饰。

贾伟忽然从心底厌倦起这一切来。他觉得这一切都是浮华的虚幻的。这些人好像都是在为别人活着。他们在极力应和着身边的一切，希望自己是最出色最引人注目的。

"女为悦己者容。男人呢?"贾伟悲哀地想。"现在这个时代,男人真的会为知己者死吗?"这个问题让他有些迷茫。

忽然,贾伟眼前一亮,像发现新大陆一样看到从门口进来了一个与众不同的女子。这女子二十三四岁年纪,衣着简捷、明快,头发直直的,脸上没化妆,身上没戴任何饰物,这反而使她在脂粉群中显得特别突出,有种"清水出芙蓉、天然去雕饰"的美。这种美不可抗拒地深深地吸引了贾伟。

贾伟觉得这女子似曾相识,直到看到她身后跟着进来一个肩扛摄影机的大个子,他才想起她就是 W 市电视台《财富资讯》的记者兼节目主持人叶子。

叶子一进来就逮住一位政府官员和几个外企老总进行采访。她言行得体,思维敏捷,笑容可掬,不愧为本土最出色的媒体明星。

叶子忙碌了好一阵子,完成了采访任务,选了个与贾伟相邻的座位坐下歇息,静静地品着一杯红酒。这期间,先后有几位绅士名流主动上前与她打招呼。她很和善地一一应答着,但贾伟看得出她似乎很疲惫。

在应付了几个男男女女之后,叶子终于换来了片刻的安宁,一声不响地独坐一隅,如空谷幽兰,纯洁孤傲、清丽脱俗。她的眼角和眉梢带着一种欲说还休、只可意会不可言传的轻愁,在贾伟看来,她在这喧闹的酒会上是一道独特的风景。

贾伟痴迷地注视着叶子。她那种高雅的气质和略带忧郁的成熟风韵深深地吸引了贾伟。在她身上,既有少女的娇美与柔嫩,又有少妇的秀丽与妩媚。

贾伟对叶子产生了浓郁的兴趣。他想与她攀谈,但又怕太冒失了,故迟疑着没有付诸行动。就在这时,叶子不经意间抬起略带忧郁的双眸往他这边一瞟,正好与他的目光碰撞相交。她习惯性地微微一笑,这亲切友善的微笑瞬间拉近了他们的距离。

贾伟趁机端着酒杯坐到叶子身边,礼貌地递上名片,作了自我介绍。他说他最喜欢看叶子主持的《财富资讯》,夸赞叶子是一个很有才华很有灵气的主持人。叶子认真而礼貌地看了贾伟的名片,淡淡地笑了笑:"贾先生过奖了。"

贾伟说:"我绝非奉承人,我说的是内心最真实的感受,你口才好,见解也独到,是个充满智慧的主持人。"

叶子优雅地注视着贾伟:"谢谢你的认可!"

距离拉近,话题打开,俩人便亲切地交谈起来。叶子问贾伟现在在操作什么项目。贾伟说他在渔桥庄买了 300 亩地皮,准备打造一个高档时尚住宅区,叫"愿景花园",第一期楼盘已经交付使用了,现在正在开发第二期工程,争取明年年底推出。

叶子说:"渔桥庄可是市中区的黄金地段,得天时地利人和,在那里搞房地产回报丰厚,恭喜贾先生可以大赚一笔了。"

贾伟谦虚地说："初来乍到，先试试水深水浅吧。赚了当然好，赔了也没什么，就当是初来贵地，交交学费。不过我运气还好，第一期楼盘投入 3 个亿，赚了一个多亿。"

　　两人谈得很投机，也很真诚。叶子的言行举止没有半点扭捏作态的生硬，没有半点弄巧成拙的别扭。就在这次初识中，贾伟不可思议地对叶子一见钟情了。

　　贾伟从未如此强烈地对异性产生过爱慕之情。他清楚自己不轻易动情，一旦动情就必然热烈持久，不可抗拒。

　　分手时，叶子递给贾伟一张名片，说："近几年 W 市房地产业突飞猛进，开发企业猛增到 2000 多家，竞争相当激烈。与此同时，一批房地产策划、营销代理公司也应运而生，目前已有 400 多家，但只有 82 家获得了政府有关部门颁发的代理资质证书。大多数策划、代理公司是滥竽充数、徒有其表的，缺乏对项目完整的行销控制，甚至缺乏基本的行销能力。更为严重的是不少代理人员缺乏必要的专业知识和职业道德素质，只顾自己利益，不管开发商死活。他们往往赚得盆满钵满，却害得开发商满盘皆输。最近，我打算针对这些情况做一期节目，你是搞房地产的，有实践经验，我想到时请你去做嘉宾，行吗？"

　　贾伟满口应承："没问题。"

　　俩人握手而别。

第 2 节：特邀嘉宾

　　一星期后，叶子果然打电话邀请贾伟去《财富资讯》做嘉宾。接到电话，贾伟激动不已。这几天他一直在等待叶子的电话，期待着再次与她见面畅谈。

　　贾伟驾车准时来到电视台，叶子说："贾先生！我知道凭你的才能，就事论事谈自己熟悉的有关房地产领域的话题，做一期三十分钟的节目，是轻而易举、手到擒来的事情。不过，节目直播之前进行彩排是电视台的规矩，我们的要求是务必做到万无一失，希望你理解。"

　　贾伟笑着说："你不用解释，我能理解。事实上我这人并不是很聪明，还是彩排一下好，这样大家心里都有底，可以避免出些不必要的洋相。"

　　他们开始围绕今天的节目——《如何解决房地产营销代理行业中存在的若干问题》进行探讨。出乎叶子意料，贾伟远比她想象的要聪明得多，她和他交谈非常的顺畅。在探讨问题的时候，贾伟往往能洞察她下一步的意图，知道她接下来会说什么。不仅如此，他还会主动配合她，甚至是引导她怎么把话题展开得更好更有意义。他的语言幽默、风趣，充满了睿智的人生哲理。他的思维相当敏捷，以至让叶子改变了她内心对商人的一贯看法。

叶子向来不喜欢，甚至有些讨厌商人。她认为现在这世道变了，金钱裹着权力和欲望风靡一时，商人耀武扬威不可一世，这社会上有不少黑暗和丑恶的事情就是官商勾结一手制造出来的。她甚至打心里认为贾伟也是那种整天忙于钻营算计，忙于花天酒地的商人，不会有什么丰富的思想和高尚的情操。

但她又不得不和商人打交道，因为这是她的工作。她做《财富资讯》这个节目，除了接触一些政府官员和经济学家外，剩下的就几乎全是商人了。今天她请贾伟来做嘉宾，绝对不是因为她对他有好感，纯粹是为了节目本身考虑。她需要做这么一期节目，仅此而已。

然而，通过节目中的深切交流，她发现贾伟是个与众不同的商人。他高大英俊、举止文雅、谈吐不俗、言语间总透着哲理，而那份真诚更是足以让她感动。和她促膝交谈时，他绝对没有某些商人那种眼高于顶的傲慢与那种肆无忌惮的挑逗和暗示。他是从容而真诚的。

叶子觉得贾伟是一个有学问有思想有内涵的商人。他是她心目中目前评价最高的男子。

节目彩排之后，立即进行了现场录制。由于事先有充分的准备，加上俩人配合默契，这期节目做得非常成功。节目部主任袁祥和大个子摄像小郭向叶子表示祝贺，向贾伟表示感谢，夸赞节目做得天衣无缝无懈可击。

叶子还是第一次看到同事们这么真心地夸赞她请来的嘉宾，心里非常高兴。录制好节目已经到了晚上七点。作为回报，她提出要请贾伟出去吃晚饭。贾伟高兴地说："美女相邀，恭敬不如从命。"

叶子说文化路有家"小胖烧烤店"味道很不错，今晚就去文化路吃烧烤，喝夜啤酒。

贾伟发动车子开往文化路。在叶子的指点下，车子很快开到"小胖烧烤店"。贾伟泊好车，和叶子进了小店，小店内座无虚席，一看就知叶子所言不虚。

叶子点了烤鸡翅、烤鱿鱼、烤腊肠、红烧鸭颈子、炒田螺，要了两瓶啤酒。叶子望着他熟练的倒酒动作，笑问："像你这样的大老板，可能很少来这种小酒楼用餐吧？"

贾伟说："你错了。其实，除了应酬贵宾不得不进星级宾馆、酒店外，平时我很喜欢到一些风味酒楼或者街边排档吃东西。在上海时，我就经常开车去城隍庙一带吃小吃。"

通过闲聊，贾伟得知叶子出生于杭州，是复旦大学新闻系毕业的高才生。三年前W市电视台的几位头头去复旦大学挑选记者和主持人，她报了名结果被选上了，就这样来到了这座城市。

贾伟觉得叶子一个人背井离乡在这里工作也不容易，便说："以后有什么需要我帮忙的地方，尽管吩咐。"

叶子说："你有这份心我就感激不尽了。我早已习惯了现在这种生活，以后也不会有多大变动了。"

叶子礼貌之中仍然包含着一种冷傲和戒备。接着她问起贾伟的情况，她说她想听听贾伟的故事，详细的、真实的故事。于是，贾伟对叶子讲述了自己的经历：

1966 年贾伟出生于北京一个普通的知识分子家庭，谈不上大富大贵，但日子过得还很殷实。他是家中独子，87 年从北大毕业后，分配在北京一所高校任教。没教两个月便先斩后奏办了停薪留职下海经商，把他父母气了个半死。骂他是不务正业，放着响当当的铁饭碗不要。但说归说，吵归吵。最终，父母还是拿出全部积蓄给他做本钱。

创业之初，他只有 10 万元资金。根本做不成任何一桩大生意，只有充当中间商。凭借自己精明头脑和交际手腕见机行事，见利就上。十几二十宗小买卖下来，他有了百多万资金。这时，他投入全部资金在北京开了一家贸易公司，大张旗鼓地做起了贸易。到了 89 年初，他的资产递增到八百多万。深思熟虑后，他在海淀区买下了 200 亩土地。不到两年，这块地皮的价格便翻了几番。贾伟趁机抛出，大赚了一笔。

贾伟成功地创造了一个商业神话。以他二十出头的年纪、毫无后台、靠山、政治背景的平民身份，短短几年间便拥有了 4000 多万资产。成功地折服了身边的朋友和生意场上的对手，也让一直担心他的父母舒了一口大气，认同了他所选择的事业。

1991 年 4 月，贾伟挥师海南。当时中央的投资倾向是海南，要把海南建成中国最大的特区省。他在海南干得有声有色。注册了一家房地产公司，投资 2800 万元人民币在海口金盘开发区购买了一大块地皮。同时，注册了一家贸易公司，用公司剩余的大部分资金从事贸易操作。一边做贸易赚钱，一边静待那块地皮升值。

房地产和贸易都是贾伟的生意强项。他双管齐下，左右逢源。1993 年底，当海南经济如昙花一现，正迅速走向滑坡时，他已抢先一步将所有房产全变卖了。

1994 年初，贾伟带着 1 亿 8000 万资金奔向了上海。随着房地产市场的不断规范，贾伟知道以前那种炒买炒卖地皮的手段行不通了。经过两个月的谈判，他在浦东和上海本地房地产开发商陈明合作，注册成立了嘉客房地产开发公司，开始了房地产的正规操作。

当时，陈明手中拥有 200 亩黄金地皮，但缺乏开发资金。贾伟将自己的资金全部投入。陈明以 200 亩土地作价入股，合资分期建造豪华写字楼和商住楼。历经三年的漫长周期，两期楼盘大获成功，换来了 2 亿 8000 万的纯利润。

1998 年初，W 市政府官员组成的招商团到上海参观考察，引进资金、技术。在众多优惠政策的感召下，他和陈明挥师来到 W 市……

俩人边吃边断断续续地聊着，聊得很投机。吃过晚饭后，贾伟开车送叶子回电视台新建的一幢五层的"传媒公寓"。

叶子下车后，对贾伟了声晚安，便径直上楼而去。贾伟故作不满地说："你不请我上去小坐一会儿，喝杯茶，未免也太失礼了吧？"

叶子调皮地对贾伟笑道："你刚喝了一肚子的啤酒，就别找借口了吧？"

贾伟说："我只不过跟你开个玩笑，看你这么认真。不会是男朋友在楼上等你吧？"

叶子笑道："你可别危言耸听啊！你什么时候见我有男朋友了？你毁我名誉，若是我以后嫁不出去，可要找你算账。"

贾伟说："若嫁不出去，就嫁给我吧。"

叶子说："你美吧你。我不嫁有钱人。"

贾伟问："为什么？"

叶子说："不为什么。就是不嫁有钱人。"

贾伟从叶子成熟、稳重和时隐时现的忧郁气质中隐隐觉得她有过一段非同寻常的经历。她心里一定埋藏着些什么故事，这些故事或许给她带来了某种伤害，所以她现在对男人本能地带着一种戒备和冷漠。

贾伟暗下决心一定要了解叶子，一定要走进她的心扉。

第 3 节：情怨纠缠

当晚八点，W 市电视台《财富资讯》栏目准时播出了叶子和贾伟做的这期节目。刘玫在公寓收看了这期节目。她已经两年多没见过贾伟了。现在从电视上看来，他还是那么的俊朗、帅气、引人注目。

如今她看到他身边的叶子和他配合得天衣无缝，她心里涌起了一份复杂的失落感。不过，她心里同时又升起一股快意。那就是她预感白雪和贾伟的情分快要到头了。当初贾伟为了白雪不惜将她逐出公司，如今白雪也快要接受这种被抛弃的命运了。

想到这点，她就暗自高兴。她敢断定，如果白雪看到这期节目，一定会很痛苦、很失落。因为白雪在贾伟身上付出了一切，一旦被抛弃将痛不欲生。那种被男人始乱终弃的痛苦和仇恨是无以复加的。那种被另一个女人夺去自己心爱的男人的痛苦和仇恨是无以复加的。

她想：当白雪不得不带着创伤灰暗地离开贾伟，走出他的生活和视线时，一定会有一种心灵被彻底毁灭的疼痛感和麻木感。那时，她一定生不如死。

与此同时，白雪、陈明、程辉和小张也在别墅收看了这期节目。陈明看着看着无意中说了句："阿伟这小子什么时候和主持人叶子搭上线了？看他那眼神，看他那满脸发自内心的微笑，看他们那份息息相通的默契。你们说他们之间会不会真有后文？"

程辉痴迷迷地望着屏幕上的叶子，随声附和道："的确。这女人既聪明又有气质，他们倒是很般配，如果真能发生点什么，那才叫郎才女貌、珠联璧合。"

就在他们情不自禁地发表言论时，坐在一旁的白雪心如刀割。她努力忍住眼里的泪水，默默地上楼去了。陈明和程辉望着白雪离去的背影，怔住了。

小张叹了口气，说："你们两个是言者无心，白雪却是听者有意。唉，恐怕今晚她是睡不着觉喽。"

白雪进了卧室，默默地流了一会儿泪，然后进卫生间洗了个热水澡。她从卫生间的按摩浴缸出来，光着脚光着身子走过樱木地板，一直走到衣橱前，轻轻地打开雕花木门，从里面拿出一件镂花内裤穿上，套上一件睡袍，黯然神伤地躺到了床上。

贾伟回到别墅时已是晚上十点过了，卧室的灯亮着，但白雪已经睡着了，贾伟不想惊动她，轻轻地脱衣上床钻进被窝。他忽然发现白雪脸上依稀残留着泪痕。他惊诧不已，轻轻地推醒了白雪，关切地问："雪儿，怎么啦？怎么哭了？"

白雪睁开迷糊睡眼，故作糊涂说："什么？我哭了？不会吧？我什么时候哭了？"

贾伟爱怜地刮了一下她的脸蛋："你看你脸上还留着泪痕呢，告诉我到底怎么啦？"

"没什么，大概是刚才做了一个噩梦吧。"白雪轻描淡写地掩饰了过去。

贾伟爱怜地说："雪儿！你可别有事瞒着我啊。如果受了什么委屈，或是家里出了什么事，你都要告诉我。你不告诉我，我就不知道该怎么帮你。懂吗？"

白雪依偎在贾伟怀里，幸福地笑了："我懂。我知道你对我好，疼我爱我。我真的没什么事。你放心吧。"

白雪边说边轻轻地用身子摩擦着贾伟，以期挑起他的性欲。但贾伟一句话就将她火热的心推进了冰窖，他说："睡吧，我累了，不想要。"

白雪不再说话了，她知道贾伟在敷衍她。她清楚他心里在想着另外一个女人。如果一个男人对一个睡在他身边的美女没有欲望，那么通常是对另外一个女人充满了欲望。而且那个女人一定比睡在身边的这个女人更漂亮更出色更有吸引力。这道理是显而易见的，也是女人们最敏感的。

白雪不敢自作多情了。其实她今晚也没有与贾伟做爱的心情。她强迫自己强颜欢

44

笑去挑逗他，只不过是为了掩饰内心的失落。现在贾伟这句话更加深了她内心的痛苦和猜忌。

她清楚地记得，自从贾伟去会雅大酒店参加酒会以来，已经整整十天没有和她做爱了。这么长时间不碰她，这在她的记忆中是从未有过的事。床笫间的关系最能直接反映情侣间的感情变迁。白雪从贾伟的反常行为中隐隐感觉到他们的感情出现了危机。她可以断定给她带来感情危机的就是那个名叫叶子的女主持。

白雪暗自拿自己和叶子做了个比较。她清楚地认识到自己无论哪方面都比不过叶子。人家是著名节目主持人，要才有才，要貌有貌，要文凭有文凭，要地位有地位。而且那份与生俱来的高贵优雅气质，是她这个出身贫寒的乡下女子一辈子也无论如何修炼不来的。

白雪清楚自己输定了，离开这幢别墅、和贾伟分手的日子正一步步向她逼近。她想不承认、不接受、不面对这个现实都不行。

这一夜，白雪彻底失眠了。她心中充满了如水的忧伤。这忧伤，挥刀斩不断、借酒浇不了。

这忧伤深埋在她心中，从此，将默默地陪伴她度过每一个淡如水、轻如烟的日子。

第4节：内心隐痛

大世界夜总会经过一段时间紧锣密鼓的筹备，终于开张营业了。这是一家定位在中档偏高的夜总会，里面的设施装备以及小姐、少爷、调酒师的素质都是无可挑剔的。

开张当晚，贾伟带着白雪、陈明和程辉来到大世界夜总会为江洋捧场。江洋奉上酒水，领来三位漂亮小姐，给陈明和程辉一人安排了一个，自己搂着一个在旁作陪。

白雪被贾伟强拉来陪他，她觉得很尴尬，觉得自己夹在一群男人和妓女之间，无所适从，就像一个电灯泡。由于她的存在，他们玩得不纵情不尽兴。这样既影响了他们开心，也让她自己不开心。

贾伟见白雪的情绪低落，便点了首香港歌星林子祥和叶倩文原唱的《选择》，陪她情意绵绵地唱了起来——

风起的日子笑看落花，雪舞的季节举杯向月。这样的心情，这样的路，我们一起走过。走过了春天走过秋天，送走了今天又是明天。一天又一天，月月年年，我们的心不变……

一曲唱罢，陈明和江洋带头鼓掌。江洋说没想到白雪的嗓子还真不错，这用心用情唱出来的歌就是不一样，既好听、又感人，并提议他们再来一首。贾伟说："再来一首就再来一首。雪儿！我们再来一首《无言的结局》。"

白雪最不希望最害怕的就是和贾伟的感情最终成为一种无言的结局。她说她不喜欢这首歌。倒是陈明看出来白雪的心思，一语道破天机："唱什么《无言的结局》？来首《知心爱人》，或是《爱你一万年》吧。多甜蜜多温馨啊！"

白雪有些不好意思了。她不想她和贾伟的感情成为旁人的笑柄。尽管她清楚陈明绝无取笑之意，但仍然有种被旁人窥破内心秘密的尴尬。她只好点了首《当爱已成往事》。

电视屏幕上出现一对在夕阳下的长堤边漫步的情侣。一段行云流水般的前奏响过之后，白雪和贾伟唱了起来——

女：往事不用再提，人生已多风雨，纵然记忆抹不去爱与恨都还在心里。真的要断了过去，让明天好好继续，你就不要再苦苦追问我的消息。

男：爱情它是个难题，让人目眩神迷，忘了痛或许可以，忘了你却太不容易。你不曾真的离去。你始终在我心里，我对你仍有爱意，我对自己无能为力。因为我仍有梦，依然将你放在我心中，总是容易被往事打动，总是为了你心痛。

女：别流连岁月中往日的柔情种种，不要问我是否再相逢，不要管我是否言不由衷。

合：为何你不懂只要有爱就有痛，有一天你会知道人生没有我并不会不同，人生已经太匆匆，我好害怕总是泪眼蒙眬，忘了我就没有痛，将往事留在风中。

唱完这首歌，白雪眼中已隐隐有了泪花。她清楚自己和贾伟的爱，也很快要成为往事了。她点唱这首歌，就是为了祭奠他们之间的爱情。她悄悄地擦了擦眼睛，没让人看见她眼里的泪水。为了掩饰自己的失态和脆弱，她将话筒递给了陈明，叫陈明和小姐也来一首。

陈明推却说他这公鸭嗓子唱起来难听死了，有破坏气氛之嫌，不唱也罢。贾伟不依，说："你别找借口，今晚每人都要唱。江洋请大家来，就是来喝酒唱歌的，现在轮到你表演，我们做观众，边喝酒边欣赏。"

陈明无奈，只好搂着小姐来了首《相思风雨中》。他唱歌的确难听，比贾伟差远了，但他身边那位小姐的嗓子和唱歌水平和白雪相比，有过之而无不及。大凡在夜总会或歌舞厅做小姐的都有点本事。她们不但长相好、身材好、酒量好，而且歌唱得好、舞跳得好、床上功夫也好。没有这几把刷子，想进高档娱乐场所做小姐，还真不够资格。他们唱完，大伙鼓掌。贾伟问江洋："你手下的小姐是不是个个都这么漂亮，能歌善舞。"

江洋洋洋自得地说："这当然了，我这里现有128位小姐，都是经过精挑细选的，个个有一身本事。其中有不少拔尖的，还是我许以重金从别的娱乐场所'挖'过来的。如果以后生意好了，小姐还会更多。"

贾伟笑道："你这里可真是个地地道道的销金窟啊。我看你小子真要做个不折不扣的强盗了。看来当初同学们给你取这个绰号，还真没取错。"

江洋说："借老兄吉言，但愿我这'强盗'能把W市的大款和权贵人物口袋里的钞票全'抢'光。来！为这个宏伟的目标，我们干一杯！"

贾伟举杯："来！我们为大世界夜总会开张大喜，祝贺江洋今后财源滚滚、日进斗金。干杯！"

第5节：刘玫爱谁

当晚，除白雪暗怀心事外，每人都纵情地喝酒尽情地唱歌，肆无忌惮地调情。玩到午夜，贾伟告辞，江洋也未作挽留，不过他提出让陈明和程辉各捎个小姐回去。

贾伟说："让阿明带一个就算了。程辉就免了。"

江洋说："阿伟，你这样做不公平。阿明是你的副手，这方面有绝对的自主和自由。但程辉就不同了，他要想玩女人恐怕只能偷偷摸摸了。如果你的手下连基本的生理需求都解决不了，还怎么尽心尽忠地为你办事？"

贾伟笑道："你小子可别把我的人都教坏了，我还没发现阿辉有这方面的嗜好。"

江洋说："现在是什么时代了？程辉都是二十好几的大男人了，会不想女人？会没有这方面的嗜好？与其让你手下冒着被警察逮住的危险偷偷去嫖妓，不如鼓励他放心大胆地将小姐带回家。反正你有那么大一幢别墅，有的是条件。我认为男人玩玩女人是天经地义的事。古话说食色性也。男女之间这种高尚娱乐就像吃饭一样，是生活中最重要最必不可少的一件事。"

贾伟被江洋逗乐了："经你小子这么一说，我还真觉得有点亏待程辉了。这样吧，今天让程辉自己做主。"

程辉一本正经地说："谢谢江哥的好意。不过我不需要小姐。我做事向来是我行我素，不怕别人说什么。我对任何事都抱着无所谓的态度，但偏偏对感情比较认真。我不是一个喜欢逢场作戏的人，我认为情欲这东西就像河流，一旦泛滥，便会成灾，一发不可收拾。我也想女人，但不是想每一个女人。"

白雪听了程辉这番话，不由感叹："难得程辉这么至情至性。你们就别拿小姐诱惑他了。其实程辉心里早有意中人了。如果我没有猜错，这人恐怕就是刘玫吧？"

程辉脸色微红，没有说话，但这种沉默无疑等同于默认。贾伟和陈明吃惊不已。他们从未看出来程辉喜欢刘玫。

贾伟问程辉："阿辉！你是不是真喜欢刘玫？为什么不告诉我？你要告诉我，当初在上海我就不会炒她鱿鱼。看来我还真做错了一件事，把你们拆散了，现在到哪里去找她？"

程辉差点就脱口说出刘玫现在就在 W 市，就在海豪房地产开发公司当副总，但想到自己对刘玫的承诺，话到了嘴边又咽了回去。

回到别墅，陈明搂着小姐上楼睡觉了。贾伟无法入眠，半躺在床头抽着烟。白雪猜测贾伟一定是在为当年炒刘玫鱿鱼之事内疚自责。

的确，此时贾伟正被"刘玫"这个名字困扰着，如果不是白雪今晚提起，他几乎忘记了刘玫的名字，想不起刘玫的样子。他从未想到，更未看出程辉居然一直在心里真正深爱着刘玫。

现在想来，自己当初是做得有点过分了，其实刘玫还是有不少优点的。他不该因为她欺负了白雪就炒她鱿鱼。当初她都向他认错了，他应该给她一个机会，这样也就等于给了程辉的爱情一个机会。

想到这些，他重重地叹了口气，对睁着眼睛躺在床上同样睡不着觉的白雪说："雪儿。我无意中做了一件错事。当初我炒刘玫鱿鱼，目的是要杀一儆百，树立自己的威信。我不想看到手下员工发生冲突和矛盾，更容忍不了自己的手下妄自尊大，对老板说三道四指指点点。没想到我这么做，却无意中拆散了程辉和刘玫的感情。"

白雪幽幽地说："阿伟，我觉得你在生意场上精明能干、运筹帷幄，有大将风范，但在男女感情方面却像个混沌未开的小孩子。你不用自责了，程辉爱刘玫不假，我看得出他一直在暗恋着她。但我更看得出刘玫根本不爱程辉。你知道刘玫心里真正爱的男人是谁吗？"

贾伟茫然地问："谁呀？"

白雪说："是你！"

贾伟愕然："她爱我？"

白雪说："对！她爱你。如果她不爱你，就不会恨我，跟我吵架。你以为她跟我吵架是因为我后进公司跟她的工资一样高，心里不平衡？你错了。她是见你对我太过关心，太过爱护，对她的感情视而不见，才心生妒忌和怨恨。爱情是自私的，情人的眼里根本容不下半粒沙子，她是因爱生恨。我理解她，甚至觉得很对不起她，所以她吵我骂我羞辱我，我都忍了。"

贾伟如同听着天方夜谭，许久无话。白雪接着说："这些话我埋在心里已经很久了，一直没跟你说，是因为我太爱你，如果当初我对你点破，也许你就不会炒她鱿鱼了。女人对爱情都是自私的，我也不例外。"

贾伟问："那你现在为什么要告诉我这些？"

白雪凄凉地一笑："因为我知道我占据不了你的心灵，你真正爱的女人不会是我。我想大概你现在已经找到了你所钟情的女人了吧？"

贾伟无语。白雪神色黯然："我知道我迟早会有一天要离开你，离开这幢别墅，我不得不面对这个残酷的现实。刘玫这件事已经埋在我心里两年多了。我觉得自己背负了一份良心债，很重很累。现在我把这些心事吐出来，就像卸下了一个沉重的包袱，心里反倒轻松多了。"

这一夜，贾伟和白雪各怀心事，相背而睡。

第六章：惊天布局

第1节：绝世策划

2000年4月初，W市传出一条特大新闻，闲置在W市主城区长达五年之久的敏诚大厦开盘了，开盘最高价（底层门面）为7888元/平方米，平均价格5888元/平方米，居然出现了破天荒的抢购现象。这个神话令房地产业界人士大跌眼镜。

敏诚大厦原本是W市大地房地产开发公司开发的项目，这幢被业内人士公认的"烂尾楼"总投资2.8亿，高32层，5年前就完成了主体建筑，由于定位不准、决策失误及其他种种原因，一直闲置在主城区，这个项目开发商70%的资金来自国家银行的贷款，随着贷款利息返还包袱的日益加重，大地房地产开发公司的老总张立早已从当初拥资上亿的大亨变成了负债累累的穷光蛋。

1999年7月的一次聚会上，张立见到了老朋友董天海和她的副手刘玫，董天海问起敏诚大厦的情况，张立直摇头叹息。刘玫在旁边给张立出了个主意，她说："张总，如果你信得过我，我给你介绍个人，颖竹置业代理公司老板赵洪，赵洪是我的大学同学，他是复旦大学国际金融贸易学院的高才生，在校时选修的是房地产专业，他是国际国内金融贸易、经济形势分析和房地产策划、销售方面的高手。你可以找他试试，说不定会柳暗花明呢！"

董天海拍着张立的肩膀给他打气："老张，刘玫是个超级高手，她介绍的人绝对错不了。到时你活过来了，请我们吃个饭喝个酒就行了。"

在上天无路、入地无门的情况下，张立次日便按照刘玫提供的名片，抱着死马当活马医的心态找到颖竹置业代理公司，与赵洪进行了初次谈判。

张立对赵洪的第一印象非常不错，这位刚出大学校门没几年的帅小伙儿戴一副金丝镶边眼镜，显得文质彬彬，但张立相信这小子绝对不是个书呆子，他谈吐得体，见识、胆识过人，给人一种沉稳自信的感觉。在他的脑子里充满了各种精彩绝妙的房地产市场定位、策划、创意和营销理念。在他身上，除了有一股子浓浓的冷酷无情的商业意识和狡诈之外，也有着一种还不曾泯灭的天真的真诚和善良。

赵洪十分自信地告诉张立，他有百分百的把握可以救活这幢"死楼"，不过不是很轻松，得付出十分艰辛的努力，当然也得花费一笔不小的前期投资。张立一听来了兴趣，试探性问道："赵总，你能不能把方案说来听听？"

赵洪说："行。你是刘玫介绍来的客户，我也就不把你当外人。其实救活这幢楼不难，只需要一个非常精彩绝伦的总体策划方案就行了。详细的方案我不便跟你透露，一下子也说不清楚。我可以跟你说一下这个方案中要做到的几个步骤。第一，改变这幢楼现有的形象和面貌，把它身上那件穿了将近5年没有洗过的脏衣服脱下来，重新给它换上新装。比如：整修、清洗外墙、更换门脸、粉刷内墙、贴贴瓷砖、布布线条。这笔简单装修的投入是必不可少的，根据建筑面积我算了一下大概要花费1200万。第二，周边环境的绿化，现在这幢楼沉寂了将近5年无人问津，周边长满了野草，必须把周边环境搞好，环境绿化非常重要，这方面得重新做，而且要做好，另外在楼盘前面造一个小广场，搞一个喷泉。这笔投入大概要三、四百万。"

"第三，加大广告宣传力度，诱导并改变人们对这幢楼的看法，现在在人们的心目中这幢楼是无人问津的'死楼'，我们要让他们认识到这幢楼不是'死楼'，只不过是因为决策失误、定位不准才落到今天这个地步。其实这幢楼地处闹市中心，据市政府规划，未来5年之内这里将会建步行街，5年之内，周围的房地产项目越来越多，人气越来越旺、商机无限。"

"第四，在完成上面三个步骤之后我们还得做做公益活动，比如给周围的学校和敬老院捐点款啊，不需要太多，只要会造势就行了，会造势也就是操作非常得当，捐款是很有学问的，有的人捐赠几千万没造成多大影响，而有的人因为会选时机会造舆论，只捐赠10万便可以在全城引起轰动。这就需要配合得非常默契的炒作和操作。跟学校和敬老院打好关系还有一个好处，以后可以更好地出面解决业主的小孩入学和老人入托的事情。这也等于是花钱给自己铺路，这钱不会白花，那些潜在的客户只要看到你方方面面的问题都做好了，他们才更愿意买你的楼盘。这些只是公益活动的第一步，接下来就是要经常请腰鼓队、时装队来闹一闹、走走秀。开盘当天请些明星大腕来捧捧场，这样不但会积聚人气，还会让人们觉得你张总实力非凡！如果人们认定你张总已到了山穷水尽死路一条的地步，可能他们不会太愿意掏钱买你的楼盘。因为在人们的意识中，没有钱就等于没有实力，没有实力今后出现问题就可能解决不了甚至根本就是撒手不管，比如售后服务问题啊，物业管理问题啊，这些今后是避免不了都会遇上的。"

赵洪歇了口气，笑了笑："其实总体来说就这些问题，只要做好了，这幢楼就活了。不过这些事情说起来容易，做起来可不是那么容易的。这其中花费的财力人力物力和心血可不可小觑啊。"

在听了公司老总赵洪的一番充满自信的高谈阔论之后，张立觉得赵洪是把干事业的好手。自己应该相信他。反正已经是别无选择了。于是张立真诚地和赵洪进行了更进一步的谈判。最后决定由颖竹置业代理公司负责敏诚大厦的市场定位策划和营销代理。

第 2 节：创造奇迹

合同顺利地签订了，根据双方协议，颖竹置业代理公司负责这个项目的前期策划、广告宣传及销售代理，并承担一切费用。同时，鉴于大地房地产开发公司资金紧张，这个项目的工程装修、环境绿化、广场、喷泉设施费用共计 2000 万元全部由颖竹置业代理公司垫付，垫付资金在开盘资金回笼后大地公司一次性返还，不计利息。大地公司同意售楼平均底价为 3000 元 / 平方米。超出部分无论多少全部归颖竹置业代理公司所有，同时颖竹置业公司将抽取底价的 5%作为前期策划和支付广告费用的回报。

张立对这个方案非常满意，因为这意味着自己不用再投入分文便可以将这幢死楼救活。所有风险都由颖竹置业代理公司承担。

颖竹置业代理公司接手这幢烂尾楼后，重新定位，取名"伊莎贝尔广场"，并将这幢楼的功用进行了科学细致的分解：地下室负 1 层为停车场；第 1 层为银行办公门面；第 1 层至第 6 层为高级购物中心；第 7 层至 20 层为高级酒店式公寓；第 21 层至 32 层为写字楼或商住楼。赵洪将这幢楼的最大功用全部挖掘出来，凭着良好的策划和高绝的销售技巧与大量的广告配合，不但将这幢烂尾楼给盘活了，而且获得了非常高的收益。扣除广告宣传、工程装修、公益活动赞助、环境绿化、及业务员的销售回扣等等所有一切费用开销，颖竹置业代理公司从大地房地产开发公司赚走 8000 万元的纯利润。而大难不死的大地房地产开发公司的老总张立除收回成本外，只小赚了960万，却还不得不对赵洪感激涕零。毕竟事实上是赵洪将他从破产跳楼的边缘救了回来。

看到这样的结局，赵洪憨厚而狡黠地笑了。他觉得张立这傻瓜其实是捧着金饭碗在要饭喊穷，这个喜欢跟风的暴发户和他的那帮傻瓜们根本不懂什么是市场，什么是策划，什么是定位，什么是营销，当然更谈不上什么是真正的房地产了。赵洪所做的一切其实非常简单，只不过是把对方的金碗接过来，帮他洗了洗，重新抛光，然后转手卖掉。

对这个倒霉的张立来说，赵洪既是救命的稻草又是吃人的豺狼，他和手下那帮精英们敲定的一个精彩卓绝的策划方案便拯救了一个穷途末路的开发商，但同时也吸干了他的骨髓。

颖竹置业代理公司在W市一夜成名，引起了业界人士的莫大关注。这家开张不久名不见经传的小公司居然盘活了一幢业界公认无救的"死楼"，而且在开盘价格如此偏高的情况下销售业绩惊人，自开盘后短短三个月就将数万平方米的楼盘销售一空。这简直就是神话。令人惊喜令人疯狂的神话。

这就像天方夜谭。然而这故事却真实地发生在那些房地产巨商大鳄眼前身边，由不得他们不信，由不得他们不惊奇，由不得他们不佩服。

从2000年4月初开盘至2000年7月初，短短3月间，伊莎贝尔广场销售一空，张立起死回生，收回全部投资，还清银行借贷还小赚了960万。按照事先承诺，张立在天峰大酒店宴请了董天海和刘玫等一帮商界朋友，当然也邀请了赵洪和他手下的一帮精英。酒宴的气氛很热闹，朋友们纷纷向张立表示祝贺。祝贺他获得了新生，重新回到富豪行列。张立苦笑："唉，我现在还算什么富豪啊？穷人啊，想不认输都不行啊！老了，现在是年轻人的天下喽！"

张立说罢来到赵洪面前，举杯与他相碰："赵总！你创造了一个奇迹，一幢烂尾楼，经你一策划，卖出了天价，平均售价5888/平方米，这是什么概念啊？这是神话般的奇迹！虽然赵总在这个项目中赚取了80%的利润，但我姓张的不眼红，更不怨恨，毕竟这钱是赵总靠能力赚的，换了其他人，这幢楼我就是给他基价2500元/平方米，他也不敢接。所以我服你，心服口服，别人问我心里平衡吗？我告诉你，我这人心态好，绝对平衡！现在是什么时代？是靠知识靠技术靠智慧赚钱的时代！有本事的人一个创意一个策划一项专利就可以创造惊人的财富。而那些像我一样的平庸者累死累活也只是为人作嫁。这没有什么稀奇的！"

赵洪觉得张立有点喝高了，不知道是高兴还是失落。总之赵洪还是看出了张立心里有点不平衡，毕竟赵洪从他的金碗里挖走了8000万元的纯利。他心想这姓张的说不定日后会给自己玩什么阴招。

刘玫远远见张立拉着赵洪在大发感慨，忙过去给他解围，她和赵洪碰了碰杯："老同学，恭喜你啊，旗开得胜，创造了非凡业绩！"

赵洪憨憨地笑了笑："谢谢，过奖了，过奖了！"

董天海也过来向赵洪表示祝贺，他和赵洪碰了碰杯："小赵，你今晚喝了不少了，这杯酒你就随意吧，我干了！"

董天海干了杯中酒，接着说，"我这人是个大老粗，但是能够让我佩服的人不多。年轻一辈中，除了刘玫，你是第二个让我刮目相看的！能创造如此惊人的业绩，真是长江后浪推前浪，后生可畏啊！"

第3节：幕后老板

"伊莎贝尔广场"的成功案例同样也震撼了曾经创造过许多商业神话的贾伟，令他记住了这家名叫"颖竹"的置业代理公司，记住那个叫赵洪的年轻人。事实上自从他涉足房地产业以来，真正让他佩服和记住的人不多。但这叫赵洪的年轻人绝对是值得他重视的一个。他觉得以赵洪的才能和潜力，他的前途不可限量。

然而，有一个真相恐怕是贾伟做梦都想象不到的，那就是颖竹置业代理公司真正的老板其实并非赵洪，而是几年前被他踢出公司的刘玫。

刘玫心思缜密，她办公司的事对任何人都不曾透露，包括自己的父母和姐姐刘丽，所以董天海也根本不知情，除了赵洪之外，就连颖竹公司的员工都不知道他们真正的老板是刘玫。

刘玫虽然是个弱女子，但远比董天海城府深，有心计，当然她的目光也更远大，自从被董天海强暴之后，她便迫于无奈委身于董天海。但在内心她恨死了这个流氓土匪痞子成性的暴发户，她一直在利用董天海完成原始的资金积累，一旦时机成熟她就会毫不犹豫地一脚踢开他自立门户。

1999年5月初，刘玫找到昔日素有"小诸葛"之称的大学同窗赵洪，她告诉赵洪她想开办一家公司，但她自己在海豪房地产开发公司担任副总，不方便出面，只适合做幕后策划，所以请赵洪担任公司法人代表，负责处理公司一切事务。

赵洪和刘玫在上大学时非常有共同语言，在学校时就曾经合作过房地产项目的策划。赵洪是个非常有才华和见地的高才生，但他却十分佩服刘玫，他觉得刘玫的才能远在他之上。而且刘玫美丽泼辣，说话办事利落，很对他胃口。

赵洪一直暗恋着刘玫，很高兴能有机会跟刘玫共事，他询问了刘玫开办公司的资金来源。刘玫直言不讳地告诉他说她自己只有 200 万资金，她打算从海豪房地产开发公司拨划 8000 万作为注册资金，公司注册成功后再将这笔钱拨回去就行了，神不知鬼不觉，再说董天海也从不防备她。事实上的确如此，董天海对刘玫万分溺爱，他曾对刘玫说："你如果要用钱，无论多少，公司的钱你任意调动就是了，不必跟我打招呼。"

刘玫对赵洪承诺："只要有你帮我，我敢保证十年之内，我们就可以在 W 市树立一面大旗，成为 W 市房地产行业的泰斗！到时，我要让所有房地产大鳄仰视我们的风采！"

颖竹置业代理公司很快注册成立。接下来赵洪开始招兵买马，笼络了一批年轻的房地产行业精英，凭借这帮新一代真正的青年精英的胆略、才华和旺盛的精力、热情，短短几个月便在 W 市创造了"伊莎贝尔广场"这个神话般的奇迹。

"伊莎贝尔广场"的成功策划为颖竹置业代理公司带来了非凡的知名度和惊人的经济效益。接下来，登门拜访请求合作的房地产公司接踵而至，颖竹置业代理公司的精英们忙得不可开交，钱也赚了个盆满钵满。赵洪高兴，员工们高兴，在幕后数钱的刘玫更是高兴。

这天晚上，刘玫和赵洪在一家酒吧的包间里秘密约会。赵洪一边喝酒一边向刘玫汇报公司的情况以及下阶段的工作计划。刘玫听着连连点头，表示对赵洪工作成绩的认可和赞赏。

赵洪考虑了好久，最后还是将自己的想法说了出来："刘玫，我觉得你现在可以脱离董天海了，只要我们齐心协力，没有打不下的江山！你何必再寄人篱下呢？董天海给你的那点薪水说少不少，说多又不多，凭你的能耐说不定用不了一个月，搞一个项目就赚回来了。"

刘玫说："赵洪，我之所以藏身其后，自有我的道理。这不是钱的问题，而是我现在根本不适合公开亮相。"

赵洪笑道："像是克格勃似的，你是不是还有什么惊天大秘密惊天大阴谋没有告诉我？"

刘玫笑了笑："看你说的。把我说成地下党或中统特务了。"

赵洪说："就算不是地下党不是特务，起码也像个商业间谍！你的智商太高了。如果我不是你的同学不是你的朋友不是你的同事不是跟你站在同一战线上，我还真有点害怕你！"

刘玫嫣然一笑美丽动人："随便你怎么说。反正我现在不会公开亮相。现在真不是时候，我不能跟你说太多，只能告诉你三个理由。第一个理由是我现在担任海豪公司的副总，待遇很不错。公司老板是我亲姐夫，对我非常信任，我在公司可以任意调配资金，我们公司的注册资金和头几个接洽的项目的前期投入资金就是从海豪公司调拨出来的。海豪公司是本市数一数二的大公司，你别看董天海是个大老黑是个大老粗，但他起步早，加上最初一直靠黑社会垄断工程项目，着实积累了一笔巨额财富。我留在海豪公司，拥有许多便利，就算要对付什么人，也可以假借海豪公司的名义。"

刘玫喝了口鸡尾酒，接着说："第二个理由就是我看中了城北山村那 500 亩黄金地皮，我要把它拿下来！"

赵洪诧异地说："这块地不是海豪公司志在必得的吗？你想来个明修栈道，暗度陈仓？"

刘玫阴冷而坚定地笑了笑："没错！这正是我的打算！现在海豪公司和本市许多房地产大公司都瞄上了这块黄金地皮。让他们先斗着吧，他们一个个都自以为很有把握，铆足了劲各显神通。殊不知螳螂捕蝉，黄雀在后。其实事实上还不止有黄雀，黄雀后面还会有鹰，鹰后面还会有猎人，猎人后面还有什么呢？鬼知道。我不想做黄雀，也不想做鹰，甚至不想做猎人，我只想做那个笑到最后，拿到胜利果实的成功者！"

"精辟！真是一番前无古人后无来者的高谈阔论！"赵洪兴奋地说，"刘玫，知道我为什么佩服你吗？你真不像个女孩子，你的性格太刚毅了，你太聪明了，聪明得有种工于心计的味道，但我喜欢！因为事实上商场如战场，在这个充斥着尔虞我诈、弱肉强食、道德沦丧的商圈里，为了获得成功，你就不得不要用比你的对手更奸诈更凶狠更无耻的手段来保护自己打击对手。在商战中，善良和天真只会是一种迂腐可笑的行为，甚至会换来可怜可悲的下场。商场上没有人会同情弱者，在激烈的商战中流行一句话：'宜将剩勇追穷寇，不可沽名学霸王！'我赞同你的做法，并支持你，毕竟我们是站在同一阵线的盟友！"

"第三个理由，也是最主要的原因。"刘玫顿了顿说，"我想对付一个人，一个实力比董天海还要强大许多的房地产大鳄，这个人不但资金雄厚，而且相当的聪明强悍，很难对付。我只有隐藏起来，出其不意，出奇招甚至是出损招才能对付他！我对自己发过誓，我要穷尽我毕生的能量和智慧去对付他，去打败他！从来到 W 市我就开始布局。挑起董天海跟那个人的战争是我布局中的第一步；开公司积累财富是我布局中的第二步；在那个人的公司培养一个间谍是我布局中的第三步；不择手段拿下城北那块黄金地皮是我布局中的第四步，当然现在说我能拿下这块地皮还为时过早，不过我有很大信心能够获胜；用非常手段造成他们内部分歧，甚至是反目成仇是我布局中的第五步。彻底打败他，让他濒临破产！让他低下高傲的头颅、臣服于我的脚下是我布局中的第六步，也是我的最终目的！这个庞大、绝妙的布局也许要花费我两年、三年甚至五年、十年的青春时光。但我不会后悔！现在只是布局的初级阶段，时机还远远没有成熟，所以我现在不能现身，不能让他知道我的任何情况。"

赵洪感兴趣地望着刘玟："能透露一下吗？到底是哪个大亨得罪了我们高傲的公主？能让你这么刻骨铭心地记恨他，值得你如此煞费苦心地报复他？如果我猜想得不错，这家伙一定是一个你曾经疯狂爱过的男人吧？是不是他伤害了你？我了解你的个性，爱之深，恨之切。只有因爱生恨，你才会如此的设局报复他！我说的对不对？"

刘玟伤感地说："赵洪，别自作聪明了。你不了解我的。你不知道我的内心。我不爱任何人，任何人都不爱，当然也包括你。我只爱我自己。你懂吗？"

赵洪黯然地说："我懂。我早就知道你不爱我。不过我还是感谢你知道我是爱你的。说真的，如果有一个像你这样的女孩如此设局报复我，我会感到非常荣幸的。"

刘玟内心有种苦涩的酸楚，赵洪毕竟还是猜透了她的内心秘密。她的确是对贾伟因爱生恨。因为他无视自己的爱情，无视自己的存在价值，无视她的苦苦哀求，残酷无情地在一番说教之后将她逐出了公司门墙。

一颗爱心受到伤害是其次，她的人生价值被彻底的否定是她最不能容忍的。如果不是当初被他逐出公司，她怎么会投奔流氓大亨董天海，又怎么会被他强暴？如今，她的人生彻底偏离了轨道。她的爱情被毁了，她的青春被毁了。她美丽的梦想被毁了，这一切都源于贾伟，都是拜贾伟所赐！

所以，刘玟对贾伟的仇恨无以复加，不可泯灭。

第 4 节：借助权势

为了对付贾伟和董天海，刘玟清楚自己必须借助秦武的力量。权力有时可以决定一切，权力可以将你逼入绝境，也可以让你绝处逢生。只要秦武高兴，一句话甚至一个暗示，就可以决定那些房地产开发商的命运。

周末，刘玟给秦武打了个电话，她想跟他见个面。秦武说白天在家有个应酬，晚上有空，他约刘玟晚上八点准时在老地方见面。刘玟知道"老地方"就是他在种玉山庄拥有的那套秘密豪宅。

晚上八点整，刘玟准时来到种玉山庄，秦武已经在门口等她了。刘玟默默地跟着秦武进了他的豪宅。一进房间，秦武便急不可耐地一把将刘玟搂进怀中，拱着张大嘴就去亲她那性感甜蜜的樱桃小嘴儿。

刘玟假意逢迎，将自己的整个身子全塞进秦武怀中，问秦武："秦市长，你是不是真心喜欢我啊?"

秦武信誓旦旦地说:"这还用说,如果不是看在你的分上。我根本不会和董天海这种人打交道。他的底细我一清二楚。我答应帮你们公司完全是因为你。"

刘玫高兴地在秦武怀里扭动着身子:"秦市长。既然你对我这么好,我也就跟你说句贴心话吧。董天海是个很粗暴又很狡猾的家伙,他不是一个你能放心跟他打交道的人。"

秦武一怔:"为什么?他不是你老板吗?你怎么说他的坏话?"

刘玫冷哼一声说:"他不但是我老板,还是我亲姐夫呢!但又怎样?他根本就是个畜生!他先是强奸了我姐姐,然后霸占她逼迫她嫁给他。可是婚后他一直欺负我姐姐,想打就打想骂就骂,从来没有把她当人。他是个没有人性的畜生。跟他这种人打交道,你永远说不准他什么时候就从背后捅你一刀。就算是一把钝刀子,在他手里也随时可能变成最锋利的武器。"

秦武闻言大惊,他知道董天海出身黑道,这种人一旦和谁翻脸什么事都干得出来。他怔怔地望着刘玫:"你这话是什么意思?"

刘玫说:"我只是提醒你不要再和他打交道了。今后,你不要接受他任何好处,当然也别帮他任何忙。"

秦武一怔:"那城北那块地怎么办?不批给他了?"

刘玫用纤纤小指娇嗔地点了点秦武的脑门,说:"你不会批给我吗?我迟早会脱离董天海的。"

秦武为难地说:"批给你?你起码得有家像样的参与竞标的公司吧?你起码得有份值得重视的可行性报告和征地计划书吧?你现在什么都没准备好,我怎么把这块黄金宝地批给你啊?"

刘玫狡黠地笑了笑说:"谁说我没有一家像样的公司?你听说过颖竹置业代理公司吗?"

秦武大吃一惊:"就是那家创造奇迹,一个精彩绝伦的策划便救活一座'死楼'、并获得 8000 万纯利的颖竹公司?这神话般的房地产商业奇迹传遍了整个 W 市,我怎会不知道?我的老天爷,原来你才是真正的幕后老板!"

刘玫得意地说:"我就是这家公司的投资人。"

秦武恍然大悟:"这事董天海知道吗?"

刘玫说:"除了赵洪,你是第二个知道这个秘密的人。我希望在我公开亮相之前,你要替我保守这个秘密。"

秦武一边在刘玫身上上下摸索着,一边说:"这鬼机灵!原来早就有了自立门户的打算。不过颖竹公司名气是不小，但实力还稍逊一筹啊，跟那些大公司比起来，似乎竞争资质还差了些。"

刘玫娇憨地在秦武的怀中喘息着："所以，人家需要你的帮助嘛。我打算注册一家正规的大型房地产开发公司，集策划、设计、销售、物管等多种功能于一体，名字还叫'颖竹'，注册资金为3.6亿，目前颖竹置业代理账上有8000多万元资金，另外我想你帮我想办法贷款1个亿。还有1.8亿我从董天海的公司拨划，注册成功后再把款项拨回海豪公司账户就行了。有了3.6亿的注册资金，我们公司的资质就不一样了。"

秦武在惊异于怀中这个女人的能量的同时，也佩服她的胆略和魅力。这是个不简单的女人，有一种气吞山河的气势，令人生畏，在这个女人面前，许多强悍的男人最终注定会成为失败者。这样一个年轻美丽聪慧过人的女人能够被自己拥有，的确是天大的福气。不过秦武心里清楚自己的这种福气是因为自己手中拥有的至高无上的权力。

秦武决定帮助这个千娇百媚的女人，他说："好吧，我跟吴行长打个招呼，让他以颖竹公司担保的名义给你贷1个亿。"

刘玫撒娇地在秦武怀中风情万种地扭动着："还不够，我要你帮我竞争到城北那块地。"

秦武神魂颠倒地说："好说好说，宝贝，我答应你，我什么都答应你还不行吗？我不但可以让你在众多竞争对手中得到那块地，而且可以让你节约几千万资金。"

刘玫闻言大喜："真的？"

秦武亲了刘玫一下："只要我高兴，这点小事不在话下。现在不是鼓励投资吗？政策是活的。我可以以鼓励投资的名义将那块地以优惠价批给你。"

刘玫"啵"的一声在秦武脸上戳下一个春意盎然的热吻，说："谢谢秦哥哥！"

秦武高兴地笑道："你这个小妖精啊，都把我叫年轻了。我帮你是应该的，咱们俩，谁跟谁呀？"

刘玫边挑逗地摩挲着，边肉麻地说："是啊！我们谁跟谁啊？我们是血肉交融连为一体的。你在位的时候一定要多多帮助我，等你退休之后我的公司一定已经成为本地最具实力的大集团了。到时你再来担任公司的顾问，发挥发挥余热，我每年给你个200万。你看如何？"

秦武说："那敢情好。宝贝，我什么都听你的，来吧，我受不了你啦！我爱死你了！"

这一夜，刘玫使出浑身解数，主动而疯狂，热烈而大胆地将秦武侍弄得浑身舒畅，大汗淋漓。秦武快活地嗷嗷叫唤着："我的宝贝！你真是太好了，太美妙了。我就是死在你身上，也心甘情愿啊！"

刘玫在心里恶狠狠地骂：你个王八蛋。你个老不死的。我还真恨不得要你的命呢！

第5节：出谋划策

几天后，刘玫背着董天海分两次从海豪房地产开发公司账户上拨划了1.8亿资金到颖竹置业代理公司的账户。然后又向秦武求助，要他想方设法为她从银行贷款1个亿。搞房地产不比搞其他行业，验资这一关非常重要。注册资金越雄厚，对以后操作就更有利。如果注册资金少，以后遇上合适的大项目就不具备开发资格，只能眼睁睁看着别人大块大块地吃肥肉。所以，刘玫要尽最大努力筹集更多的验资资金。只要这第一关过了，以后一切事情就都好办了。

秦武对刘玫有求必应，立即给建设银行的吴行长打了个电话。这位吴行长是秦武一手提拔起来的，对秦副市长的指令岂敢不遵？立即违规给颖竹置业代理公司发放了1亿元贷款。加上颖竹置业代理公司账户上拥有的8000万元资金，现在刘玫已经拥有了3.6亿巨额资金，顺利地通过了验资部门验资，然后，刘玫拿着银行验资证明到工商局，将颖竹置业代理公司升级变更为具备一级开发资质的颖竹房地产开发公司。公司法人代表依然是赵洪。

颖竹置业代理公司就此退出疯狂的房地产历史舞台，取而代之的是实力更为雄厚的颖竹房地产开发公司的闪亮登场。此时赵洪的职务是总经理兼总工程师，负责全面工作的开展和主持。刘玫依然隐身幕后，为了回报赵洪，刘玫给赵洪开出了150万的年薪，另外赠予他公司8%的股份。同时购买了一辆奔驰S600作为赵洪的专车。

紧接着，按照刘玫的指示，赵洪在城北区挂出了颖竹房地产开发公司的金字招牌。然后又招聘了一批房地产业界精英。

公司注册成立后，赵洪从公司账户上将这1.8亿的资金拨划回海豪房地产公司账户。这瞒天过海的一切做得神不知鬼不觉，董天海毫无所察。

继而，刘玫在秦武的帮助下，征地计划有条不紊地进行。

赵洪给刘玫出了一个主意，他说："为了更好地与国际接轨，目前国家已出台了新的医疗制度改革政策。市政府也非常重视卫生医疗事业的发展。如果颖竹房地产开发公司以建独资医院的名义向市政府递交投资报告，请求在城北山村征用500亩土地，不仅可以在众多的竞争对手中稳操胜券，还可获得政策扶持，地价可以优惠许多。待地批到手之后，我们可以用其中的50亩地建个医院，然后剩余的土地同样可以用来搞房地产开发。如今搞房地产的，没几个不钻政策空子的。"

刘玫暗喜，赵洪这主意太绝妙了，她夸赞道："你真是个天才！有你帮我，何愁大业不成啊?"

接着，赵洪以最快的速度拟好了一份投资计划书交给了刘玫，刘玫将这份计划书递交到了秦武手中。

秦武看了这个计划书后，当晚约刘玫在他的秘密别墅见面。在俩人洗鸳鸯浴的时候，秦武对这个投资计划表示了赞赏："你们的投资计划非常打动人！这点子简直太绝妙了！有这样一个完美无缺的投资计划，我就好帮你们说话了！估计要打败那些房地产大亨是没有问题的！他们的投资计划书没有多大吸引力，无非是建豪华写字楼啊、高楼娱乐城啊、酒店啊之类的。没有创意，出发点只不过是为了自己赚大钱，哪里比得上你们，你们的出发点可是为市政府分忧、为民分忧。到时我再给你们活动活动！这个投资计划一定可以得到市政府的大力支持！拿下地之后，你们可以用其中的几十亩地盖一座医院，剩余的土地可以都用来搞房地产嘛。有医院作为辅助设施，你们建造的楼盘以后会更好卖。起码看病不用跑远了嘛！"

能得到秦武的赞赏和支持，刘玫知道自己要打败贾伟和董天海等众多竞争对手就又多了几成把握。同时，有秦武作后台，她可以放手去干，不必有任何后顾之忧。

刘玫媚笑着对秦武说："谢谢你，我的情哥哥！"

秦武心花怒放，这丫头也太会来事了，上次叫他秦哥哥，把他叫年轻了几十岁，现在居然叫他情哥哥了，秦武简直觉得自己的魂都飘起来了。

第七章：美人如狐

第1节：旧日情人

2000年7月中旬，陈明接到李倩打来的电话，叫他去口福居火锅城。她说她那里来了一帮有身份有地位的朋友，想和他见个面。李倩是陈明在上海时结识的红颜知己，俩人一直保持着若即若离、藕断丝连的情人关系。

陈明是个懂得充分享受生活和激情的男人。他认为，性和爱是两回事，鱼是爱，鲸鱼是性爱，没有人会弱智到以为它们是同一族类。每个人都渴望身心的琴瑟和鸣，但性和爱也往往并不能同步而行。当他没有找到自己所钟爱的女人时，他会选择满意的性伴侣来善待自己的身体。他不想压抑自己的情欲，那不光是一种生理的压抑，也是一种心理的压抑，对健康不利。

陈明驾着奔驰车来到口福居火锅城，车子刚泊下，李倩便扭着杨柳细腰笑容可掬地出来相迎了。李倩二十五岁，大连人，身材窈窕、肌肤白皙、花容月貌，是个非常风骚性感的女人，一双丹凤眼秋波频送，任何时候都足以让男人神魂颠倒，更有那丰满性感的肥臀、水蛇般轻轻扭动的细腰，浪劲媚劲十足，对任何男人都是一种致命的诱惑。

陈明喜欢李倩的风骚，但也反感她的风骚。当初和她好上就是因为她风骚。后来逐渐疏远她也是因为她风骚。他知道这种女人做情人还勉强可以，若要和她长相厮守结为夫妻，不知会给他戴多少绿帽子。

陈明一向认为男人要想彻底了解一个女人，唯有跟她上床做爱，才能彻底地了解她的深浅。三年前，李倩是上海天宏物业管理公司总经理孙剑的秘书。嘉客公司在浦东投资兴建的楼盘需要和一家物业管理公司合作，李倩是陪同孙剑来和他们谈判的。

但李倩的容貌气质、衣着打扮以及她对陈明那有意无意的勾魂摄魄的回眸一笑，一下子就把他的心给抓住了。他建议贾伟与天宏公司合作。贾伟明白陈明的用心，见天宏物业管理公司还算有些实力，便做了个顺水人情，采纳了他的意见。

就这样，陈明与李倩自然而然地建立了一种工作伙伴关系，水到渠成地成为了朋友。生性风流浪漫的陈明决心把这个女人弄上手，他在她身上花费了大量的时间和精力，陪她逛公园，陪她逛商场，大把大把地在她身上花钱。直到花得李倩心慌了害怕了觉得不和他上床天理难容了，他才不失时机地把她带进了自己的公寓，以一副绅士风度陪她在房间里跳了一曲舞。然后温柔地解除了她的武装，将她轻轻抛到床上……

李倩不是处女。这一点陈明在刚一进入她身体时就已清楚了。但内心还是免不了有些遗憾。他希望自己的情人跟他上床是第一次，就像白雪跟贾伟一样。

李倩在床上的表现既令陈明吃惊，又让他疯狂。她太大胆太热烈太放荡了。她不停地变换花样主动配合他，甚至是有意迎合着他，让他欲仙欲死，让他变成了一头猛兽，乐此不疲地在她的阵地上厮杀搏斗，直到精疲力竭。

自从有了第一次，陈明便发觉自己离不开李倩了。他是个注重现实和追求享乐的男人，信奉"有花堪折直须折，今朝有酒今朝醉"，他跟许多女人上过床，但他发觉没有一个女人在床上和他配合得有李倩这么好，就算那些以此为生的妓女，也没有她这么出神入化、吞吐有术。因此，他每隔一个星期就会将她接到自己的公寓和她厮混一次，体验那种若生若死、销魂蚀骨、如生死搏斗的肉欲快感。

后来有天晚上，陈明直接去了李倩住所。当他敲开房门时，发现孙剑也在里面，衣衫不整、神色慌张。床上被褥凌乱，显然俩人刚在床上做了那事或正准备做那事。

这种场面让陈明和孙剑尴尬不已，李倩却处变不惊，对陈明解释说她正和孙总在谈点公事。孙剑也随声附和，说他的确与李倩在谈点公事。陈明含讥带讽地笑了笑："那我就不打扰你们了，你们接着谈吧。"说罢掉头离去。

从此，陈明逐渐疏远了李倩，不过并没和她彻底断绝来往。他拉不下这个脸面一脚将她踢开，同时也需要她在床上给他带来那种登峰造极的快乐。

因此，每当李倩主动来找他要点零花钱或过一过性生活时，他总是表现出一副男子汉豪爽痛快有求必应的气慨。

后来，陈明和贾伟移师 W 市，本下定了决心要和李倩分手。但李倩是个工于心计的女人。她以爱他想念他离不开他为由，紧跟着也来到了 W 市，软磨硬缠着要陈明给了她 100 万，开了这家口福居火锅城……

第 2 节：有钱才是大腕

李倩领着陈明往店堂里走，边走边说要介绍几个朋友给他认识，她说他们都是娱乐圈的大腕，其中一位是赫赫有名的北京大导演冯小羊。冯导准备在上海拍摄一部三十集电视连续剧，来 W 市找她投资赞助。她自嘲地笑了笑："我这位老同学以为我是个富婆呢。我知道我没有这个能力，所以就想到了你。"

陈明不悦地说："我就知道你找我准没好事。什么狗屁大导演？没准一个个都是骗子、恶棍。娱乐圈本就是个臭名昭著的大茅坑，你不嫌臭我还嫌臭呢。我没兴趣和他们见面！"

陈明转身欲走，李倩一把拉住他，央求道："阿明！你就给我一个面子吧，和他们见个面嘛。投资不投资，赞助不赞助全在你，没有谁强迫你。再说，我们已有好长一段时间没有见面了，你就真的一点都不想我吗？"

陈明这人吃软不吃硬，最受不了女人的软磨硬缠，只好跟着她来到二楼的一个大包间。大包间里，五个男人正在喝着啤酒，吃着火锅，享受着空调散发出来的清凉。李倩请陈明入座之后，将他和在座各位互相作了介绍。陈明一听那位四十多岁个子不高满脸长着青春痘的男人就是冯小羊时，心里更没好感，嘴里嗯嗯啊啊应着，什么监制啊制片啊副导演啊剧务主任啊的名字根本就没往心里记。李倩当场介绍完他当场就忘了，完全是左耳进右耳出。

但几位娱乐圈"大腕"却牢牢地将陈明的大名记在了心里，纷纷掏出名片双手奉送到他面前，完全是一副毕恭毕敬、阿谀奉承的样子。冯小羊从随身大背包里拿出一份打印的剧本和印制精美的宣传册子给陈明："陈总！这是我们即将拍摄的三十集电视连续剧《都市情恨》，讲述的是现代都市情场、商场、官场的故事，非常具有时代感。故事非常感人，对人物性格刻画入木三分，揭示了现代都市生活的精彩和无奈。有竞争的残酷；有生存的艰难；有爱情的背叛；有情感的无依；有商场的尔虞我诈、波诡云谲；有官场的勾心斗角、风云突变；当然更有主旋律，讴歌了改革开放、时代进步等等新生事物。"

陈明一边漫不经心地翻看着印制精美的宣传画册，一边作洗耳恭听状，脸上和嘴角始终挂着一丝微笑。这微笑使他显得有点高深莫测，让人看不出他是讥讽还是赞许。冯小羊见陈明没有表态，便继续鼓吹："陈总！这是我从事影视导演二十年来见过的最好的一个剧本。只要有资金，一定能将它拍成一部震撼人心、好评如潮、收视率最高、投资回报率最高的巨作。"

副导演卢平在旁随声附和，拍着马屁："陈总！冯导是当今中国最红的青春剧导演。冯导拍了二十多部电视连续剧十多部电影，他的片子没有不卖座的。您要是给冯导投资，保您稳赚不赔。"

陈明微微地点着头，依然没有吭声，但在心里对这位他压根没记住名字的副导的话嗤之以鼻。他根本就没把冯小羊当回事，打定主意：任你们吹得天花乱坠，我就是不出一个子儿。只不过他很有一套为人处世的艺术，从不当面驳别人情面。

陈明放下宣传小画册，说："久仰冯导大名，冯导拍的电视剧我也有幸看过一两部，很不错。我相信冯导的才华。我想了解一下，拍这部三十集的电视连续剧需要多少钱？"

冯小羊不假思索地回答："2000万左右。以陈总的财力，独家投资不在话下。"

陈明笑了笑，心想：你他妈的还真够黑的，狮子大开口。不过，你开再大的口也没人理睬你，纯属一厢情愿。他敷衍道："这事容我考虑一下。现在我们公司准备在W市搞个大手笔，投资五个亿在城北搞房地产开发。所有资金都要集中利用。"

冯小羊怕陈明打退堂鼓，极力作最后的挽救："陈总！您财大气粗，从几个亿的资金中抽出2000万来投资电视剧拍摄完全是一件轻而易举的事。2000万对于您来说，那还不是九牛一毛啊！"

陈明冷笑："你认为2000万是九牛一毛？我可从不敢这么想。2000万别说费尽心机去赚，就是让你数，也得把手数痛了。"

冯小羊尴尬地笑了笑："陈总！价钱方面我们可以再商量。说实话，我们这帮人有才华有抱负，就是没钞票。这样吧，您投资1500万。我们节约点开支，力争拍出一部好片子。陈总！1500万是不少，但这钱您不是送给我，是投资拍戏。您出了钱，就是我们的老板，我们就是您的打工仔。这片子出来后，利润你占大头，我保证这部戏的赢利一定让您数痛手。"

陈明不以为然："哪有这样的好事？"

制片人周建插话说："陈总！的确有这样的好事。您听我分析，投资拍这样一部三十集大型电视连续剧有三大可取之处。一，可以培养一批演艺人才，为中国影视文化发展作贡献。二，可以大大提升您公司的知名度，为公司今后发展打下良好基础。三，可以作为您公司的一种投资尝试。题材好制作班底好加上运气好，投资1500万赚个几千万也是有可能的。像《渴望》、《北京人在纽约》、《三国演义》、《西游记》、《水浒传》等等这些大型电视连续剧都是赚了大钱的。《都市情恨》是个好本子，我担保您稳赚不赔！"

李倩也不失时机地说："阿明，你有这个能力，就帮帮我这帮朋友吧。现在有不少公司投资拍电影电视赚了钱。冯导他们绝不会糟蹋你的钞票糟蹋自己的名声，再说冯导还答应我表妹在剧中饰演一个主要角色呢。"

陈明喝了口啤酒，吃了几筷子菜，不满地瞟了李倩一眼："你什么时候钻出个会演戏的表妹了？"

李倩说："我表妹叫赵苇，是上海戏剧学院表演系的高才生，能歌善舞，貌若天仙，比张曼玉、林青霞、王祖贤、巩俐这些大明星年轻时还漂亮十倍。"

陈明冷笑："你太夸张了吧？如果真如你所说，冯导这部戏我投资1500万，拍了！"

李倩激将道："你说话算话？可不要反悔哟！"

陈明说："君子一言，驷马难追。"

第3节：主角登场

说说笑笑间，桌上一系列的火锅烫菜已吃完了。李倩起身下楼去叫服务员上菜，不一会儿，就领着个年轻漂亮的服务员端着一托盘火锅烫菜上楼来了。

陈明直觉眼前一亮。只见这姑娘十八九岁年纪，身高不低于175厘米，曲线柔美、峰峦起伏的身材，透出一股少女特有的清纯和朝气；一头乌黑的披肩秀发，光滑如丝；一双又黑又大的眼睛，晶莹动人；一张白里透红的脸蛋，健康美丽，像秋天的桃子，还长着细细的绒毛，更难得的是这张健康美艳的脸上，还流露出一些天真和纯洁的稚气。

陈明不由得看傻了眼，这姑娘怎么看怎么舒服，虽然衣着朴素，却丝毫掩饰不住艳丽逼人的青春。她将托盘放到旁边的台子上，将里面的火锅烫菜端出来放到桌上，又甜又轻又柔地说："各位请慢用，需要什么请吩咐一声。"

陈明听着这声音，整个人像醉了似的。这姑娘不但有着这世上最迷人的脸蛋、最迷人的身材、最迷人的微笑，还有着这世上最迷人的声音。她的声音带着一种水果味的香甜，醉人心扉。他不由将钟情的目光投向了她那美妙动人的身体。

李倩见陈明一副如痴如醉的神态，便拉着服务员坐到自己身边，诡秘地笑了笑："阿明，你看，我这新来的服务员漂亮吗？"

陈明说："挺漂亮、挺水灵的，就她这模样和身材，完全是做名模的料，怎么跑你这来做服务员了？"

李倩故作惋惜地说："她叫双儿，论模样论身材都是万中挑一的，就是书念少了点，初中还没毕业呢，要不怎么会做服务员，早当名模当影星去了。"

陈明遗憾地叹了口气："要是你表妹有双儿这么漂亮就好了。"

陈明说这话时，冯小羊等人偷偷地乐了。冯小羊从李倩口中了解到陈明爱面子，尤其是在漂亮小姐面前，说出的话向来就如泼出去的水，是从不收回的。

冯小羊一直没说话，现在这出戏的主角是李倩。李倩说："阿明，你这话是啥意思？你担心我表妹没双儿漂亮？"

陈明点头说："我这人实在。我见过的漂亮女子还真不少，但没有一个有双儿这么漂亮水灵。如果你表妹有双儿这么美若天仙、人见人爱。我二话不说，冯导这部戏我投资了。"

话音方落，包厢里响起一片掌声。冯小羊起身，捧着一杯啤酒送到陈明面前："陈总！这杯酒是我敬您的，我代表剧组向您表示感谢！您知道吗？您面前的双儿其实就是李倩的表妹赵苇。双儿只是她在剧中饰演的一个角色。"

陈明这才明白钻进了圈套，但反悔已为时过晚，便不失款爷风度笑了起来："好啊，你们早设好了套子让我往里面钻啊。李倩，连你也跟着他们一起来算计我？"

李倩一脸的坏笑："阿明。这可怨不得我，这出戏是冯导一手导演的，我可没这个本事。不过我承认我起了一定的推波助澜的作用，但这都是为了我的宝贝表妹，我是爱妹心切，情有可原。"

陈明说："好一个爱妹心切，情有可原。看在你表妹远道而来的份上，我不跟你计较。"陈明接着将矛头指向了冯小羊："不过，冯导！我得跟你算账。你把我玩得团团转，你忘了你刚才是怎么说的？我给你们投资，我就是你们的老板。你居然不给老板面子，你自己说该当何罪？！"

冯小羊赔着笑脸说："陈总。我知罪，甘愿罚酒三大杯。"

陈明笑道："这还差不多。否则，你敬我这杯酒，我还真不喝了！"

冯小羊敬的这杯酒下肚，就意味着投资拍戏的事拍板了。包厢里的气氛立时活跃了起来，陈明不由又多看了赵苇几眼，越看越满意，越看越喜欢。在他热烈而大胆的注视下，赵苇双颊绯红。

冯小羊恐投资之事迟则生变，于是趁此良机将早已打印好的合同书递到陈明面前："陈总。这是我拟好的合同，请您过目。如果没问题，就请在上面签个字吧。"

陈明笑着接过合同书，指点着冯小羊，颇有气势地说："你呀你，真是个老狐狸，生怕我跑了似的。放心吧！我向来说一不二、一言九鼎！"

冯小羊赔着笑脸说："陈总！现在不是讲究办事效率吗？不瞒您说，我这是等米下锅啊。只要有了钱，我就可以尽早开机，时间就是金钱嘛。"

陈明逐行逐行认真看过合同书条款之后，觉得还算公平合理。合同书规定投资方分三期投资，开机前资金到位多少，拍摄中期资金到位多少，后期制作时资金到位多少。陈明在这几栏上分别填写上投资金额，分别是600万元、600万、300万元，总计投资额1500万元。另外，他特别加上一条：剧中女一号必须由投资方指定。陈明没有立马签字，将合同书递给了冯小羊，说："你看看有没有什么意见。我是个痛快人，没意见我们就可以签字了。"

冯小羊看了之后，觉得陈明加上去的这条令他有些为难。因为这部戏的女主角已初步落实好了，是现在影视圈内的当红花旦许琴。他小心翼翼地说："陈总！女主角剧组早已定下来了，我们是不是可以协商一下？"

陈明硬邦邦地以不容商量的语气说："女主角必须由我指定。否则我不会签字。"

冯小羊和制片人周建交换意见。周建说："陈总，您能不能告诉我们，您想指定谁担任女一号？如果是个有名气有功底的，我们可以考虑。如果是个新手，我们怕您的投资得不到更大的回报，因为新手是很难一炮打红的。"

陈明不悦，这家伙明知故问，明眼人一眼就可看出他想让赵苇出任女一号。这不是分明要他难堪吗？想到这，他冷笑一声，未作正面回答："我指定谁，这个你们先别过问，你们先告诉我，赵苇在剧中饰演的双儿是个什么角色？戏份多不多？"

冯小羊说："双儿是一个酒店服务员，戏份不多，就几个镜头。"

陈明不屑地说："就几个镜头？就演一个端盘子的？难怪冯导今天一上场就导演了一出让赵苇端盘子上菜的好戏。我可以明白地告诉你们，李倩是我的红颜知己，而赵苇是她亲表妹。我不管你们是不是真心把李倩当朋友，但我是看在李倩的情面上，才答应给这部戏投资的。李倩的出发点你们应该很清楚，无非是想为她表妹创造一个机会，让她能够大显身手。可是一个端盘子的服务员，就那么几个镜头，能显什么身手？"

李倩自然明白陈明的用心，当即对冯小羊表示了强烈不满："冯导，我看你是表面一套心里一套，根本没把我当朋友。为了说服阿明给你们投资，我可是费了大力气的。我为了啥？还不是因为你跟我有同乡同学之谊，还不是为了表妹日后有个好前程！你不会不顾全我的良苦用心吧？"

冯小羊面红耳赤。他对李倩解释说："老同学，你不知道，这事不好办哪。我已经和饰演女一号的许琴签了约，人家现在是红得发紫的影视明星，当初是我主动找上人家，说了许多好话，许了 60 万元的片酬，她才推掉另一部戏答应接拍《都市情恨》的。如果我们毁约，不但在圈子里坏了名声，还得赔偿人家损失。"

陈明笑道："亏你还是个大导演呢，我看你比谁都迂腐。你说现在中国影视圈内谁最红？我看谁都不红，只有钞票最红。只要有钱，一年可以捧出无数个明星来，还可以让她们争风吃醋互相攻击，闹出许多花边新闻。"

陈明喝了口啤酒，接着说："冯导，我跟你说句掏心窝子的话吧。其实我最讨厌影视圈里那些所谓的自以为是的明星，他们没几个有职业道德。尤其那些女明星，没几个是好东西，完全把男人当跳板。当然我这里所说的男人指的是那些大导演的或幕后投资的大老板，你承不承认我说的是事实？"

冯小羊深有感触地点了点头："陈总所言不虚。我就碰上不少这样的女明星，没走红之前对你毕恭毕敬百依百顺，片酬可以不计较，拍片时很有敬业精神，甚至拍戏的空当还为剧组打杂。有的为获得一个重要角色，还会主动跑到你床上来，让你快活快活。不过，她们一旦走红之后，便一切都变了，不但穿了裤子不认人，摆起了架子打起了官腔，甚至还恨你个半死，恨你当初乘人之危把她睡了。唉，女人心，海底针。深不可测，难以琢磨啊！"

陈明笑道："既然我们深有同感，我看我们是很容易谈到一块去的。这样吧，你负责回绝许琴，就说因为剧情需要改了剧本换了演员。至于毁约金嘛，由我来负责赔偿。你们合同中注明的毁约赔偿比例是多少？"

冯小羊喜笑颜开说："如果是演员毁约，按总投资的 5% 进行赔偿；如果是剧组毁约，则按片酬的 80% 进行赔偿，现在是我们毁约，按合同就得赔偿许琴 48 万。"

冯小羊从包里翻找出与许琴签订的合同递给陈明。陈明看过之后大大咧咧地说："毁约也有好多种，有中途毁约，有后期毁约。现在不是还没开拍吗？我最多赔偿她 20 万。戏还没开拍她白得 20 万元，何乐而不为？你是京城的名导，应该有能力处理好这件事。"

冯小羊心里乐开了花，其实许琴是他的情人，签合同只是给外人做做样子。至于做女一号，这回没机会，以后还有的是机会。现在，财大气粗的陈明等于是白送给他20万。

冯小羊叹了口气，故作出委曲求全状和陈明在合同书上签了字。拍戏的资金落实了，冯小羊和周健等人喜笑颜开地将杯子满上，起身向陈明敬酒。陈明与他们碰杯："祝我们合作成功、愉快。干杯!"

第4节：企鹅与天使

晚上，陈明开车带赵苇去享受夜生活。在车上，他问她想去哪里玩，赵苇说她想去蹦迪。陈明于是将车子开到市中心的"动感"迪厅。这是一家全开放式的迪厅。没有包厢，只设数十个散台，可供客人蹦累了坐下歇息，喝喝酒或饮料。里面最引人注目的是舞池，非常大，可容纳百多人。

俩人刚一进去，就被那震撼人心的气氛感染了。只见偌大的舞池里，已有上百来人在激烈的震撼人心的音乐中蹦迪狂舞。玻璃吊顶下，红、橙、黄、绿、青、蓝、紫七色光彩浑然交错，旋转的游离灯射出的光线散开又聚集。纷乱的脚后跟敲在地板上，不知是灯光在追逐着舞步，还是舞步在追逐着灯光。一阵胜似一阵的狂潮掀起又落下。

陈明牵着赵苇步入舞池。平时，他极少来这种地方过夜生活。因为这种大众消费场所，不能体现大富豪的价值。而且这种地方很糟很乱，是滋生白粉、摇头丸和同性恋的温床，至于打架斗殴之事，更是时常发生。他喜欢在浪漫高贵的夜总会包房里喝着洋酒听着音乐和小姐调着情，既安静又安全，还能体现自己的尊贵身份。

赵苇一进舞池便摇头晃脑、扭腰摆臀甩臂地蹦跳起来。陈明看得出她是个蹦迪高手，一边陪着她笨拙地蹦着，一边跟她大声说话，脸上表情也因此变得灿烂生动。

赵苇的个头足足比陈明高了一大截，和他共舞时显得很抢眼。但陈明并不自惭形秽，他清楚男人征服天下和女人并不是靠仪表容貌，而是财势和地位。蹦了半个时辰，赵苇蹦出一身香汗，身躯略胖的陈明更是气喘吁吁。他们选了一个台子坐下歇息。陈明打手势叫男侍送来两杯可乐。他们喝着可乐，欣赏着舞池里的人们，悠闲地交谈了起来。

赵苇含羞带俏地望着陈明："陈总，我能问您一个问题吗?"

陈明大大方方说："问吧，我没有不可告人的秘密。"

赵苇问："您和我表姐是什么关系?"

陈明答："她是我的红颜知己，也是我的一个性伴侣。不过那都是以前的事情了。现有我和她只是普通的朋友，因为发现她在和我相好的同时，还和其他男人周旋、鬼混，所以我就渐渐疏远了她。"

　　赵苇说："陈总，说句您听了也许不高兴的话，我觉得您这样对我表姐很不公平。您可以有很多女人，她为什么就不可以有别的男人？"

　　"你这个问题提得很好，现在我就给你一个很公正的回答：男人和女人有本质的区别，男人可以花天酒地，而女人通常只能从一而终，这是中国几千年古老文明的积淀。尤其是当女人的荣华富贵都是男人给她提供的特定条件下，如果还红杏出墙、水性杨花，就意味着对男人的不忠与背叛。"陈明一本正经地说，"我自问对得起你表姐，但她却负了我。我不喜欢我的女人花着我的钱，却背着我跟别的男人勾搭成奸。而你表姐偏偏就是这种女人。不过我并不怪她，也不恨她，这并不是因为我这人很宽容，而是因为我根本就不在乎她。"

　　赵苇被陈明这番雄辩辩驳得没词了。她笑道："陈总，我说不过您。不过我认为现在的女人变坏了都是因为男人，尤其是您这种有钱有地位的男人。"

　　陈明笑着反驳："为什么不说男人变坏是因为这世上有许多漂亮风骚的女人呢？要知道爱美之心人皆有之，古语云'秀色可餐'，这说明一个美丽的女人对男人来说有着不可抗拒的吸引力。其实我一直认为在这世上，男人活得远比女人要辛苦，时下有句很流行的话叫做'女人变坏就有钱，男人有钱就变坏'。你认为是有钱容易，还是变坏容易？不用说是变坏容易，有钱难。男人想要变坏得有个前提，那就是得有钱，而钱通常是不会从天上掉下来的，得拼了性命去挣。而女人要有钱多容易，只要稍微变坏就行。所以说男人很悲哀，很不幸，男人得永远拜倒在女人的石榴裙下，当然我指的是漂亮女人。"

　　赵苇被陈明逗乐了："陈总，您真好玩。完全一副我是流氓我怕谁的样子。明明自己花心，四处拈花惹草，还要装出一副苦大仇深的受害者模样。"

　　陈明叹了口气："太不幸了，你居然这么评价我。在你眼里我成流氓了？"

　　赵苇暧昧地说："您不知道吗？现在时代潮流变了，流氓早成褒义词了。没本事的男人还做不了流氓呢。"

　　陈明一脸的坏笑："是吗？这么说你喜欢我这个流氓？"

　　赵苇红着脸噘起小嘴儿："陈总，您欺负我。"

　　陈明看着赵苇那副娇羞美态，心里痒痒的热热的，既舒服又难受。他真恨不得现在就把这个要人小命的小妞儿抱进怀里，贴心贴肉疯狂地亲热一番。陈明说："小苇，我提个建议，以后你别叫我陈总了，也别称呼'您'了，以后你就叫我阿明哥吧，这样听着舒服、顺耳，不别扭。"

赵苇说："好，以后我就叫你阿明哥。"接着，赵苇甜滋滋脆生生甜蜜蜜软绵绵地叫了一声"阿明哥！"

陈明的心都酥了。他感觉赵苇的声音像一缕春风吹进心田，那声音就像刚摘的水果一样甘美，向他飘来时仿佛还滴下了几粒水珠。陈明强烈地爱上了这个温柔得几乎能滴出水来的女子，一种想占有她并且和她厮守终生的欲望油然而生。

赵苇说："阿明哥，你对我真好。"

赵苇美丽的明眸中似乎飘起了一层雾，看得出她很感激陈明对她的厚爱。陈明热辣辣地注视着赵苇。她青春焕发的瓜子脸上有一双如梦般迷迷蒙蒙的眼眸，两扇长而卷翘的睫毛此刻正天真地扇动着，风情万种。

陈明问："你知道我为什么对你这么好吗？"

赵苇故作糊涂："是因为我表姐吧？"

陈明淡淡地一笑："你错了，她没这么大的面子。我不会因为她盲目投资1500万去拍戏，这一切都是因为你自己。从见到你的第一眼起，我就觉得你是一个可造之才，我相信凭你的自身条件，只要有机会，一定会成为一颗耀眼的明星。我愿意为你创造这个机会。"

赵苇杏眼闪烁，含情脉脉地瞟了陈明一眼，然后含羞带俏地微垂下头，一张出水芙蓉般的漂亮脸蛋上满是红霞。她低声说："谢谢你，阿明哥。我会一辈子记住你的。"

陈明说："我不需要你感恩戴德。我对你好，是心甘情愿，并不需要你回报。现在影视圈内那些大牌女明星，哪个不是被导演被投资人捧红的？同样一个好角色，角逐的人多如牛毛，让谁演都可以走红。就像你将要饰演的这个角色，只要我开个新闻发布会，在媒体上放出消息，我敢肯定前来角逐的漂亮女子会有成千上万。可我为什么就认定你呢？因为你给我的感觉很美好。人与人之间不就是靠缘分和感觉吗？我能通过你表姐认识你，这就是我跟你的缘分。"

赵苇不傻，知道陈明的话绵里藏针，是醉翁之意不在酒，他越是说不需要回报，她心里就越觉得惶恐不安。陈明在合同上虽然注明了《都市情恨》的女一号必须由投资方指定，但没注明是由她赵苇担任。也就是说陈明给自己留下了回旋余地。如果他从她身上得不到好处，就极有可能将这个出人头地的机会送给别的漂亮女子。想到这些，赵苇对陈明变被动为主动，她问："阿明哥。你打算就这么一直游戏风尘、放荡逍遥下去吗？有没有想过要找个女人成个家，安心过日子？"

陈明叹道："其实我像现在这样游戏人间，也是迫于无奈啊。你想啊，生意场上竞争激烈，有时候需要松弛一下。加上生意场上应酬又多，有时和三五个朋友在一起鬼混鬼混，也是在所难免的。不过这都不是主要原因，主要原因是我目前还没遇到一个能让我一心一意去疼她去爱她的女子。"

赵苇问："那么，你心目中所爱的女子到底是个什么样子呢？"

陈明趁机借题发挥："当然是像你这样清纯、美丽、能打动我，能让我一见倾心，愿意为她付出一切的女子。"

陈明这番话已将他的感情和欲望暴露无遗。她羞怯地低下头，轻声说："阿明哥，你又欺负我。"

陈明冲动地一把抓住她的手："小苇，我怎么舍得欺负你呢？我爱你！我愿意为你做任何事。你知道吗？从见到你的第一眼我就爱上你了，你就是我一直在等待的缘分。真的，我从来没有这么强烈地发自内心地喜欢一个女子。"

见赵苇沉默无语，陈明接着又话锋一转，说："当然这只是我单方面的感情，算是一厢情愿吧。你如果对我没有好感，可以拒绝我，我不会强求你。"

赵苇知道自己无法抗拒。陈明虽然相貌不出众，甚至有点大腹便便，但他有钱有地位，而且才三十一岁，是个钻石王老五，想跟他好的女人不计其数。她含情脉脉地望着陈明，风情万种地问道："阿明哥！你为什么会一下子爱上我呢？你觉得你自己的感情可靠吗？你不会是也想把我当做像我表姐一样的性伴侣吧？"

陈明紧紧地握着赵苇的手，信誓旦旦地说："小苇。时间是衡量不了一个人的感情的。是的，我和你认识还不到一天，也许你会认为这份感情来得太突然太草率了。但是，我相信自己的感觉。你在我眼里太美好了，就像一朵含苞欲放的花蕾，就像一滴清纯透亮的泉水，就像天上那轮温暖光明的月亮，能带给我无限的激情和希望。"

赵苇抿嘴一乐："阿明哥。看你，都用上诗一般的句子了，把我夸成天仙似的，我有这么完美吗？"

陈明说："我不会作诗，不过你就是我心目中的女神，我觉得把这世上所有最好的赞美之词用在你身上都不为过。"

赵苇脸上泛起幸福的红晕："阿明哥，我知道能被人爱是件幸福的事，不过我还没有思想准备，我觉得这份幸福来得太快太突然了。说实话我对你很有好感，你幽默风趣，豪爽有气魄。不过这毕竟是我一生中最大最重要的一件事，我不能马上答复你。你让我考虑考虑，好吗？"

赵苇知道自己越是矜持，陈明就会越是垂涎三尺。如果立马就答应他，让他得偿所愿，会显得自己太虚荣太不值钱了。

陈明见赵苇给了他机会，面露喜悦："好，我尊重你的选择。"

第5节：后悔的媒人

零点时分，俩人手牵手出了"动感"迪厅，到街边的大排档吃消夜。吃完消夜已是午夜一点钟了，陈明这才不紧不慢地开车送赵苇回到口福居火锅城。此时正是夜生活的高潮，火锅城还在营业，人声鼎沸。

赵苇下车后，陈明连招呼也没跟李倩打一个，便掉转车头绝尘而去。李倩从店堂里出来，望着闪着尾灯远去的车屁股，心里涌起一股浓重的失落感。她知道他现在的心思已转移到了赵苇身上，她在陈明心目中的价值已降为零了。

当晚，李倩和赵苇睡在一张大床上，俩人有一搭没一搭地聊了起来。李倩问赵苇："表妹，你们今晚到哪里玩了？玩得开不开心？"

赵苇说："我们去动感迪厅蹦迪了，玩得特别开心。表姐。我觉得阿明哥这人挺不错的，很随和，很幽默。你不知道阿明哥蹦迪时就像只大企鹅，笨拙得要命，可爱极了。"

李倩听赵苇称呼陈明"阿明哥"，就知道他们的感情进展迅速。她心里挺不是滋味，尽管早有思想准备，仍免不了有些失落，甚至后悔不该做这个红娘，一手促成他们。

李倩于是问："表妹，跟我说实话，你喜欢陈明吗？"

赵苇说："我也不知道，不过，我并不讨厌他。"

李倩说："不讨厌就说明你对他还是有好感的。今晚他对你有过什么暗示吗？"

赵苇笑道："哪用什么暗示啊？他很直接的，他说他喜欢我，从见到我第一眼就爱上我了。"

李倩冷笑："你相信他的话吗？以前他对我也是这样说的。现在怎么样？他对我的感情早已变淡了变冷了。这世上年轻漂亮的女人如雨后春笋，每天都会冒出一大堆来。男人永远是花心的，男人的山盟海誓是永远靠不住的。"

赵苇说："表姐。你觉得是他辜负了你吗？"

李倩深深地叹口气说："我和他之间不存在谁辜负谁，谁对不起谁。从一开始我就知道我们只是一种游戏、一种交易。因为我在跟他好之前就已经失身于我的老板，我知道他不会娶我。当然我也不是真心爱他，他除了有钱，其他地方并不优秀。他需要我的肉体，我看上他的钞票，等价交换而已，这只是一种最原始的买卖。"

赵苇惊诧不已："这么说你一直是在利用他？"

李倩说："情人之间本来就是互相利用。到没有半点利用价值了，也就非分手不可了。不过总而言之，陈明这人还是不错。他年轻富有，还很会疼爱女人。他从不对女人发脾气，哪怕明知你已背叛了他。"

赵苇想了想，说："表姐，其实你们之间的事情我已经知道了，陈明粗略地对我说起过。他说是你辜负了他。他还说他没把那些事放在心上，并不是对你宽容，而是根本就没在乎过你。"

李倩内心有种隐痛，叹息一声："我就知道他不会在乎我，因为他根本就不爱我。表妹。也许你跟我不一样，也许他是真心喜欢你。我清楚我跟他缘分已尽，有心成全你们。你要是对他感兴趣，就在他身上多花些工夫吧。"

赵苇忧心忡忡："可是我已经不是处女了，他会不会嫌弃我呢？"

李倩大感意外："你小小年纪就偷吃了禁果，你把初夜给谁了？"

赵苇淡淡地说："我们学院的一位老师，我特别崇拜他。不过不是我主动，是他诱惑了我。他说他爱我，我无法抗拒他。"

李倩哀其不幸怒其不争："你呀你，真是太天真太糊涂了！男人说一句爱你，你就把身子给了人家？你知道吗？女人的贞操一旦失去了，也就失去了待价而沽的资本。你太不珍惜自己了！"

赵苇眉毛一抬，不以为然地说："表姐。现在都什么时代了，谁还在乎贞操？现在十四五岁的小女生就开始谈恋爱，敢当街 Kiss，敢开房做爱，若到了十八九岁还没有体验过性生活，就算是老处女了。"

李倩叹了口气说："小苇！表姐一直以为你很纯洁，没想到你思想比我还开放。如果我不是早已失身于我老板，如果我跟陈明是第一次，我敢肯定我跟他之间会有个好结果。现在我后悔莫及。可我没想到你居然也跟我一样，草率地就将贞操给了一个不会给你幸福，也不会对你负责任的男人。你真傻啊！这世上没有哪个男人愿意娶一个失过身的女人做老婆，就是娶了，心里也会永远有个疙瘩，有个阴影。"

赵苇微微冷笑："表姐。我跟你说实话吧，我根本就没打算嫁给陈明。你不是也说他除了有钱，并没什么优秀之处吗？他个子比我矮一大截，长相又不出众，跟他走在一块都丢人，嫁给他我多没品位？我最多只是利用他，不会对他动真情的，而且，我绝不会像你这么失败，任由他抛弃。我跟他之间，到时候只有我抛弃他的份儿，还轮不到他抛弃我。"

李倩无言以对，心中却升起一股寒意。她觉得赵苇比她还工于心计。她有些后悔，不该把她介绍给陈明。

第八章：谁是玩偶

第1节：狡猾女子

赵苇向往出人头地，追求浪漫生活。她觉得人活于世，就要活得自在逍遥对得起自己，这样才不枉来世上一遭。

赵苇极其聪明，并擅长将书本上、银幕上的悲喜剧借为己用。赵苇认为女人要征服世界，必先征服这世上的男人；而征服男人，就必须运用女人最神秘最有效的武器：微笑、眼泪，以及贞操。她一直将贞操看得比纸还薄，却又很善于装成一副清纯似水混沌未开的小女孩模样，温柔善良、羞羞怯怯、单纯可爱、没有城府，令男人们人见人爱，顿生爱怜。

赵苇清楚自己目前正面临着一个可以令她一飞冲天的机遇。不过，她更清楚这机遇掌在陈明手中，如果不作出点牺牲，让陈明尝到点甜头，他是不可能将这个机遇拱手送给她的。经过昨夜和表姐李倩的经验交流，她已经想好了俘虏陈明的策略。

上午九点，赵苇起床梳洗罢，用半个时辰化了个"清水出芙蓉、天然去雕饰"的淡妆，换上一套既漂亮又能突出性感的吊带裙。她吃完早点，坐在窗口捧着《都市情恨》的剧本一边装模作样地看着，一边心乱如麻地等待着陈明到来。

十点四十分左右，陈明驾车来到口福居火锅城。赵苇欣喜地飞奔出去，含笑站到车门外，甜甜脆脆地叫了声"阿明哥"。陈明打开车门，叫她上车，说要带她去买衣服和化妆品，言罢一踩油门，车子狂飙而去。

李倩站在火锅城一楼店堂的窗口，落寞地凭窗而望，内心充满了伤感。昔日的情人如今另有新欢，和她形同陌路，连招呼都不打一声了。这种结局是她始料不及的，她无法不心寒。

陈明载着赵苇来到新世纪百货商店，为她买了一套价值不菲的进口化妆品和一套昂贵的晚礼服，然后载着赵苇回到了玉芝阁花园。

白雪和程辉正在客厅打电子游戏，见陈明领回个美若天仙的女子，惊讶得半张着嘴巴说不出话来。贾伟从楼上下来，见了赵苇也惊怔了片刻，显然也是惊艳于她的美貌。

贾伟招呼大家坐拢吃饭。陈明向贾伟介绍赵苇："她是李倩的表妹，名叫赵苇，现在在上海戏剧学院表演系念书。"

贾伟恍然大悟，原来陈明昨天是去会老情人了，结果会出了新欢。接着，陈明将贾伟等人一一介绍给了赵苇。贾伟对赵苇的到来表示热烈欢迎："听阿明说今天有贵客到来，我特意吩咐小张早早备好了一桌酒菜。"

赵苇娇憨地微笑着："真不好意思，打扰大家了。"

白雪亲切地拉着赵苇的手说："你是阿明的朋友，也就是我们的朋友，不用客气。"

饭局中，白雪不时地给赵苇夹菜，那份热情让她很感动。贾伟说："赵小姐不要客气。我们这帮人亲如一家。以后你也可以把这当做你的家。"

赵苇深深地看了贾伟一眼，说了声"谢谢"。她在内心暗自将陈明和贾伟作了一番比较。贾伟高大英俊、风流帅气，她想如果是贾伟向她求爱该多好啊，那她一定会毫不犹豫地答应。

午餐后，陈明带赵苇参观别墅，然后安排她在二楼的一间客房休息，他说他要和贾伟谈一下投资拍戏的事。赵苇温顺地笑了笑："你去吧，我躺在床上看会儿书。"

陈明来到贾伟的房间，将剧本和合同递给贾伟，对他说起了投资拍戏的事情。贾伟粗略翻看了一下剧本，见他已签下了合同，觉得他做事有点太冲动太冒失了。

贾伟清楚在国内拍一部三十集都市言情剧，根本用不了1500万元。拍现代言情剧不比拍历史剧、古装剧、动作剧，在服装、道具、布景、场面、烟火等等各方面都需要高投入。然而，现在木已成舟，责备陈明也无济于事，于是他便豪爽地说："这事你决定了就行，去操作吧。我知道你这次心血来潮，一定是为了赵苇。"

陈明憨憨地笑了笑："阿伟。你眼睛真毒，什么事都能被你一眼看穿。"

贾伟笑道："眼睛毒的是你。你小子对漂亮女人从不放过，看上一个逮一个。你自己说你祸害了多少良家妇女了？"

陈明一本正经地说："阿伟！我这次是动真格的。我喜欢赵苇，想娶她做老婆。"

贾伟说："难怪你贸然决定投资1500万拍这部戏，原来是被爱情冲昏了头脑。说实话，拍这样一部戏投资1200万就绰绰有余。你等于是白白送给别人几百万。"

陈明不好意思地说："我的确是有些冲动了。当时他们说拍这部戏需要2000万，我给砍下了500万。本来我当时想打电话跟你商量一下，但自尊心和虚荣心作祟。你也知道我这人最怕在女人，尤其是漂亮女人面前丢面子，加上喝了点酒，豪气一上来，觉得不就是1500万吗？没什么大不了的，就自作主张把合同签了。"

贾伟见陈明说得这么坦诚，自己反倒有些过意不去："阿明！我没有责怪你的意思。你说的没错，不就是区区1500万吗？只要你认为投资得值，那就值！这么点小事你完全有权利作主，不必跟我请示，区区1500万随时随地有权支配。我不指望这部戏赚钱，只要这部戏能促成你和赵苇的姻缘，就算是赔了个血本无归，我也觉得是件大喜事！"

陈明开心地笑了："这么说你也认为为了赵苇，投资这1500万值得？"

贾伟含笑点头："赵苇这样的女子，全中国十几亿人中也难得挑出几个来。爱美之心人皆有之，古人就有烽火戏诸侯，宁要美人不要江山的先例，至于为博美人一笑，一掷千金的例子更是不胜枚举。况且，你这1500万还不是送给她，是用来投资拍戏，为她创造一个出人头地的机会。这一举两得的事情何乐而不为呢？"

陈明舒心地笑了："阿伟。不瞒你说，昨晚我一直睡不着，就怕你不理解我。现在听了你这番话，我心里舒畅多了。"

贾伟笑着捶了他一拳："你小子为这么点事儿还背思想包袱，居然睡不着觉？也太没出息了吧！咱们可是荣辱与共的好兄弟！无论什么事情只要你认为是对的，就尽管放手去做。这个公司是我的，也是你的，如果互相猜忌互相提防，没有理解、宽容和信任，那我们就无法合作下去，更别说将公司做大做强了，你说对吗？"

陈明点头："你说的没错，我们永远是好兄弟！"

贾伟又说："我是真心希望你能和赵苇成为一对。她国色天香、倾国倾城。这样一个小女子，人见人爱，你可要好好把握，不要让她从你手心里跑了。同时我也希望你有了赵苇之后，能够收心养性，不要再沉迷于女色了。"

陈明内心有些感动："谢谢你的忠告。我一定会收心养性，不再游戏人间。"

第2节：欲擒故纵

赵苇靠在客房床头看书，看着看着不知不觉就睡着了。陈明来到赵苇房间，见赵苇半靠半卧睡着了，忍不住亲吻了她一下。赵苇被吻醒了，睁开眼脸颊绯红地望着陈明。

陈明像做贼被人当场抓住一样，一张脸涨得通红，讷讷地说："我不是有意要冒犯你。你睡着时实在是太美了，我忍不住就想亲你。"

赵苇根本就没把这当回事，撇开话题，问他和贾伟谈得怎么样？陈明高兴地告诉她："阿伟赞同我给你投资。他说为了你这样一个国色天香的女子，投资1500万，值！"

赵苇高兴得眉飞色舞："真的吗？他真的这么说？"

陈明刮了一下她秀气的鼻子，说："当然是真的。他说你这样美丽的小女子，全中国十几亿人当中也难挑出几个来。他这人向来眼高于顶，是很少夸赞女人的。"

赵苇心里甜滋滋的，她为所有的男人都被她的美色倾倒而洋洋自得。陈明见她丝毫没有拒绝自己的意思，胆子不由放大了些，又俯下身去亲了她一下。赵苇假装不悦："阿明哥你真坏！大白天的就欺负我。"

陈明从她的话语中听出了某种鼓励和暗示，又亲了她一下，说："行。大白天不欺负你。我晚上欺负你。"

赵苇从床上跳了下来，佯装生气跑出房间，边跑边说："我不理你了。我找白雪姐姐玩去。"

白雪在别墅楼顶的空中花园和程辉下围棋。赵苇奔了上去，见白雪执黑子处于弱势，帮着指点了几招，便教她反败为胜，将程辉所执白子杀得溃不成军。程辉和白雪下棋是有赌注的，输者明天去体育馆看足球赛买票。程辉好不容易胜券在握，经赵苇这么一搅和，反倒输给了白雪，气得哇哇大叫，非要和赵苇比个高低不可。

这时，陈明和贾伟也上来了，鼓励赵苇和程辉下一盘，说程辉这小子猖狂得很，这里下围棋没有谁是他的对手，叫赵苇替他们杀杀他的傲气。赵苇见大伙为她打气，便高兴应战。

棋局摆开，赵苇让程辉执黑先行，她执白从容沉着应战，不足十分钟就将程辉腰斩于马下。程辉投子，输得心服口服，并声称凭赵苇的水平稍加训练，完全可以进国家队做棋手。陈明笑道："不会吧？别往自己脸上贴金了。败给了赵苇就说她水平如何如何高，好给自己台阶下。"

程辉一脸的无辜，委屈地说："我在北京曾经跟国家队一名棋手下过几次，每次对方都只是小胜于我，没有一次像赵苇这么干净利落三下五除二就把我给腰斩了。我敢肯定赵苇的棋艺一定经过名师指点，不信问问赵苇就知道。"

赵苇说："不瞒各位，我爷爷是位老棋师，对古代各种棋局、死活颇有研究，在家乡方圆数百里没有对手。我的棋艺就是跟爷爷学的，如果不是进戏剧学院，说不定我还真去当棋手了，不说进国家队吧，进省队绝对够水平。"

程辉叫了起来："我说的没错吧，赵小姐就是经过名师指点。"

白雪赞叹："赵小姐真是多才多艺，太难得了。"

陈明见赵苇得到了大家的认同，心里非常高兴，更坚定了娶赵苇为妻的信念。

当夜，陈明躺在床上睡不着觉，眼前晃来晃去全是赵苇的影子。半夜里，陈明实在忍受不住情欲的煎熬，悄悄溜到赵苇门前，轻轻一推，房门居然没有反锁。陈明内心窃喜，轻手轻脚走到赵苇床前，打开了床头灯。

朦胧的灯光里，赵苇睡得非常甜美，陈明俯下身去亲了亲她。赵苇惊醒过来，见是陈明，并没有流露出太多惊诧神色。赵苇故作糊涂地问："阿明哥，你怎么还没睡啊？跑到我房间来干什么？"

陈明说："我睡不着，太想你了。小苇，我爱你！"

陈明说着就紧紧地搂抱住了赵苇，赵苇故作姿态地挣扎着，反抗着，当陈明的双手探进她的内衣，将她胸前那对丰满、坚挺、雪白而充满弹性的乳房捕捉住时，她平静了下来。

陈明开始动手去剥赵苇的衣服，他的手触摸到她的肌肤，她的肌肤细腻嫩滑，如白玉凝脂般舒服。在他的爱抚下，她的肌肤渐渐变得烫热了起来。正当陈明欲火焚身不可自持要扒下赵苇的裤头时，赵苇一把抓住了他的手，冷冰冰地问："阿明哥，你是真心爱我，还是只想得到我的身子？"

陈明说："我是真心爱你的。你要是不信，我可以对天发誓，我陈明日后要是有负于你，天打五雷轰！"

赵苇用手捂住他的嘴巴，含情脉脉地说："阿明哥。我相信你，你不要发这样的毒誓。我也爱你，只是有件事我必须告诉你，我有过男朋友，我已经不是处女了。"赵苇眼里簌簌掉下几滴眼泪，接着说："我好后悔，那时我太单纯了，我被爱情蒙蔽了双眼。结果他欺骗了我。"

陈明呆呆地望着赵苇，先是感到吃惊和失望，继而又对痛苦无助、懊悔不已的赵苇深感同情和爱怜。他轻轻地将她拥入怀中，为她拭去泪痕，问她到底是怎么回事。赵苇便哭泣着对他讲述了一个凄美动人的爱情故事。这故事她对每个跟她上过床的男人都讲过，遗憾的是每个男人都对这个千篇一律的故事深信不疑。

赵苇说："一年前，我进上海戏剧学院不久，和表演系一位师兄相爱了。他比我高一届，是我们学院公认的帅哥，笑起来特别迷人。当时他就已经接拍了不少戏，学院的小女生都喜欢他，都想成为他的女朋友，但他却主动追求我，说只爱我一个。我沉浸在他的甜言蜜语中，坠入了他编织的情网，和他花前月下、海誓山盟。终于有一天，我经不住他信誓旦旦的恳求，为他献出了宝贵的童贞。我幻想着憧憬着能与他白头偕老、携手走完漫长而短暂的人生旅程。没想到他根本就是在玩弄我的感情，他很快就把我抛弃了，又跟一位演艺圈的女人好上了。那女人比他大两岁，有钱有名气有地位，他们同居了，出双入对，俨然一对夫妻。这件事对我打击非常大，从此我拒绝了所有男人的求爱，我怕再次受到伤害。阿明哥！你会嫌弃我吗？"

陈明爱怜地说："小苇！你是一个好女孩。你真心去爱一个人，那并不是你的错。你很坦诚，我不但不会嫌弃你，相反会更爱你。我会用爱修复你心中的伤痕。"

赵苇嘤嘤地哭了，将脸深埋在陈明怀中，轻轻蠕动："阿明哥。你真好！你如果爱我，就好好爱吧，我愿意一辈子给你快乐和幸福。其实，我一直渴望能得到一份纯洁、真挚的爱情。"

陈明轻轻地捧起她的脸，深情地说："你放心。我会好好爱你的，不让你再受到一丝伤害！"

赵苇脸上浮现起不易觉察的笑容。她又轻松地俘虏了一个男人，她感觉到一种特别的刺激和满足。

第3节：虚情假意

陈明和赵苇确定关系的第二天晚上，决定带赵苇到江洋的大世界夜总会玩玩，一来让赵苇开开心，二来好在朋友面前露露脸。

赵苇在房间里忙碌了好半天，拿出陈明昨天上午为她买的进口高档化妆品认真细心地对镜起妆。化好妆又将乌黑的秀发盘成一个端庄秀丽、风情万种的发髻，然后换上陈明给她买的价值一万多元的黑色晚礼服。

赵苇站在镜子前，几乎不敢认自己了。镜子中的人儿实在是太完美太迷人了，脸蛋娇美、脖子细长、双臂丰腴、胸脯坚挺丰满、腰肢细柔袅娜、美腿白皙修长……她是个天生的美人儿，毫无瑕疵的肤色配上高贵端庄的黑色晚礼服，浑身上下没有丝毫可惋惜之处。

当赵苇走下楼时，所有的人都被她超凡脱俗的美丽、清纯高贵的气质所倾倒折服了。白雪拉着她的手，亲切地夸赞："天哪！我从没见过像你这么美丽迷人的女子。你简直是仙女下凡啊！"

赵苇莞尔一笑："白姐姐过奖了，白姐姐才是仙女。"

白雪羞惭地说："你别把这个词用到我身上，我本来就是个乡下女子，没有任何过人之处。唉，女人青春短，我现在已经老了，没人疼没人爱了。"白雪说罢，幽怨地瞟了贾伟一眼，见贾伟的目光正停留在赵苇身上，不由神色黯然。

白雪以为贾伟也被赵苇的美色所迷、正想入非非，心中不由更添了一份凄楚，暗想：原以为他是个好男人，现在看来也是不能免俗的好色之徒，只不过以前没遇上合胃口的罢了。

其实，白雪这么想可真冤枉了贾伟。他对赵苇绝无非分之想。贾伟内心有种隐忧，他觉得陈明和赵苇根本不相配，他担心陈明驾驭不了赵苇，更担心赵苇根本就不是真心爱陈明，只是在利用他，迟早会弃他而去。她的容貌是那么的美丽动人，她的笑意是那么的甜美温柔，她浑身散发出的少女气息是那么的生动温馨。但这一切都极有可能只是一道屏障，屏障的后面掩盖了些什么，恐怕谁也不知道。

这回贾伟把小张也带上了，车子行驶二十分钟来到了大世界夜总会。泊好车，他们径直进了夜总会，选了8号大包房，贾伟吩咐少爷去把江洋叫来。

夜总会的少爷知道他是老板的贵客，忙去给江洋报了信。江洋正在6号包房陪几位贵客，闻讯极不情愿地来到8号包房。进门与贾伟等人客套了几句，便将目光锁定在出众的赵苇身上，问贾伟："这位国色天香的小姐，是你新聘的女秘书吧？"

贾伟笑道："你小子想哪里去了？她叫赵苇，是阿明的女朋友。我们公司即将投资1500万拍一部三十集的电视连续剧，名叫《都市情恨》，女一号就由她担任。这部戏暑假过后就开拍！"

江洋羡慕不已："阿明真有艳福。能有赵小姐这样的女子做朋友，这辈子不枉做男人了。"

赵苇在江洋的赞美声中矜持地微笑着。江洋吩咐少爷为贾伟他们送来好吃好喝的，陪贾伟和陈明各喝了一杯酒，听赵苇唱了一首歌，便推说要接待其他贵客走出了8号包房。陈明明显感觉江洋对他们有些冷淡。他对贾伟说："你这哥们儿好像和我们有些生疏了，大概是怕我们长期来这白吃白喝吧？"

贾伟说："今晚我们无论如何也要埋单，就是江洋坚持不收钱，我们也要给钱。毕竟在商言商，我们来这白吃白喝白玩，次数多了，他心里难免会有些不舒服。"

陈明不满地说："他有什么不舒服？他这夜总会是我们借了400万给他才开起来的。我们不收他利息，来这玩几次有什么大不了的？我们是看得起他，把他当朋友才来的，谁曾想过要占他那点小便宜？你看他这表现，不但对我们爱理不理的，还给我们送来一瓶什么酒？金牌马爹利！最多也就值500多。我看他是怕我们不埋单，不舍得拿好酒招待我们。说实话这些年来，我就从来没喝过这么差劲的酒。"

对于这一点，贾伟也深有感触。他是个讲究品位的人，对香车、美女、豪宅、美酒，这几样东西向来追求极致。平时在家招待客人，喝的也是人头马XO，现在出来享受夜生活，受过他恩惠的江洋居然用不上档次的酒招待他，这的确让他心寒。想到这，他叫程辉去把少爷叫来。程辉拉开包厢门，将站在门口的少爷叫了进来。少爷躬身问贾伟有何吩咐。贾伟说："给我们来瓶路易十三。"

少爷说："对不起。江总有过交代，招待客人最高档次的酒不能超过人头马XO。路易十三要一万八千元钱一瓶呢？我哪敢做主？"

贾伟将杯子里的酒向少爷脸上泼去，骂道："你他妈的怎么说话的？老子不是来吃白食的！老子想喝什么酒就喝什么酒！老子有钱埋单！你们老板不懂做人，难道你做奴才的也不会做吗？！"

少爷见自己说错话惹恼了贵宾，忙诚惶诚恐地退了出去。陈明见贾伟怒气未消，劝他："这事不能全怪少爷。他只不过是素质低，说话不圆滑罢了。但他这样恰恰暴露了我们在江洋心目中的地位。让我们清楚了江洋是个什么样的人。他一直就认为我们来这里玩是存心要揩他的油。他的这种想法不仅在他心目中根深蒂固，而且影响了他手下这帮少爷小姐。现在就连少爷小姐一见我们，也以为我们又来白吃白喝了。我们一直把他当哥们儿，没想到他却这样对待我们！"

贾伟越想越气，抓起茶几上那瓶还没喝到三分之一的马爹利狠狠地砸到地毯上，骂道："妈的，今天出来寻开心，结果却受了窝囊气！走！不玩了，回家！"

贾伟带着几个亲信怒气冲冲地走出夜总会，上了奔驰轿车，打道回府。途中，贾伟手机响了，没有接听。手机便一次又一次地响着，他听着心烦，干脆将手机关了。

不一会，陈明的手机又响了。他接听，果然是江洋打来的。江洋在电话里向他们道歉，说今晚没多陪他们实在是要应酬另外几位熟客。他说那个少爷被他臭骂了一顿，被炒了鱿鱼。

陈明不待他说完，便没好气地骂道："你他妈的真会唱戏！这世上没谁是傻子，你唱给谁听？"骂罢关了手机。

回到别墅，贾伟打开了二楼的卡厅。这间三十多平方米装修得富丽堂皇的卡厅相当于夜总会的一个大包厢，音响设备比起夜总会的也是有过之而无不及。程辉开了音响，放起了歌碟。

在优美的音乐声中，贾伟的怒气渐渐平息，对赵苇说："不好意思，今晚本来是想带你出去开开心，结果我们受了气，让你这位客人也受了委屈。"

赵苇温柔一笑："贾总！您千万别这么说。你们对我太好了，我心里十分感动。我丝毫不觉得受了什么委屈。"

贾伟说："有你这句话，我心里痛快多了。"接着吩咐程辉："阿辉！去看看酒柜里还有什么好酒，拿瓶好酒来，我们在家一样可以喝酒唱歌，快快乐乐地享受物质生活。"

程辉看过小酒吧的酒柜后，告诉贾伟还有几瓶人头马 XO 和两瓶皇家礼炮。贾伟说就来瓶皇家礼炮吧。

贾伟举杯对大伙说："来！我们开开心心地喝酒、开开心心地唱歌，完了美美地睡一觉。不要因为江洋这王八蛋坏了我们的兴致和情趣。"

大伙纷纷举起酒杯，一口干了。接着便开始唱歌，独唱、对唱、合唱，什么花样都玩了个够。最后，酒喝得差不多了，歌也唱得有些累了，便各自回房睡觉。

第 4 节：登门道歉

次日上午，江洋带着两瓶路易十三来到贾伟的别墅。小张面无表情将他请了进去。贾伟、陈明、赵苇、白雪正在客厅打麻将，见江洋到来，没有一个人跟他打招呼，更没有人起身相迎。

江洋满脸堆笑走到贾伟面前："阿伟。我今天是专程来赔礼道歉的。昨天晚上都怪那个傻 B 少爷，我当晚就炒了他鱿鱼。今天我带来了两瓶酒，咱哥们儿好好喝几杯。你也知道，我在这里就你这么一个朋友，我们是多年的哥们儿，总不能因为一点误会说断就断了吧？就算那一切都是我的错，今天我上门认错，你老兄也得给我一个改过自新的机会吧？你要真不理我，连座也不赐一个，那我就坐在地上不走了！"

江洋说着真的就盘腿坐在客厅的打蜡地板上。贾伟见他一脸真诚，气也就消了许多。他起身扶起江洋，拉着在沙发上坐下："我是真拿你这种朋友没办法。"

贾伟吩咐小张将两瓶酒收好，准备一顿丰盛午餐。赵苇借口她牌技很差，加上囊中羞涩，起身让江洋上桌打麻将。贾伟和陈明也叫江洋上桌玩几圈，江洋便不客气，坐上了赵苇的位子，接着打牌。

四圈下来，小张已做好了午餐。清点战果，陈明输了三千多元，江洋输了两千多元，贾伟、白雪和赵苇各赢了一些。

贾伟笑陈明："阿明，你是情场得意赌场失意，你的钱叫赵苇给赢去了。"

陈明笑道："也好啊，我输，她赢，算打成平手。"

江洋说："我今天手气真臭，幸好还不是大赌，否则我可输惨了。"

贾伟笑道："你现在是大老板了，输点钱也没什么大不了的。对了，现在，夜总会的生意怎么样？"

江洋说："还不错。每月能赚个几十万，好的时候能赚个上百万。"

陈明说："有这样的业绩很不错，一年下来也可赚个上千万。而且自己吃喝玩乐，近水楼台先得月，你说做这样的生意多划算！"

江洋说："我能有今天，全仗二位相助。我会一辈子将二位的情谊记在心上！"

贾伟说："朋友之间，能力范围之内的事情，帮点忙何足挂齿？"

说说笑笑间，大伙走进了餐厅，大餐桌上摆满了十几道菜和一个清蒸甲鱼汤，色香味俱全。贾伟吩咐小张开了江洋带来的两瓶路易十三，将每个杯子都斟满，然后发号施令："今天中午我们把这两瓶酒喝完，这酒一万八千元一瓶，是江洋的一片心意。你们可别不领情啊，都给我放开量喝，不把它喝完了就是孬种！"

江洋不好意思地笑了笑："这酒是我给各位赔罪的，昨晚在夜总会我手下一位少爷怠慢了各位，还望各位不要跟下人一般见识。那小子我训了他一顿，当晚就叫他滚蛋了。"

程辉不满地对江洋说："依我五年前的脾气，当时就把那小子揍扁了，我们贾总什么时候受过那份窝囊气?!"

贾伟说："好了，过去的事不提了。既然江洋今天来挽回我们面子，我们也要给他一个面子，把昨晚不愉快的事情一笔勾销，从今以后，我们还是好朋友。来，干杯!"

一时之间，觥筹交错，热闹非常。

饭后，贾伟、陈明和江洋在客厅喝茶聊天，聊了会儿，突然都安静了，江洋便从口袋里掏出一张支票递给贾伟："这是200万，我先还你一半，剩下的200万过阵子再还你。"

对于利息，江洋只字不提。贾伟表面上没说什么，心里却老大不高兴，他并不在乎那点利息，但在乎江洋的态度。他心想江洋今天来给他赔礼道歉，重修旧好，大概就是怕他向他追债并索要利息吧?

贾伟向来不猜忌朋友，但是对江洋这种人，他无法不用异样的眼光去看待他。自从昨晚在大世界夜总会受了屈辱之后，贾伟就隐隐觉得江洋是个自私自利、不可深交的朋友。这种人，需要你时对你百般奉承，一旦自己有了实力，或者你对他没有利用价值了，说不定他就会过河拆桥。而陈明更认为江洋是个唯利是图的阴险狡诈之徒。他是个直性子，只是碍于贾伟的情面，什么也没说。

江洋或许也感觉到了贾伟和陈明心中对他的不满和不快，十多分钟后便借口有事情要处理，向贾伟和陈明告辞，贾伟没作挽留，吩咐程辉开车送江洋。

第九章：暗流涌动

第1节：内部信息

华秀苑的楼盘位于城西的西南角，临近滨江风景区，地理条件还算优越，但是这里只开发出一处孤零零的楼盘，没有完善的配套设施，紧挨着小区北面的是东坦镇农村，开盘基价只有1200元/平方米，差不多只有市区繁华地段的房价的四分之一，跟主城区东、南、北部边缘地域房价比起来也将近低了一半，但即便是这么低的房价，开盘八、九个月以来，售出的楼盘也不足三分之一。

一天，刘玫告诉赵洪，她从秦副市长口中得知一项尚未公开的市政府决策，为了配合市政府提出的主城区逐步向外扩张的战略目标，市政府准备在华秀苑一带建立"城西开发区"，以华秀苑的五百亩土地为中心，将华秀苑周边两个乡镇的十几个村子囊括其中，形成一个新型城镇。新规划中的生活区主要集中在东坦镇的南首，也就是毗邻华秀苑的几个村子。城西开发区将新修两条公路，并改善现有的水、电、气、电信、通讯等设施，增设一所中学、一个农贸市场、一座建材城、一座医院。这个议题即将提交市委常委扩大会议讨论决定。

刘玫预计，只要城西开发区一启动，开发区周边的房价就会上升，特别是华秀苑，价值将会被重新发掘出来。这是一个大好时机，刘玫决定从中大捞一把。于是对赵洪面授机宜。要他想办法以最低价格将华秀苑一期的剩余房子全部买断，并设法从津吉房地产开发公司将华秀苑第二期、第三期开发项目的土地收购过来。

刘玫告诉赵洪："津吉房地产开发公司老板名叫武平，几年前跟市里一位主要领导关系很好，他通过这位领导的关系以低廉的价格购买了华秀苑500亩土地，然后将获得首期开发权的土地抵押给银行，套取先期贷款，接着占用建筑商的资金进行开发。他本以为预售好的话就能回笼资金，可华秀苑开盘八九个月了，还没卖到三分之一。目前他已被逼入了绝境。他的一期开发没有多大规模，共990户的样子，按他现在的售价1000元/平方米，总售价9900万，但是他为这个项目就欠了五六千万的外债，空置的房源只占了他六七千万的资金，将他挤到破产的边缘。公司现在的流动资金已不足百万，却承担着3500万的商业贷款，五个月后到期，每个月的还贷利息都够他受的，还有1800万的工程欠款，三个月后就到还款期限。等到那时，销售还达不到五成的话，连延期还贷的借口也没有，只有宣布破产。"

刘玫向赵洪透露核心内幕："本来，武平打算将二期工程转让给海豪房地产开发公司。结果董天海心狠手辣，吃定了他，他知道津吉的财务状况，银行现在催他还贷，泰源建筑公司也有津吉公司开出的1800万期票，三个月后兑现。泰源公司老总跟董天海是哥们儿，而且董天海在泰源建筑公司拥有28%的股份，只等期票一到期，董天海就会向武平逼债，到时，董天海就能够低价接手华秀苑，将华秀苑数百亩的储备土地和华秀苑一期开发出来的楼盘据为己有。到时董天海只要兑现泰源建筑公司手里的1800万债权，津吉公司就要宣布破产。现在董天海正打算低价收购银行手里持有的津吉公司债权，这样就可以将逼迫武平就范。"

刘玫说："现在的情况对我们相当有利，董天海不知道城西开发区即将推行，他还不急于收购武平的楼盘和土地，他还在等待最佳时机；而武平也不知道城西开发区即将推行的内幕消息，他正急于将手中的烂摊子脱手，以缓解经济危机，摆脱破产困境。同时，董天海逼迫得越厉害，武平越可能低价出让积压在手里的楼盘，能筹集一分资金就能缓解一分压力。所以，此时你这个'救世主'亮相，是最佳时机。"

赵洪考虑好方方面面的因素，制订了一个非常可行的计划之后，决定亲自去华秀苑实地考察一下。知己知彼，方能百战百胜。

赵洪开着刘玫为他购置的奔驰车S600来到华秀苑售楼部，推开明亮的落地玻璃门，走进售楼部大厅。大厅正中是楼盘的塑料模型，浅黄色的巨大柜台后面，两名售楼小姐正凑在一起研究时尚杂志《瑞丽》上的时装，见有客人进门，都抬起头来。其中一位上身穿玫瑰红蕾丝边小花领中袖衬衫、下身穿水洗蓝牛仔裤的售楼小姐接待了他："请问先生喜欢什么样的房型，我们这里的款式有多种，先生一定可以挑选到一款您喜欢的。"

"我首先比较喜欢你的打扮，你的衣着搭配蛮经典、时尚的。"在赵洪大胆的注视下，售楼小姐脸上挂着羞涩的神情，抽出几张介绍房型的彩页给赵洪。赵洪笑了笑："请问小姐贵姓？能给我介绍一下房型吗？"

售楼小姐含笑盈盈地说："我姓杨，很高兴能为先生服务！"杨小姐接着给赵洪一一介绍起来，等她介绍得差不多的时候，赵洪问："华秀苑卖出去多少套房子？"

"差不多有80%，现在打九折，公司将剩余的房子卖掉，回笼资金，紧接就要开出二期，不用两年，比一期规模大两倍的二期，将让这里成为成熟的生活小区。"

赵洪笑了笑："能不能让我看看控本？"

售楼小姐一愣，销售控本记录真实的销售情况，一般的购房人几乎很少会要求查看控本的，她为难地说："查看控本的话，要经理批准才行。"

"你们经理在不在？不在的话，我改日再来。"赵洪将自己的名片放在台子上，"上面有我的电话，请你们经理跟我联系。"

这时经理从里面的房子里走出来，问怎么回事。杨小姐告诉他赵洪想买房，但提出要先看看控本。售楼部经理刚才已经看到门外停着的奔驰S600，猜想赵洪一定大有来头，忙从名片盒里取出一张名片递给赵洪："敝姓蒋名成，是售楼部经理。请多关照！"

蒋成从抽屉里取出控本，交到赵洪手中，赵洪漫不经心地翻看了一下销售控本，最后诘问蒋成："蒋经理，刚刚杨小姐说贵处的销售量超过八成，我不知道从控本上如何得出这个数据?"

赵洪生气地将销售控本丢在玻璃柜台上,蒋经理忙抱歉说:"刚刚杨小姐说的是有购买意向的客户量,控本上是已经订下协议的,所以有些出入。赵先生很清楚房地产的情况,是不是从事相关行业的?"

赵洪见蒋成想撇开话题,再次诘问:"刚刚杨小姐说华秀苑的二期马上就要启动,明年就能开盘,是不是?"

赵洪凝视着蒋经理的眼睛,见他眼神犹豫、闪烁,就知道他在说谎:"公司是有这个计划,专项资金也准备到位了,但是有些批文还没有下来,公司老总正为这事奔忙,顺利的话,二期马上就可以启动了。"

"睁着眼睛说瞎话!"赵洪毫不客气地指出,"华秀苑一期共开发15幢楼,990户,开盘至今实际销售290户,不足三分之一。麻烦你跟你们武总打个电话吧,我打算买下华秀苑一期空置的全部房产,价格方面你作不了主的,我希望跟你们武总当面谈。"

蒋经理一听对方要一口吃下剩余的全部房产,连忙给武平打了个电话,武平一听遇上大客户,答应马上开车赶到售楼部。叫蒋经理一定接待好这位贵宾。

在等待武平的这段时间里,赵洪要蒋经理领他参观一下楼盘。蒋经理不敢怠慢,领着他转了一大圈,一切正如刘玫所说,而从规划图上,华秀苑总项目开发土地面积将超过五百亩,开发住宅三千二百多户,二期的土地已经审批下来,赵洪不由得羡慕起那个正端着金饭碗发愁的津吉老总武平。二期开发规模比一期还要大些,新区计划推行之后,武平二三年之间便可以赚取超亿元的利润。房地产开发的资金回报率真是惊人。

第2节:一针见血

三十分钟后,武平开车赶到售楼部,在停车处看到那辆崭新的奔驰S600,不由身心一震:妈的,奔驰S600!还真来了个大客户!

和赵洪见面互换名片之后,武平大吃一惊,原来面前这位年轻人便是曾经制造过商业神话的颖竹置业代理公司的总经理赵洪。武平客套地夸奖道:"颖竹房地产开发公司实力强盛,赵总曾经将'敏诚大厦'这座业界公认的死楼盘活。一代精英啊,了不起啊!"

"武总过奖了!"赵洪笑了笑开门见山地说,"武总,我也就不跟你绕弯弯了,我今天是来谈生意的。我们公司因为发展需要,准备扩张,因此,公司准备购买一批住宅，准备作为员工福利房。不过这个计划还没确定下来，我们跟另外几处楼盘也在谈这个项目，作为福利房，售价其实是公司首先考虑的条件，这点上，华秀苑比较有优势。"

武平笑道："这是自然，想必赵总对华秀苑以及 W 市的楼市做过全方位的调查。华秀苑位置比较独立，但是地理条件并不差，东面一公里左右是师范大学、科技大学、华秀中学，往西不到三公里就是滨江风景区，乘 273、276、239 路公交车只要三十五分钟就能到市中心，华秀苑西面有两百亩土地，是金果房地产公司计划建金果豪庭的土地，金果豪庭将和华秀苑二期工程一起启动，不用两年，这里就会形成较密集的生活小区，也会有完善的配套设套，超市、购物中心、学校、幼儿园、社区医院、社区活动中心等等。眼前的房价，很适合公司购买作为员工的福利房，也可以作为增值投资……"

赵洪不以为然："华秀苑卖得这么惨，还有没有实力启动二期项目？金果房地产公司现在还敢不敢开发金果豪庭？据我所知，贵公司在银行的门路都给堵死，金果房地产公司对这片区域的开发不看好，已经中止开发金果豪庭的计划。或许，金果要等华秀苑换了主人之后，再联手共同开发这片区域。"

武平愣了愣，在他眼里，赵洪多少有些装腔作势，颖竹置业公司虽然有些实力，但还没达到能够为员工购买福利房的地步。赵洪购买大量的福利房一定是买来炒房的，不过他能知道这么多内幕消息，可见调查过华秀苑的底细。对方下的工夫越深，说明兴趣越大。武平随意而好奇地问："赵总为什么会到华秀苑来买福利房？"

赵洪说："贵公司的情况我了解得一清二楚，你目前急需资金周转，甚至几乎可以说即将面临破产的境地。另外，听说海豪房地产开发公司的老总董天海将贵公司逼得很紧，我想贵公司的房价比较好谈，我想帮一把你。一次性吃下华秀苑一期剩余的全部房产。一部分房产作为公司福利房，一部分用来增值。但是你必须给我八折，800 元 / 平方米，一共 7 万平方米，总价值 5600 万元。武总以为如何？"

武平轻咳了一声，为难地说："赵总对华秀苑的情况相当熟悉，想必我不说，赵总也知道华秀苑的房子，每平方的成本价就是七百到八百，开盘时楼价是 1200 元 / 平方米，后来降到 1000 元 / 平方米，现在又打九折，就是 900 元 / 平方米，如今你叫我打八折，这不是叫我赔老本嘛。"

"武总，这里的楼盘成本价要不了 800 元 / 平方米。我给你这个价你多少可以赚点的。如果你现在不能接受这个价格，那我就等武总能够接受这个价格时再过来谈吧。"赵洪笑了笑，站起身来，"不过，我听说贵公司好像在建行支行贷款了 3500 万，过五个月就要到期了。另外好像还欠泰源建筑公司工程款 1800 万，这笔债务还有三个月就要到期，董天海可是吃人不吐骨头的角色，他拥有泰源建筑公司28%的股份，到时他只要提出要你兑现欠泰源建筑公司的1800万债务，我看武总就得破产，那时，董天海正好低价接收你的华秀苑。价格嘛，可能600元/平方米都不会给你。"

赵洪故作惋惜地说："我是带着诚意来帮武总渡过眼下这个难关的，谁叫我这人心地善良呢。唉，既然武总不领情，那只好再见了，等武总觉得可以接受我的报价时，随时可以打电话找我。"

赵洪说罢便作势欲往外走，武平连忙叫住了他："赵总慢走，有话好说，有话好说嘛！"

武平摇头苦笑，赵洪这小子看准自己的死门：必须在两个月内筹到拖欠泰源建筑公司的工程款。他给银行和董天海逼得喘不过气来，对眼前这个毛头小子也无可奈何。因为武平自个儿心里也清楚，华秀苑只有等二期、三期都开发出来，形成小区规模之后，这里的房产价值才会体现出来，但他手头已经没有钱了，必须寻找有实力的开发商合作才行，可董天海对华秀苑虎视眈眈，只怕没有哪家有实力的开发商愿意走到风浪尖上来，跟董天海这个又黑又恶而且实力非凡的强势人物对抗。现在赵洪来了，这个初生牛犊不怕虎的年轻人给他带来了生机，能够将他从泥潭中解救出来！他怎能错过这样的良机？

武平苦笑道："在下似乎在赵总面前毫无秘密可言，800元/平方米的价格我接受。不过，我要一次性收到全部购房款。不接受分期付款。"

"这个自然，房款武总不必担心。"赵洪打开公文包，取出一张建行支行开具的一张6000万的期票放到武平面前："我这里带来了一张建行开具的6000万元的期票。我可以将这张期票作为抵押。如果你将产权移交完毕后，我立即一次性支付购房款。如果我三个月内不兑现承诺，三个月后你可以凭这张期票到建行去提款，到时那多出的400万就算是给你的违约金。你看如何？"

武平拿起那张期票看了看，狐疑地打量着赵洪，没有说话。赵洪看出他的心思，接着说："为了表示我的真诚，我愿意带武总到附近的建行检验这张期票，武总这张期票有问题的话，购房的事也谈不下去了。"

武平脸色阴晴变化，毕竟是五千多万的大买卖，就是有所怀疑，他也不会表露出来，此时见赵洪主动提出去银行验证，那是真好不过，他笑着将期票放回赵洪的手里，说道："行，那我就陪赵总到中心支行走一趟。"

第 3 节：高手风范

片刻之后他们从银行出来，武平的态度变得非常诚恳和亲热了。因为刚才在银行他已经证实了那张期票是真实的，并且间接得知建行吴行长一直相当支持潜力非凡实力雄厚的颖竹房地产开发公司。

武平将赵洪邀请到自己的总经理办公室，开了空调，让秘书泡了两杯龙井茶送来。武平说："赵总有什么条件尽可以提出来，我尽量配合。"

赵洪说："有三个条件，你必须答应我，否则，这个生意还是没法谈。第一个条件，我需要你将华秀苑的二、三期的土地全部转让给我。原因很简单，我打算投入很大一笔资金进行广告宣传，同时我还必须投入更大一笔资金将华秀苑的环境和绿化搞好，让楼盘能够尽快增值。目前这个项目这方面的策划和实施都是失败的，广告和环境绿化投入远远不够。而我之所以愿意投入这么多，就是因为我想将华秀苑当做品牌来做。同时，只有形成小区规模，这里的房产价值和品牌效应才能体现出来。所以我要就全部要，否则我根本就不会沾手。"

武平见赵洪说得合情合理，加上自己此时真是面临绝境，也就没有往更深层次去想。于是答应下来："这个好说。我可以将华秀苑整个项目转让给你。不过二期三期的土地价格你不能让我吃亏。"

赵洪诚恳地说："这个好商量。我的意见是在眼下华秀苑一带地价的基础上再给你涨5%，因为我也清楚当年你购置这块土地是通过一位现在已退休的市领导的关系，地价优惠了不少，给你增加5%既合情理又符道义。这个条件应该体现我的诚意了吧？你自己也清楚，目前这个项目完全是个烂摊子，按道理说能够收回成本就算不错了！不过，我这人从来不乘人之危，赚钱靠的是本事，而不是靠落井下石！所以我给你5%的赢利。"

武平心里有了一丝感动："赵总年纪轻轻便有一代儒商风范，日后前途不可限量。"

赵洪接着说："第二个条件，我们约定的楼盘成交价是800元/平方米。产权移交后，我就按这个价格一次性支付5600万元购房款，换回你手中抵押的这张6000万的建行期票。但是在购房合同和购房发票上，武总必须按1800元/平方米给我体现。发票上高出那部分房价的税收，我一次性付给你。不让你破费！"

武平此时大概知道赵洪的购房意图了，这小子极有可能想通过这批房产从银行骗取高额贷款。他试探性地说："赵总虚报房价，是想从银行获得高额贷款？不知有哪家银行会为赵总提供贷款？"

赵洪说："颖竹公司信誉良好，实力雄厚，为本公司提供贷款的银行多了去了。不过这是商业秘密，我不便透露。"

武平愤愤地想：妈的，老子的公司走投无路就是求贷无门，银行那些官老爷龟孙子见死不救，不就是因为老子的后台倒了吗？这姓赵的一定有强硬的后台和非凡的背景，否则颖竹公司怎么可能蹿红那么快，而且胆敢违规操作。

武平尴尬地笑了笑："我知道赵总神通广大，但万一哪一天董天海报复你，把你虚报房价骗取银行贷款的事情捅出来……"

"骗贷？武总开玩笑吧！"赵洪冷笑，"我每月按期还贷，怎么会是骗贷呢？这话可别乱说。"

武平自讨无趣地说："是啊，我都胡说八道些什么呢？既然赵总有通天能量，为何不干脆将房价虚报到2500元/平方米。这样赵总操作的空间和利润就更大了。"

赵洪冷笑："武总啊，这世上赚任何钱都得有个限度。得考虑好方方面面的漏洞，在此基础上，你有多大的能耐可以发挥多大的能耐，谁也拿你没办法。可一旦超过了限度。可就玩完了，到时死的可不止是自个儿，还会连累许多人。"

赵洪甩给武平一支极品大熊猫烟，自己点上一支，抽了一口，接着说："我算过了，1800元/平方米是目前的极限。就是董天海报复我举报我我也不怕。因为我计算过，华秀苑的成本价在800元/平方米左右，但考虑到土地的价值，还可以提高三百到四百元，物价局认可的成本价是1200元/平方米，华秀苑根据房地产上涨趋势报出1800元/平方米的基价，够不上虚报房价，更何况到时做项目评估时我会找一家非常有威望的评估机构。他们做出来的评估没有谁敢质疑！"

武平感慨万千："真是受教了。赵总跟我交底，可真是没有把我当外人啊。我非常感动，也非常佩服赵总的能耐！就按赵总说的办，我将房产基价提高到1800元/平方米。为配合赵总的计划，我马上打电话吩咐售楼部把广告打出去，将房价提高到1800元/平方米。给赵总造造声势。"

武平说罢给售楼部的蒋经理打了电话，作了交代。待武平打完电话，赵洪笑了笑："我可以直言不讳地告诉武总，我这么做的目的不仅仅是为了能够更好地从银行获得贷款，最主要的是便于日后操盘，只有通过抬高基价，我才能有更好的契机逐渐将华秀苑的房价抬高，造成品牌效应。"

武平心里冷笑，骗贷就骗贷嘛，你有这方面的能耐，我又不眼红你，还妄谈什么打造品牌，就这个破地方随便你怎么操作和炒作，房价也不可能涨得离谱，一两年后涨幅能有20%就不错了，不过这一两年的资金消费，可会要人命的。我就不信你小子是神仙，能让这破地方起死回生！

赵洪接着说："第三个条件，第二、三期的 5000 万元土地转让费我只能分期付款给你，因为这样更便于公司的资金周转。合同签订后，完成转让手续的当月我支付 30% 土地转让金。3 个月后支付 30%，6 个月后支付 40%。这个要求应该也算是合理的吧。"

武平没有话说，他清楚赵洪事先已经算计好了一切。但这种算计并不过分，毕竟对方答应让他享有 5% 的赢利，如果换了是跟董天海谈判的话，他可能不但赚不到一分钱，还赔进去好大一截。

武平答应了赵洪提出的所有条件。在敲定土地价格后，合同很快便签订好了。购房合同和土地出让合同是分开签订的。合同签订后，赵洪将建行支行开具的 6000 万元的期票交到武平手里作为抵押。武平拿着这张等同于 6000 万元现金的期票，如置身梦中，苦熬了这么久，他终于甩掉了这个包袱。

他全然不知这个包袱即将成为一个金娃娃。

第 4 节：连哄带骗

武平的办事效率还是很快的，十天内，七万平方米的楼盘产权便移交给了颖竹房地产开发公司。

赵洪拿着华秀苑的房产评估报告、公司资产证明、华秀苑的购房合同、购房发票和一份急需投入资金的商业投资计划书到建行支行申请商业贷款，有秦副市长的关照，建行支行吴行长批准了贷款申请。最终按照购房合同上的单价 1800 元 / 平方米的七成即 1260 元 / 平方米提供商业贷款，也就是说赵洪花 5600 万买下的这批所谓的公司员工福利房，拿到建行抵押贷款 8820 万。

赵洪用这笔钱支付了 5600 万元房款，换回了抵押在武平手中的那张 6000 万元的期票。至此，赵洪转了个手，就赚了 3220 万，将风险全部转嫁给了银行。当然这只是眼下的价值。用不了一年，等到新开发区启动并形成规模后，这批房产的价值会更大。

武平扬眉吐气地还掉了自己在建行的 3500 万贷款，还掉了泰源建筑公司的 1800 万建筑款，觉得无债一身轻了。他想，等第二期和第三期的土地转让费全部到账，他便可以收回全部投资，还小有盈余，起码还是可以回到以前的千万富豪的行列。

武平打定主意，以后要做生意，就一定要招募几个像赵洪这样的高手才行。对此他深有感触：人才，人才啊，无价之宝啊！

董天海得知武平不但还清了泰源建筑公司的 1800 万建筑款，而且还清了在建行的 3500 万商业贷款后，气得暴跳如雷。他气愤地找来刘玫："就是你那个狗屁同学？他吃了豹子胆，敢跟我作对？他是不是仗着跟你是同学，以为我就不敢动他了？"

刘玫笑道："看董哥说的啥子话哦，我算哪根葱啊？他不需要我的面子。他的背景大得很呢，他是秦副市长的人，跟市委秘书长关系也铁得很，据说赵洪的一位什么远房亲戚是中央高干。我们公司有什么事找秦副市长帮忙，还多亏了人家赵洪牵线搭桥。你可别打主意对付赵洪啊，可别搬石头砸了自己的脚趾头。"

董天海还真被刘玫唬住了，他叹了口气，愤愤地说："没想到这小子有那么深的背景！难怪他在生意场上能够屡屡创造奇迹！"

刘玫内心暗笑：看你这熊包样，还真好骗！

这天晚上，刘玫约赵洪在一个秘密的场所见了面，她告诉赵洪，秦副市长今天告诉她经市常委扩大会议讨论决定，城西开发区下月正式启动，目前这个消息还处在封锁之中。刘玫考虑到武平得知这个消息之后可能会撕毁合约，不将华秀苑的二、三期土地转让给颖竹房地产开发公司，大不了他赔一笔违约金。所以她跟赵洪商量决定提前一次性支付武平二、三期的土地转让金。

赵洪赞同这个决定，他说："只要市委市政府启动城西开发区的决策一公布，华秀苑周边的土地和房产价格就会暴涨，到时武平极有可能反悔，所以提前支付土地转让金很有必要。只要到时正式转让合约一签订，武平他想反悔也没有机会了。"

刘玫问赵洪公司资金调配有没有问题。赵洪说："没问题。以房产抵押贷的 8820 万支付购房款还剩余 3220 万。另外，公司操作伊莎贝尔广场赚取的 8000 万利润在建行的账户上一直没有动过。支付华秀苑二、三期的土地转让费还能剩下六千多万，作为华秀苑二期项目的前期投入足够了，等到二期工程开发进程到了 25% 的时候，我们又可以以二期项目拿到银行去贷款！"

赵洪喝了口酒，有点无赖地笑道："搞房地产都这样，不管有钱没钱都得问银行贷款。有借有还嘛，这样在给银行创造利润的同时，更可以提高公司的信誉，方便以后在关键时刻能更大金额地从银行获得贷款。"

刘玫赞赏地笑道："你是个小滑头！做生意没有人能够精过你！"

赵洪谦虚地说："跟你比起来，我还差了点。你都将董天海忽悠到什么程度了？简直一个内奸！吃里扒外！"

刘玫说："你这是赞我呢还是损我？"

赵洪说："当然是赞你了。对了，姓董的有没有打算对付我啊？以他的个性他能够咽下这口气？"

刘玫笑道："他是想对付你啊，他派市场部经理查了，知道你虚报房价从银行获得贷款的事情，还打电话到建行举报了你呢，但吴行长骂了他，说这次对华秀苑项目做出评估的是本市最著名的 W 市建筑设计院项目资产评估中心。吴行长还说要说有问题你海豪公司的问题最大，巧取豪夺、强买强卖、违规贷款，这事你董天海做少了？骂得董天海哑口无言。后来，董天海还不服气，要彻查你的底细，可能打算叫黑道上的人对付你，但被我唬住了，我说你是秦副市长和市委秘书长的人，而且你的一个什么远房亲戚是中央一位首长的亲戚。把他吓得脸都绿了。他说怪不得这小子有那么大的能耐！"

刘玫和赵洪哈哈大笑。

次日，赵洪给武平打了个电话，俩人相约在一家大酒店吃了顿饭，赵洪假装关心地问起武平的现状，武平叹口气说："能怎样，还不是穷光蛋一个。要不是你老弟帮了我一把，我逼债都会被人逼死。现在还了银行和董天海的钱，还欠着几位亲戚几百万呢。"

赵洪善解人意地说："武总的日子还真不好过啊，现在这世道没有钱可真是寸步难行啊，这样吧，我呢帮忙就帮到底，我打算一次性把华秀苑二、三期土地的转让金支付给你。我们重新将合同完善一下，今天就把钱打到你公司账户上，你看如何？"

武平站起身来，激动地一把握住赵洪的手："赵总啊，兄弟啊，你真是活菩萨啊！这对我来说真是雪中送炭啊！好，行，我们马上重新签合同！明天我就可以把土地的相关过户手续办理好。晚上我请赵兄弟到本市最高档的隆豪夜总会乐一乐！"

见武平这副激动高兴的样子，赵洪觉得心里简直爽透了。妈的，玩了这小子，还得让他感恩戴德！这世道，真有意思！房地产，真他妈的黑！

两天后，武平便将华秀苑二、三期的土地过户给了颖竹房地产开发公司。此时，刘玫占有华秀苑的计划已经尘埃落定了。她和赵洪敲定了颖竹公司下一步战略转移计划。接下来，赵洪要做的就是马上启动华秀苑二期工程。因为在市委市政府启动城西开发区的消息还没有泄露的情况下，跟建筑商能够更好地谈判，建筑承包价格相对要便宜得多。

按照刘玫的指示，赵洪将华秀苑二期项目承包给了信誉第一的 W 市建筑总公司。刘玫坚信等华秀苑二期项目开发出来，华秀苑新开发区一定搞得热火朝天，到时房价飙升，加上她手中购买的一期房产，一定可以赚个盆满钵满、眉开眼笑。

第十章：谍影重重

第1节：财大气粗

2000年8月初，城西开发区启动的消息一公布，处于城西开发区中心的华秀苑的房价和地价立时飚级，颖竹房地产开发公司此时拥有的华秀苑项目立即成了一块香饽饽，身份百倍。

此时，原来还沾沾自喜的武平气得暴跳如雷，在办公室破口大骂："妈的！老子还当姓赵的小子是活菩萨呢！没想到从一开始就让他算计了！妈的，我为什么就不再坚持一个月呢？我为什么当初就没起疑心呢!"

不过冷静想想，自己发脾气也没有用啊，当初自己不是被逼得走投无路吗？还有，姓赵的小子提前知道内幕，一定在高层有人。否则他怎么会信息那么灵通，知道城西要推行大型开发区，并且知道确凿地点就在华秀苑一带啊！妈的，现在这世道，官商勾结，一个政府决策的内幕消息就是一笔巨大的财富啊！

武平最终还是只能自认倒霉，不过他打定主意要狠狠宰赵洪一顿，起码这小子从自己这个项目中得到那么大的好处。武平给赵洪打了电话，笑呵呵地说："赵总啊！你好歹毒啊！早就知道市政府推行城西开发区的内幕，你把我忽悠了！乘人之危把我的项目弄过去，亏我还对你感恩戴德的！我怎么就那么傻呢，怎么就没有起疑心呢？"

赵洪在电话里哈哈笑了笑，装傻道："武总，说实话，我也是最近几天才知道城西开发区的事情，我这叫好人有好报，当初我为了挽救你这个优秀的企业家，不想看到武总你破产，所以才出手相助。现在上天见我心地善良给我回报了！所以啊以后这种好事我还得多做啊!"

武平心里那个气啊，妈的这小子还他妈的真会装呢。武平笑道："唉，不说那些了，咱们之间毕竟还是有一段交情的，现在赵总大发了，晚上咱们聚一聚怎么样？我请客!"

赵洪笑道："行，没问题，晚上八点，隆豪夜总会，不见不散！不过事先声明，小弟请客，怎么着也不能让你武总破费啊！"

武平笑道："好说好说，咱哥俩，谁请客还不一样嘛！"放下电话，武平在心里恶狠狠地说：妈的，今晚不狠狠宰死你！

晚上八点，赵洪带了两个部门经理，开着奔驰 S600 准时来到了隆豪夜总会。车刚停下，便看到武平带着三个朋友已经在夜总会门口等候着了。武平从台阶上下来，跟赵洪握手："赵总真准时！我带了三个朋友，不介意吧？"

赵洪恭维道："高兴还来不及呢。武总是商界响当当的人物，武总的朋友能差到哪里去？我攀交了，到时好好给我介绍一下。"

武平心里狠狠地想：这小子真他妈的有才，简直太有才了，嘴巴子很有一套，明明是挖苦人的话，却也能让人听了觉着舒服。

一行人进了夜总会，武平试探性地问赵洪："赵总，我们找一小包间算了，别太破费！"

赵洪轻笑道："招待武总和武总的朋友怎么能坐小包间呢？那不太看不起武总了吗？"说罢叫来夜总会的妈咪，问："我们要最大最贵的，还有吗？"

妈咪说："有啊，最大最豪华的总统包间，一晚 88888 元。"

赵洪笑着说："行！就要这 88888 元的，这数字多吉利！我们也跟《大腕》里面学学，不管对不对，只挑价钱最贵！最贵的就是最好的！"

妈咪将赵洪一行人带到一间总统包间，问赵洪还需些什么服务，赵洪"刷"的一声拉开公文包，哗哗哗就数出一大叠百元大钞，足足有五六千元塞进妈咪毕露的乳沟里："麻烦妈咪先给我们叫一帮小姐来，按人头，一人一个，要最年轻最漂亮的！"

这小费也给得太他妈的爽了，赵洪就喜欢这种做大爷的感觉。他心想：你他妈的姓武的心里不是就想着今晚狠狠宰老子一顿吗？老子不用你宰，老子给你上一课，什么才叫大爷！武平和他的三个朋友见了赵洪这气势，目瞪口呆、羡慕不已。

妈咪也喜欢年轻帅气有钱大方的赵洪，高兴地说："老板放心，我一定给你挑最年轻最漂亮，而且最干净的！"这妈咪还真会来事，居然懂得突出"干净"二字。武平一帮人当然知道妈咪口中的"干净"，就是没有性病，可以放心搞的意思。

不一会儿，妈咪便带着一帮小姐进了大包厢，妈咪吩咐小姐们："姐妹们，可得发挥你们各自的专长，把几位大老板侍候好了！好处少不了你们的！"

妈咪接着媚笑着问赵洪："这位帅哥老板，还有什么吩咐？"

赵洪问："你们这里最贵的酒是什么？"

妈咪说："路易十三，一万八一瓶。"

赵洪平淡地说："没有比这贵的吗？"

妈咪说"没有"。心里却想：一万八一瓶有几个舍得喝啊？比喝血还贵呢。其实味道也就那样，还不就为了摆个谱嘛！

赵洪无奈地说："那就只有将就了。给我们来一箱吧！"

妈咪吃了一惊："什么？一箱？真的要来一箱？"

赵洪说："还什么真的假的？怕大爷没钱吗？先来一箱，不够再要！"

武平彻底无语了。妈的，自己小家子气还想着狠狠宰人家一顿呢，瞧人家那气势，还真是干大事业的角色！

酒一会儿就来了，两位高大帅气的少爷进来侍候贵宾，赵洪说："先给我们几个爷们一人开一瓶。开完酒你们先出去候着，有事我再叫你们，没有吩咐你们不要进来。"

赵洪说罢给了两个少爷每人2000元小费，两个少爷高高兴兴地说了声谢谢老板，到包厢外守候着去了。小姐们见老板给少爷的小费都是每人2000元，加上刚才妈咪对她们有过吩咐，说今晚做东的老板非常大方。她们此时心里都乐开了花，少爷一出去，她们便都主动地发挥自己的功用了，骚情地贴着各自的主顾，给他们的酒杯里一一倒满了酒。

赵洪举起酒杯，对武平说："武总，咱们起来，先干一个！"

武平应着，大家一起先干了一杯。接着赵洪和武平将各自带来的人一一介绍给了对方。武平带来的是三个小老板，他们也是平生第一次见着像赵洪这样年轻有气势的老板，打心眼里佩服。想想自己花钱跟人家比起来，那叫什么啊，真个是小巫见大巫！

第一轮是男人跟男人喝，第二轮是小姐们跟各自的主顾喝。赵洪说："夜总会的小姐都有绝活。长得漂亮能歌善舞算是一绝，性感风骚床上功夫好算是一绝，另外酒量好也算是一绝。今晚你们可得发挥自己各方面的本事，把我的朋友都侍候好了，少不了你们的好处！"

小姐们就等着赵洪这句话呢。小姐们在风尘里打滚已久，哪有不擅饮的？而且今晚可是极品洋酒啊，平时有几次机会喝得上这种酒啊。于是都跟着豪饮，有的干脆跟自己的主顾喝起了交杯酒。

第三轮酒是敬酒，赵洪先敬了武平一杯："来，武总，我敬你一杯！这次我们合作很愉快，我相信今后我们还会有更真诚的合作！干！"

两个小姐懂事地给各自侍候的男人倒上酒。武平端起酒杯回敬赵洪："赵总年纪有为、才华超群，气势非凡。哥哥我想不服都不行啊！来，哥哥我敬你一杯！"

赵洪仰起头干了杯中酒："武总，你心里平衡我就高兴了。我就怕你心里不平衡啊。上次我不是救了大地房地产开发公司的老总张立吗？他开发的'敏诚大厦'成了一幢烂尾楼，都荒废将近五年了。经我策划后易名为'伊莎贝尔广场'，重新定位，大力宣传，下足了方方面面的工夫。结果我救了姓张的，让他不但收回成本还赚了将近一千万，他心里倒不平衡了，说我吃人不吐骨头，说我一个策划就赚了他8000万的利润！还传言说要我吐出一半给他，否则就用道上的人对付我！妈的，我吓大的？结果他叫了一帮人到我公司门前示威，我打了个电话，市公安局长亲自带队，十几辆警车全副武装，连特警都出动了，吓得他妈的全趴在了地上！有时想想啊，这世道还真当不了好人，你救了他，他还恨死你了。当初要不是我救他，那'敏诚大厦'就是一幢永远无人问津的死楼！再过一两年得强制爆破了！他一分钱都收不回！"

武平尴尬地说："赵总，你放心。我不会跟姓张的一个德性！现在什么时代？现在不是靠力气赚钱的时代，现在赚钱靠的就是智慧、科技、才华。为什么说21世纪人才是最值钱的呢？就是因为人才可以创造惊人的财富！赵总是我涉足商场以来见过的最有才华最有能力最有气魄的一个商界奇才！我对你的景仰真个是有如黄河之水，滔滔不绝！"

赵洪哈哈大笑："好！武哥连这么经典的台词都用上了！我得再回敬武哥一个，我叫你一声哥，你不会怪我攀交吧？"

武平笑道："哪会呢！有你这么个天才弟弟，哥哥我高兴还来不及呢！"

赵洪说："好！今后哥哥在生意场上有需要出点子的时候，找兄弟我就行了。我给你搞搞策划，出出点子，保证你顺风顺水！"

武平苦笑："你老弟一个策划就值几千万，我可给不起。"

赵洪认真地说："你是我哥，我跟你搞策划还能收你的钱吗？你放心，不收费！绝对不收费！"

武平大喜："有兄弟这话，哥哥我心里就踏实了！今后我就什么都不怕了！说实话，我身边就缺你这样的人才啊！人才是无价之宝啊！"

赵洪和武平又碰了一个。他看得出武平是真个已经放下心里对自己的那个"结"了。

包厢里的气氛很融洽。武平后来借着酒劲问赵洪："兄弟！你能不能告诉哥哥，你在市委市政府有什么关系？"

赵洪笑道："我只能告诉武哥我的关系硬得很。不过我不能透露对方的名字。不过武哥以后有需要打通关节的地方，我一定义不容辞！"

武平表示理解："哥哥我懂了，商业秘密，不便透露！"

当晚，赵洪将武平和他几个朋友招待得没话说。酒喝了一箱多，光酒钱就好几十万。小姐的小费和包夜费每人8000元。

午夜时分，赵洪和武平一帮人喝好玩好，步履翩翩地搂着各自的小姐出了夜总会，武平和他三个朋友跟赵洪挥手道别，带着各自的小姐上了车，绝尘而去。赵洪和他的两个手下也各搂了小姐，上了轿车。

赵洪兴致勃勃地说："今晚是个美好的夜晚！"

事后，赵洪跟刘玫谈起他打发武平的事情："妈的，姓武的本来想宰我一顿，结果我让他大跌眼镜，弄得他晕晕乎乎的，现在这小子心里也平衡了。"

刘玫笑道："姓武的也就这点能耐！没气魄，上不了台面。忽悠他两下，他还感激涕零的！没出息的货色！"

赵洪感慨："做强人的滋味真他妈的爽啊！被人踩在脚下的感觉可不好受了！"

刘玫说："那是当然！这世上，没有一个人会为失败者鼓掌！所以我们要做强人，要做人上人！我说过十年之内，我要把颖竹公司的大旗竖起来！我要让本地所有的房地产大鳄对我仰视！现在看来，这个目标根本用不了十年，因为我们是世间绝配！我们联手，所向无敌！"

第2节：极度纵欲

在城西开发区大张旗鼓地运作时，董天海终于后悔当初太大意了，结果煮熟的鸭子快要到嘴时却给飞了，让赵洪这小子拣了个大便宜。

更为重要的是这个项目并不只是当初预算的那点点小利润，没想到华秀苑现在将成为城西开发区的中心，这个蛋糕现在可值大钱了！二三年之内，华秀苑将给颖竹房地产开发公司带来不可估量的财富。操作得好赚个三四亿也是有可能的。

妈的！做强盗的最终反倒让做贼的给算计了！

董天海说什么也不平衡不了自己气愤悔恨的心态。他甚至责怪起他从来不愿意责怪的刘玫："阿玫！你政府方面的信息一向灵通，怎么这回也没有听到任何风声？秦副市长怎么没有向你透露过城西开发区的信息？"

刘玫委屈地抱怨："我要是知道这信息还不告诉你吗？我还抱怨过秦副市长呢。他说市委书记在会上说了，在开发区启动之前，谁也不许将这个消息透露出去。谁透露谁负责，因为涉及拆迁安置等等问题，消息一走露会给政府带来很大的经济负担！"

董天海猜疑地说："那你那个同学赵洪这小子是怎么得知这消息的？"

刘玫说："事后我责问过赵洪，他说这是商业机密，当时肯定不会告诉我。现在也一样不能告诉我。他只说是一位在市里排得上前几把交椅的官员透露给他的。叫我不要打听了！人家都把话说到这个分上了，我还好意思刨根问底吗？"

董天海知道抱怨也好、气愤也好、仇恨也好，都于事无补了。他叹息一声：

"算了，不去想这窝囊事了！'鸭子'飞了，还有'凤凰'嘛！他赵洪再能干也只不过是个刚刚起步的公司，不足为患！以后得事事小心这小子就行了。公司的机密你千万可不能透露给他，我可不想他今后成为贾伟一样的对手！"

刘玫敷衍道："放心吧，同学情谊归同学情谊，公司利益归公司利益。我会分得很开的！"

在心里，刘玫却解气地骂道：你个草包！还用透露吗？我就是颖竹公司的老板！我就是你身边的间谍！

由于心情不好，当晚，董天海喝醉了酒跑到刘玫的公寓过夜，酒助淫威，整个晚上，他把所有的怨气和怒气都发泄到了刘玫肉体上，他亡命地撞击，疯狂地抽送，最终彻底的瘫软了，才死气沉沉地打着呼噜睡去。天亮时，他又来了一回。把刘玫折腾得半死，浑身像散了架似的。

刘玫一觉醒来已上午十点。她头发凌乱四肢无力，进卫生间刷牙漱口，梳理头发。望着镜中苍白憔悴疲惫不堪的自己，刘玫直觉一阵晕眩。

昨晚，刘玫一直闭着眼睛一声不吭地任由董天海在她身上折腾，除了痛恨恶心和麻木之外，她没有别的感觉。在他身下，她从没叫过床。她心如死灰，不想给他快感。每次被他压在身下，她都会产生一种想一刀将他阉割了的念头。

董天海早上抽离她的身体时，用他那臭烘烘的满是酒味和烟草味的嘴亲了刘玫一下："阿玫，嫁给我吧，我是真心喜欢你的。我知道我是个粗人，我知道你不喜欢我，心里恨着我，恨我当初使用粗暴手段占有了你，但你应该明白，爱本来就是占有。我跟你姐姐的感情早就名存实亡了，你不要顾虑她，我打下的江山都是你的。"

刘玫清楚董天海是真心实意想娶她，她甚至能感觉得到他内心对自己那份永不褪淡的疯狂和炽热。自从占有了她之后，他就极少在外面玩女人，努力表现出他的真诚和专一。然而，她对他没有爱，只有恨。她根本就不爱这个男人。她恨透了这个畜生，总有一天她会让他付出毁灭性的残酷代价。

她敷衍说："这事以后再说！你把我弄散架了，今天别指望我去公司上班！"

董天海涎着脸皮说："那你就在家好好休息一天！养好了精神，晚上我再来疼你！"

刘玫气愤地说："你还让不让人活啊！你想把我搞死啊？"抓起枕头就往董天海身上砸去。

董天海笑着逃开了。

第3节：打探消息

刘玫下楼在逸庭花园住宅区的一家小餐馆吃了点沙锅米线，然后决定今天约程辉见个面，她拨通了程辉的手机："阿辉，你那边说话方便吗？如果贾伟他们在身边就不要说话。"

程辉说："他们都不在家，陈总会小情人去了，贾总出去买车了。我在别墅楼顶晒太阳看书，正无聊呢。"

刘玫说："我今天休息，你既然有空，就出来聊聊，我们好久没见面了。"

程辉高兴不已："行，在哪见面？"

刘玫说："金湾楼海鲜火锅城，我请你吃本市首家推出的美国深海雅鳊鱼和红烧鲍翅。雅鳊鱼味道好极了，那可是海鲜中的极品，席间还有歌舞相伴。"

程辉喜不自禁："好，我就给你个一掷千金的机会。"

刘玫说："我开车先去，叫好酒菜等你。"

程辉今天特意修饰了一番，梳了个时髦的发型，戴着品质优良的 RAY－BAN 墨镜，穿着世界风行的 APC 白色纯棉衬衫，PleinSud 黑色西裤，脖子上打着色彩鲜艳的金利来领带，腰间系着柔韧性强的 LOLAASTON 皮带，脚下蹬着油光锃亮 HESCHUNG 皮鞋，手腕上戴着劳力士 ROLEX 男表。一副充满青春激情性感、毫不矫情的装束，使得他比平时分外出众，整个人显得轻松愉快，精神极了。

程辉在刘玫面前坐下，一脸的灿烂笑容。刘玫笑着为他倒上一杯酒："我发觉你打扮一下，还是挺帅气的。"

程辉憨憨地笑："这不是为了来见你吗？所以也打扮得人模狗样的，其实我平时最不喜欢这种一本正经的穿着打扮，尤其不喜欢打领带。"

刘玫："我可没叫你打扮得人模狗样的啊？你喜欢怎样就怎样，谁干涉了你啊？"

程辉憨憨地笑道："你不是一向喜欢干净体面的男士吗？"

刘玫笑了："谁说的？我认为男人不修边幅、随随便便的更好。现在流行轻松、休闲，一本正经的有什么好？"

程辉无言，憨憨地笑了笑。然后喝了口酒，从口袋里摸出一盒 555 烟，抽出一支叼到嘴上。刘玫朝他勾了勾手指头。程辉递过去一支香烟，并为她点上了火，爱怜地劝告："阿玫！你还是少抽点烟、少喝点酒为好。"

刘玫不满地瞟了他一眼："怎么？讨厌我抽烟喝酒吗？是不是觉得我这样很没女人味啊？"

程辉说："不是。我只是觉得这样对你身体不好。男人抽烟、喝酒，是男人的本性，是一种工作和生活需要。女孩子家还是不沾为好，像那次在隆豪夜总会陪秦副市长喝酒，喝得吐成那个样子，让人看了多不放心。"

刘玫差点暴跳起来，定定地盯着程辉："你居然跟踪我、监视我？你太不道德了，我陪秦副市长喝喝酒怎么啦？那是生意应酬！"

程辉连忙赔不是："阿玫。你别误会，我没有跟踪你监视你。那天晚上我见你喝多了，有些不放心，就跟着来到了包厢外，见你是在陪秦副市长之后就走了。"

刘玫松了口气，觉得自己刚才太紧张太失态了。她以为程辉跟踪了她，知道那晚她和秦武的秘密欢情，现在看来是自己多虑了。她松弛了下来，对程辉道歉："对不起。我最近心情不好，找不到发泄的对象，就只有拿你出气了。"

程辉大度地说："没事的，你心里的什么痛苦委屈尽管冲我发泄，谁叫我是你朋友呢？"

刘玫很温柔地看着程辉，对他很女人味地笑了笑。程辉的灵魂在这笑意中有如羽化，一种无法形容的甜蜜和幸福感充盈在他心间。

其实，刘玫早在上海就看出程辉喜欢自己，但那时她心目中只有贾伟，对他的感情视而不见。现在她虽然对贾伟由爱生恨，但仍然不会接受程辉。不接受他并不仅仅因为不爱他，更因为她觉得自己已是残花败柳，不配去爱任何人了。不过，为了报复贾伟，她还是决定要利用程辉对她的感情，将他培养成对自己言听计从的爱情俘虏。

刘玫吸了口烟，悠悠地吐着烟雾，随意地问起现在嘉客公司的情况。程辉告诉刘玫说公司现在的状况越来越好，愿景花园二期工程进度非常快，估计提前一两个月开盘是没有问题的。

"是吗？那恭喜你们了！"刘玫表面平静地微笑着，内心却暗吃一惊，如此说来，海豪公司的星海别苑二期又要落后于愿景花园二期了。一期工程便输给了愿景花园，让愿景花园占尽了风头，闹得董天海灰头灰脸的一肚子仇恨，恨不得抱炸药包把嘉客公司给炸了。

刘玫暗想这事倒是可以作作文章，挑起董天海对嘉客公司的更大仇视，甚至可以给董天海出出歪主意，让他跟贾伟斗个你死我活，那才开心。反正这两个男人都是她最想报复的，谁死谁活都对她有好处，最好是两败俱伤！

刘玫默想了片刻，又问程辉："城北那块地你们公司准备得怎么样了？"

程辉毫无戒心地说："征地计划书和投资计划书早就呈报上去了，城北区建委主任和规划局局长说这事包在他们身上。不过想想以我们公司的实力，加上方方面面的关系都打点好了，我想最终拿下这块地应该是没有问题的吧？"

刘玫笑道："那是当然。嘉客公司可是 W 市的明星企业！是前十强啊！实力当然非凡！而且贾伟这人财大气粗，舍得花钱打通关节，应该是可以十拿九稳的吧。"内心却是另外一种声音：哼，自以为稳操胜券，最终是怎么死的都不知道！

刘玫开始撇开话题，装作恍然大悟地说："哦，对了，刚才你在电话里说陈明去会小情人去了，他又有了新欢吗？怎么回事？快说来听听。"

程辉说："没错，陈总又泡上了一个漂亮小姐，叫赵苇，是上海戏剧学院的表演系的学生，十八九岁，身高一米七五，整整比陈总高出一头，人长得漂亮得不得了。为了她，陈总头脑发热跟北京的大导演冯小羊签下了合同，投资 1500 万拍一部叫什么《都市情恨》的三十集电视连续剧，由赵苇出演女一号。这些日子他整天围着她转，天天把公司的'大奔'占用了。贾总为了成全他泡妞，只好决定再买一辆车。"

刘玫笑道："你说，那个小美女她会是真心爱陈明吗？"

程辉说："鬼才知道？不过他们倒是睡到一起了。"

刘玫冷哼一声："现在有几个女人把跟男人睡觉当回事？睡一觉又怎么啦？又少不了一块肉。现在的女人，只要能达到目的，别说跟一个男人睡觉，就是同时跟几个男人睡觉也没什么大不了。尤其演艺圈的那些女人，她们有几个靠得住？有几个红起来的女明星没跟导演、跟制片人、跟投资商睡过觉？我觉得赵苇只是拿陈明当跳板。陈明除了有钱外，别无长处，而且好色如命。"

程辉说："我也是这么认为，这叫旁观者清。但陈总自信他能征服赵苇，他说赵苇是真心爱他的。他说他不但要捧红她，还要娶她做老婆。"

刘玫听了，又"嗤"的一声冷笑："陈明太不了解女人了。他犯了一个天大的错误，他如果真心喜欢赵苇，就不要捧红她，而应该先把她弄到手，娶回家当仙女供着。在没有名气、钱财和地位的情况下，赵苇还有可能被他的财势征服。一旦她走红，自己有了钱有了名气有了地位，你想她还会跟一个相貌平平、个子比她还矮了一大截的男人吗？这世界一切都是瞬息万变的，尤其是人心，人心难测啊！这人心之中，又数女人的心变化最快，女人心，海底针嘛。"

程辉说："你分析得很透彻，很有道理。不过，陈总是当局者迷，那部电视连续剧投资 1200 万足够拍出来，别人说 1500 万他就投资 1500 万，而且不跟贾总通个气就先把合同给签下了。"

刘玫感兴趣地问："听你这么说，贾伟岂不是对陈明很不满？"

程辉说："这倒不会。贾总向来重情义轻钱财，绝不会因为这点小事和陈总闹矛盾。再说他也了解陈总的为人和性格，知道陈总对他是忠诚的。他们这辈子是雷打不动、荣辱与共的好兄弟！"

刘玫内心很失望。她真希望陈明和贾伟闹矛盾、甚至分道扬镳反目成仇，这样她日后报复贾伟就轻松容易多了。

程辉胸无城府，刘玫顺着话题往下说："陈明这家伙还真风流，在上海就走马观花般的换女人。他泡过的那个名叫李倩的女人不就把他要了吗？现在他们如何收场？"

程辉说："我们来到 W 市后，李倩也跟着来了，死皮赖脸缠着陈总给了她 100 万，在市中区开了家口福居火锅城。这女人既风骚又工于心计，不瞒你说，赵苇就是李倩的亲表妹。"

刘玫冷笑道："这可真有好戏看了，陈明是吃亏没吃怕，我看他迟早毁在女人手里。"随后话锋一转，问起贾伟的情况："贾伟呢？他和白雪怎么样？"

程辉说："还是专宠着她，从不在外面逢场作戏。所有的人都说贾总傻，不过我很佩服他敬重他，人是感情动物，重感情是理所当然的事。但话说回来，贾总迟早会和白雪分手的。现在他就和电视台《财富资讯》的女主持人叶子关系很不错。我觉得他们挺般配。而白雪除了长相还可以外，文化层次和气质修养都达不到贾总理想伴侣的要求。"

刘玫感兴趣地问："你意思是说贾伟在没找到理想伴侣之前，对白雪好不足为奇。一旦他有了目标，和白雪分手也就在所难免了？"

程辉点头："没错。我觉得贾总现在对白雪就没以前那么好了，他正把心思花在叶子身上。"

刘玫沉默片刻，冷笑评论："男人永远是吃着碗里的、盯着锅里的。见异思迁、始乱终弃，是男人对女人的本性。贾伟也不是什么好东西！当初他为了白雪把我赶出公司。以后为了叶子迟早会把白雪赶出别墅，这完全就是一种轮回。"

程辉笑了笑："你看你，这么久的事还心存不满。要不是贾总将你逐出公司，你现在能混得这么好吗？做了大公司的副总，开着宝马香车，用北京话说，多牛 B 呀！"

刘玫欲哭无泪，谁都认为她混得好，过得好，只有她自己知道她一点也不快乐。如果不是因为贾伟，不是因为对他的爱和对他的恨，她根本不会投奔董天海这个不折不扣的大流氓，也就不会被他强暴和霸占。没人知道她今天所拥有的一切，都是她用身子屈辱地换来的。

第 4 节：意外礼物

用罢餐，刘玫开车带程辉来到 W 市最繁华的商业区步行街，和程辉肩并肩地逛起来。步行街商品琳琅满目，刘玫买了一套修指甲的刀剪工具和一套高档化妆品，程辉则买了一条鳄鱼皮带和一套皮尔·卡丹西服。

付账时，刘玫抢先将钱一并付了。程辉很过意不去，出了商场，从皮夹子里掏出一大叠钞票要塞给刘玫，被刘玫毫不客气地挡了回去。程辉说："刘玫，怎么能叫你给我付钱呢？应该由我来付，我是男人嘛！"

刘玫一本正经地说："男人怎么啦？你钱有我多吗？我的年薪是150万，另外还有分红，你呢？想跟我来大男子主义这一套！"

程辉将钱放回皮夹子，说："行。我现在钱没你多，今天不跟你争，总之我以后一定会混出个人样给你看，我会有自己的车子，自己的房子。"

"是不是还会有自己的妻子孩子和大把的票子？得了吧你。我希望我会看到你有那一天！"刘玫嘻嘻笑着，指了指前面一家装修气派，招牌上写着"胡思乱想"的美容院，"不瞎扯了，走吧，陪我去做个发型。"

刘玫和程辉走进"胡思乱想"美容院。刘玫在皮椅上坐下，吩咐发型师将她的头发拉直，要做得流畅、飘逸些。程辉闲着没事，知道等待刘玫做发型要很长时间，便吩咐洗头妹给他洗个头洗个脸。

美容院的女老板亲自给刘玫做发型，在做发型时，刘玫和女老板随意地闲聊了起来。刘玫问女老板生意如何。女老板说生意倒是不错，不过她想把店打出去，改行做其他生意。

刘玫想到程辉空闲时间不少，收入又不是很高，加上他有干一番事业的野心，不如把这间店盘下来送给他，再附赠一点虚情假意，让他对自己死心塌地。于是她对女老板说："你要是真不想做了，把店面转让给我，我来做。这里是步行街最繁华的地段，只要花些心思，生意会更好的！"

女老板见刘玫像个富姐儿，当下便爽快地说："行。我就把这个店面转让给你。这个店面总面积60平方米，两层。楼下是美容间，楼上是按摩间。装修你也看到了，在中档以上。我把里面的一切，包括美容师、理发师和十几名按摩小姐全给你留下，你给我20万。签了合同交了钱你就是这美容院的主人了。"

刘玫说："18万吧，20万贵了点。你爽快，我也爽快。"

两人成交。刘玫当即付了10000元定金，说明天带钱来签合同。女老板免收了她做发型和程辉洗头洗脸的费用。出美容院后，程辉不解地问刘玫："你公司的事都忙不过来，弄个美容院干什么？"

刘玫狡黠地笑了笑："明天你陪我一起来签合同，到时你就知道我要这个美容院干什么了。"

程辉说："故弄玄虚，现在告诉我不行吗？"

刘玫说："不行。现在不能告诉你。"

刘玫见时间尚早，便提议去打保龄球。程辉欣然同意，并建议去昌隆保龄球馆，那地方环境好，配套设施齐全。刘玫说："好！就去昌隆！"一踩油门，车子狂飙而去，没多久就抵达了目的地。

刘玫和程辉在昌隆保龄球馆打了两个多小时的保龄球，天色已黄昏，俩人进一家酒楼用了晚餐，约定明天一同去美容院签合同，然后依依不舍地分了手。

次日清晨，刘玫开车驶往商业区。途中去银行取了一笔现金，然后给程辉打了个电话，约好在"胡思乱想"美容院见面。当程辉半个时辰后车来到美容院时，她已经付钱和女老板签下了转让合同。刘玫将合同书交给程辉，程辉见合同上签的竟是他的名字，大惑不解。刘玫说："给你一个惊喜。今后你就是这个美容院的老板了。"

程辉连连摆手说："这怎么行？这店面是你盘下来的，资金也是你出的。我不敢要，也不会要。"

刘玫根本不理会他，起身对店里的员工说："我给大家介绍一下，这位是我男朋友程辉，今后他就是你们的老板。大家好好干，阿辉绝不会亏待大家的，中午我请大家去酒店吃顿饭，希望大家赏脸。"

美容院的理发师、按摩小姐高兴地欢呼起来。程辉如置身于云里雾里。他一直暗慕着刘玫，一直认为自己配不上她，一直以为刘玫不会接受他。没想到今天她竟然当众宣称他是她男朋友。这幸福来得太突然太迅猛了，他又惊又喜，有种防不胜防的晕眩感。

饭后，员工们回美容院工作，刘玫则带程辉来到一间茶楼喝下午茶，见程辉一直不说话，她笑了笑："怎么？玩深沉啊？"

程辉这才大胆地迎视着刘玫："刚才你在美容院里说的是不是真心话？"

刘玫含笑反问："你是不是一直喜欢我？从上海至今？"

程辉点了点头："是。"

刘玫温柔地注视着程辉，嗔怨道："你真是个傻帽儿。追女孩子要主动些，哪有让对方先开口的？"

程辉心中涌起一股暖流，热切地望着刘玫："这么说你真的愿意接受我？"

刘玫不悦地说："你以为我在那么多人面前拿自己的人格和尊严跟你开玩笑吗？"

程辉连忙认错："阿玫，对不起！我说错话了。我不该怀疑你对我的感情。"

刘玫嗔怨道："阿辉！你不是怀疑我对你的感情，而是对自己没有信心，没有男子汉气魄！一个男人，气势很重要。你不要以为男人只要有金钱才吸引女人，其实一个男人的气势和气魄比金钱重要一百倍。有些男人就算没多少钱，但他在任何时候对自己都充满自信，他相信自己会有一个光辉灿烂的未来。贾伟就是这种男人，你以为他一生下来就有钱啊？"

程辉连连点头："你说得对。贾总靠 10 万元钱打天下，现在已是亿万富豪。我以后一定也要做个像贾总一样有出息的男人。"

刘玫趁机说："我不反对你跟着贾伟，也不反对你对他的一片忠心。不过作为一个男人，你应该有自己的打算。你总不能给他开一辈子车吧？所以我给你盘下这间美容院，你可以利用工作之余来打理一下。我既然选择了你这个人，在人生道路上帮你一把是应该的。这事你不要告诉贾伟和陈明，等你一步一步干出一番属于自己的事业，他们会对你刮目相看的。到那时，你就能体会到成功的喜悦和荣耀！"

程辉唯唯诺诺，保证一如既往地保守秘密。他内心对刘玫充满了感激和爱慕，不知道自己正一步步走进刘玫的圈套。

刘玫对付程辉这种没有丝毫心计的男人完全是驾轻就熟。在日后的相处中，程辉把嘉客公司的商业机密和贾伟的感情生活现状毫不隐瞒地对刘玫和盘托出。

第十一章：针锋相对

第 1 节：挑起事端

刘玫从程辉口中套知嘉客公司商业机密后，便着手实施对贾伟的报复。为了挑动董天海与贾伟之间的仇怨，刘玫给董天海出了个主意，她说："董哥，愿景花园二期工程进展迅速，据程辉透露将会提前一两个月开盘。这样一来嘉客公司就抢尽了先机，到时，我们星海别苑二期楼盘的销售业绩恐怕又要远远落后了。"

董天海苦恼地说："我也在考虑这个问题，看来这姓贾的还真是个能人啊，老子是本土的霸王，却偏偏处处受制于他这个外地佬！想想真他妈的不服气啊！愿景花园与星海别苑交界处相距不到 400 米。从愿景花园第一期项目获得巨大成功的优势上，就可以看出嘉客公司无论在楼盘定位、环境绿化、广告宣传各方面都做得要强过我们。如果到时愿景花园二期楼盘抢先开盘的话，对我们星海别苑二期楼盘的销售将会造成更大的冲击！形势相当严峻啊！"

刘玫说："从目前形势上看，我们要在星海别苑二期楼盘的销售上盖过愿景花园二期，的确是很难。不过世上无难事，只怕有心人。如果董哥真想打败贾伟，不妨出出奇招！所谓出奇制胜，就是这个道理。"

董天海一听来了兴趣："阿玫，你有什么良方妙计，说来听听！我知道你点子多，你就别藏着掖着了。"

刘玫分析道："嘉客公司本来各方面的实力就不逊于我们，而且口碑一向不错。目前愿景花园二期的施工进度稍微超过星海别苑二期，如果他们抢先开盘，无疑会占尽先机。我们要想不被他们抢尽风头，只有两个办法：一，阻挠他们的施工进程。二，破坏嘉客公司的形象，让市民对嘉客公司产生成见和厌恶。如果能做到这两点，你说客户在同一个地方买房子，会选择买哪一家？"

董天海说："如果能造成这样的效果，那些买房子的当然会选择我们的楼盘！可是要怎样才能做到这两点呢？你能不能说得详细点！"

刘玫说："阻挠他们的施工进程这点很好办，就是没事找事，制造各种机会到工地上去闹事啊，最好越闹越大，闹得他们穷于应付。同时，买通周边居民，其中重点收买一户代表，让他出面串通十几二十户人家，联名向有关政府职能部门投诉，就说愿景花园在施工中存在严重扰民现象。噪声太大，晚上加班等等现象，是施工现场普遍存在的。只要这些事情以正规、隆重的方式闹上去，保证政府有关职能部门会责令施工方停工接受整顿！另外，我们还可以写信或打电话匿名向有关部门举报，就说愿景花园工程违反了市内施工环境保护的有关规定，工程报批文件弄虚作假，这些问题不管是不是捕风捉影，只要举报，就会有人下去调查。现在搞房地产的有几个不钻政府空子？有几个不走野路子？说不定还真查得出问题！如果查出了问题，那么嘉客公司的形象不就毁了吗？"

董天海听了刘玫这么一番详细的谋划，连连称妙。董天海做坏事可谓是行家里手，他随即叫来贴身保镖，对他们进行了分工："钟勇，你去找一帮兄弟，叫他们每隔一两天就去愿景花园工地闹事，记住三个要点：一，不要在公司内部找人。二，要学会没事找事。三，要把小事闹成大事。于兵，你去鼓动愿景花园周围的居民对施工方进行联名投诉，就说他们施工时存在严重扰民现象。记住要软硬兼施，买通几个贪财之辈，叫他们卖力点，如果不听话，叫他们知道厉害！"

钟勇和于兵依计分头行事。

两天后，一个染着黄头发绰号"黄毛"的小混混借口他的宠物犬跑进了愿景花园工地，要进去找，开始施工方新天地建筑公司不让进，黄毛便打电话报了警。警察觉得人家丢了狗进去找一找也是合情合理的，就说服新天地建筑公司老板毛福让他进去找狗。结果进去还真找到了一条宠物犬，不过是条死狗，被人用砖头砸死了。

黄毛可不依不饶了，大吵大嚷："妈的！原来你们把我的狗打死了，怪不得不让我进去找啊！我跟你们没完，你们得赔我狗！"

黄毛执意要承建商毛福赔钱，不多，5000元。毛福当然不依，他说他们没有打狗，为什么要赔钱，这明显是栽赃陷害！双方各执己见，争持不下。警察也为难了，这事真不好处理。最后干脆拖着不管了。黄毛以此为借口，天天带着一帮流氓去工地闹事，闹得工人们无法施工。最后毛福迫于无奈只好赔了5000元钱，以为可以息事宁人了。可不知道这还仅仅是个开始。

没过几天，又接二连三地发生了市民投诉新天地建筑公司施工时严重扰民的事件，居民们投诉说工地上白天黑夜都咣当咣当地响个不停，严重地影响了他们的睡眠和休息。这期间附近有个居民开车出了车祸，撞伤了人，也赖上了毛福，说就是因为昨天工地施工噪声太大，害他没有休息好，以致出了车祸。

这天，贾伟正在公司办公，毛福从工地上打来电话，告诉贾伟刚才工地上来了一帮执法人员，特别蛮横无理，要求他们立即纠正施工过程中严重扰民的问题，否则将勒令他们停止施工。

贾伟告诉毛福不要着急，如果有错改正就是了。毛福说："有什么错？这完全是鸡蛋里找骨头嘛！执法人员居然拿出一张条子，上面有周边居民写的联名信，十几户人家联名告我施工中存在严重扰民现象！这事真是奇怪了！还他妈的做得真像回事儿！"

贾伟笑道："有什么好奇怪的。商场竞争对手的卑鄙伎俩而已！你先冷静应付过去。如果我估计得没错的话，后面还会发生许多事情。山雨欲来风满楼啊！"

第2节：幕后策划

果然不出贾伟所料，毛福这边刚刚应付过去，两天后，工地上又来了市环保局的工作人员，说他们接到投诉说愿景花园工程违反市内施工环境保护的有关规定，他们来检查施工中是否存在上述问题。一查大问题没有，小问题还真有，就是工棚外面工人们吃的剩饭剩菜以及洗碗洗脸洗脚水倒得到处都是。影响市容环境，弄得苍蝇蚊子成群，容易滋生传染疾病，要罚款10000元。

毛福肺都快要气炸了："这也算违反施工环境保护？哪个工地不是这样？总不能在建房子之前在工地上建一个正规食堂吧？哪个工地上的工人不是住工棚啊？总不能

在工地上给工人们建一幢带卫生间的单间公寓吧？那就不用到处倒生活用水了？可这可能吗？这样建筑成本要多少？"

环保工作人员可不管这些，罚款！如果有怨言，态度不好，罚 5 万！甚至勒令停工！

毛福无语了，只好乖乖地交了罚款。他将这个情况反映给了贾伟。贾伟告诉他："要沉住气，这一定是海豪房地产公司搞的鬼，真亏董天海还是一个大老板，这种卑鄙伎俩都使得出来！你别担心，让他使出浑身解数闹吧，看他还有什么招数可以使得出来！我们静观其变！刚才市建委的徐副主任带着几个工作人员到我公司，说有人举报愿景花园的工程报批文件弄虚作假，要重新进行查证。我把相关手续都给他们查验了一遍，一点问题也没有。现在我的对手是千方百计想置我于死地啊，连一些莫须有的罪名也有脸给我罗织，真是捕风捉影、无所不用其极啊！"

毛福没有贾伟那么沉得住气，他困惑地说："这三天两头地来闹上一闹，还怎么施工啊？天天喊罚款，鸡蛋里面挑骨头，动不动就叫停工接受检查和整顿！这工期一拖再拖，可怎么得了？"

贾伟豪爽地笑道："没事。兵来将挡、水来土掩！跳梁小丑！怕他做什么？"

贾伟刚放下手机，大班台上又响起市税务局卓副局长打来的电话，卓副局长告诉贾伟说星期四税务局将派人来嘉客公司执行公务，希望嘉客公司准备好有关文件和材料，以配合他们的工作。

妈的！都赶一起了，还真有能耐！贾伟不温不火地回答卓副局长："知道了！配合政府职能部门的工作是我们的义务。我一定吩咐公司财务部准备好所有账目和文件材料，让税务部门的工作人员检查。"

星期四、星期五，市税务局的林科长带着三个工作人员在嘉客公司整整折腾了两天，检查并核对了所有账目，没有发现任何偷税漏税现象，最后林科长抱歉地对贾伟说："谢谢贾总的配合！嘉客公司一直是纳税大户。我们心里也清楚，可有人举报你们公司存在严重的偷税漏税现象。我们不来例行公事又说不过去！唉，看这事闹的鸡飞狗跳、草木皆兵的！值得吗？"

贾伟平静地说："我知道我的公司没事。因为我是最守法的商人！这两天我也没敢招待你们，怕人说闲话。今天事情结束了，我请大家吃个饭。"

林科长说："谢了，贾总，我们心领了！如果我们真要吃了你的饭，还真会授人以柄。让有心人钻了空子可不好！"

林科长带着工作人员走后，贾伟靠在旋转椅上，点起一根雪茄，抽了两口，闭上眼睛，开始思考还击对策了。

董天海使出的各种手段对愿景花园二期工程的施工进度造成了一定的影响，但好像并没有达到预期的效果。他清楚贾伟的能量不小，各方面都有些关系，想打垮他并非易事。

这时，刘玫又给董天海出了个主意。然后说，到时她找一记者朋友，把事情捅出来，闹得越大越好。

刘玫阴毒地笑道："董哥，你说只要记者的生花妙笔帮受害者煽煽情，受害者一定会博得广大市民的同情，到时承建商可有的罪受了，唾沫都可以淹得死他！"

董天海闻言哈哈大笑："阿玫啊！你真是个阴谋家！幸好你不是我的对手。你那些鬼点子可真要人命啊！我看这商场上没几个人是你的对手！"

刘玫心里恶狠狠地说：我其实就是你最大的对手！你跟贾伟斗个你死我活，最好是两败俱伤我更高兴！表面上却不悦地嗔怪董天海："董哥！你这是骂我啊！我给你出这些见不得人的馊主意还不是为了你，为了公司啊！"

第3节：制造舆论

三天后的早上，一个身体单薄的流浪汉偷偷溜进愿景花园施工工地，趁人不备偷了几个钢架扣件塞进衣兜里，然后东张西望想溜出工地。结果他鬼鬼祟祟的行踪引起了工人的怀疑，几个工人把他按住，从身上搜出八个钢架扣件，象征性地教训了他几下打算把他放了，不料小偷居然不识好歹地对工人们破口大骂，把他们的祖宗八代都骂了个遍，把他们家中的女性都"日"了个遍，几个工人气得不行，妈的，这不是找死吗？他们愤怒地下起了重手，打得那小偷鼻青脸肿，哭爹叫娘的，然后把他捆绑起来，吊在工地的钢架上。

小偷在工地上吊了大半天，身上到处是淤血淤伤，还撒了泡尿在裤子里，又饥又饿又冷，十分可怜。但工人们没有一个可怜他，这小子也太猖狂了，偷了东西还骂人，而且骂得那么恶毒，活该有此下场。

下午四点钟，时报社会新闻部的一位记者接到热心市民提供的新闻线索，说愿景花园工地滥用私刑捆绑一个小偷，毒打之后不给饭吃，连尿都不准撒，小偷现在奄奄一息，怕再拖下去要出人命的！

记者立即坐着采访车赶到事发现场。进行拍照、采访。记者先问奄奄一息的小偷为什么要偷东西。小偷无力地说："我饿，我已经两天多没吃东西了，我没工作，我没钱，没办法才到工地偷点东西，想换几个饭钱……"

记者气愤地责问围观的工人："你们也是打工的，你们怎么下得了手，毒打一个流浪汉?"记者说着捡起地上的一个钢架扣件,不耻地说:"他偷这么几个不值钱的铁疙瘩是为了什么? 不是为了发财! 是因为饿,是因为几天没有吃东西,是因为想拿去换几个饭钱,是因为不想被活活饿死! 这有多大的罪过? 这算多大的罪过? 退一万步说,就算他偷东西有罪,也得由执法部门处理吧? 你们有什么资格私设公堂、滥用私刑、如此毒打他? 还把人捆起来,吊起来,连解手都不让? 尿都撒裤子里了!你们这么做还有人性吗? 你们还是人吗?"

工人们被记者训得哑口无言,都羞愧地低下了头,这记者真他妈的不是盖的,口才太厉害了,头头是道,就算没理也能被他说出七分理来。其中一个工人鼓起勇气辩解道:"我们其实不想这样对他的,本来教训他一下打算把他放了,结果这小子莫名其妙地骂起人来,他骂我们的祖宗八代,还说要日我们的奶奶日我们的妈妈日我们的姐姐日我们的妹妹日我们的女儿! 我们这几个人只有老李有个女儿,人家小丫头才7岁呢,这小子嘴巴太缺德了,他活该!"

记者转身问小偷:"你真这样骂人了吗?"

小偷闻言又是辩解又是哀求,声泪俱下:"记者大哥,你不要相信他们的话,他们是一伙的,他们找借口啊! 我没有骂人,我哪里敢啊? 记者大哥,你行行好救救我吧,他们会活活打死我的!"

记者厉声指责这个辩解的工人:"你看你们把人打成什么样子了,折磨成什么样子了? 你们为了推卸责任什么借口都说得出来。他偷了东西还敢骂你们吗? 求你们放他都来不及呢!"

记者说罢掏出手机拨通了附近公安分局的电话,不一会儿,两辆警车开到工地,将小偷和几个打人的工人都带走了。警方叫工头转告毛福,回来后即刻到分局解决问题。

六点钟左右,毛福采购水泥回到工地。听说了工人打小偷的事情,然后给贾伟打了个电话。贾伟说:"不用说了,这一定是对方设的圈套,这事闹大了,你手下那些工人也真是法盲,怎么能打人呢? 还把人捆绑起来吊起来,这不是滥用私刑吗? 唉,不用说明天这事就是报纸的头条新闻了! 这事一旦造成社会舆论,对我们的影响相当不利啊!"

毛福无助地说:"贾总,你说现在怎么办? 公安分局还要我去一趟呢? 那几个工人还不知能不能领出来呢!"

贾伟安慰他:"没事的,你去吧,我跟分局的罗局长关系不错。我打个电话叫他关照一下!"

次日,时报在社会新闻版面以头版头条发表了记者采写的煽情报道《施工方滥用私刑毒打小偷,应不应该? 》。文字相当尖锐,字字如刀,文章还配发了彩色照片,照片上的小偷伤痕累累、奄奄一息。

这事可闹大了，看了报纸的市民纷纷打进报社热线，强烈谴责施工方的行为。施工方遭到尖锐的舆论攻击。有的说小偷也是人嘛，应该采取教育手段，怎么能私自用刑呢。有的说施工方连饭也不给小偷吃，这杀头的人还要给碗饭吃呢！小偷前前后后整整饿了三天，都快饿死了。有的说施工方把小偷吊起来，连尿也不准撒，结果全撒在裤子里了，这也太残忍歹毒了吧？这还有人性吗？这不是比法西斯还过分吗？有的说施工方太不人道了，手段如此歹毒残酷，我们有理由有责任怀疑没有人性、没有爱心的施工方为了私自利益，极有可能会搞出些豆腐渣工程来，建议政府有关职能部门最好多审查审查多监督监督，最好能勒令施工方立即停工接受审查！

记者将市民的反映整理成文，作为后续报道在时报发表。结果引起广大市民的共鸣，市民们打进电话纷纷要求严惩施工单位，勒令施工单位停工。

市建委迫于舆论压力，一纸公文勒令新天地建筑公司立即停工接受整顿。毛福急得像热锅上的蚂蚁，人都快要被逼疯了，这停一天工对他的损失有多大啊。他向贾伟求助，贾伟冷静地安慰他："黑暗过后就是黎明！现在只不过是黎明前最后的一丝黑暗！我一直沉默，没有还击，就是等待最佳时机，他们认为这事闹得越大对他们越有利，但是他们太低估了自己的对手！接下来，是我还击的时候了！我要让他们知道我沉默后爆发的力量！"

贾伟就知道算计他的是商业对手董天海。当初董天海与他竞夺愿景花园这块地皮时便已经结怨，后来星海别苑一期楼盘的销售业绩又明显低于愿景花园一期楼盘，他怀恨在心。现在星海别苑二期的施工进度又落后于愿景花园二期工程。为了抢先开盘提前交房创造良好销售业绩打垮自己这个强劲的商业对手，董天海使出这种种龌龊卑鄙手段根本不足为奇。

他和程辉开车来到愿景花园工地，询问了当时在场的知情者，包括打人的和围观的工人。得到的真相是：工人缴了小偷偷的扣件，打了他几下本来打算把小偷放了，但那小偷却猖狂地对工人破口大骂，什么肮脏恶毒的话都骂得出来，完全是逼迫工人这样对付他。

贾伟和程辉开车来到辖区的公安分局，找到了跟他交情不错的罗局长，将事情的始末叙说了一遍："罗局，这事前前后后就是一个歹毒的圈套，是我的商业对手针对我而设的一个歹毒的圈套！这段时间发生了许多稀奇古怪的事情。先是一群流氓借着一条莫名其妙的死狗天天到工地上闹，致使承建方停工数天，最后还赔了 5000 元息事宁人。接着就是政府有关职能部门接到市民投诉，隔三差五地到工地检查、调查，不是罚款就是勒令停工整顿。其实都是些上不了台面甚至是无理取闹的小事。我的公司也遭遇了接二连三的刁难，先是市建委接到举报说愿景花园工程报批文件弄虚作假，派人到我公司来核查，折腾来折腾去屁事没有！接着是税务部门的工作人员来公司查账，说有人举报我的公司偷税漏税。最后就是这起推向高潮的工人毒打小偷事件，致使施工方遭受了灾难性的社会舆论攻击，最后被建委勒令停工。罗局长你想，这一停工不就把我的愿景花园二期工程毁了吗？所以对方要打击的目标还是我！我去工地调查过，本来工人是打算放了那小偷的，那小偷还不愿意走，故意言语激烈以激怒工人打他绑他，接着就是记者来到工地，大做文章，挑起凌厉的尖锐的社会舆论攻击！这事结合前前后后想一想，很明显是个圈套，一个卑劣的笨拙的圈套！"

贾伟说罢从公文包里掏出 10 万元钞票："罗局长，抛开我们的交情不说，我希望你能公正地调查处理这件事情。我希望你能还工人们一个真相！还我一个真相。这 10 万元就作为贵局办这起案子的经费吧！请你多费心了！"

罗局长笑道："行！办案经费我收。这个案子我一定还你一个真相，还工人们一个公道。那小偷是过不了我们这些内行人的眼睛的。我一看那小子就不是小偷。外表上装得还像，穿的衣服又脏又破也不是名牌，但皮肤保养得很好，这就露马脚了，还有这小子说什么饿了几天没有吃饭，扒开他的衣领，他妈的脖子上还戴着粗大的黄金项链呢！这像是没有钱吃饭的流浪汉吗？八成是个流氓打手之类的社会败类！这案子好破！"

贾伟笑道："这我就放心了！我打算等你这个案子破了之后召开记者见面会，将这段时间发生的一切幕后真相告诉大家！"

仅仅用了一天，罗局长就打电话告诉贾伟："案子破了。那小子是一个小混混，叫唐彪，开始这小子嘴还挺硬的，后来我们给他上了上'政治课'，他才说是董天海的保镖钟勇给了他 5 万元叫他装小偷，叫他故意激怒工人对他大打出手，把他绑起来。至于记者是不是买通的，他说他不清楚。"

贾伟笑道："行。有这结果就行了。我有个请求，希望罗局能够复印一份口供给我，我拿到记者见面会上要用。"

罗局长说："行。没问题，到时我派办这件案子的警察亲自到场。经办警察说话更有说服力！"

贾伟说："那谢谢罗局了，改天请你吃饭。"

第 4 节：粉碎阴谋

为了彻底粉碎董天海的阴谋，变坏事为好事，贾伟和承建商毛福召开记者见面会，把 W 市几家大报和电视台的名记都请了过来，将真相一一揭示给他们。

同时，凭借自己的能量，贾伟还请来了建委的代表，税务局的代表，处理工人毒打小偷事件的办案警察。还有一位被贾伟收买过来的投诉愿景花园施工严重扰民的居民代表。

贾伟首先在会上发表了讲话："各位记者朋友，各位政府职能部门的工作人员，感谢大家的光临！今天嘉客房地产开发公司和新天地建筑公司联合召开这次记者见面会，目的是要向大家澄清几个事实，把这段时间嘉客公司和新天地建筑公司遭遇的打击和陷害的各种真相揭示给大家！我可以自豪地告诉大家，愿景花园是嘉客公司倾力打造的名牌时尚住宅小区，一期工程曾经创造出了名列全市第一的辉煌业绩，业主们对愿景花园的人文环境、绿化环境和物业管理都打的是满分！愿景花园二期工程不存在任何施工质量问题和施工严重扰民的现象，这是某个商业竞争对手恶意制造的造谣中伤行为。"

"众所周知，这段期间发生了许多针对嘉客公司和新天地建筑公司的事情。先是有十几户居民联名投诉新天地建筑公司在愿景花园二期施工中存在严重扰民现象；接着有人举报新天地建筑公司违反了市内施工环境保护的有关规定；与此同时，有人举报嘉客公司在愿景花园工程的报批文件中弄虚作假；再接着，有人举报嘉客公司存在严重的偷税漏税现象。最后，更为恶劣的是我的商业竞争对手策划了一起小偷进工地偷东西被工人毒打事件。在这一系列事件中，嘉客公司的声誉受到了严重的损害和打击，愿景花园二期工程的进度严重滞后，现在已经被无辜的勒令停工！今天我将参与处理这几起事件的有关政府职能部门的工作人员请到了现场；将当初被金钱收买如今良心发现的投诉居民请到了现场；将处理工人毒打小偷事件的办案警察请到了现场。请他们告诉记者朋友们真相，我想从他们口中说出来的真相是最有说服力的！现在就请记者朋友们一一解开自己心中想知道的谜团吧！"

时报记者："我想知道十几户居民联名投诉愿景花园施工中存在严重扰民现象这起事件的真相！请居民代表告诉我！"

那位被贾伟反水过来的居民代表惭愧地说："其实愿景花园的施工做得非常好，不存在任何扰民现象，是有人出钱买通了十几家居民联名投诉。其目的就是想让愿景花园停工。后来我见事情闹大了，觉得良心不安，所以决定站出来说出真相！"

晚报记者："我想知道嘉客房地产开发公司究竟存不存在偷税漏税现象？请税务部门的代表回答我。"

税务部门代表发言："我可以非常认真、负责地告诉各位记者朋友。嘉客公司一直是本市名列前茅的纳税大户。嘉客公司的信誉度非常之高！嘉客公司是家明星企业。我们接到举报后进行了认真细致的调查，一一核对了所有账目。嘉客公司根本不存在偷税漏税现象。这起匿名举报是恶意行为！是可耻的行为！"

晨报记者："我想请市建委的同志回答我这个问题，嘉客房地产开发公司在愿景花园的工程报批上是否真正存在弄虚作假的现象？"

市建委代表发言："我可以认真负责地告诉大家，经严格的查证，根本就是莫须有的罪名！这起举报同样是匿名举报，是恶意举报！嘉客房地产开发公司的每一项工程手续都是正规的、合法的！"

电视台记者："我想知道建筑工人毒打小偷事件的处理结果。这起事件是否也存在什么不可告人的内幕？"

处理这起事件的办案警察发言："各位记者朋友，这起事件是有人别有用心地制造的一个恶性圈套！那个小偷并不是流浪汉，更不是饿了几天的流浪汉，他叫唐彪，是一个小混混，他虽然身上衣着破烂，伪装得像个流浪汉，但脖子上却戴着价值8000多元的黄金项链呢！据黄彪招供，是一个叫钟勇的人给了他5万元钱，叫他装小偷到工地去偷东西，然后故意辱骂工人，激怒工人打他。最终将这起事件闹大，造成对承建商和嘉客公司非常不利的社会舆论，最终致使工程停工。"

贾伟接过警察的话说："我可以告诉大家一个真相，钟勇是海豪房地产开发公司老板董天海的贴身保镖！但我相信钟勇绝对不是这起恶性事件的策划者，因为他还没有这个能力，而且跟我没有商业利益冲突。现在这个可耻的幕后策划者的目的已经达到了，如今愿景花园二期工程已经被勒令停工多日。因为这一系列的阴谋，愿景花园二期工程的施工进度起码要延误一个月。这还是其次的，真正最重要的是这一系列的事件对嘉客公司和新天地建筑公司造成了非常恶劣的信誉伤害！这个可耻的幕后策划者严重地破坏了W市的社会经济秩序！他即使不受到法律的制裁，也将终生受到良心和社会的谴责！"

"哇，原来如此！这手段也太卑鄙了吧。"群情哗然。

最后，贾伟作了总结发言，"真相永远是掩盖不了的！我相信有关政府部门和新闻媒体会还我们一个公道！前段时间时报的报道使广大市民对新天地建筑公司产生了极大的误解，有市民评论说新天地建筑公司没有爱心、手段残忍，他们建出来的房子也可能是豆腐渣工程！现在我在此代表嘉客公司宣布一项重大决策：即日起，嘉客公司在W市开发的任何一个项目，都将高薪聘请权威部门的建筑专家对施工进程进行现场全程监督！如果发现施工中存在偷工减料、以次充好、制造豆腐渣工程的迹象，嘉客公司将立即中止与承建商的合同，嘉客公司愿意接受政府职能部门和广大市民的监督和检验！嘉客公司不敢狂妄地说要建最昂贵、最华丽的房子提供给广大市民！但嘉客公司永远敢承诺将会建最放心、最舒服、最合适的房子提供给广大市民！如果今后客户购买嘉客公司开发的楼盘发现了质量问题——轻微质量问题，我们愿意提供房产全价十倍的赔偿！如果是重大质量问题，我们愿意承担房产百倍的赔偿。这个承诺将在今后的购房协议中体现！我敢于这么承诺，是因为我一直坚持两个原则，一，要对得起民心，二，要对得起自己的良心！这是我做人的准则，也是我经商的准则！"

贾伟的讲话获得了一阵经久不息的如雷掌声！

这是W市房地产业界第一次有房地产开发商敢于如此较真，敢于如此承诺。这事经报纸电视等新闻媒体报道之后，市民们被震撼了，他们的感情天平开始严重倾向于嘉客房地产开发公司。贾伟彻底地粉碎了董天海的阴谋！最终董天海是搬起石头砸了自己的脚，闹了个身败名裂。

为了保证工期，杜绝今后再发生流氓到工地闹事的现象，贾伟要求毛福调动工地上的保安力量进行日夜轮班执勤。接着，贾伟以嘉客公司的名义向辖区公安分局捐赠了100万元用以配备警车，同时提出希望分局给工地调拨两名警力维持治安的合理要求，工资由嘉客公司开，开双薪。罗局长一高兴，给工地派了四名全副武装的警察。一天24小时轮班在工地四周巡逻。自此，再没有一个流氓敢到工地闹事。

接下来，在施工现场进行质量监督的权威部门的建筑专家每半月向媒体发布一次现场监督报告，都是优良！这无疑是为嘉客房地产开发公司及愿景花园做了最好的广告。在愿景花园二期工程还未进行到一半时，便有60%的客户跟嘉客房地产开发公司签订了购房合同，并支付了首付。

看到这种结果，贾伟和陈明笑得合不拢嘴。而刘玫和董天海却气得脸都发青了。刘玫觉得自己还是低估了贾伟的才能和实力。没想到他的应变能力如此之强。处于劣境居然能够反败为胜。

第十二章：多情烦恼

第 1 节：独家赞助

窗外是热辣辣的阳光，室内是凉爽的空调，贾伟在总裁室花了将近大半个上午，完成了《嘉客公司新战略规划》，然后关闭了电脑，惬意地往旋转椅上一靠，开始闭目养神。

这个规划由三个部分组成，第一部分总结了公司在过去几年已完成的业绩和资本积累评估；第二部分是对公司目前和近期各项工作的展望，其中大部分是关于愿景花园第二期、第三期工程的实施计划和最终收益预测；第三部分是在未来几年内如何进行土地储备的设想和打算，首先城北山村那 500 亩黄金地皮放在首位，如果失败退而求其次，另外在主城区实行 1000 亩征地计划。

休息了片刻，贾伟离开办公室，驾着新买的林肯加长豪华轿车来到渔桥庄视察"愿景花园"二期工程的进展情况。毛福看到贾伟来了，高兴地迎上前来。他告诉贾伟："进度很快，工人们都说贾总你有情有义，干起活来都非常卖力，前段时间耽误的工期都补上来了。估计到预定时间开盘发售不成问题！"

贾伟点点头，对毛福的施工进度表示满意，不过他还是叮嘱毛福在抓施工进度的时候千万不要忽视了建筑质量。中午，贾伟在附近的酒店宴请毛福，几杯酒下肚，毛福来了情绪，他夸贾伟有气魄，有实力，有情义。他说他给许多房地产公司建过楼盘，许多老板都是徒有虚名，那些胆大妄为的家伙手头只要有 1000 万，就胆敢上一个亿的项目，手头有一个亿就敢上五个亿甚至十个亿的项目。完全是借鸡生蛋、拆东墙补西墙。结果许多家伙手段和技巧不到家，最终落了个身败名裂血本无归。到头来害得承建方不但没赚到钱，甚至还垫进去不少，毛福说现在还有几家公司欠他 1000 多万呢，有的干脆就赖账不还了，打起官司来没完没了。说到伤心处，毛福连连感慨现在的钱真不好赚了。

贾伟安慰道："毛总，你放心吧。跟我合作不会让你吃亏的。我保证按合同制定的工程进度给你支付工程款，而且工程验收之后立即支付余下的工程款，绝对不会借故拖欠！"

毛福说："我相信贾总的实力，你是真正的大老板，财大气粗啊。你也放心，我这人仗义，为朋友可以两肋插刀，我向你保证，工程进度和工程质量绝对没问题。绝对按期交付使用，如果我做不到这点，我就等于砸了自己的牌子，余下的工程款我也没脸向你要了。"

两人惺惺相惜，贾伟说："好好干。有个好开头，以后我的工程都会优先考虑你的公司。我们有福同享，有我一块蛋糕，就保证有你一杯羹。"

这顿饭吃得很舒服。从酒店出来，贾伟开车回别墅，途中接到叶子的电话，叶子说她在香榭馆用餐，问贾伟吃饭没有。贾伟说刚吃过了。叶子遗憾地说，我还打算请你吃顿饭，贿赂贿赂你呢。

贾伟听出弦外之音，便问是不是有什么事需要他帮忙。叶子说是有点事，但不好怎么开口。贾伟笑了："说吧，对我别客气。只要我能帮上忙的，义不容辞。"

叶子说："说了你别见笑，我想找你化缘。是这样的，过几天就是《财富资讯》栏目开播4周年纪念日，要举行一台歌舞庆祝晚会，由于要请一些著名歌手和影视明星捧场，需要一笔费用。台领导指定我担任晚会的主持人和总策划，我倒是有信心能把这台晚会办好，但苦于缺少经费……"

贾伟问叶子需要多少钱。叶子说大概100万吧。贾伟豪爽地说："不就100万吗？我独家赞助了。你在香榭馆别走开，我过去接你。"

贾伟驾车来到香榭馆时，叶子还在慢慢地用着餐，她身边放着一瓶红酒。贾伟坐下后，她给贾伟倒了一杯，叫他陪她再吃点喝点。贾伟也不客气，说盛情难却，恭敬不如从命。叶子很喜欢贾伟这样，亲切，随和。她和他碰过一杯之后，告诉他一个好消息："上次我们做的那期节目播出后，在全市引起很大反响。昨天市政府已经出台了《关于清理房地产代理行业》的正式文件。以后，那些没有获得政府颁发的房地产代理资质证书的公司将全被取缔，再也蹚不了浑水。"

贾伟高兴地说这真是个好消息。为了这个好消息，他得代表所有房地产商敬她一杯。叶子不擅饮酒，脸色有些泛红了，连忙摆手说："不喝了不喝了，再喝就真要醉了。"

贾伟也不多劝，点了支烟坐下休息。叶子很快吃了一小碗泰国小米饭，放下筷子，说吃好了。贾伟掏钱要埋单，叶子说："我跟老板是朋友。来这里吃饭从不埋单，而且今天是她特意请我来的。"

贾伟笑道："你们这些做主持做记者的真吃香。不论是吃的穿的用的还是发型，都有厂家、商家赞助。"

俩人说说笑笑出了酒楼，叶子坐上贾伟的豪华轿车，说："这车真气派！你不是有辆大奔吗？怎么又买林肯了？有钱人就是不一样，牛B烘烘的，会享受，会摆阔！"

贾伟说："我这不是摆阔，是实际需要。我那辆大奔现在天天被我副手占用，他如今正在和一位漂亮小妞儿谈恋爱，你说我这当大哥的能不全力支持他吗？再说一个大公司，有两辆好车也是必需的。用外交语言来说，这是对外形象。"

贾伟开车带叶子回到玉芝阁花园，领她进了别墅。白雪、陈明、赵苇、程辉在客厅打麻将。他们在电视里多次见过叶子了，对她的到来一点也不感到奇怪，一切都在意料之中。

当贾伟领着叶子来到牌桌前，正为不知该如何对叶子介绍白雪犯愁时，白雪大大方方地向叶子伸出了热情之手，自我介绍道："叶子。你好，我经常看你主持的节目。我叫白雪，是贾总的秘书。"

贾伟对白雪投去感激的一瞥。叶子和赵苇握手时由衷地夸赞道："赵小姐真漂亮，比我见过的所有女明星都漂亮。"

陈明介绍说："过不了多久，她就会成为一颗璀璨的明星。赵苇是上海戏剧学院表演系二年级的学生，我们公司投资1500万准备在上海拍一部三十集电视连续剧，名叫《都市情恨》，由赵苇由担纲主演，这部戏将于9月18号正式开机。"

叶子说："一听戏名就挺吸引人的，到时候我叫《娱乐快递》的名记帮你们报道一下，为你们推波助澜，如何？"

陈明说："那太谢谢了，到时候我一定把独家新闻给你们。"

在叶子和陈明闲聊时，贾伟上楼进书房开好一张金额为100万元的现金支票，交到叶子手中。叶子道谢之后，提出告辞，说下午还有采访任务。

贾伟开车送叶子回电视台。途中，叶子盯着贾伟，突然冒出一句：白雪真是你秘书？贾伟一怔，不知该如何作答。叶子笑了笑："如果我没猜错，她是你的女朋友。而且，我看得出她很爱你。"

贾伟不得不佩服叶子目光敏锐："没错，她是我的女朋友，而且是现在唯一的女朋友。无论在什么场合，我从不逢场作戏。我是个对感情很认真的人，但坦白讲白雪并不是我所钟爱的女子。我认识她纯属偶然。"

贾伟接着说："三年前，我的公司还在上海，有一天开车去公司上班，途中将白雪撞倒了。在医院，白雪告诉我她是从湖南湘潭农村来上海淘金的。她没见过什么世面，没有文凭也没有技术，找了很久也没找到工作，走投无路时被骗进了发廊，开始老板叫她打杂，后来逼她接客，她宁死不从，从发廊跑了出来，结果就撞上我的车。"

叶子笑道："你们还真有缘的，一撞就撞在一起了。不过，有一点我不明白，既然你说白雪不是你钟爱的女子，为什么又要跟她在一起?"

贾伟叹口气："我和白雪的故事一言难尽，我就跟你讲个大概吧。白雪出院后，我安排她进公司上班。她家里很穷，有个弟弟还等着她挣钱交学费。所以我在各方面都很照顾她，一进公司就给了3000元的月薪。白雪是个很善良很温柔的女孩，公司上上下下的人都跟她处得不错，不过我的助理刘玫却处处针对她，有一天还对她破口大骂，骂她是我的花瓶。当天我就炒了刘玫鱿鱼。夜里我喝了点酒，进了白雪的房间，本想好好安慰她几句，结果不知怎么回事，我们糊里糊涂地就睡在一起了。当时她还是个黄花闺女，我觉得这错是我犯下的，所以就跟她在一起了。不过，我清楚我迟早会跟她分手。对于这点，她心里也有数，现在我们彼此都陷入了痛苦之中。"

叶子感叹："这是另类的一失足成千古恨。"

贾伟问叶子："你会不会因为这个对我有什么看法?"

叶子说："怎么说呢? 有看法就是没看法。没看法就是有看法。"

贾伟感叹："好厉害。不愧是名嘴，说话滴水不漏。"

第2节：缘尽情难追

几天后，叶子将贾伟请到了《财富资讯》开播四周年庆祝晚会直播现场。晚会在热闹和谐的气氛中整整持续了三个小时。贾伟在银幕上大大露了一回脸，以100万元的代价为自己和公司作了一次划算的广告。

当晚，白雪在套房客厅收看了晚会实况，看着看着心里的愁结便越来越深了。她不得不面对这个她不愿接受的现实——叶子才是和贾伟珠联璧合的一对。她和贾伟的缘分快要走到尽头了。

悲欢都如梦，缘尽情已难追。白雪内心充满了悲伤和无助。她没有心情再看下去了，从小酒吧拿了瓶酒，粗鲁地倒上满满一大杯酒，猛喝了起来，喝完一杯又倒上一杯。

很快，她醉了。她摇晃着酒杯，眯着眼睛望着杯中的液体。笑了笑，闭上眼睛，一行清泪落了下来。

她已经记不清自己是多少次为贾伟流泪了。泪光里，往事历历在眼前浮现:

落后的农村，穷困的家庭。父亲抽着旱烟叹息;母亲眉头紧锁，无声地愁苦。那可怜的姐姐嫁给了一个比她大了整整十二岁的男人，不到二十岁就做了妈妈，人前人后若无其事地捧着对大奶子奶孩子。

还有自己，是村子里念书最多的女孩，虽然终未考上大学，但贫苦的家庭使她少了些遗憾和痛苦。

然而，她不想成为姐姐，于是刚满十八岁的她便不顾一切地独自闯荡到了上海。

大上海繁华灿烂光怪陆离。感觉到新鲜和兴奋后，她越来越迷茫。她开始四处奔波，谋求出路，才体验到精彩世界里那残酷的一面。

心灰意冷之际，一个花枝招展的女人用那伪装的热情和善意把她骗进了那间发廊，骗进了那间按摩间。当不怀好意的小老板如饿狼般扑过去的时候，她拼命挣脱出去，慌不择路，撞上了贾伟的轿车。

她整整在医院躺了半个月，这半月间，贾伟专门在医院里请了个陪护照顾她，并每天叫程辉开车给她送去好吃好喝的。他自己也经常抽空去看望她，每次都送她一束鲜花。白雪为自己给贾伟添了不少麻烦感到歉意。

她的纯朴和善良使贾伟倍感亲切。考虑到上海这地方鱼龙混杂，她又举目无亲，贾伟便安排她进了自己公司。

那个刘玫，那么美丽、高傲，却借故跟她发生了冲突，骂她是贾伟的花瓶，结果被贾伟逐出公司。当晚，贾伟带着几分醉意走进她的房间，芬芳的房间瞬时暧昧起来。他当时是否懂得她的温情和沉默？是否懂得她的娇羞和卑怯？她那么勇敢、温顺、紧张地给了他自己的第一次。贾伟对她负责是基于此吧。她知道的。

从此，她白雪的地位变了，成了他的专职情人，和他同住一室，双宿双栖，胜似一对神仙眷侣。贾伟细心地调教她，使她渐渐成为一个雍容华贵、气度不凡、举止得体的成熟女人，随他出入各种大小交际场合，为他添色增彩……

往事如梦如烟，有种不堪回首的甜蜜和伤痛。白雪觉得自己过得一点也不快乐。她爱贾伟，但贾伟已经不爱她了，他正在追逐另外一个女人。

自从他和那个叫叶子的女主持人相识之后，她的生活就发生了翻天覆地的变化，他对她的关心渐渐少了，对她成熟而性感的身体渐渐不感兴趣了。她知道他已经爱上了叶子。她明白她在他心目中已经没有位置了。

白雪站在窗前，灯光映照到她身上，使她变成窗前一帧粉红色的剪影。她望着窗外，美丽的眸子里包含着深深的忧戚。这忧戚仿佛来自某个角落。遥远，但不模糊。

窗外，万家灯火、杯盏飘香、歌声如水。而她，在这座城市没有家，没有一个真正属于她的爱人。她拥有的只是无数个深藏于心的装满甜蜜欢爱和痛苦相思的黑夜。

她站在窗前等待心爱的男人归来。她爱贾伟，为他倾注了全部的热情。她为他付出了全部的爱，把自己的心都掏空了，里面什么都没有了。然而，他似乎毫无觉察，似乎全然无知。

贾伟迟迟未归。白雪知道他一定在陪着叶子。她想：此时，他们在做些什么呢？

他们会不会在做爱呢？………

寂寞和孤独在不经意间聚拢了心怀，令她不知所措。她唯有借酒浇愁，可是相思缠绵入骨，令人黯然消魂。到一种不敢相思的地步，又是一种什么滋味？她已经不敢相思。她已经害怕相思了。

多情自古空余恨。

第3节：久违的性爱

晚会结束后，贾伟开车回到别墅，见白雪正蹲在卫生间哇哇大吐，一边吐一边泪流满面。贾伟轻轻拍着她的背，爱怜地问："雪儿。你是怎么啦？喝这么多酒，还哭了？你到底怎么啦？"

白雪擦去脸上的泪水，惨淡一笑："没什么，就是喝多了点，心里难受。吐了就没事了。"

贾伟心里明白白雪是因为他才酗酒、伤心。他扶白雪到床上躺下，见她脸色苍白，心里有些歉疚，安慰她："睡吧。好好睡一觉，便什么都过去了。"

白雪躺在床上，却怎么也睡不着。她侧过脸来，鼓足勇气问贾伟："阿伟，你是不是不要我了？"

贾伟搂着她："你看你说什么傻话，我怎么会不要你呢？"

白雪说："那你为什么不愿碰我？你说你多久没跟我做爱了？你要是真看上了别的女人，不要我了，就明明白白告诉我，我离开就是了。我最受不了你这种冷落，你说你身边睡着个活生生的女人，你却碰都不想碰她一下，这对她不是一种污辱吗？"

贾伟觉得自己这段时间的确冷落了白雪。他将她搂进自己怀里："是我不好，这段时间太忙，忽略了对你的关爱。"说罢，便开始用行动补偿，深深地吻着她，一双手在她身上所有的动情区域游弋。

贾伟的手带着一种无法描述的魔力，触摸到哪儿，哪儿就引起燃烧。白雪在他的爱抚中颤动了起来，她无言地承受着这种久违的令人身心迷醉的爱抚，感觉自己又回到了梦中。梦继续向狂热和激烈的深处进入，梦中的情节也逐渐加深了渴望的感觉。白雪觉得自己的身子像是变成了一片落叶，在情欲的漩涡里飘荡着，瞬息就要沉没。

白雪不由自主地娇喘着呻吟着，声音也越来越响了。她希望自己变成一个荡妇，能永远给自己心爱的男人带来床第之欢，能永远牢牢地拴住自己心爱的男人。贾伟在白雪放肆的叫床声中亢奋不已，他大展神威，将白雪侍弄得痛快淋漓、欢叫不绝。

完事后，白雪满脸泪水偎在贾伟的怀中。她说不清楚自己这满脸的泪水是幸福还是委屈。但有一点她是清楚的，那就是贾伟心中已经有了另外一个女人，那个女人正逐渐替代她在他心目中的位置。那个女人叫叶子，是 W 市电视台的著名节目主持人。

白雪知道贾伟现在的心思已转移到了叶子身上。他甚至不想跟她做爱了，以示他对叶子的感情是多么的专一、执著，就像当初他有了她从不沾其他女人一样。现在他心里有了叶子，连她也不想沾了。他今晚跟她做爱，也许只不过是一种怜悯和施舍。

白雪忧心如焚，痛苦难当。而对于这一切，贾伟毫无所知。他累坏了，打着呼噜又香又沉地睡着了。

第十三章：情欲疯狂

第 1 节：乐不思蜀

2000 年 9 月 8 日，《都市情恨》将在上海正式开拍。作为《都市情恨》的投资老板，陈明提前一天便带着赵苇来到了上海，准备参加第二天的开机典礼。在叶子的引荐下，W 市电视台《娱乐快递》名记徐美美带着个摄影师也随行去现场采访。

冯小羊、周健、赵苇事先接到陈明电话，带着剧组全体人员早早地便在虹桥机场恭候。他们捧着鲜花，打着横幅迎接他们。接风洗尘宴选在上海国际大酒店，酒桌上气氛融洽，推杯换盏，有说有笑。冯小羊和周健等剧组头头嘴上说得好，是为陈明和徐美美接风洗尘，但最终掏钱埋单的还是陈明自个儿。

酒足饭饱后，陈明、徐美美和摄影师就地下榻在上海国际大酒店。当晚，冰雪聪明、善解人意的赵苇留在酒店，陪伴陈明度过了一个幸福美好、浪漫消魂的夜晚。

次日，《都市情恨》揭开开拍序幕，陈明和冯小羊在拍片现场——浦东外滩主持了开拍仪式。陈明神采飞扬，挥剪在摄像机前留下了光辉灿烂的历史瞬间。徐美美则手持话筒进行现场报道："今天是三十集电视连续剧《都市情恨》的开拍剪彩仪式，即日起这部投资 1500 万，演员阵容强大的电视连续剧就要投入紧张的拍摄了。征得投资方陈明先生和导演冯小羊先生特许，W 市电视台《娱乐快递》获得了独家采访权，现在是徐美美在上海浦东外滩拍摄现场向您发回的现场报道。"

徐美美频频移动方位："现在，站在我身边的就是《都市情恨》导演冯小羊先生。众所周知，冯小羊是全国著名的都市言情剧导演，他导演的电影、电视是票房和收视率的保证。《都市情恨》的投资方是W市嘉客房地产开发公司，现在在镜头前剪彩的就是该公司副总陈明先生，陈明先生是土生土长的上海浦东人，今天他也算是回家探亲了。《都市情恨》的女主角是上海戏剧学院表演系的二年级学生赵苇。十九岁的赵苇在剧中饰演女一号方圆，整部戏都是围绕她展开情节。方圆是位商界女强人，从一位摆地摊的小姑娘到服装公司的老板，再到上海天美集团的董事长，经历过人生无数次挫折和磨难，经历了三次恋爱两次婚姻的惨痛失败，最终在42岁时获得了事业的辉煌成功和爱情的美满幸福。接下来，我们要对《都市情恨》的投资方和剧组导演、编剧、监制以及主要演员分别进行采访……"

陈明在浦东住了几天。每天去片场看赵苇拍戏，为她端茶递水打气鼓劲，收工后双双回到他们的爱巢，翻天覆地地疯狂做爱。

这种只羡鸳鸯不羡仙的日子过得太有滋有味了，以致让陈明留连忘返、乐不思蜀。

可是公司事务繁多，贾伟一人操劳不过来，陈明不想因为爱情误了事业。

临别前，陈明为赵苇买了许多礼物，有钻戒、铂金项链、高档时装、漂亮手袋、进口化妆品，然后将公寓钥匙交给了赵苇，叮嘱道："小苇！拍戏这段日子，你就住我的公寓，这里条件好些，睡得舒服些。我给你留了五万元现金，你可任意支配。不够再给我打电话，我打到你卡上去。我走后，你好好拍戏，争取一炮打响。如果不是公司事务繁忙，我真舍不得离开你。"

赵苇情意绵绵地说："阿明，我也舍不得你离开。你走后，我会想你的。"

陈明动情地说："宝贝，我会经常抽空来看你的。平时我会天天给你打电话。就算我人不在你身边，我的心也是在你身边的。我爱你，宝贝！"

赵苇情意绵绵地将陈明送到机场。俩人说不完的离愁别绪，道不完的别后相思。陈明说："苇苇！你要好好拍戏。过段时间我再来看你。我们的分别是短暂的。"

赵苇乖顺地点着头，然后又在众目睽睽之下抱着陈明热烈地亲吻了一个，含情脉脉地说："阿明哥。我也舍不得你。你一定要抽空来上海看我啊。"

陈明内心无比地感动："你放心，我一定会抽空去看你的。"

那场面让旁人看在眼里，顿时心生了许多羡慕，谁都认为他们是情真意切的一对痴心爱侣。又有谁能真正看出他们之间的貌合神离、同床异梦？

陈明回到W市没多久，又开始想念赵苇了。这天晚上，陈明喝了许多酒，喝醉后把心里所有的欢喜和忧愁都对贾伟吐了出来："阿伟！我看我完了。真的完了。我爱赵苇都爱得要疯狂了，我现在脑子里、心里只有她，我对其他女人毫无兴趣、不屑一顾了。"

贾伟亲切地拍着他肩膀："老弟。真心喜欢一个人是件可喜可贺的事情，蔫不拉叽地干什么？你要是真想赵苇了，随时飞到上海去和她相会就是了，公司的事你不用操心，有我呢！"

陈明说："这段时间公司事忙，等忙过这阵子我再去上海看望一下父母，顺便陪陪赵苇，到时可能要在上海呆个十天半月。"

贾伟说："行。我支持你成全你。你要是真和赵苇结了婚，我一定送份大礼给你们。"

陈明吐着酒气："光这样还不行。我还要你做我们的证婚人。"

贾伟说："好。都依你。你现在听我的，上床去睡觉吧，好好休息一下。你看你都喝成什么样子了。"

贾伟扶陈明进房躺下后，转身要走，陈明一把拽住他的衣角，迷迷糊糊地问："阿伟，你说赵苇会真心爱我吗？会嫁给我吗？"

见陈明一副萎靡不振、难以自拔的样子，贾伟气也不是恨也不是："难道你对自己没信心？"

陈明叹了口气，忧郁地说："她个子比我还高，要是我还能长高一点就好了。听说现在有一种什么增高鞋垫，三十多岁的人穿了都可以长高五六公分。"

贾伟开导他："你别信这个，可能吗？如果发育成型的人穿了增高鞋垫都能增高五六公分，这世上还会有矮个子吗？阿明，只要你是真心爱赵苇，其他的不要去顾忌。真心比什么都可贵。"

贾伟安顿陈明睡下后，叹着气下了楼。他心中有种深深的隐隐的担忧：现在才刚开始，陈明就被赵苇弄得神魂颠倒了，如果以后他在她的情网中越陷越深了，一旦遭遇抛弃，他该如何面对？到了那个时候，他岂不是痛不欲生？

其实，贾伟一直有种不好的直觉，他觉得赵苇根本就是个工于心计的女子，否则不会闪电般和陈明建立特殊的肉欲关系。这种来得太快、来得太容易的爱，往往是虚假的，往往容易带来后悔和失望。

唉，事到如今，也只有骑驴看唱本了。真要是到了伤心的那一天，也只好听天由命了。这世上如水的女子，注定是要毁灭铁血男儿的！

第 2 节：偷情滋味

陈明离开上海后，赵苇就活泼自由了起来。拍戏之余，肆无忌惮海阔天空地和剧组一大帮人游玩，并戏假情真地和剧中的男主角卢毅搞起了地下恋情。

一个有星有月有霓虹的美好夜晚，卢毅主动向赵苇发起了进攻，邀请她去酒吧喝酒。喝到面红耳赤时，便对她表白了爱慕之情。赵苇见这位被众多女明星和女影迷追逐的大帅哥主动追求自己，内心的虚荣无以言表。她仰起漂亮的脸蛋儿，得意地问："你爱我什么呢？"

卢毅花言巧语地说："我爱你的美丽和清纯。我爱你的才华和智慧。我爱你的一切。"

卢毅清楚赵苇不是什么纯情玉女，也清楚她和陈明的关系。他主动追求她，出发点只是以恋爱为由找个性伴侣。这样比花钱找妓女解决生理需要强多了，起码一点既浪漫又安全，运气好说不定还可以从她身上得到更多的实惠，他知道赵苇傍上了一个大款，钱花完了打个电话，那个叫陈明的傻瓜就会汇钱过来。

卢毅相信自己的魅力，每拍一部戏他都会和剧中的女主角发生恋情。当然这种恋情是短暂的，是过眼云烟。他还知道赵苇是个爱慕虚荣的女人，这种女人特别好上手。以他百战百胜的泡妞经验，十拿九稳可以把她征服。果然，赵苇在听了他的一番赞美之辞之后，就如孔雀开屏般对他敞开了心扉。

当晚，俩人打的来到陈明的私家公寓。赵苇开了门，领着卢毅穿过客厅进了卧室。他们俩不用言语，不用暗示，不用挑逗，不用调情，便直奔主题。你帮我脱衣服、我帮你脱裤子，三下五除二，很快就翻滚在一块了。

第一轮巫山云雨后，卢毅对赵苇说刚才只是点心，接下来便是大餐了。赵苇咯咯地笑，像小母鸡下了蛋似的，快活无比，得意非常。

这一夜的秘密欢情令赵苇陶醉不已，小白脸卢毅精力充沛，花样翻新，威猛无比，高高下下、来来往往，弄得她浑身畅快、遍体酥麻，那感觉美妙极了。

这一夜，他们做了三次。赵苇觉得浑身的骨头都被卢毅拆散了。从此，一有机会，他们就鬼混在一起，共同花陈明的钞票，日子过得神仙般快活。

沸腾的情欲因为有意的放纵而汹涌澎湃。在放浪形骸中，赵苇忘记了一切道德堤防。这放纵的情欲是泛滥的、毫无节制的，更是丑陋的、邪恶的、为人们所不齿的。但，这还不算是最紧要的，最紧要的是她居然忽略了陈明，忽略了她花的是他的钞票，住的是他的房子，就连她在剧中饰演的角色也是他给的。

某夜，赵苇和卢毅正在陈明的公寓翻来覆去地做爱时，床头的手机响了，是陈明打来的。陈明在电话里问："宝贝，这段时间你过得开不开心？戏拍得顺不顺利？"

赵苇敷衍道："过得开心，戏也拍得顺利，只是有些寂寞，好想你。"

陈明听赵苇说她想他，高兴得像捡了个大元宝似的，连忙说："宝贝。我也想你。过段日子我就去看你。"

通话结束，赵苇回到现实之中。她困惑地对卢毅说："阿毅。我爱你。可是陈明对我有恩，而且他很爱我。我不知以后该怎么办。"

卢毅说："他爱你无关紧要。问题是你爱不爱他？"

赵苇十分清楚自己根本不爱陈明，只不过想利用他达到自己走红的目的，她说："我不爱他，我怎么会爱他这种人，肚子又大，个子又矮，除了有点钱一无是处。"

卢毅说："阿苇，如果你不爱他，就应该和他保持距离或者疏远他。终身大事切不可儿戏，像陈明那种有钱的款爷，那可是玩弄女性的高手，鬼知道他有多少女人？"

赵苇深思了片刻，说："等拍完这部戏，我就跟陈明分手，但现在不行，他是因为我才投资拍这部戏的，如果我现在跟他分手，他一定会中断投资或更换角色。这部戏对我很重要，我不想失去这个扬名天下的机会！"

赵苇心想只要她成名了，就能得到她所想要的一切，她的命运就会完全改变，变得绚丽多彩，灿烂辉煌。到时，她再跟陈明分手，就毫无顾忌了。

身在 W 市的陈明恐怕做梦也想不到，此时在上海的寓所里，他心爱的女人正和小白脸在他的床上鬼混。他们花样翻新，如胶似漆、共享鱼水之欢……

第3节：带绿帽的大款

在拍戏的过程中，冯小羊越来越反感赵苇，他讨厌她的矫揉造作，讨厌她的风骚放荡。他从她对卢毅戏假情真的眼神、语言和动作中，便感觉到他们早已发生了实质的关系。

冯小羊讨厌玩弄男人感情的女人。这种女人太不道德了，太没良心了。同时，他更讨厌她的华而不实。通过日积月累的了解，他发现赵苇其实是个金玉其外、败絮其中的女人。她并不聪明，悟性也不高，很多时候，一小段其实很好完成的剧情到了她戏份上，总免不了要浪费许多口舌和胶片。一次一次地重拍，既费神又费力，更浪费金钱，还大大地影响了拍戏的进程。

有时，冯小羊忍不住想臭骂她一顿。但又怕她受了委屈会打电话或吹枕边风向陈明诉苦。他可以得罪这个不要脸的小女人，却不能得罪陈明，人家可是投资老板。他知道陈明非常宠爱赵苇，尽管这小女人并不是那么值得他宠爱。

冯小羊在心里替陈明抱不平：一个威风八面的大老板居然爱上了这样一个水性杨花的小女人，被她这虚假的纯情和表面的美丽所迷惑，被她玩弄于股掌之间，实在是太不幸了。

冯小羊为陈明不知不觉戴上了绿帽子感到悲哀，但另一方面，他对自己剧组的男女主角搞地下恋只能睁只眼闭只眼。这是他管不了的事情，只有让陈明做冤大头了。如果将这种不好的消息透露给陈明，搞不好会弄巧成拙、好心办错事。

陈明在 W 市呆了十多天，料理了一下公司的事务，又飞到上海和赵苇相聚。他无法抑制对她的想念。他实在太爱这个风情万种的小情人了。

陈明永远也忘不了与赵苇相处相爱时那种怦然心动的感觉。只要一看到她那出水芙蓉般的漂亮脸蛋，只要一看到她那双含情脉脉的大眼睛，只要一握住她那双白皙细腻润滑的小手，他就会强烈地需要她。就像饿了要东西吃，渴了要水喝，困了要一张温软的床睡觉那样简单，那样说不出理由地需要她。

陈明一到上海便来到拍戏现场。晚上，他在浦东大酒店宴请了冯小羊、周健等剧组的头头，感谢他们对赵苇的关照。饭后，陈明带着赵苇去大商场购物，赵苇看上什么他就给她买什么。他口袋里的钞票如流水般哗哗而去，她脸上的笑容也就如鲜花盛开，变得更漂亮更迷人了。

俩人提着大包小包的物品回到公寓。一进房间，陈明就急不可待地亲吻着赵苇："小宝贝。你可让我想死了。"

赵苇紧紧地贴靠在陈明的怀里，柔情似水、热情如火，一双软若无骨的手臂将他缠绕。她狂热地亲吻着他，然后撒着娇，诉说着这些日子的相思之苦："阿明！你不在身边的这段日子里，你知道我有多孤独多寂寞吗？你知道我孤独寂寞时有多想你吗？我天天想你、夜夜想你、时时刻刻想你，有时我想着想着就落泪了。我想你陪在我身边，我想你好好爱我。"

陈明心里涌起一股暖流，他从未为哪个女人如此感动过。他动情地说："小苇！我的宝贝，我亲爱的宝贝，我亲爱的心肝宝贝！我现在就在你身边，我现在就好好爱你！我不会让你孤独，我不会让你寂寞，我会永远疼你爱你，给你幸福和快乐！"

俩人迅速地为对方剥去了衣服，由于动作太过猛烈，陈明扯断了赵苇的胸罩带子，赵苇扯落了陈明的一颗衬衫纽扣。他们剥葱似的剥了个一丝不挂，就差没把身上的毛也剥下来。

然后，他们贴心贴肉地在床上翻滚着，他们互相往纵深处探索着，那股子浓烈的激情，强盛的欲望，一下子便如火山爆发般迸裂了出来，一发不可收拾。

陈明好久好久没有这么疯狂这么兴奋地做爱了，自从有了赵苇之后，他再没有碰过别的女人。他对她是真心的，当然，他和赵苇做爱时的快活和高潮也是真实的，是由心而发的。

然而，他不知道赵苇是在故作姿态假意奉迎他，她的呻吟、她的快感、她的高潮都是装出来的。在他不在的这些日子里，她和小白脸卢毅没少体验这种疯狂，她跟陈明做爱时，根本就没有那种久旱逢甘雨、如饥似渴的感觉和需要。

云收雨散风平浪静后，陈明搂着赵苇靠在床头歇息。他点了支香烟抽起来，边抽边问赵苇戏拍得顺不顺利，冯小羊对她好不好。赵苇说："进展还算顺利，现在我越拍越得心应手了。开始时还真有些不行，如果没有你的情面，冯导他们可不会对我那么友好和有耐心。"

陈明得意地笑了："那当然，我是老板，第二期、第三期投资还在我手上呢。你是我女朋友，他们敢对你不好吗？得罪了我的心肝宝贝，对他们可没什么好处。"

赵苇在陈明的额头印下一个猩红的唇印："谢谢你，阿明。你对我真好。"

陈明说："宝贝。我对你好是应该的，你是我心爱的女人嘛。我一定要把你捧红，让你名扬天下！"

陈明在上海逗留了一周，给赵苇留下一笔钱，又匆匆飞回 W 市。贾伟笑他："你可真浪漫，别人打的会情人，你是打飞机会情人。"

陈明自嘲："没办法，相思难熬，寂寞难耐。我现在除了赵苇，对其他女人根本不感兴趣了。爱情的力量是无穷的，它可以改变许多东西。"说完，唱起了"天上掉下个林妹妹"的段子。

而此时此刻，他的"林妹妹"正在上海用他留下的钱陪卢毅逛商场买进口名牌西服，正一门心思地打扮她的小白脸。

第十四章：选举风波

第 1 节：有意栽培

秦武自从在拉普曼高尔夫休闲运动俱乐部过了一个美好的夜晚之后，就时常抽空光顾"拉普曼"，打打高尔夫球，洗洗桑拿浴，过过具有实质内容的"夜生活"。

钱峰表面上对这位大权在握的堂堂副市长有求必应，内心却痛恨鄙夷至极。这家伙太贪了，不但贪财，而且更贪色。他已祸害了他手下两名货真价实的处女，而这两名处女的童贞是用每人 10 万元的高价买断的。

钱峰觉得自己做了一件伤天害理的事情，好在现在的女子不在乎贞操，崇尚的是金钱和享受。他在办这件事时并没费多少口舌，也没遇到什么麻烦，更没留下什么后患，完全是一种你情我愿、互通有无的公平买卖。

这天又是周末，秦武坐着小车又来到"拉普曼"。临出发前，他给钱峰打了个电话，告诉钱峰他十一点左右到。言下之意是叫钱峰准备好丰盛的午餐，不要忙别的事情，留在俱乐部专心侍奉他。

钱峰是个聪明人，决定好好利用秦武一次，随后他立即给城北区几位区府官员打了电话，明明白白告诉他们今天秦副市长要来"拉普曼"视察工作，希望他们前来作陪。

钱峰这么做的目的，就是要几位区府头头知道他和秦武的关系，好营造出一种"朝中有人"高人一头的气势。这样一来，在今年这次区商会主席换届选举中，区府的头头们就不会跟他作对。只要他能得到秦副市长的提携和几位区府头头的扶持，就一定能在这届城北区商会主席换届选举中稳操胜券。

几位区府头头听说秦副市长要来"拉普曼"视察，巴结都来不及，哪敢不给面子，立即驱车赶到"拉普曼"。钱峰热情地款待了他们。他们喝着茶聊着天，说着恭维话，屁股还没坐热，秦武便乘坐他的专车来了，几位区府官员纷纷起身到门口恭迎。

午餐很丰盛，酒菜都是最高档的。有红烧穿山甲、红烧野猪肉、清蒸白鹤、清炖野生山龟……这帮官员平时吃腻了大鱼大肉生猛海鲜，最喜好的就是这口儿山珍野味。这些东西原始而天然，不但没有污染，而且能滋阴壮阳，增强性功能。

对于最后一个功效，官员们是最痴迷的。因为他们都多多少少有点儿年老体衰了，如果不借助药物或其他生物的滋补，很难驾驭得了一个比一个年轻妖娆性感风骚、丰乳肥臀的美女们。

酒过三巡，秦武对区党委书记姜龙说："姜书记。钱峰可是你们城北区的大能人啊，他为城北区的社会福利事业做了不少贡献。而且他还是区政协委员和区人大代表，过不久城北区商会主席就要进行换届选举了。我认为钱峰是这一届商会主席的最佳人选。像钱峰这样年轻有能力对社会作出过巨大贡献的基层干部，你们应该多给他压担子，多锻炼锻炼。"

姜龙心领神会。既然秦副市长开了口，他断然没有抗拒的余地，何不做个顺水人情，既给了秦副市长面子，又帮了钱峰的忙，到时候可以左右逢源。只要和秦副市长攀上关系，他日后进市领导班子就有希望。另外只要帮了钱峰，日后这位大款自然也少不了他的好处。因此，他当面表态："秦副市长请放心。以钱峰的才华和对城北区作出的贡献，我相信他一定会得到大家的支持的！"姜龙说完，盯着区长曾凡和几位副区长，将难题转嫁给几位同僚："你们认为呢？"

曾凡和几位副区长自然也知道成人之美，异口同声表示赞同秦副市长和姜书记的提议。

饭后，钱峰安排区长曾凡和几位副区长在一间豪华休息室休息，备好了瓜果、茶水和高档香烟，然后将秦武和姜龙单独请进另外一个休息室。

秦武叮嘱姜龙："这次城北区商会主席换届选举你一定要帮助钱峰。我的本意是让钱峰先当选区商会主席，在商会主席的位子上先锻炼几年，多做出点成绩，以后我再安排他到区政府担任个职务，先弄块跳板吧，一步一步来。"

姜龙连连点头："我会尽力相助，不过钱峰要先活动活动。到时只要选票到位，我就好替他说话了。"

钱峰说："选票不成问题。城北区的商会代表们我都熟悉，改天我请他们吃顿饭，联络联络感情，他们都会投我一票。"

密谋之后，三人出了休息室，换上服装去打高尔夫球。收了杆，钱峰不失时机地吹捧秦武球艺大有长进，再稍加锻炼，恐怕他这个老师就不是对手了。

秦武高兴地哈哈大笑："是吗？果真如此，那可真是青出于蓝而胜于蓝了。"

三人将球杆和服装放回工具室，又一同去洗桑拿。钱峰照例叫了三个漂亮女子为他们擦洗身子和按摩。一个多时辰后，他们容光焕发、精神抖擞地出了桑拿中心，来到休息室。姜龙等人正在海阔天空地聊天，话题是某某省一位什么大官因为情人最后被送上了断头台。秦武一进来，姜龙等人便立即停止了话题。起身向秦副市长问好。

秦武笑道："气氛不错嘛，大家聊得这么开心。干吗我一来就不聊了？把我当外人了？"

姜龙满脸堆笑道："岂敢，岂敢？只不过我们的话题有伤大雅，不便在领导面前摆谈。"

秦武说："风花雪月、附庸风雅，自古以来便是男人们的至爱。工作之余谈一谈这类话题也没有什么大不了的。别这么紧张嘛。领导也是凡人嘛，领导也是有七情六欲的嘛。"

大家便都点头微笑，觉得秦武这样的领导很好相处。

钱峰说："接下来大家要不要搞点什么娱乐活动，比如打打麻将，斗斗地主？"

秦武说："小钱啊，他们个个都是党员、干部。你就别给他们出这馊主意了。党员干部是不允许赌博的！"

钱峰说："那就接着喝茶聊天吧，或者去 KTV 唱唱歌。我这里也有歌舞厅，不过档次不是 W 市最高的。吃过晚饭，我带大家去隆豪夜总会。那是全市最高档的娱乐场所。"

秦武说："这主意不错，钱峰，大家今天都来为你捧场，说明都把你当朋友。我看你应该请大家去隆豪好好玩一次吧。"

钱峰点头说："好。我听秦副市长的。大家如果给我和秦副市长面子，就赏脸玩个开心。"

众官员哄然大笑。笑得开心，笑得滋润，笑得心领神会。

第 2 节：大款气度

晚餐照样觥筹交错、热闹非常。酒过数巡，官场上互相恭维互相奉承吹牛拍马八面玲珑的话，你说过来我说过去，谁也不觉得脸红。

酒足饭饱后，官员们一个个打着饱嗝从钱峰的俱乐部鱼贯而出，纷纷上了小轿车，浩浩荡荡、气势非凡地开往隆豪夜总会。

数辆小轿车在隆豪夜总会门外一溜儿排开，大官小官亲密无间地进了夜总会。钱峰选了一个豪华气派的顶级大包房，按人头叫了几杯"马天尼"醒胃酒，又叫了几位漂亮小姐。然后大大方方叫小姐们自己点饮料，喜欢喝什么点什么。

隆豪夜总会的小姐是 W 市最高档最漂亮的，她们有无数令男人们疯狂痴迷的优点。

她们的脸蛋精致美丽；她们的身材曲线流畅、柔美多姿；她们的肌肤白皙红润、富有弹性；她们的眼神顾盼生辉、妩媚动人；她们的双手柔若无骨，却又无微不至、无孔不入、无坚不摧。

她们忠于她们的事业，每天都充满激情，并且童叟无欺。她们可以称呼任何一个不论年老年少不管英俊丑陋的男人为"老公"。如果要评职业道德的话，她们是这世上最讲职业道德的。只要给钱，来者不拒。

这群身份特殊的男人和这群身份特殊的女人配合得非常默契，玩得非常开心。各取所需、心照不宣。

由于喝了醒胃酒，这些人越玩越清醒，越玩越来劲，他们被妖娆放荡、训练有素的三陪小姐撩拨得不可自持，有一种急于要排泄的欲望。

钱峰从官员们的表情中看出了他们的心思，于是提议大家早点休息。少爷刷卡回来，将金卡和发票一并交到他手中。

钱峰一看发票，今晚一共消费了 18800 元，便洒脱地笑了笑："18800 元，好吉利的数字。"言罢率众离去。

钱峰深深地体会到了金钱的重要性和它至高无上的威力。在花钱的场面上他是老

132

大，身边的这些高官个个都得受他统率。他的虚荣心得到了极大的张扬和满足。

他想：如果今后我当上了区商会主席，一定会将金钱和权力的功效，相得益彰地发挥到极限。我要把官越做越大。我要让钱越滚越多！

第3节：狐朋狗友

半月后一个风和日丽的舒爽日子，董天海带着贴身保镖开车去拉普曼高尔夫休闲俱乐部打高尔夫球。临行前他给钱峰打了个电话，钱峰说："热烈欢迎，咱哥俩好久没聚一聚了，见面好好聊聊，再好好喝两杯。"

绿草茵茵的球场一望无际，董天海和钱峰潇洒地挥着球杆，白色的小球在阳光下飞旋着闪耀着跳跃着。打了几轮，俩人坐在太阳伞下稍事歇息，一边喝着进口香槟，一边聊起了彼此感兴趣的话题。

董天海问钱峰："最近你和秦副市长的关系进展得如何？"

钱峰说："董哥不是外人，我没必要对你隐瞒。我跟秦副市长的关系倒是不错，但出血也出大了。他每次来我这里，我要尽心尽力款待他吃喝玩乐不说，单单他直接从我手中得到的好处费就有这个数。"

钱峰伸出了一根手指。

董天海吃了一惊：100万？

钱峰点了点头。

董天海感慨道："这家伙也太贪了。不过，你若真的和他攀上了交情，这区区100万也算不得什么。对了，这次商会主席换届选举的前提工作，你准备得怎么样了？"

钱峰说："一切都按照我的意愿行事。秦武已经跟区委书记和区长打了招呼。另外，我已经和区商会的代表们联络好了感情。这帮人平时跟我交情不错，他们帮我分析了一下，认为这次竞争商会主席的候选人有三个，要想立于不败之地，首先一定要在预选中稳操胜券过好第一关。所以，背地里我给全区商会代表们打电话通了气，他们答应了在预选中一定投我一票。只要预选成功，接下来的事情就好办了。"

董天海说："秦武也真是的，他真要有心帮你，起码应该给你弄个副镇长当当嘛，区商会主席不过是个虚职，没多大意思。"

钱峰不以为然说："这样影响不好，我现在只不过是个村委会主任，没有什么官场资历，秦副市长如果一下子给我弄个副镇长当，那是要惹人非议的。"

董天海"嗤"的一声笑了："兄弟，不是老哥给你泼冷水，你别把事情想得太美，如今的官，说好当又不好当。不活动的是傻瓜，关键是看谁的关系铁、能量大。现在中央加大了反腐力度，你看看这几年毙了多少政府要员？胡长清、成克杰、王怀中……这些贪官哪个不是位高权重、利欲熏心、死有余辜？他们风光的时候是风光，但东窗事发时就什么都没有了，那真是千夫所指、遗臭万年啊！"

钱峰不满地说："董哥。你说句吉利话吧，什么枪毙不枪毙、倒霉不倒霉的？我当了官，我不贪，谁能找我麻烦？我又不缺钱。"

董天海说："老弟。忠言逆耳。你要听好听的，我也会说。但我们是哥们儿，我觉得对你说实在话更有益。你说你当了官不贪，恐怕这只是你现在的说法。一旦你以后官做大了，你就身不由己了。你就是不贪，别人也有办法把你拉下水。再说了，这世上来得容易的金钱和享受，有几个人能够抗拒？"

钱峰不语，他不喜欢听董天海说这些扫兴话，但他又不好得罪他。只在心里打定主意，以后当了官少跟这种黑老粗打交道。

第4节：竞选成功

时间一天一天地流逝，城北区商会主席换届选举一天天逼近。钱峰为了能在这次选举中万无一失，一方面频频与区领导沟通，一方面频频与全区的商会代表们进行"勾兑"。

选举前夕，钱峰搬来了秦武，邀上区领导到"拉普曼"俱乐部玩乐。秦武暗示手下官员在选举时一定要支持钱峰，在场官员拍着胸脯说没问题。

次日，城北区商会主席换届选举如期隆重召开。当天预选结果，钱峰得票最多，预选成功。

钱峰松了一口气，但那颗悬着的心还是没有落地，因为他知道越到最后越关键。当天晚上，他再次宴请了部分领导和商会代表。并将他们安排到大酒店住宿。

第二天，正式选举开始。下午唱票结果，钱峰在三个候选人中得票遥遥领先，如愿当上了城北区商会主席。

选举结束后，区、乡、镇、街道领导和大部分商会代表向钱峰道贺。钱峰在大酒店设宴请客，给每位"朋友"发了个大礼包。"朋友们"对钱区长的慷慨大方非常满意。

钱峰当选后，秦武给他打来电话表示祝贺："恭喜你！如愿当上商会主席。好好干，你还年轻，前途无量。"

钱峰高兴地说："谢谢秦副市长大力扶持。什么时候有空，到俱乐部来好好玩玩。"

秦武说："好的。你好好干出点成绩，我会把你的事情放在心上的。"

钱峰信誓旦旦地说："请秦副市长放心！我一定干出成绩来！不给您脸上抹黑！城北区商会随时欢迎您来指导工作。"

秦武说："好了，不多说了。你好好投入工作。新官上任三把火，一定要干出点成绩来，这样才能服众，晓得吗？"

钱峰说："晓得。感谢秦副市长教诲。"

钱峰和秦武刚结束通话，董天海打了过来，向他表示祝贺说："老弟。恭喜你当选商会主席。老弟日后一定会平步青云、官运亨通的。"

钱峰笑道："多谢吉言。无论我如何变化，你始终是我大哥。"

董天海大笑："好。就凭你这句话，你这兄弟我没白交！"

钱峰急欲尽快和董天海这个大老粗结束通话。他怕他狗嘴吐不出象牙又乱说一通，给他带来晦气。另外，他觉得自己现在好歹是个商会主席了，不宜与黑道人物称兄道弟，于是便说："董哥，我现在要办公，正忙，以后再聊吧。"

董天海明显感觉到了钱峰的冷淡，心里非常愤恨，心想你他妈的当了个小小的区商会主席就开始不认人了？但他只淡淡地说了声"好的"，便抢先挂断了电话。

钱峰当上城北区商会主席之后，着实风光了一阵，他春风得意地上蹿下跳，频频出席各种商业剪彩、召开会议，俨然把自己当做了一颗闪亮的政界新星。在有意无意间，他跟董天海这个大老黑大老粗的距离越拉越远了，殊不知他在冷落董天海的时候，便给自己埋下了祸根。

这世上有三类人得罪不起，第一类是有权有势的人，第二类是恶人，第三类是小人。这三类人是报复心最强的人，只要一逮着机会，他便会往死里整治你！让你永世不得翻身！

第十五章：脉脉温情

第 1 节：失宠的泪水

贾伟和叶子的感情与日俱增。虽然叶子没对贾伟表露过什么，但贾伟看得出她喜欢他。起码她有什么需要帮忙的事情首先会想到他，另外有什么高兴或烦恼的事情也会找他倾诉。

这天，叶子打电话约贾伟去城北老城逛逛。她说市政府已出台了改造城北老城的政策，一年之后，城北老城的五万多居民就要全部搬迁到新城区去，她想把老城的旧貌拍摄下来，制作一盘 Video，作为永久的纪念。

难得叶子有如此雅兴，贾伟求之不得，带上一台刚买不久的网络数码摄录机，开车来到约定见面的馨缘茶楼，俩人喝了会儿茶，便驱车往城北。主城区离城北老城也就隔条江，直线距离不到千米。但就是这短短的距离，造成了主城区与城北老城的天壤之别。一边是繁华如梦，一边是落后不堪。

叶子将她拍摄的几盘带子带回电视台，剪辑出一辑有特别意义和收藏价值的民间自制纪录片，并送给贾伟一盘。贾伟拿回来放了一遍，觉得挺有意思。

贾伟立即给叶子打了个电话，谈了自己的感受，说了一大堆夸赞的话，当然也谈了点美中不足。他说："叶子，我觉得如果有点故事情节就更生动更立体了，就真的有点像个纪录片了。"

叶子说："这好办啊。城北有故事的人多着呢。就那几位老寿星，把他们的故事加进去，一定是部生动的民间电影。你知道吗？现在全国各大电视台最流行百姓自拍节目，我们台也新开了一个《民间 E 线栏目》，专门播放百姓自拍的 Video，旅游、纪事、人物等等纪录片都在受欢迎之列。还评奖呢。我打算把我们拍的这盘带子送去碰碰运气，特别关注奖可以获得一万元奖金。"

贾伟说："好啊，那我们就冲着这一万元奖金去吧。改天我们再去一趟城北，把内容再丰富一下，把人物思想和对老城的眷恋之情，以及对新城新生活的憧憬和向往再丰满一下。我相信是可以拿大奖的，因为这个题材非常有现实意义，而且与主旋律息息相关。"

叶子笑了："你这家伙，还真有点头脑。"

贾伟说："那当然。做生意的人要是没头脑，怎能立于不败之地？"

叶子笑："臭美。就爱自卖自夸。"

贾伟和叶子煲电话粥时，白雪正在网上聊天。她的电脑桌与房间座机很近，贾伟的话她听得一清二楚。事先，贾伟也没想过要避讳白雪，他觉得他和叶子的交往正大光明，如果搞得神神秘秘反而像做了什么见不得人的事情似的，让白雪费猜疑。

但他没想到这样做同样会让白雪伤心，自己心爱的男人跟另外一个女人有说有笑，不论他们是朋友也好，情人也罢，都会让她伤心。

不知从什么时候起，上网聊天成为白雪生活的一部分，大段大段的生命空白就这样在虚拟的网络世界中打发了。本来这些空白应该由身边这个她心爱的男人来填补的。

今晚贾伟和叶子的亲密、暧昧关系彻底打乱了她的心绪。她对所有的网友都不友好，把贾伟给她的冷落和忧伤全转嫁给了网友们。她甚至对一个自称还是个童男子想与她发展感情的男生破口大骂："去死吧！童男子又不值钱！谁稀罕你呀！！！"

白雪开的是语音聊天，她故意将话筒声音开得很大，大得盖过了贾伟和叶子的对话声。叶子听到了白雪在骂人，便尴尬地对贾伟说："别聊了，这么晚了，好好陪白雪吧。我猜想你一定是对她不好，才让她大动肝火的。"

贾伟说："她在上网呢，她在骂网友，她常这样。她是个小辣椒。她有个网名就叫小辣椒，谁惹了她，她就骂谁。"

叶子善解人意地说："如果她心情好，会这样吗？你以前不是说她是个非常温柔善良的女子吗？你啊，不懂女人的心。她这都是被你闹的。"

叶子自顾断了通话。贾伟听着听筒里嘟嘟的忙音，叹口气放下电话，走到白雪身边，果然见她脸上有晶莹闪亮的东西。

那是湿湿的咸咸的涩涩的泪水。

第2节：为爱痴狂

几天后，叶子又抽空和贾伟去了一趟城北，还请来了台里的王牌摄影师小郭。

小郭不愧是王牌摄影师，他摄录下来的镜头比叶子的更具视觉效果和冲击力，无论是选角还是取景都比叶子更具品位。忙碌了几个小时，补充了若干细节与情节，采访算是大功告成。

贾伟将车开回市区，进了饭店，小郭和叶子毫不客气，点了许多喜欢吃的菜。酒菜上齐后，小郭搓着手说："这太丰盛了，都不知该先向哪儿下筷子。其实，点这么多菜，我们也吃不完啊，叶子，你说我们是不是有点太浪费了？"

叶子笑着对小郭说："反正有贾伟埋单，他是大老板，我们难得宰他一回，不宰白不宰。"末了，又加上一句："小郭！你知道有钱人的心态吗？人家追求的就是个铺张浪费。你跟他一起吃饭，若不捡最贵的点、最好的点、多多的点，他还认为你不给面子呢。你不知道，有钱人都这样，你若为他节约，他准以为你小瞧了他！"

一番话说得贾伟张大了嘴巴："天哪，叶子。你也太损我了吧？在你眼里，我就是这么个暴发户形象吗？"

叶子开心地笑道："那当然。你本来就是暴发户嘛！住别墅、开大奔、开林肯、吃山珍海味、穿世界名牌，完全是个货真价实的剥削阶级。要是现在时兴斗地主，我非斗死你不可！现在狠狠吃你一顿，那还算是便宜你了！"

贾伟故作夸张地说："哟！叶子！看不出你还很歹毒的，难怪别人说世间最毒妇人心，看来你也是个歹毒的女人。"

叶子对贾伟凤眼一瞪，娇嗔地说："你骂人了。罚酒！"

贾伟不依："是你先骂我是剥削阶级的，要罚得先罚自己！"

叶子狡黠地笑道："我这不叫骂人，剥削阶级在当今时代是褒义词了。邓小平同志说了，要让一部分人先富起来。你难道不知道做剥削阶级就是响应这个伟大的历史号召？"

贾伟说叶子是强词夺理，叫小郭评评理。小郭笑着说："贾总，我觉得叶子说得对啊，因为我也是个穷人，见着那些富得流油的，就恨不得啃上一大口。所以，我当然和叶子站在同一立场！"

"哈哈，哈哈，怎么样？我有同盟，你是孤军作战。"叶子歪头歪脑地笑着，那小模样儿，很是得意，也很是迷人。

贾伟故作伤感地叹了口气，对小郭说："我忘了一句名言——男人永远是帮漂亮女人说话的。换言之便是重色轻友。唉，我认了，早该知道小郭就是这种家伙！"说着把满满一大杯酒喝了。

小郭笑道："贾总，你又说错了。重色轻友用在我跟叶子身上不恰当。我是癞蛤蟆，叶子是白天鹅，叶子跟我永远不会来电。跟你嘛，还有可能。所以，你得再罚一杯酒！否则，我告你诽谤！"

贾伟便又自罚了一杯酒。笑道："我今天是秀才遇到兵，有理也说不清了。"

三人嬉闹了一阵后，叶子说起了电视台的事情，她说电视台又要新增一个全新的生活栏目，叫《时尚潮流》，每周三播出。台领导打算让她兼任《时尚潮流》的主持，台领导认为只有她能担此大任，并期待她打响第一炮。

　　叶子感叹道："其实，台领导也太高看我了。我现在压力很大，这第一期节目连嘉宾都没物色好，再过三天就要播出了。你们别看我在笑，其实我现在愁死了，笑也是强颜欢笑。"

　　小郭劝叶子："别犯愁，车到山前必有路，凭你的才华和多年的主持经验，一定可以把《时尚潮流》操作成一个名牌栏目。至于这第一期的嘉宾，我看你谁也别找了，就找阿伟，放着这么个大人才不用，你真是忙晕了头了。"

　　一语惊醒梦中人，叶子高兴地叫了起来："对啊，我怎么忘了阿伟呢。阿伟！你见多识广，口才又好，一定可以配合我打响这第一炮。第一期的主题我已经策划好了，就围绕什么是时尚潮流展开讨论。吃完饭你送我回电视台，我把节目的大纲给你先熟悉一下，不打无准备之仗。"

　　贾伟连连推却："不行，不行。你们也把我想像得太完美了吧。做节目这第一炮可是关键，我担当不了这个大任。叶子，我看你还是另请高明吧。"

　　叶子见贾伟打退堂鼓，生气地将酒杯一蹾："你还算不算朋友？还讲不讲义气？求你这么件小事，居然给我泼冷水。你要是不答应，我们就没得朋友做了！"

　　贾伟见叶子生气了，忙答应试试看，尽力而为。叶子笑了："这还差不多。"

　　贾伟叹了口气："唉，这世上变化最快的，恐怕就数女人的脸了。一会儿阴云密布，电闪雷鸣。一会儿又晴空万里，彩霞满天。"

　　叶子说："那你就好好加强自身修养，学会怎么哄女人开心，永远让她开心，这样你不就看不到她阴云密布、电闪雷鸣的样子了吗？"

　　晚上贾伟一回别墅，就把自己关在套房啃台词，啃得废寝忘食的。

　　晚餐时，小张和程辉上楼催了他两次，他敷衍着说马上下来，但就是不见动身。最后还是白雪硬把他拽下楼，拉到了餐桌前。

　　饭后，他顾不上一直喜欢、集集没落的《笑傲江湖》，一头扎进套房并吩咐程辉改天给他租 DVD 光盘回来看。

　　白雪看完两集电视，回房见贾伟还在啃台词，便酸溜溜地说："不就上电视做回嘉宾吗？值得你这样卖力吗？"

　　贾伟说："你不懂。后天就要录制节目，时间很紧。再说这是新栏目，又是第一辑节目，事关重大，我不能等闲视之。"

　　白雪不以为然："以你的智商，不至于这么用功吧？"

贾伟说："这是个我平时并不太关心的话题，探讨什么是时尚潮流。我得酝酿酝酿。否则到时上场，连话都不会说了，不但砸了叶子的节目，自己也丢人啊！"

白雪无语了，心里却挺不是滋味。她从没见贾伟做事情这么紧张这么在意过，哪怕是几千万的大生意，他也是谈笑风生游刃有余。若不是因为喜欢叶子，他有必要如此上心吗？会如此上心吗？

唉，这男人的心啊，一旦装进了某个女人，便也就像着了魔般，要受对方奴役了。而她自己，又何尝不是如此？为情所迷，为爱所困！

这人世间的情爱，真的就这么教人痴狂么？

第3节：侃谈时尚

星期三下午两点，贾伟在别墅刚吃过午饭，就接到叶子电话，叫他速去电视台录制节目。他们在一间休息室，探讨了两个时辰，然后进演播室进行节目试录。

叶子提醒贾伟不要紧张，自由放松，和上次一样，随心所欲交谈，轻松自如发挥。贾伟说："行了行了，别给我施压了。你就展开话题吧。我再笨，但一问一答，随声附和还是会的。"

摄像机镜头里，是叶子亲切温和的笑脸："观众朋友们！今天W市电视台一个全新的生活栏目——《时尚潮流》跟大家见面了。现在，每个电视台都有自己的主导栏目，而生活栏目是必不可少的。作为《时尚潮流》的主持人，我力争将这个栏目办得独具特色，给大家带来全新的视觉感受。今天是《时尚潮流》第一辑节目，我们栏目组从W市大街小巷拍摄到了许多最新最动态的镜头，看了这组镜头，观众朋友们可以大致了解我们身边的潮流变化。今天我们节目现场请来了一位嘉宾，他就是嘉客房地产开发公司的总经理贾伟。贾总曾在北京、海南、上海等引导时代潮流的前沿城市都有过生意投资，见多识广，对中国各大城市的对比差异了如指掌。"

在镜头前，贾伟微笑着对观众致意："观众朋友们！晚上好。很高兴来到节目现场，和主持人叶子聊天。我之所以说聊天而不说讨论，是因为接下来我们的看法和观点并不一定正确。为免有误导之嫌，因此事先声明，希望大家抱着一种轻松休闲的态度收看这个节目，也希望这个节目能给大家带来欢乐，带去美好的精神食粮！"

叶子一听贾伟的开场白，就知道他已进入状态，她微笑着说："贾总说得没错，大家可以把这个节目看成是一个聊天、对话节目，今后每个观众都可以报名参与到节目现场来，只要你对自己有信心。我们的嘉宾可以是一个，也可以是多个，视节目内容而定。"

接下来，开始言归正传。叶子说："什么是时尚？一说起时尚，人们就会想起时下满街超级肥大的牛仔裤、色彩鲜艳的T恤衫、染成各色的奇形怪状的头发、半遮半掩放荡不羁的表情。一说起时尚，人们免不了要把它和炫紫的口红、银彩的眼影、露背露脐的服装、军绿色板裤、松糕鞋、五彩电脑、水灵灵的MM（妹妹）、帅呆呆的GG（哥哥）联系在一起。贾伟，你认为时尚究竟是什么呢？"

贾伟说："时尚似乎就是疯狂。时尚似乎就是放纵。时尚似乎就是随心所欲。时尚似乎就是老大爷老太太们不屑与鄙夷的神情，但同时似乎又是跟潮，又是追风，又是人云亦云，又是小姑娘小伙子们津津乐道的内容。时尚究竟是什么？恐怕谁也说不清楚。但是有一点，我们得承认，那就是在我们的观念里，时尚被误解了。在现实生活中，时尚被粗暴地对待着。时尚不应该仅仅是潮流，它需要富有个性的创造，是个性的张扬。时尚也绝不仅仅是新奇，它应该包含更多更深厚的文化底蕴。"

叶子说："没错。时尚应该是一种成熟的生活态度，时尚应该是一些品位的升华。在这样一个全新的时代，我们需要什么样的时尚，恐怕不仅仅是时尚本身的问题了。有人说到了二十一世纪，就是亚洲文化风行的世纪。随着中国现代化进程的不断深化，我国都市生活文化呈现出蓬勃发展的多元态势。各种流行时尚此起彼伏，点缀着现代都市生活的缤纷色彩。可是所谓的时尚，却大多是西洋或东洋的舶来品，很少见到我们自己民族风格的印记。这不禁让我们思索这样一个问题——以中华民族五千年文化的深厚积淀，以日益发展的巨大市场，我们究竟应该怎样来建构自己的都市生活主流文化？"

贾伟说："其实，这在很大程度上就体现为时尚。我们是整天跟在别人屁股后面高唱流行歌曲，还是重振往日文化雄风，做一回有自己本土特色的真正时尚的主人？随着市场经济的健康、持续发展，随着都市文化生活开始寻根并逐渐走向成熟，这种对本土流行时尚风格的呼唤，已被越来越多的有识之士所重视！"

叶子说："贾总言之有理，我也认为当今的时尚既不是简单地回归远古与民俗，也不是刻板地抄袭外国文化。应以弘扬民族文化为根基，融入现代文化特色和社会现实，吸收、借鉴国外时尚趋势及其文化精髓。"

贾伟说："我认为现代生活的最大敌人就是缺乏创造性。这主要表现在流行文化上，媒体的炒作和明星的示范。从过去到现在，阵阵模仿风可谓此起彼伏。先是流行港台风，后是流行欧美风，最后又流行日韩风。如今，国内时尚类媒体正在迅速崛起，我们有理由相信，在今后的都市流行风尚中，一定会有我们自己的中国风！"

叶子："其实时尚完全没有标准，它完全是个人的喜好。比如，现在我们国家盛行瘦身减肥。不知从何时起，各类减肥产品的广告铺天盖地，减肥器材、瘦身衣、减肥茶、减肥食品粉墨登场。商家们无休无止的观点炒作极具煽情性,它们传递着一个共同的信息——要让体内的脂肪燃烧起来。有一种不把世人都塑成魔鬼身材决不罢休的决心。于是,减肥、瘦身、塑身的呼声越来越高。禁不住减肥产品广告的煽情,对镜自'检'的人们总是能挑出自身的不足。本来嘛,那种有着一副魔鬼身材的尤物,全天下又有多少?凤毛麟角仅有的几个,也都成了封面女郎和影视明星。在被现代影视技术美化了的美女的刺激下,企盼着人比黄花瘦的女子与日俱增。只可惜,或许是遗传基因起作用,常常是瘦了腰包不瘦身,或是一瘦皆瘦,乳不再丰、臀不再肥,弄巧成拙。唯一大见成效的是瘪了自己的腰包,鼓了商家的钱袋。"

贾伟说:"在欧美各国,现在流行的是丰满健康的美女,以前三围34-24-34的姑娘们无人理会无人问津,因为没人知道该设计什么样的衣服来满足如此丰满的体形,可如今她们在欧美却迅速走红。过去猎星人的眼光都集中在平胸小臀的美人身上,现在却不一样了,丰乳肥臀才是美。有关人士预测欧美的这股丰满美女风将很快进入东亚,到时候增肥产品将会风卷残云般卷走当今盛行的减肥产品,掏空的将是骨感美女的腰包。"

叶子接过话头:"新的审美标准对那些追求时尚的女孩子来说,倒是一件好事,她们不需要再殚精竭虑地减肥。以前社会普遍以瘦为美,丰腴的女人感到有一种压力,以致她们不得不放弃健康,只为拥有瘦削的身材。今后,臀部丰满的女人不必再去做手术去掉臀部的脂肪了,丰满的臀部使人显得青春娇媚,一些女子也不必再为拥有一双瘦腿而苦苦节食了,健康匀称的双腿才是美丽的。"

贾伟发表看法:"其实,人的身体是胖一点好,还是瘦一点好,一千个人会有一千个标准。燕瘦环肥,各有所爱。在情人的眼里,胖是丰腴,瘦是苗条,都是一样的婀娜多姿。我们首先见到的是健康的女人,然后才有资格谈美丽。"

叶子最后总结,作画龙点睛的评述:"观众朋友们,真正的时尚永远在你自己心目中,我们既不要盲目地去追求,也不要刻意地去模仿,自然而然永远是最美和最好的……"

第4节:身心愉悦

节目录制一次通过,节目部主任袁祥和摄影师小郭不约而同地鼓起掌来,袁祥夸赞贾伟:"贾总,哪天你不做老板了,干脆到我们电视台来做主持人算了。我发觉你具有非凡的主持天才,稍加琢磨定能成大器。"

贾伟笑道:"你别恭维我了。我清楚自己的水平。要不是跟叶子合作,我根本就不可能发挥得这么好。"

袁祥笑了起来："贾总，这么说你的口才和机智幽默，都是叶子带给你启发的？"

贾伟说："是啊！和叶子在一起，很轻松很自然，水平也就能超常发挥。换了和其他主持人合作，我就不一定会发挥得这么好了。"

小郭听出贾伟的话中之意，便笑叶子："叶子，我看你别东挑西拣了，嫁给贾总算了。他高大英俊、风流倜傥、年轻富有，更重要的是跟你配合默契、有共同语言，这样的男人到哪里去找？"

袁祥拍了拍贾伟的肩膀，鼓动说："贾总，叶子可是我们台里的美女加才女，追她的人多着呢，不过她一个也看不上。我看你们挺有缘的，加把劲吧，错过了机会，可就后悔莫及喽！"

贾伟望着叶子，淡淡地笑了笑。叶子脸一红，不悦地冲袁祥和小郭嚷了起来："你们胡说八道什么啊。人家早有女朋友了。你们想叫我做第三者啊？"

袁祥和小郭叹了口气，不再吭声了。

当晚，贾伟盛情邀请叶子、袁祥和小郭一起去"大上海"用餐。"大上海"是一家上海人在 W 市投资的酒楼，以大型规模和豪华气派的装修吸引高消费顾客。酒楼集川、粤、沪三地美食于一身，生意红火。

在雅间，贾伟发扬民主作风，将菜单递给叶子，叫她和两位同事各点了几道各自喜欢吃的菜。最后，他加点了麒麟鳜鱼、银雪鱼、大龙虾、海蟹等几道特色海鲜。

袁祥见贾伟点了这么多大菜，很过意不去，毕竟贾伟是来帮电视台做节目的，没要分文报酬，纯粹是看在叶子的分上帮忙，按道理应该他们请贾伟吃饭，结果做东的反倒是贾伟。于是委婉地说："贾总，简单点，别弄这么丰盛，吃不完浪费了可惜。"

小郭也不好意思地说："贾总。你无偿地帮我们做节目，还请我们吃饭，按理应该我们请你才对。"

贾伟说："别说见外话，我们是朋友嘛。再说我比你们多那么几个铜钱，理应我请客。"

叶子嬉笑道："你们两个别客气，像我一样，喜欢吃什么尽管点。就当同情同情他，帮他减轻点负担，否则，他的钱十辈子也花不完！"

叶子一席话说得大家哈哈大笑，袁祥和小郭也就放松了。顺其自然吧。

贾伟点好菜之后，叫了瓶轩尼诗 X.O，给叶子叫了瓶墨西哥列酒，说这是甜酒，适合女性饮用，喝不完可以带回去慢慢品尝。"

酒菜很快就上来了，四人开怀大吃大喝。袁祥和贾伟干了一杯，说："贾总，你是个很不错的人，值得交往。说真的，我认识的商人也算不少，但没有一个有你这么温文儒雅、英俊洒脱、谦逊随和的。他们要不吝啬得要命，要不就是眼高于顶、自以为是，不把任何人放在眼里，难以接近。"

贾伟谦虚地笑了笑："你别这么夸我，我会骄傲的。"

叶子风情地瞟了贾伟一眼，说："其实你现在正骄傲着呢!"

贾伟打趣地说："唉，又被你看穿了。不过看穿了也用不着说出来嘛，让大家都知道了，我多不好意思啊。"

饭局气氛活跃，三个男人将一瓶轩尼诗 X.O 喝了个底朝天。叶子喝了小半瓶墨西哥列酒。她觉得这酒还蛮好喝的，味道甜甜的，不醉。于是问贾伟多少钱一瓶。贾伟说："这是甜酒，不怎么醉人。大概 400 多元一瓶吧。"

叶子一吐舌头，娇憨地说："哇，这么贵呀？我还以为几十元钱一瓶呢。剩下的我还真要带回去慢慢品尝了，否则，浪费了太可惜。"

回电视台途中，袁祥和小郭还在回味，都说那麒麟鳜鱼和银雪鱼太棒了太好吃了，他们从没吃过这么好的美食。

第十六章：弄假成真

第 1 节：悲哀的徐娘

董天海自从霸占了刘玫之后，就再没和刘丽睡过一次觉，他们的夫妻关系名存实亡。此时的刘丽青春已逝人老珠黄，在董天海眼里形同一只电已用完的蓄电池，再无半点诱惑力了。她根据董天海对她的冷漠程度以及他对刘玫的热衷程度，就知道自己的价值早已降为零了。

然而，三十五岁的刘丽此时正当虎狼之年，对男人的关怀和疼爱如饥似渴，她不甘心过这种守活寡般的日子。有时，她实在熬得难受，真想找个野男人或包个小情人满足一下生理要求，但她知道董天海的性格，更了解他的脾气，这个专横霸道自私的男人，绝不允许别的男人染指他的女人。他不要的女人宁肯荒芜着，也不会让别人碰一下。若她敢给他戴绿帽子，他一定会生吞活剥了她。

刘丽思前想后，觉得董天海对自己这么冷淡完全是拜刘玫所赐。这个小妖精从上海一回来就将他迷住了，董天海不仅送给她房子、车子，还授权她调拨公司的资金。而她要从董天海手上拿点钱却非常困难，形同乞讨。他对她哪里还有半点夫妻感情？如不是因为女儿圆圆，说不定早把她整死、和小妖精生活在一起了。

　　刘丽生活无聊精神空虚，便天天靠打麻将打发时间，但屡打屡输。

　　这天，刘丽又输了一大笔钱，打电话找董天海要钱。董天海一听她又输了五千元现金，并欠了别人两千元账，气就不打一处来。他在电话里对她破口大骂："你他妈的天天输钱！一输就是成千上万的，老子就是台印钞机也经不起你这么输啊！"

　　刘丽不甘示弱："我输点钱你就心疼了？你给阿玫买车子买房子就不心疼？我是你老婆啊，打打小麻将，输点钱算什么？值得你冲我大呼小叫的？"

　　董天海恨不得揍刘丽一顿，却苦于这傻婆娘不在跟前。他觉得这样发脾气是多余，便降低嗓音说："行。你是我堂客，输点钱没什么，是应该的。你要钱过来拿吧，我正忙着呢。你总不能叫我抛开公务给你送钱去吧？"

　　董天海挂了电话，按响大班台上的蜂鸣器，钟勇和于兵闻讯进来。董天海对两个保镖下令："你们带几个弟兄去城南地下赌场，查一个叫曾三的男人、一个叫珍姐和一个叫五妹的女人的底细。如果这几个人是一伙的，把他们给我带来。"

　　钟勇和于兵应诺着，领命而去。

　　刘丽拦了辆出租车风风火火地赶到"海豪"公司，走进总经理办公室时，董天海正在接于兵打来的电话。于兵向董天海汇报他们正押着他们三人回公司。

　　董天海对两个保镖的办事能力一向很欣赏。尤其于兵，这小子对黑道上那一套非常精通，驾轻就熟。他在电话里夸奖了他几句，挂了电话，然后问刘丽这次又打算要多少钱。

　　刘丽温柔地说："给我一万吧，我想买套好点的衣服。"

　　董天海从抽屉里拿了一叠佰元大钞甩给刘丽。刘丽抓起钱转身欲走。董天海叫住了她："不忙，有几个老朋友要来看望你。你们见个面，再走不迟。"

　　刘丽不知董天海葫芦里卖的什么药，但又不敢多问。在电话里她还敢跟他吼几声，发发怨气较较劲，一旦到了跟前就不敢放肆了。她老老实实地站着，等待着"老朋友"出现。

　　十多分钟后，钟勇、于兵和几个马仔气势汹汹押着曾三、珍姐、五妹进了办公室。三人一进来就"扑通"一声跪在董天海面前求饶："董老板！我们实在不晓得刘姐是您堂客。如果晓得，就是给我们一万个胆子，我们也不敢骗她的钱啊。不知者不为罪，您老人家就大人不计小人过，饶了我们吧？我们赢的钱一分不少吐出来，今后再也不敢了！"

董天海默默地抽着雪茄，恶狠狠地盯着跪在跟前的一男两女，沉吟良久，朝于兵示了个眼色。于兵心领神会，手起刀落，"刷、刷、刷"，割下三人右耳，吼道："滚！拿你们赢的钱，去医院整容吧！"三人痛得嗷嗷直叫，捡起各自的耳朵，血流如注地狂奔出去。

刘丽吓得腿肚子直抽筋，此时，她才知道自己犯了一个天大的错误。她一直以为输钱是手气不好，没想到是入了别人的"天仙局"。

董天海冷冷地盯着刘丽，目光如刀："怎么不说话了？不跟我叫了？不冲我吼了？刚才在电话里，你不是还理直气壮地跟我较劲吗？"

刘丽低声说："老公。我错了。原谅我吧。"

董天海冷笑："你晓得你这一年多来输了多少钱吗？"刘丽低头不语，他接着说："大概你心里没数，不过，我给你记了账，一共输了一百二十六万！你输给曾三他们的只是一小部分，还有近百万输给哪些人了？说！"

刘丽可怜兮兮地说："我记不清了，只记得有一次跟几个成都人打牌，一天就输了三十万，那是输得最多的一次。"

董天海恶狠狠地骂道："你真是头猪！你钱多了烧的？不管认不认识的人都去赌，你是赌神啊？看你这副恶心样子！长了一身懒肉，玩物丧志，什么都不会干，就晓得赌，白白地拿钱送人！你以为老子找钱这么容易吗？你以为钱会从天上掉下来吗？！"

第2节：自取其辱

刘玫在隔壁办公室听到董天海的吵骂声，忙跑过来相劝："姐夫，你大吵大骂的做什么？我大姐辛辛苦苦跟了你十几年，没有功劳也有苦劳，输了点钱就算了嘛。输都输了，你吵她骂她也于事无补。"

董天海在刘玫的劝说下气消了不少，但刘丽一见刘玫就来气，她认为是刘玫全然不顾姐妹亲情，横刀夺爱勾引自己的亲姐夫，破坏了她的婚姻家庭，取代了她的地位和荣耀。她冲刘玫破口大骂："不要你来充好人！我们两口子之间的事情，你来插啥子嘴？我输了钱男人骂我是应该的。你给我滚，不要脸的小妖精！我没有你这样不要脸的妹妹。你以为你做的那些见不得人的事情我不晓得？！"

刘玫本是好心来帮姐姐说话，不料反倒被她臭骂了一顿，她满脸委屈含泪跑了出去。

董天海见刘玫受了伤害，气不打一处来，抬手就扇了刘丽一个耳光，骂道："你他妈的真不识好歹！阿玫来帮你，你反倒骂她！老子明白告诉你，老子跟阿玫的事，你晓得也好，不晓得也好，都只能当个睁眼瞎！老子的事你没权管，管老子的女人还没出世呢。若老子心情好，便让你下半生有好日子过，你要是把老子惹毛了，老子一脚把你踢出家门！"

刘丽号啕大哭："董天海！你这个挨千刀的！你这个没良心的！我跟你结婚十多年，跟你生娃娃，一天到晚服侍你，任劳任怨操持这个家，我没功劳也有苦劳啊！"

董天海踹了刘丽一脚，吼道："你再给脸不要脸，跟老子哭哭闹闹的，老子一脚端死你！滚出去！明天老子就给你两百万，委托律师跟你把离婚手续办了。老子这次下了决心，你离也得离，不离也得离！"

刘丽一听董天海要跟她离婚，忙从地上爬了起来，哀求道："老公。我求你了，不要跟我离婚。离了婚圆圆啷个办嘛？你真狠心让我们一家人骨肉分离吗？"

董天海说："圆圆跟我过，要你这种傻婆娘有啥子用？你拿着两百万天天去赌，没人管你。"

刘丽害怕了，她平时大手大脚花费惯了，若真离了婚，两百万根本不够她花一辈子。再说董天海有两个亿的资产，给她区区两百万她多不划算啊。更为重要一点，她不想成为一个被男人抛弃的女人。尽管董天海和她的夫妻关系名存实亡，但在法律上她还是他的妻子，没有人敢欺负她，她还是可以大把大把花钱。一旦离了婚，不但名声不好听，成了一个被抛弃的怨妇，经济上也会受到制约。这其中的利弊是显而易见，根本用不着她再三权衡。因此，刘丽赶忙认错："老公。我再不敢多嘴多舌了。你想啷个就啷个，你叫我做个睁眼瞎，我就老老实实地做个睁眼瞎。"说罢，含泪跑了出去。

刘丽走后，董天海来到刘玫办公室。见刘玫还在伤心垂泪，便安慰她："阿玫，不要难过了，我骂了那个臭婆娘。我越来越讨厌她了，像她这种傻婆娘，要她做啥子？阿玫，你就答应嫁给我吧？我对你是一片真心啊。"

刘玫擦去眼泪说："你不要痴心妄想，我不会嫁给你。我根本不爱你，我跟你在一起是迫不得已的。我们之间的关系已经伤害了大姐，是我对不起她，她骂我我不怪她。我最多只能跟你保持现在这种关系。你若不知足，我就马上离开公司。"

董天海叹了口气："你姐姐要是像你这样通情达理、聪明贤惠就好了。这婆娘既粗俗又愚蠢，既泼辣又尖酸刻薄。我当初看上她，完全是被她那张漂亮脸蛋迷住了。唉，看来看女人真的不能只看脸蛋！"

第3节：以身相许

刘玫觉得自己掺和在大姐和董天海之间，会致使他们的感情越来越糟糕，现在经过一年多的酝酿和发展，各方面的时机都日趋成熟，是自己跟董天海分道扬镳的时候了。加上城北这块地的投标时间快到了，自己也该从幕后走向前台了。

不过在此之前，刘玫觉得自己还有一件事要做，刘玫决定去趟上海，做处女膜修复手术。

刘玫交代赵洪她要离开W市几天，有事打她手机。随后，在一个阳光灿烂的日子，她怀着悲壮的心情登上了飞往上海的班机。刘玫一到上海就一头扎进了仁爱医院，化名刘小玫登记做了手术。而她远离W市到上海来，就是为了以防万一在医院遇上什么认识她的人，那样可就丢丑丢大了。

感谢现代发达的医学技术，让她又变成了一个拥有完整处女膜的女子。女人只要拥有了那片薄薄的、其实一捅即破的处女膜，就意味着是纯洁的，是圣洁的，是一个重感情的好女人。刘玫觉得现代医学给人类的传统观念开了一个天大的玩笑。这个玩笑是对人类，尤其是对男人的一个莫大的讽刺。

现在，即使一个人尽可夫的妓女，都可以通过做处女膜修复手术变成一个"纯洁"的女子。

接着，她在上海国际大酒店休养了一个星期，觉得身体各方面都调养得差不多了，才从上海飞回了W市。

刘玫在卓星酒店登记住宿，然后给程辉打了电话，约他晚上到酒店见面。傍晚，程辉来到卓星酒店，两人共进了晚餐。餐桌上，刘玫问起美容院的生意，程辉说生意很红火，新增了泰式洗足和泰式按摩的服务内容。

刘玫赞赏道："这就对了，一个人的成熟和干练是锻炼出来的。我总认为一个大男人，必须要有事业心。地位也好、财富也好，都要靠自己去争取。人应该为自己而活，别对任何人有依赖性。我相信你不会替贾伟开一辈子车。"

程辉和刘玫碰了一下酒杯，感激地说："阿玫。我知道你对我好。我会好好干出个人样来的。我要让这间美容院完成我的原始积累，然后把生意越做越大、越做越红火。"

豪华大餐厅里，一支轻音乐在游来荡去，夜色早已悄悄降临了。他们俨然一对情侣，浪漫地喝着酒，贴心地说着话。程辉不知道，他们心与心的距离，相距十万八千里。

吃过晚饭，刘玫带着程辉进了预订的客房，挂上"请勿打扰"的牌子关上门。程辉的心怦怦直跳着，他预感到将会发生什么。尽管这是他期待已久的，但他还是免不了有些惶惑，有些紧张。

刘玫拉着程辉来到窗边，拉开窗帘和玻璃滑窗，看着窗外喧嚣的夜景。窗外，车水马龙，一片喧哗。

突然，刘玫发现天上有月，一抹缄默不语的月色在风中温柔轻曼地展开。在都市生活中，人们已不自觉地忽略了月亮的存在。

刘玫侧过脸来望着程辉："阿辉。你看着窗外。告诉我，你看到了什么?"

程辉说："我看到了高楼大厦。看到了繁华喧嚣的夜景。还有川流不息的车流、人流。"

刘玫有些失望："还有什么?"

程辉说："还有开夜市做小买卖的。还有成双成对的逛街的情侣。"

刘玫心里升起一股莫名的悲哀。程辉始终不是她所喜欢的那种思维敏捷观察敏锐、善解人意对人体贴入微的男人。她黯然地问："你就没看到天上那轮圆月? 就没看到被城市霓虹淹没的皎洁月色?"

程辉有点不好意思："我忽略了。"

刘玫感叹道："是啊，在现代都市里，到处是五光十色灿烂辉煌的彩灯和霓虹，谁还记得有月亮? 月亮对现代生活似乎早已失去了意义。你看，那轮圆月在城市的上空孤独地照耀着，流泻的清辉在都市中显得异常的凄美，如同一个受到伤害的美人，令人垂怜。"

程辉轻轻地拥抱着她："阿玫，我发觉你原来也挺多愁善感的。你在忧伤时显得更美、更动人、更有女人味。"

刘玫侧过身来，对程辉说："阿辉。我告诉你，人性是复杂的。一个人有其坚强的一面，也会有其脆弱的一面。一个再无畏的人，也会有其心虚胆怯的时候。一个再十恶不赦的人，他对自己的亲人也会是善良真诚的。这就是人性的复杂性。在你的心目中，我是个好女人。但在其他人心目中，我也许就是个坏女人了。"

程辉说："你说得没错，人性是复杂的。比如我，以前是个浪子，天天与一帮狐朋狗友在社会上鬼混，谁都说我是个不可救药的大坏蛋。但贾伟不这么看我。他认为我为人仗义，为朋友可以两肋插刀。事实上我也认为我是一个很重情义的人。"

刘玫接着温柔地问程辉："你知道今天我为什么请你来这儿吗?"在程辉摇头时，她接着说："今天是我的生日。"

程辉抱歉说："对不起，我不知道今天是你的生日，没带礼物给你。明天给你补上。"

刘玫说："我不需要什么礼物，只需要一份平静和安宁，只希望在这份平静和安宁中有个人好好地爱我。阿辉。你爱我吗？会天长地久地爱我吗？"

程辉抚着刘玫的额头，郑重地点了点头说："会的。我会永远爱你，一生不变。"

刘玫感叹道："转眼之间，我就二十六岁了。老了，再不找个好男人，恐怕过几年就没人要了。女人的青春，真是太短了！"

程辉说："你一点也不老。在我的心目中，你是最美丽最漂亮的。你永远是我的女神。"

刘玫笑了笑："那是因为你喜欢我，情人眼里出西施嘛。阿辉。说真的，我觉得很孤独很疲惫。这世上，真情真爱已经越来越少了，每个人都戴着面具在生活。有时我觉得自己也一样。你知道这次过生日我为什么只邀请了你一个人吗？因为我越来越讨厌那种刻意的奉承和虚假的情意，包括朋友间的同事间的亲戚间的。我知道在这世上，所有人对我的感情都可能是虚假的，只有你对我的感情不会假。阿辉，我发觉我真的爱上你了。"

程辉眼睛里闪烁着幸福的光芒，似乎还有一种带着灵魂闪耀的湿气。他轻轻地吻了吻刘玫的额头："阿玫。我对你发誓。我会善待你一生，好好呵护你，好好疼爱你，绝不让你受到半点伤害。"

刘玫就势将身子依偎在程辉怀里。程辉轻轻地吻了她，刘玫紧紧地环住他的脖子，两人如火如荼地拥抱着亲吻着。最后，程辉将刘玫抱起，轻轻地放到了床上。刘玫平静而羞怯地仰躺着，她的姿态是那么的宁静、安详、美丽、动人。

面对自己心爱的女人，程辉显得激动而笨拙。这是他第一次与女人肌肤相亲。他一碰到刘玫的肌肤，一碰到她的眼神，心里模糊的欲望就变得分外清晰、热切起来，有一种奇异的滚烫的浆汁，在瞬间急剧流遍了他的全身。他喉咙里含糊地咕噜了一下，便整个地覆盖到刘玫身上。

刘玫从程辉生疏的动作中感觉到他从未接触过女人，她问程辉是不是第一次。程辉"嗯"了一声。刘玫含羞带俏地说："我也是。你温柔点，不要太粗暴了，我怕痛。不过，我会好好配合你的。"她的声音温柔得几乎能滴出水来。

刘玫将美丽而美妙的身体毫无遮掩毫无保留地奉献给了程辉，程辉幸福得有种晕眩感。在她温软的酥胸里，他沉醉了。她使他感觉到了生活的实在和具体，体会到了人生的甜蜜和温馨。那是一片奇异的土地，绿草茵茵，一派大自然的纯情美景。程辉幸福地耕耘着……

刘玫有意痛苦而幸福地喘息着呻吟着。她的手她的身子引导着程辉完成了人生中最为伟大的一项工程。他成功地变成了一个真正的名符其实的男人。最后，当程辉看到那床单上斑斑点点的落红，他幸福而爱怜地搂紧了刘玫，激动地说："阿玫，你真好。"

刘玫温柔地笑了。她的笑意后面隐藏了什么，只有她自己知道。

第十七章：爱情伟力

第1节：情逝如烟

雨一直下，淅淅沥沥、缠缠绵绵的。

叶子蜗居在传媒公寓，房间里的摆设很简单，一张床、一张桌、两个布艺沙发、一个矮几、一把吉他、一个CD唱片机，床头立着一座断臂维纳斯雕塑，仅此而已。

今天是她的休假日，她很珍惜这完完全全属于自己的时间，不去逛街，不去应酬，也不和朋友聚会，把自己关在房间里美美地睡上一觉。醒来后，便坐在沙发上慢慢地品着自己亲手煮好的咖啡。

咖啡没有加糖，她喜欢原汁原味的东西，包括感情。

平时工作紧张忙碌，还时不时要应酬方方面面的人物，她太需要一份完完全全属于自己支配的清闲安宁的时间和空间了。

叶子听着张宇的《雨一直下》，听着窗外淅淅沥沥如泣如诉的雨声，心情莫名地哀伤起来。她喜欢雨天，又害怕雨天，她爱雨丝那份凄凉的美，又害怕雨滴那种熟悉得陌生的寂寞。

叶子表面上看起来很坚强，其实内心是个很多愁善感的女子。她曾经有过一段不成熟的爱情，这段爱情带给她难以泯灭的伤痛。那个男人，为了金钱地位和权势不得不牺牲他们的爱情。原来，梦想拯救不了卑微的灵魂，最终，他们的爱情漂过了无缘的港口，沉没海底。

叶子将那封绝交信连同从前的所有信件付之一炬，在凄艳的火苗中，她缅怀着、悲痛着她付出了整个身心的初恋，才知道，海誓山盟敌不过软弱的人心。

然后，在酒吧里，她喝了三杯酒，作为对那段感情的祭奠。华灯初上时，懒懒散散而又满怀凄怆地回到房间，告诉自己，一切都过去了，一切都轻松了。

但是，叶子还是大病了一场。她突然意识到，这是命运对她的馈赠，逃避或沉迷于痛苦之中都无济于事，能做的就是接受、遗忘，还有更加珍惜自己。她开始迷恋于独处，她觉得在孤独中，心灵深处的某些东西才能得到沉淀，人生才能得到清静的反省，生命的真谛才能领悟得到。可是，她又害怕独处，因为那样，痛苦和寂寞就会变得分外清晰。

从此，她把自己交付于忙碌的工作，拒绝了一切危险的往来，采访、编稿、做节目，整天累得够呛。但忙碌过后呢？是否就不孤独？是否就不寂寞？是否就不悲伤？

然而，伤感又有何用？在繁华而寂寞的都市生活里，"爱情"早已变成了一个生僻的字眼、一个傻瓜的呓语、一个熟烂的果子、一个被抛弃的老女人。

因此，她习惯了孤独寂寞，习惯了遗忘，遗忘不成熟的爱情，遗忘曾经的伤痛。

然而，就在叶子已经彻底遗忘了那个男人时，他却带着新婚娇妻从日本来到W市，一落脚就带着妻子到电视台看望她。那是半月前的事情，当他挽着漂亮温柔的日本妻子出现在叶子面前时，叶子毫无思想准备，突然感到内心有一阵椎心刺骨的剧痛。

她无法令自己冷静下来，感觉浑身有如着火般的疼痛，这种痛苦是无人可以理解的。昔日和他相识相爱的印象放电影般在叶子脑海重现。她发现他还是那么年轻英俊，并且多了一份稳重和成熟，举手投足间充满自信和傲慢。

也许，这仅仅是因为他做了世界富豪乘龙快婿的缘故。因为雄厚的财势，有时甚至可以让一条瘫痪的狗、一个阳痿的男人也能产生极度狂妄的"自信"、"荣耀"和"尊严"。

他送给叶子一套精美的钻石首饰，她没有接受，冷漠地挡开了。她觉得他这么做是对她人格的污辱和对自己财大气粗的炫耀。她瞪着他，没好气地说："郑浩，你什么意思？这么贵重的首饰，应该送给自己心爱的妻子或情人。我跟你什么都不是，连朋友都不是了，我不会接受你的礼物。你如果把我当成那种爱慕虚荣的女人，认为还可以重温旧梦，那你就大错特错了！"

郑浩被叶子抢白一通，面露尴尬神色，连忙解释说："我没这个意思，只是想送点礼物给你。叶子，你高贵美丽，这套首饰和你十分般配。"

叶子冷笑："你当着自己妻子的面，这么赞美另外一个女人，就不怕她吃醋吗？哦！我忘了她是日本人，听不懂中国话。"

话音刚落，他的妻子藤原惠子便亲切温柔地笑了："叶子，我听得懂中国话。也知道你和郑浩的关系，他能到日本留学全靠有你帮助。我很感激你，没有你，我不可能认识郑浩，更不可能嫁给他。我很爱郑浩，也爱郑浩的每一个朋友，我希望能和你成为朋友。"说着将一束鲜花送到叶子面前。

叶子觉得眼前这个日本女人有着一种无法形容的温柔和娇弱，显得千娇百媚又楚楚可怜，仿佛经不起一点人世间的风吹雨打。她的温柔和娇美深深地打动了她。她觉得她是可爱的、真诚的，并且是豁达的。叶子对她没有怨恨，她善意地笑了笑，接过鲜花，然后推说有事，掉头走开。

郑浩的归来彻底打乱了叶子本已平静的心态。就在昨天，他又单独来电视台找她，告诉她他已收购了 W 市昆仑科技公司，准备投资 10 亿元人民币将其扩张为国内最大的 IT 公司，并掏出一张现金支票硬塞给叶子。

他歉疚地说："叶子，我现在有钱了，终于扬眉吐气了。如果没有你，我不会有今天。我知道我辜负了你，我欠着你一份深深的情意，这 100 万就算是我对你的一点补偿吧，请你一定要收下，否则我永远会感到良心不安的。"

叶子冷哼一声："我说过，感情不是交易。这钱你自己留着吧，它可以膨胀你的事业野心。我知道你收购昆仑科技公司是为了报复以前的老板和同事。我现在才发现你是个非常可怕的男人，心胸狭窄，做事不择手段，包括对待感情。不过，我奉劝你好好对待藤原惠子，她是个温柔贤惠的女人，如果你伤害了她，也就等于伤害了你自己，最终不会有什么好下场！"

郑浩苦涩地说："叶子。我不介意你这么评价我。男人做事跟女人做事的方式不同，男人快意恩仇，我承认收购昆仑科技公司是有一点报复成分，但最重要的还是为了借壳上市，好在国内开创基业。"

郑浩继而又说："对于你对我的忠告，我铭记在心。我会好好待惠子，如果我伤害了她，将会打回原形。我不是个傻瓜，再说我也喜欢惠子。今生今世，我只能在心里默默地爱你了，其实我很痛苦，你不会了解我这种男人。"

叶子厌恶地说："你别无病呻吟了，得了便宜还卖乖。恐怕你的痛苦，只不过是觉得自己还不够狡诈吧？"

郑浩叹了口气："叶子。你不会理解我的。"

叶子冷笑："没错。我是不理解你。我和你根本生活在不同的社会层次里，如同生活在两个世界，实在谈不上什么理解。不过，像你这种虚伪自私、工于心计的家伙根本就不配谈什么理解，何时心中真无我，再谈理解也不惭！带着你的支票走吧，我不想再见到你！"

郑浩落寞地说："叶子。你恨我也好，怨我也好，我都永远把你当做我的知己。今后有需要我帮助的地方，随时可以来找我。"

郑浩无可奈何地走了。他内心隐隐有些悲哀。那是一种顾此失彼的悲哀、情到深处人孤独的悲哀、高处不胜寒的悲哀、孤家寡人式的悲哀。

人生没有十全十美，要是人生可以随心所欲该多好啊……

叶子听着凄美动听的情歌，想着凄婉伤感的前缘旧事。心，不知不觉乱了。泪，不知不觉流了下来。她大大地喝了一口苦咖啡，然后擦去脸颊的泪水，自嘲地笑了笑，笑自己还是那么脆弱，笑自己还是那么多愁善感。

叶子起身又倒了杯咖啡，换了一张张学友的专辑，她喜欢听张学友的歌，他的歌能给人带来贴心慰骨的安慰。叶子听着张学友的《一千个伤心的理由》，忽然想起了贾伟，眼前浮现出他那张线条明快的国字脸，两道又黑又浓的剑眉和一双亮灿灿的眼睛。她觉得贾伟是个刚毅、果敢、性格豪放的男人，比郑浩这种男人重感情多了。

叶子一直对贾伟心存好感，他待人亲切真诚、温文尔雅，没有有钱人的狂妄和傲慢。她默默地反省自己："我是否爱上他了？"这样想着，脸便不觉有些红了，这种忽然涌进心里的莫名其妙的感情让她有些惶惑不安。

这世上有一种女人叫蕾丝边，是包裹着深深寂寞、自己无法开放的花蕾。如果没有好心人浇灌，则枯萎无疑；如果遇上有心人，就裙舞飞扬。

叶子无疑就是这种女人。她的美丽是浑然天成的。不用钻石装点，不用名牌修饰。她只需要轻轻地一撩头发，淡淡地抿嘴一笑，顾盼流转之间就已然迷倒众生。

其实一直以来，有许多男人在她面前展露迷人的微笑和自身的种种优势，希望能得到她的垂青。他们爱慕她那美女加才女的独特气质和魅力。在她身上既无矫揉造作的矜持，也无豁达得近乎放荡的浪漫。但她对那些追求者没有感觉，总是若即若离不冷不热的，害得他们心里痒痒的，如同月光照在了身上却永远得不到月亮。尽管如此，那些追求者还是着了魔似的，从未停息过对她的追逐。

叶子几次拿起手机想给贾伟打电话，但每次都放下了。她没有勇气，也找不到约他见面的借口。一个上午就这么过去了，中午她就在公寓外面的小餐馆随便吃了点东西，然后又回房听歌、看书、体会生命的孤独与自由。

就在她沉迷于孤单寂寞之中忧郁苦思，觉得灵魂一片空灵之时，手机响了。她以为是贾伟打来的，高兴地按了接听键。然而，令她扫兴的是手机里传出的竟是郑浩的声音。她心情坏透了，恼怒地问："你怎么知道我的手机号？谁告诉你的？"

郑浩说："是你们台长告诉我的。"

叶子气愤地吼道："郑浩！我警告你，不要再纠缠我了！"

郑浩心平气和地解释："叶子，我不是纠缠你，只是希望我们还能做朋友。明天我在蝶湖大酒店举行新闻发布会，本地所有媒体都会派记者来，我特别邀请你也来参加！"

叶子说："我不会去的。谢谢你的盛情！"说罢关了机，不想再受骚扰。

第2节：慷慨激昂

第二天上午八点半，台长亲自找到叶子，交给她一个任务，叫她带摄像师小郭去蝶湖大酒店参加郑浩召开的新闻发布会。叶子清楚这一定是郑浩捣的鬼，也不知他给了台里多少广告或赞助，把台长都搬出来了。

叶子不敢抗拒台长的旨意，只好带着小郭出发。不巧台里用车紧张，另有几个栏目的人马要到郊县采访，路程较远，需要用车。叶子决定找朋友借辆车。

她首先想到的就是贾伟，她给贾伟打了手机，说明意图。贾伟爽快地答应了，不一会就开着林肯加长豪华车来到了电视台。

叶子和小郭上了车。小郭戏称："贾总。不好意思，今天叫你这大老板给我们当车夫了。"

贾伟说："能为二位效劳，不胜荣幸。"

车子很快开到了六星级蝶湖大酒店，三人进入新闻发布会现场。会场内人头攒动，一些媒体记者和社会名流扎堆儿聚在一起，议论纷纷，他们都不太了解郑浩是何方神圣，对这名不见经传的家伙突然间在本市搞出这么大的阵势颇感惊诧。包六星级大酒店，请来这么多的社会名流，将本地媒体名记一网打尽，派专人在会场门口给每个与会者发送一个数目不菲的红包，会场内还有喝不完的鸡尾酒，这么隆重的新闻发布会在W市还是头一遭。

贾伟从托盘中拿了杯"天使之吻"，选了个位子坐下，一边慢慢品着，一边细心地观察会场的一切。

新闻发布会九点半准时举行，郑浩和市委书记、市长盛装走上主席台，立时，会场静了下来，但人们内心的震撼却不亚于9级地震和12级台风。

贾伟是个有经验的商人，一看就知这家公司来头不小，能同时搬来本地的党政一把手捧场，除了老板有更高的政治背景（比如中央高干子女），便一定是资本雄厚、富可敌国。

郑浩和市委书记端坐在一起，在一番客套的开场白之后，口若悬河地开始了他的演说："我是土生土长的中国人，老家在浙江杭州。这次回国投资选定W市，是因为这里具有得天独厚的优势，W市是西部大开发中最重要的经济中心和交通枢纽。作为日本藤原集团的中方总裁，我一到W市就重金收购了昆仑科技公司，目的是为了加快进军高科技市场的步伐，收购后的昆仑科技公司更名为硕豫科技集团。我准备投入2

亿美金将硕豫科技集团扩张为国内最有实力的 IT 产业集团。另外还将投资 3 亿美金在本市建立一个 BT，也就是生物技术产业基地，开发生物技术药物。"

郑浩慷慨激昂："日本藤原集团是一家实力雄厚的跨国集团公司，涉及行业有房地产、纺织业、造纸印刷业、钢铁制造业、国际旅游、世界贸易、石油化工、酒店餐饮、航运航空等等。在如今高速发展的现代化技术中，藤原集团主要投资集中在高新技术产业上，尤其集中在电能、医学化学制剂、高速公路、高速铁路、无线电电子元器件、电脑芯片制造业和电信业。只要是引导世界潮流的尖端产业，藤原集团都有兴趣涉足。越是高风险高回报的行业，藤原集团就越有兴趣，因为我们坚信我们会努力做到最好！"

郑浩豪气冲天："在回国投资前，我和我的智囊团作过一番详细的市场调查，最后我决定将投资重点放在 IT 产业和 BT 产业上。我是从上海复旦大学毕业的，学的是计算机专业，后来又去日本东京科技大学深造，获得了博士学位，对 IT 产业可谓是情有独钟。我相信凭我和手下大批精英的共同努力，加上有藤原集团雄厚的资金作后盾，一定可以在竞争日趋激烈的 IT 产业市场杀出一条血路。而对于 BT 产业方面的投资，我更是信心百倍，BT 产业是与 IT 产业并列的现代高新技术领域，具有高风险、高投入、高回报的特点。在这个享有朝阳工业美誉的产业上，我们的投资重点集中在生物医药这一块。因为医药产业利润丰厚，其平均利润在各个产业中位居第一，而生物技术药物的毛利润更在 90% 以上。"

郑浩见多识广："众所周知，我国对生物医药的科学研究起步晚、基础弱、差距大、发展较慢，缺少重磅炸弹式（以年销售额为 5 亿美元为标准）的创新药物。目前，我国的医药产值尚不如国外一家大公司，缺乏创新药物，由于仿制药物是主要产品，低水平重复使得企业利润极低，比如有个抗生素药物本市就有 9 家企业在生产。我国医药产业的低水平使得进口药品大量进入，加上三资企业，进口药品已占据我国一半以上的市场，并使得药品价格急剧上涨，居高不下，使社会负担沉重，影响经济发展。"

郑浩忧国忧民："在当前和今后相当长的一段时间里，我国面临人口数量和素质的巨大压力。由此带来了资源、就业等社会压力，出生素质、老龄化、后天教育、性别比问题愈加突出。老的疾病还没解决，新的疾病又不断涌现。如老年痴呆、帕金森氏病、慢支、骨质疏松等老年病随着老龄化社会的到来大幅增加。新的病毒性疾病也蠢蠢欲动。另外污染、车祸、吸毒等现代生活带来的卫生问题，都严峻地摆在了我们面前。所以，为公为私，我们都应该将发展 BT 产业当做硕豫科技集团的首要任务。为公，可以为国家解决一些难题。为私，刚才所说的种种问题对 BT 产业来讲，是个很好的发展契机。硕豫科技集团拥有先进的科学技术、先进的国际化人才、另外还有雄厚的资金作后盾，我相信时隔不久硕豫科技这块招牌一定会在中国乃至全世界打响。"

郑浩的讲话博得了一阵高过一阵的热烈掌声，报社记者的镁光灯在他光洁滋润的英俊脸庞上疯狂闪烁，电视台的摄像机将他的英姿和风采毫无保留地摄录了下来。

郑浩讲话结束，市委书记和市长先后发表了讲话，高度赞扬了郑浩的爱国主义精神，并对他来 W 市投资表示热烈欢迎。

新闻发布会在一派欢乐喜庆的气氛中结束了，接下来便是宴会，郑浩在酒店宴会厅准备了 30 桌酒菜招待与会嘉宾。叶子没有心情留下吃饭，拉着贾伟和小郭就走。贾伟感到诧异，说："这里有现成的怎么不吃？而且酒宴的规格相当高档。"

小郭也劝叶子留下用餐，他说："这是我遇到的最盛大的一次酒宴，不吃白不吃。"

叶子不悦地说："你们要留我不勉强，我走。"说罢自顾自走了。

贾伟见叶子态度坚决，拉着小郭跟了上去，边走边问小郭叶子今天怎么这么反常。小郭告诉他："刚才在主席台慷慨激昂发表讲话的郑浩就是叶子以前的男朋友。是叶子出资让他出国深造，没想到这小子一到日本就傍上了国际富豪藤原健一的女儿，做了乘龙快婿。叶子被这个无情无义的男人伤透了。"

贾伟恍然大悟，内心对叶子又多了几分爱怜，他紧走几步跟了上去，和她并肩走在一起。郑浩见叶子走了，抛下正在应酬的政府要员追了出来，追到酒店门口拦住叶子："叶子，你们怎么不吃饭就走？"

叶子冷冷地说："对不起。郑老板，我们还有要紧事，没时间留在这里吃饭。没跟你打招呼就走，失礼了。你是大人物，相信不会跟我们这些小市民计较吧？"

郑浩见叶子一脸的冷漠和厌恶，觉得自讨没趣，尴尬地说："既然有要紧事，我也就不挽留了。"

郑浩目送贾伟轿车远去，怅然若失。他可以肯定这个开林肯豪华车的男人不是电视台的员工。他敏锐地感觉到这个男人一定也是个大老板，并且和叶子有某种不寻常的关系。

第 3 节：倾诉心事

贾伟不知该怎么安慰叶子，因此干脆保持沉默。车子经过一家名叫沁香阁的民俗酒楼时，叶子叫贾伟停车。贾伟泊好车，和小郭跟着叶子进了酒楼。

酒楼老板给他们安排了一个雅座，送上瓜子茶水，奉上菜单，叫叶子想吃什么尽管点。叶子也不客气，点了五六道菜，又将菜单递给贾伟和小郭。当所有凉菜、热菜和汤上完之后，桌子竟摆满了。

贾伟笑问叶子："我猜想这回又是免单吧？"

叶子点了点头，告诉贾伟她在做节目时曾无偿为酒楼做过宣传，后来跟老板就成了朋友，来这里吃饭向来是免单的，不过她并不常来，她不会随便接受别人的吃请。

待侍者斟满三杯酒，叶子举杯说："今天害你们吃不成大餐，只好来这里弥补一下。这里的酒菜和蝶湖大酒店的六星级宴席没法比，委屈二位了，我先自罚一杯，向二位赔罪。"

贾伟说："叶子。我们是朋友，不要说见外话。这杯酒为我们的友谊干杯。小郭，你说是吗？"

小郭说："对。贾伟说得没错。我们是朋友，永远是好朋友。叶子。你有什么不痛快尽管对我们倾诉。"

叶子说："我没什么不痛快。和你们在一起，我很高兴。来，干杯！"

几杯酒下肚，叶子情绪上来了，醉眼迷离地望着贾伟："你不是一直想知道我的故事吗？我现在告诉你，我是个被别人抛弃的怨妇，我在一场最失败最悲伤的爱情中痛苦地活了下来。我的初恋情人骗走了我的感情、骗走了我所有积蓄并让我负债累累，然后将我抛弃。而这个男人就是你今天见到的那位意气风发、不可一世的硕豫科技集团老板郑浩。"

贾伟说："出酒店时小郭简单告诉了我真相。郑浩这家伙看上去一表人才，没想到却这么无情无义！"

叶子嗤之以鼻："他算什么人才？他是个狡猾自私的混蛋，他现在的地位是靠出卖爱情换来的。我讨厌背信弃义的男人！"

贾伟喝了口酒，深思了一会，问叶子："你现在还在乎他吗？"

叶子说："我是个爱憎分明的女人，他在我心目中早就死了！"

贾伟笑了："不错，应该这样，要拿得起放得下，快刀斩乱麻，干脆利落。忘记一个薄幸的男人，就像抛弃一只掉了后跟的鞋子，是他让你摔了一跤。"

小郭也说："对，叶子。把他抛到九霄云外去！那臭男人有什么好？不就是有几个钱吗？而且那钱也不是他的，看他那副不可一世的样子，真恶心。这世上比他有钱的男人多的是。凭你的条件，还怕找不到出色的男人？只要缘分到了，一定会找到一个比他好十倍的。"

叶子望着贾伟和小郭，内心无比地感动："谢谢你们的劝告和安慰！"

叶子突然问贾伟："阿伟，如果你是郑浩，出国后遇到一个漂亮女人，而且那女人又是大富豪的千金。你会不会抛弃与你两情相悦山盟海誓的初恋女友？"

贾伟望着叶子，笑了笑说："这个问题还真把我给问住了。实话实说，会有两种结果。如果我的初恋女友是个并不十分出色的女孩子，自然我心目中感情的分量就会轻于事业的分量，那么我会作出和郑浩一样的选择。因为男人都看重财富、地位、政治资本和权势，换句话说也就是所谓的事业。能干出一番惊天动地的事业，傲视群雄、让人人刮目相看，的确是每个男人最大的梦想和愿望。"

顿了顿，贾伟接着说："但如果我的初恋女友是一个我非常珍惜非常疼爱的女子，我绝不会出卖自己的良心和爱情。人生如梦，转眼几十年光景，能与心爱的女人厮守一生，即使平平淡淡也是幸福的。况且，一个人的事业可以靠自己去创造去打拼，并不一定非得借助他人的势力。像我，虽然没有郑浩那么风光，动不动就几亿美金几亿美金地投资，但我也凭自己的能力开创了一番事业。我觉得我活到现在没有愧对亲人和朋友。我对人对事对感情一向是比较有责任心的。我认为人活着就是要图个问心无愧、求个心安理得。"

叶子对贾伟的回答感到比较满意，接着，她又问小郭："小郭，如果换了是你呢？你会怎么做？"

小郭搔了搔头皮说："叶子。说实话，我一定会和郑浩一样做个负心人，因为我是个注重现实的家伙。男人需要成功，需要社会地位，能坐在五星级饭店的总统套房，喝着极品洋酒、嚼着鱼翅、泡着洋妞，你说，那是件多么美妙和荣耀的事情啊？如果有个既有钱又漂亮的女人看上我，别说抛弃女朋友，就是抛妻弃子我也会干。因为我觉得一个人要想迈进一个新的阶层，就必须抓住机会，甚至不择手段，不过我会给我的女朋友或妻子一大笔补偿金的。"

叶子冷笑："小郭。你以为感情是金钱可以补偿得了的吗？郑浩也给我补偿，但我一个子儿也没要他的，那种钱我觉得拿了恶心。"

小郭自嘲地笑道："叶子。我只不过是就事论事。事实上，哪会有既有钱又漂亮的女人看上我？现在的女人，没钱的都钻钱眼儿里去了，有钱的则精挑细选要挑年轻英俊有才华的优秀男人。我算哪根葱啊？既无才又无貌，穷得叮当响。"

贾伟公正地评价道："小郭说的是真心话，因为那是人的天性。其实男人女人都一样，遇到无法抗拒的诱惑，一定会违心地做出选择。可以这么说，一百个男人遇到郑浩这种机遇，有90%的人会做出和他一样的选择。谁不喜欢大富大贵？谁不喜欢呼风唤雨、叱咤风云？谁不喜欢上流社会的辉煌灿烂、纸醉金迷？开名车、住豪宅、喝极品洋酒、抱美女、鲜花簇拥、呼朋引类、消费各种最昂贵最极端的物品，那种人上人的生活，那种一人得道鸡犬升天的生活，谁不喜欢？谁不羡慕？所以，从某种意义上来说，郑浩的选择是迎合人性的。"

叶子痛苦地说："这么说，你们都认为他是对的？"

贾伟说："我是个局外人，无法用对与错来评价这件事情。不过，郑浩辜负了你、伤害了你，这点是毋庸置疑的，我相信他也深刻地认识到了这一点。从某种意义上来说，他是个自私自利的人，他非常看重他的前途和事业，他的感情经不起考验，他并不是真正爱你，当然也不是真心爱那个日本女人，他最爱的只是他自己。"

叶子觉得贾伟分析得太对了，她接着又给贾伟出了个难题："如果我是你的初恋女友，你会狠心抛弃我吗？"

贾伟望着叶子美丽的眼睛，那里面仿佛一股春潮在涌动。他真诚地说："叶子，谢谢你给我这么个表白的机会，我也就不怕当着小郭的面说句肉麻的话。如果换了我有与郑浩相同的际遇，如果换了你是我的初恋女友，我一定会终生不渝地爱你。别说是个亿万富豪的女儿，就是让我当皇帝，我也不会牺牲真正的爱情。我一直认为，现在这世道男女之间的感情来得特别容易，到处是寻欢作乐的场所，但要得到一份刻骨铭心的真爱却太不容易了。人这一辈子也就几十年光景，转瞬即逝，赚再多的钱，创再大的基业，也没有谁能带进棺材。如果能和自己心爱的人共度一生，同甘共苦，携手奋进，一起享受人生的阳光和雨露，慢慢地一同变老，你说，那是多么的浪漫、幸福？"

叶子从贾伟的目光和话语中感受到了他真诚而执著、坦率而炽热的情意，她微笑无语，眼里却有泪。

第 4 节：天籁之音

回到传媒公寓，叶子第一次向他发出邀请，请他上楼小坐。贾伟求之不得，跟着叶子上了楼，进了房间。

叶子招呼贾伟坐下，插上电热壶煮咖啡，然后将一张歌碟放入唱机中，一首非常动听的英文歌曲飘绕而出，令满室生辉。

Imagine there's no heaven,

It's easy if you try,

No Hell below us,

Above us only sky,

Imagine all the people

Living for today……

Imagine there's no countries,
It isn't hard to do,
Nothing to kill or die for,
No religion too,
Imagine all the people
Living life in peace……

Imagine no possessions,
I wonder if you can,
No need for greed or hunger,
A brotherhood of man,
Imagine all the people
Sharing the world……

You may say I'm a dreamer,
But I'm not the only one,
I hope some day you'll join us,
And the world will live as one.

贾伟听着优美的音乐，问叶子："这是谁的歌？这么优美动听？"

叶子说："这是 John Lennon（约翰·列侬）的名曲——IMAGINE（幻想）。这首曲子特别温暖，每次听了我都会非常激动，甚至是感动。John Lennon 犹如一个赤子，他的情感就像瀑布，更像大地，能够包容一切生物的大地。这首歌体现了 John Lennon 对人与人之间的希望：幻想没有灾难，没有战争，只有平等、自由、和平与关爱。"

贾伟说："我的英文水平并不是很好，你能给我翻译一下这首曲子的歌词吗？"

叶子点了点头，对贾伟翻译了全曲歌词——

幻想没有天堂

这很容易

也没有地狱

我们头顶上只有蓝天

幻想这世上的人们

只是生存在现世

幻想没有国家

这也不难做到

没有杀戮和死亡

也没有宗教

幻想这世上的人们

和平地度过一生

幻想没有财产

我不知你能否做到

没有贪婪和饥饿

人类欢聚如弟兄

幻想这世上的人们

共同拥有这世界

你也许会说我是个空想家

但我并非孤立无助

希望有一天你会加入这行列

世界将会大同

　　贾伟实实在在被感动了。他说："John Lennon 的确是个伟大的歌手。他唱出了人类世世代代的希望和梦想。在这世上，除了那些暴力分子、恐怖分子、军国主义者，每一个普通人都是期盼和平的。这首歌不但旋律优美动听，歌词意境更是世间最唯美的，最令人感动的。"

　　叶子说："的确如此。我最喜欢听这首歌了。每当前奏的钢琴声朦胧出现在音箱当中，我心中便有一种莫名其妙的感情在纠结着。我说不清楚是因为这首歌，还是因为 John Lennon 这个人。或许两者兼而有之。"

　　贾伟说："看得出你是个非常孤傲的女子，你其实内心非常寂寞，所以音乐是你最好的朋友，你对音乐已有了一种痴迷的近乎倾诉的感情。"贾伟还有一句话没说出口——自从经历初恋的重创之后，叶子就完全地封闭了自己的心灵，将自己交于音乐为伴。

贾伟觉得叶子太美丽了，也太脆弱了。她就像一只受过伤的美丽蝴蝶，她已经害怕飞翔了。害怕再次不经意间被爱的阳光射穿了翅膀。

叶子像个哲人似的深有感触地说："音乐是这世间最温暖最纯净的东西，就如同最纯净的泉水，最温暖的阳光。在你忧伤的时候，音乐如同抚摸心灵的手，如同孩提时母亲凝视摇篮的目光，它可以让你得到安慰，可以让你的思想得到升华，可以让你的心灵得到安宁。当你寂寞孤独时，放一首或明快或婉丽或浪漫或忧伤的歌曲，情绪一下子就会被感染，思绪就会和音乐一同漫步。音乐，不但能抚平你心灵的创伤，更可以在你快乐时给你带来更多的快乐。"

说罢，她向贾伟伸出手："来。我们跳支舞吧。"

贾伟从沙发上起身，轻拥着叶子和着优美的旋律轻柔地旋转着。他们贴面而舞，目光中流露出款款深情。这是他们第一次靠得如此近，近得可以感觉到彼此的心跳声。

一支舞跳完，叶子倒了两杯咖啡，和贾伟坐在沙发上慢慢地喝着，漫无边际地交谈着。贾伟说："叶子。你这地方虽然不大，但拾掇得干净整洁，有一股子书卷气和艺术氛围。这种宁静、幽雅、温馨脱俗的气氛，在外面是享受不到的，既无卡拉 OK之乱耳、也无觥筹交错之扰形。在这里与亲密朋友一边喝咖啡、一边听音乐、一边聊天，简直太美好了，这种生活就像音乐一样优美。"

叶子笑道："别诗兴大发了。就我这条件，居然被你描绘得这么美好。难怪袁主任说你是块做名主持人的料。你这张嘴呀，要是用来哄女人，不知会有多少女人为你寻死觅活的。"

贾伟笑："是吗？那我怎么没见你为我动心？"

叶子白了贾伟一眼："你可别跑题了。我们只是朋友，比较谈得来的朋友，不是亲密朋友。我不会做你情人的。"

贾伟认真地说："我没想让你做我情人，我要你做我妻子，我要娶你。你知道吗？我一直在等待我生命中的天使，等待一种前世注定的缘分，直到遇上你，我才知道上天没有辜负我。"

叶子冷漠地说："如果我是你的天使，那白雪是什么？你拿她怎么办？"

贾伟说："我跟她的错误已经到了应该终结的时候了。我会安排好她的，白雪是个好女孩，她会理解我的。"

叶子摇头："阿伟，我不想乘人之危。你也别乘人之危。我现在心里很乱。"

贾伟说："我会给你时间考虑。"

叶子温柔地注视着贾伟："阿伟。我看得出白雪是非常爱你的。你不应该伤害她。一个女人失去心爱的男人，会很痛苦的。你应该好好珍惜她。'己所不欲，勿施于人'，我知道被男人伤害的滋味，我不会做对不起白雪的事。"

贾伟真诚地说："叶子。我知道白雪爱我。她是一门心思对我好，这我比任何人都清楚，但我更清楚自己需要怎样的爱。我没法欺骗自己的感情。我一直尽心尽力疼爱白雪。可是自从认识你后，我发觉我做不到了，我每时每刻都在想着另外一个女人，这个女人就是你。"

贾伟的话语中透着伤感："现在，我几乎连亲她一下的欲望都没有了。白雪为此默默哭过许多次。我装作不知道，其实我心里比谁都清楚，我清楚白雪爱我胜过爱她自己的生命。我不想伤害她，但我就是无法做到一如既往地去爱她，这种同床异梦的生活让我苦恼透了。"

贾伟的情意缓如溪流，平淡细腻、缠绵伤感，却又如此亲切和真实。叶子不免有些感动了。她默默地望着他，不再言语。

最终，叶子还是深深地叹了口气："不要再说了，你走吧，我想休息一下。"

叶子下了逐客令，贾伟也就不便久留，他依依不舍地起身告辞。叶子站在楼道上默默地目送贾伟如风远去，内心充满了矛盾和忧伤。

她知道如果不对贾伟下逐客令，恐怕今天就会情不自禁深陷于他的深情之中。

第十八章：恶毒圈套

第 1 节：大爆冷门

2000 年 11 月 16 日，城北山村 500 亩黄金地皮的竞标会在市政府大礼堂举行。决战揭晓的时刻终于到了，贾伟、董天海以及 W 市各房地产界的大亨们一一到场，主持会议的是主管国土开发和城市规划建设的副市长秦武。

秦武进行一番开场白之后，宣布了一个令人十分意外的结果：经市政府研究决定，城北山村 500 亩地的夺标者是颖竹房地产开发公司！

群情哗然。这结果大大出乎他们的意料，这块地怎么会被一家颖竹房地产开发公司拿下了呢？颖竹公司好像名不见经传嘛。尤其是贾伟和董天海，对于这结果，一时之间他们根本无法接受。他们付出了太多的精力和不菲的财力，两家公司明争暗斗，结果却让旁人捡了个现成。

秦武颇具权威地挥了挥手："大家静一静！我知道这个结果很出乎大家意料。颖竹房地产开发公司在各位眼中似乎是一家并不怎么起眼的公司，成立不久，名不见经传对吧？其实不然，大家还记得曾经创造本市房地产商业神话的颖竹置业代理公司吗？颖竹房地产公司的前身就是颖竹置业代理公司。老板也是同一个人。"

众人恍然大悟，贾伟脸上也有了些释意的平和，对他来说，赵洪这年轻人创造又一个奇迹是没什么可大惊小怪的，他的策划和创意非常人可比，他想：不知赵洪这小子又出了什么奇招？

而董天海脸上却更添了一丝愤怒的神色，他在心里恶狠狠地骂道：妈的！又是这小子跟我作对！

秦武说："颖竹公司的资金目前来说也许并不是最雄厚的，但是颖竹公司的投资计划书是你们所有人中最棒的！是最有新意的！是让市政府最满意的！你们这帮人批这块地的目的是什么？是建高楼大厦，是建娱乐城，是建写字楼，是建顶级商务中心。说实话，这些 W 市并不欠缺。你们想知道颖竹公司的投资计划书内容是什么吗？我告诉大家吧，是建医院！是独资建一家三级甲等医院！"

众人平静下来，他们不得不佩服颖竹公司的确是独具匠心、出奇制胜。

秦武接着抑扬顿挫地说："颖竹公司在投资报告中称：W 市位于内陆，作为西部大开发中最重要的经济重镇，目前仅拥有 13 所三级甲等医院，每年的投入仅有几亿元。而北京、上海等大城市，每年有一、二百亿投入到卫生事业。香港更多，每年多达数百亿。这种差距让我们看到了本地卫生事业的落后面貌，同时也让我们看到了 W 市医疗市场的发展潜力，投资医疗卫生事业大有前途。在 W 市独资建立一座三级甲等医院，是件利国利民利己、造福人类一举多得的大好事。因此，颖竹房地产开发公司决定投资 5 亿人民币在城北建立一座拥有 4000 个床位的三级甲等独资医院。医院建立后将大量引进国外、海外、港澳及内陆的优秀医师和教授。并推行国外的先进管理体制，打破终身铁饭碗、实行严格的重奖重惩制度、杜绝拿红包和药品回扣等不良风气，以崭新的竞争姿态促进 W 市的医疗卫生事业的发展。你们听听，这份投资报告是多么地振奋人心啊！市政府非常重视这份投资报告。建一家三级甲等独资医院不仅有利于改善竞争外部环境，还能促进国营大医院内部人事制度、激励机制的建立和完善。所以市委、市政府开会讨论一致决定将这块地批给颖竹公司。并且在征地方面给予最大的优惠政策，地价总价优惠 6000 万元！"

众人又是哗然。

秦武说："大家不要不服！大家都是生意人，都是资产数亿甚至是数十亿的大老板，但我要提醒大家一点：做生意不要光考虑自己赚钱，出发点还是应该考虑民生，要多为政府分忧，如果你们能为政府分忧，政府就会给你优惠政策！"

接下来，秦武有请颖竹公司老总赵洪上台领取标书。在大家热烈或不热烈的掌声中，赵洪走上主席台，领取了标书。

第 2 节：分道扬镳

城北这块地如愿以偿弄到手后，刘玫觉得和董天海分道扬镳的时机已完全成熟了。这天上班，她走进董天海办公室正式向他提出辞职。董天海茫然地问："为什么？是不是嫌待遇不够好？如果是这个原因，年薪我可以再给你加 30 万。180 万年薪。"

刘玫说："我要辞职。不是因为待遇问题。"

董天海迷茫地望着刘玫："那是因为什么？是因为跟我在一起没有名分吗？如果是这样，我马上跟你姐姐离婚，跟你结婚。总之，你有任何要求，只要我能做到的，我都会尽最大的努力满足你。"

刘玫说："实话跟你说吧，我不想做你的情人，更不想做你的老婆。我要结束这一切，开始新的生活。还有，我不想一辈子跟别人打工，我要开创一番属于自己的事业。"

董天海对刘玫咧嘴一笑，那副模样像只邪恶的公猫。他将她浑身上下打量了一番，放肆地说："恐怕这些都只是借口吧？你是不是有了别的男人？"

刘玫高傲地昂着头说："是又怎样？"

董天海气愤地说："我绝不允许！"

刘玫的眼神中充满了挑衅："你管得了吗？"

董天海吼了起来："那就试试看！我要是不把那个男人撕碎了，我就不姓董。同时，我也不会放过你。我告诉你阿玫，我可以容忍你的要强个性；可以容忍你的泼妇脾气；可以容忍你花钱如流水；甚至可以容忍你对我的厌恶；但就是不能容忍你跟别的男人，给我戴绿帽子！"

刘玫冷笑："你有这个权利吗？你算什么？你是我什么人？你凭什么管我？"

董天海霸道地说："就凭我是董天海。就凭我是你的第一个男人。就凭我是你的老板。我就有这个权利！"

刘玫嗤之以鼻："哼！你这是自欺欺人！你根本就不是我的男人。你是用罪恶的手段得到我的。我不但不爱你，还对你恨之入骨。你算什么？你只是个大流氓，一个十恶不赦的强奸犯！"

董天海说："我可不管用什么手段得到你，总之我看上的女人就是不准别人碰。"

刘玫冷不防将他一军："如果那个男人是秦副市长呢？"

董天海张大嘴巴，一下子说不出话来了。他知道以他现在的财势和地位，就是拼了老命也奈何不了位高权重的副市长。

刘玫第一次体会到了强者的乐趣，体会到了胜利的乐趣。她从容地收拾东西，将董天海给她的车子、房子钥匙全扔到了大班台上，扬长而去。

随后，刘玫开始以颖竹房地产开发公司老板的身份公开露面，意气风发，轰动一时。

直到此时，董天海才如梦初醒，知道自己被刘玫耍了。原来她对自己早就有了异心，早就背着自己开办了颖竹公司。

直到此时，贾伟才恍然大悟，原来刘玫早从上海来到了 W 市，并且巾帼不让须眉地干出了一番大事业。原来她就是那个名噪一时的颖竹公司的幕后老板。

贾伟反应灵敏，从来不忽略或低估对手的能力。但是他没想到自己的对手居然是刘玫，这个多年前自己培养出来的强劲对手对房地产实际操作手段有着惊人的天赋和悟性，她打了自己个措手不及。

不过，贾伟并没有像董天海那样满怀失落和怨恨。

第 3 节：爱恨悠悠

刘玫去城北圈地当天，贾伟和陈明怀着复杂的心情决定去圈地现场会一会这位他们一手培养出来的巾帼英雄。几年不见，也不知她变什么样了，想必做了老板，一定变得更漂亮更迷人更成熟更有气魄了吧。贾伟觉得徒弟打败了师傅、学生打败了老师，其实也算是可喜可贺的事，应该去恭贺她。

贾伟和陈明到时，人头攒动处，刘玫正意气风发地指挥手下配合政府部门圈地，见贾伟和陈明来了，笑着迎上几步："哟。二位大老板大驾光临，真是不胜荣幸啊！"

贾伟亲切地说："刘玫，你到了 W 市，怎么也不来找我们？"

刘玫冷冷地说："难得贾总还记得我这个没用的人。当初不是你一脚将我踢出公司的吗？我怎么有脸面再来找你，我可不想自取其辱！"

贾伟温和地说："刘玫。那件事的确是我处理不当。不过，现在事情已经过去了，而且你现在发展得更好，就不要再耿耿于怀了。好吗？"

刘玫冷漠而愤恨地望着贾伟说："你说得好轻松！为了一雪在上海被你无情驱逐之耻，这几年我吃了多少苦、受了多少罪，你知道吗？你以为一句不要耿耿于怀就一切都过去了？就一切都烟消云散了？我告诉你！我因你所受的屈辱和痛苦，就像一支带倒刺的箭头，它已经深深地刺进了我的心窝，是拔不出来的！有时我也想把这支箭头拔出来，但一拔就痛，痛不可当！"

刘玫眼里滚动着泪水。她不知自己怎么了，一见这个男人就有一种欲哭的冲动。她不知自己对贾伟的恨，是不是一种深得不能再深的爱。

贾伟见刘玫满眼泪水，终于相信了白雪所说的"刘玫一直深爱的人是你"这句话的真实性。只有爱之深才会痛之切。贾伟心中充满了歉意，真诚地说："对不起，我没想到一件小事，会给你造成那么大的伤害。你如果要记恨我，我也没有办法，只是这样于事无补。"

刘玫怪怪地笑了起来："于事无补？那是你的想法，我不这么认为。还记得我离开公司前对你说过的话吗？——山水有相逢！山水有相逢！总有一天，我会让你后悔今天的所作所为！这就是我对你的决裂宣言！你知道我为什么要回 W 市吗？你知道我为什么要投靠董天海吗？你知道我为什么要开办颖竹公司吗？你知道我为什么要争夺这块地吗？这一切，这所有的一切都是因为你！我要不惜一切代价跟你作对，我要把你打败！我要让你认识到我存在的价值，我要让你知道我并不是一个可以随便让男人羞辱的女人！我一心一意地为你做事，我一心一意地对你。可你居然为了一个没文化没气质的乡下丫头一脚将我踢出公司，丝毫不顾我的苦苦哀求！你现在才知道自己做得过分？！"

陈明实在看不下去了，冲刘玫吼道："你简直不可理喻！做老板的炒员工鱿鱼是天经地义的事，再正常不过了！就这么点破事值得你记恨一辈子吗？你要跟我们作对，尽管放马过来，谁怕谁啊？这块地得不到没什么大不了的，我们根本就不在乎。只要有钱，还怕找不到地方投资吗？城北又不是只有这一块地，我们可以在其他地方圈地。没有最好的，我们可以退而求其次。就算你手眼通天，能把 W 市所有最好的地都垄断，大不了我们不做房地产，改投其他项目。退一万步说，就算你有本事让我们在这座城市无立足之地，我们还可以转移阵地到其他城市投资。可话说回来，你有这个能耐吗？有吗？我告诉你，做人不要太张狂了！尤其是作为一个女人，这样对你没什么好处！"

刘玫气愤地说："陈明。我没兴趣跟你说话！你算什么？除了吃喝玩乐，你懂什么？你在公司起到过什么决策作用？你真正懂房地产吗？如果跟你斗，我还没兴趣呢。"刘玫一直看不起陈明，她觉得他是个粗俗粗心的男人。像他这种男人，是不会明白她内心的爱憎的。

陈明气得说不出话来，想发作，被贾伟劝住了。贾伟劝他好男不与女斗，最后又对刘玫说："我无心与你为敌。你是个很有智慧很有能耐的女子，不过你的个性太要强了，这种个性说不定最终会毁了你的。我好心奉劝你一句——人世间不是所有的事都能顺心如意、得偿所愿，有些事认真想想，其实没什么大不了的，完全取决于自己的人生态度。你何必那么认真那么固执呢？你要恨我要报复我只是你的一厢情愿，对我并没多大影响和伤害，伤害到的只会是你自己。刘玫，你不要再执迷不悟了！"

贾伟拉着怒气冲冲的陈明走向轿车。望着贾伟远去的身影，刘玫内心有一种刻骨铭心的失落和撕心裂肺的痛苦。她本想从他身上看到失败给他带来的气愤和痛苦，结果却大失所望。他还像以前一样，能够对所有的人情世态泰然处之。他永远是那么淡泊，永远是一副拿得起放得下的潇洒姿态。她无法不爱这个男人，又无法不恨这个男人。

其实爱也好，恨也罢，她的心，她的灵魂都是为他而活着。

第4节：共浴爱河

程辉将"胡思乱想"美容院接收之后，就一直交给一个名叫晓泉的本地理发师打理，自己瞒着两位老总经常抽空去美容院看看。程辉告诫自己一定要干出个名堂来，等赚了钱，积累了更多的资金，就开间酒吧，等有了一定的身家事业之后，就向刘玫求婚。

美容院的生意不错，每天有两千元左右的纯利润，当然这么高的收益全靠从事地下色情交易。现在的美容院、发廊、桑拿中心、洗足城、KTV歌厅、旅馆饭店，要是没有点女人的荤腥味儿，生意还真红火不起来。这是人世间最原始最赚钱的买卖，随着时代的进步，做这买卖的居然也越来越多了，门类和花样也越来越翻新了，这种现象对伟大而愚蠢的人类而言，真不知是喜是悲。

美容院天天赢利是目前唯一令程辉感到高兴的事情。这段时间，他被刘玫以及所有与刘玫有关的事情弄得意乱情迷心乱如麻。刘玫已好久没跟他亲热了，每次打电话约她见面，她总推说公司事忙，有时她有空，他又没空。他对这段感情越来越困惑和无奈。他不知刘玫是不是真心爱他。他觉得自己好像真的像是被她利用了。

这天下午，程辉抽空驾着贾伟的奔驰轿车来到美容院，叫了一位有着按摩绝活、名叫菲菲的漂亮小姐进小包间按摩。

做了四十五分钟的按摩，程辉觉得身体轻松爽快舒服多了，从按摩间出来，见大厅里有几位客人正在做发型，两个女人在做面膜，还有几个男人和小姐在打情骂俏谈生意。对此，程辉早已司空见惯了，他觉得里面脂粉味太重，便走到门口呼吸新鲜空气。

这时，刘玫打来电话，说她在浣纱花园买了一幢小别墅，已经装修好了，一共花了160万。她想带他去看看，问他现在在哪。她马上开车过去。

接了电话之后，程辉心情愉快地吹起了口哨。大约过了二十分钟，刘玫驾驶着刚买不久的白色新款奔驰轿车来到美容院。进了店堂，员工们齐声向她问好，刘玫高兴地点头回应着："大家好，好久没见你们了，挺想你们的。"说着拉了张皮椅坐下，叫发型师为她做发型。

做好发型，他们又在一家装修气派的茶楼，喝了一个多小时的下午茶，才驱车赶往浣纱花园。

别墅装修得精致美丽、小巧玲珑。与贾伟装修得豪华气派、金碧辉煌的大别墅相比较，显示的是另一类的时尚。

别墅共两层。一楼由餐厅、客厅、厨房、卫生间和一间起居室组成。二楼由两间带卫生间和客厅的套房，一间书房和一个小型卡厅组成。套房卫生间的设备全是进口货。双人进口蒸汽式冲浪浴缸，既可淋浴又可干蒸，是与情人调情造爱的好地方，想怎么折腾尽可即兴尽情发挥。卡厅的音响设备与效果非常好，并相应地配有一个小酒吧和舞池，可俩人尽情欢娱，也可三四人同舞同乐。

参观完毕，程辉和刘玫坐在主卧大床歇息。床上用品精美舒适豪华，被褥以红绸缎作为底色，花枝招展的图案充满了情欲诱惑，让人一看就想躺上去翻滚一番。

俩人贴靠得很近，彼此都知道接下来将会发生什么。

程辉的心怦怦乱跳着，血管里的血液也慢慢地加快了流速。寂静的房间里，他可以清楚地听见自己和刘玫的心跳。慢慢地，他身体的反应越来越强烈，强烈得无法自持了，便猛地一把将刘玫揽进了怀中，喘着气去吻她。

刘玫温柔地顺从着他，并报以同样的炽热激情。他们搂抱在一起，彼此探索着对方的舌头，抚摸着对方的肉体，最后就势翻滚到床上，气喘吁吁，汗水淋漓。

刘玫喜欢程辉在床上的勇猛和强壮，这小子勇猛得像头豹子，强壮得像头牛犊，似乎永远有使不完的劲，每次都能带给她新鲜感和持续不灭的激情。她想：这大概就是年轻的好处，身强力壮的好处吧！她忽略了其中一个最最重要的因素，那就是因为程辉爱她，对她永远也爱怜不够。

170

第 5 节：施以恩惠

刘玫利用秦武的特权，玩了一手漂亮的空手套。在成立颖竹房地产开发公司之初，她通过秦武从招商银行贷款了 1 亿元人民币，加上颖竹置业代理公司一年来获得的 1 亿零 600 万元赢利，共拥有 2 亿多资金，这笔钱除去支付城北山村 500 亩地的征地费用，只剩下那 600 万零头。土地征用到手之后，刘玫立即又通过秦武的关系以 500 亩土地作抵押从招商银行超额获得了 2 亿 8000 万元的人情贷款。吴行长在发放这笔贷款时，连本带利扣除了她最初从招商银行借贷的 1 亿元资金，吴行长对刘玫解释说这笔钱是他冒着风险违规放贷给她的，拖久了对秦副市长、对他和对刘玫自己都不利。

为了感谢秦武和吴行长的大力帮助，刘玫分别给了秦武和吴行长 300 万元好处费。加上请吃请喝上下打点，此时颖竹公司账户上还剩余 1 亿 6800 万元资金。这 1 亿 6800 万如果操作得当，还是可以以分期开发的方式将那 500 亩黄金宝地开发出来的。不过，刘玫是个野心很大的人，她觉得这 1 亿 6000 多万作为开发资金显然有点捉襟见肘，不便施展拳脚。另外，她一直设局要对付贾伟，现在是时候了。

这天是周末，上午九点，刘玫拨通了程辉的手机，问他今天去不去美容院。程辉说下午照例去结账，刘玫叫他下午在美容院等她，他们找家酒店共进晚餐，然后双双回到他们的爱巢。程辉兴奋不已，满心欢喜地期待着幸福的时刻到来。

下午三点，刘玫再次给程辉打电话。程辉说他已经在美容院了。刘玫说她五点钟准时到。

程辉老老实实地在美容院等着刘玫。在漫长的等待中，他理了个发洗了个脸，又叫菲菲给他按摩，把自己拾掇得清爽精神，晚上好和刘玫共度良宵。

下午四点多，三个中年男人走进了美容院，几个小姐训练有素地迎上前去，三人各点了一位小姐进了里面包间。十分钟后，又有四个男人来到美容院，问有没有小姐。坐在一旁喝茶看足球赛的程辉暗自高兴，觉得今天生意真好。

此时，一个个包间里，嫖客和妓女赤条条地正在床上纠缠，就像爬梯子，从下往上爬，眼看要爬到顶了，突然有人破门而入。"梯子""嘎巴"一声断了。原来，后来的那四个男人全是便衣警察。嫖客们毫无思想准备，全身失控，从半空中跌了下来，有一个当即就落下了阳痿后遗症。

便衣揪出几对衣衫不整的男女，出示了证件，问这里谁是老板。程辉见情形不妙，抽身想逃，被一个便衣逮住，连同嫖客妓女押回公安局。

程辉暗暗叫苦："完了。妈的，现在的公安破案不行，抓这种事却他妈的特卖力。原本想赚点钱，积累积累原始资本，以后好干大事，没想到刚起步不久就栽了个大跟头。"

程辉沮丧不已，他不敢让贾伟知道这事，否则，贾伟不气个半死才怪。警方叫程辉跟家里人联系，先把罚款送来。不多，10万，至于接下来怎么处置，要看他的认罪态度。

程辉说他是北京人，在W市没有亲戚，只有一个女朋友。警察说那你就给你女朋友打电话吧。于是，程辉给刘玫打了手机，告诉她美容院被警方查封了，现在他和店里所有伙计都在警察局，叫她先送10万元钱过来。

刘玫在电话里对程辉作了一番安抚，说她会想办法把他尽快弄出来。随后，她给秦武打了个电话："秦副市长，我有位朋友在商业区开了家美容院。里面有几个小姐背着他从事色情活动，现在我朋友被抓到商业区公安分局了，请您给分局的廖局长打个电话，叫他们关照一下。该罚款还是罚款，只要人不受罪，能尽早放出来，其他都无所谓。"

秦武满口答应："好，我马上给廖局长打电话。"对秦副市长来说，这是件打个招呼就可以摆平的小事儿。

刘玫驾车匆匆赶到商业区公安分局，直接进了局长办公室，递上名片说明来意。廖局长已接到秦副市长电话，卖淫嫖娼和组织卖淫嫖娼是件可上可下、可大可小的事情，全在当权者的处理态度。廖局长不敢不给秦副市长面子，对刘玫说："我已接到秦副市长电话，马上吩咐手下放人。"

刘玫说："廖局长，放人不忙，我想请您和几位办案民警先去吃顿饭。"

刘玫请廖局长和几位办案民警到会雅大酒店大吃大喝了一顿。席间，刘玫又分别给了廖局长和几位办案民警每人一个信封，当然给廖局长的那个信封分量要重些。廖局长当着刘玫的面吩咐几位办案民警："以后你们谁都不许再去'胡思乱想'美容院骚扰了！"几位民警点头应诺。

饭后，刘玫和廖局长回到分局，问要交多少罚款。廖局长说："秦副市长已打了招呼，罚款的事就算了吧。"

刘玫说："这哪行呢？这不是叫您为难吗？我看这样吧，我交1万元钱把这帮人领走，回头我对秦副市长说您很给面子，没有罚款。这样皆大欢喜，您看如何？"

廖局长笑了："刘小姐真是善解人意啊。这样一来，我也就不怕落人把柄了。说实话，这事情不适当作点处罚，还真不好过关，因为局里上上下下都知道了这件事。你这样做是帮了我一个大忙。以后有什么事，只要用得着我老寥的，刘小姐尽

172

管开口！"

刘玫灿烂地笑了笑："谢谢廖局长把我当朋友。我记下了，以后我有需要您帮忙的地方一定不客气。"

刘玫象征性地交了 1 万元罚款，当即就把程辉和美容院里的伙计全领了出来。程辉和小姐们对刘玫的能耐佩服得五体投地。

第 6 节：阴险计谋

经过白天的有惊无险，当晚在刘玫的小别墅里，程辉激情倍增，和刘玫过了个幸福美满具有实质性的情侣周末。次日，天刚微亮，刘玫就早早醒了，坐在床头一支接一支地吸烟，烟雾在房间里弥漫，越来越浓。

程辉昨晚跟刘玫折腾得精疲力竭，本来睡得挺香挺沉，被满室的烟雾熏醒过来，见刘玫愁眉紧锁靠在床头抽着烟，床头的烟灰缸里堆满了烟头，便披衣坐起，问："阿玫，怎么啦，一副心事重重的样子，是不是遇上什么难事了？"

刘玫叹了口气说："阿辉。我是遇上难事了，不过你帮不了我。我怕我是过不了这个坎了。"

程辉紧紧地将她搂在怀里："阿玫。有什么难事跟我说，就算我没能力帮助你，起码可以和你分担忧愁。告诉我吧，说不定我可以为你出出主意，说不定我可以帮得上忙呢？"

刘玫欲擒故纵地说："这件事跟你说了也白说，还是不说的好，免得你为难。"

程辉是个急性子，刘玫越是这样他就越是放不下："阿玫。你就告诉我吧。你是我心爱的人，看着你愁眉苦脸的，我心里难受。我是个大男人，不能为自己心爱的女朋友做点事还叫男人吗？什么事你大胆地说出来。只要不是叫我杀人放火、走私贩毒，只要我能办到的，再苦再难，为了你，我也豁出去了。"

刘玫觉得火候差不多了，便说："阿辉。我在城北购买的 500 亩地急需一笔开发资金，这事让我烦死了。那是块黄金宝地，闲置一天就是浪费一天的金钱啊。"

程辉说："那的确是块黄金宝地。听说城北在未来五年要建一座北部新城，据说还要建得和上海浦东一样繁华。在那里搞房地产或办实业，都大有前途。"

刘玫说："我准备在这 500 亩地上建豪华商住楼和写字楼。只要房子建起来，一定可以赚大钱，只是现在没有资金投入开发使用。"

程辉建议："你可以用这块地办抵押贷款啊。"

刘玫故作忧伤地说："我已经用这块土地通过秦副市长的关系从招商银行超额贷

款了2亿8000万元，不过这笔钱还掉以前在银行的借贷，已经所剩不多了。阿辉。你也知道我是白手起家，为了拿下这块土地，我是想尽了法子耍尽了手段，总算是功夫不负有心人，得偿所愿。这块地的征地费花了2个亿，这还是秦副市长特别关照，否则这么一块黄金宝地40万/亩怎么可能拿得下来？没有个七八十万一亩是拿不下来的。现在我手里捧着这么块黄金宝地，却苦于缺乏足够的开发资金，你说我急不急啊？按道理我可以用这块土地寻找合作，再找一家公司合作开发，这样倒是可以解决资金紧缺的问题。不过跟人家合伙，钱就让别人赚去了一大半，这很不划算。我思前想后，觉得只有一个法子可行，就是找一家实力非常雄厚的大公司为我担保，再从银行贷一笔款子，这样我就可以尽早尽快将这个项目开发出来。"

程辉不解地说："这办法可行，可是我又能帮你什么忙呢？"

刘玫说："我想让嘉客公司为我担保。"

程辉说："那你亲自去找贾总吧。我们公司财力雄厚，为你担保一定没问题。你以前又是贾总的助理，贾总重情重义、乐于助人，一定会帮你的。"

刘玫说："我不能去找他，我去找他一定没戏。这块地我是从他手中竞争过来的，贾伟再大度，也不可能帮助自己的竞争对手啊。再说我跟他私人之间还有一点过节呢，我可不好意思去找他。"

程辉问："你的意思是叫我替你去求他？"

刘玫摇了摇头："不。你也不能去求他。如果你去求他，他一定会猜测到我们的关系。如果他知道我们在谈恋爱，他会怎么想？他一定会认为你是内奸，认为是你将公司的机密透露给了我，以致嘉客公司竞争城北那块地会失败，那他就更不会帮我了。"

程辉越听越迷惑了："你想让我们公司为你担保，又不想向贾总求助。那怎么行？"

刘玫从床头的公文包里拿出几份空白担保书，递给程辉："办法是有的，不过你得亲自出马。只要你在这几份空白担保书上伪造贾伟的签名，再盖上嘉客公司的公章，我拿到银行去就可以贷到款。"

程辉大吃一惊，差点儿从床上跳了起来："阿玫。这种事情我不能做。贾总对我恩重如山，我不能做对不起他的事。再说，做这种偷偷摸摸的事也不是我的性格。你还是打消这个念头吧。想要贾总为你担保，可以公开去找他。贾总是个宽容大度的人，不会因为没批到那块地跟你结仇。只要你好好跟他说，他一定会帮你，到时我也可以帮你说说话。"

刘玫沉下脸来，伤心地说："你不听我的算了。天啊！我的命真苦啊！在这个男人打天下的社会里，我不甘认命苦苦拼搏，想靠自己的能力打出一片天下，创出一番事业。可是我太势单力薄了，很多时候我感到力不从心。我原以为找个男朋友，多多少少可以帮帮我。没想到你根本就不愿为我做任何事。我真是没有眼光，爱上你这种男人！"

程辉见刘玫眼里积满了泪水，不由心软了。他觉得自己欠刘玫太多，刘玫一心一意爱他，将宝贵的贞操给了他，并为他盘下一间美容院，让他有事业成就感。昨天，要不是她帮助，他现在还关在公安局呢，说不定还得判刑坐牢，弄个身败名裂。刘玫为他做了那么多事情，可他作为她的男朋友，却从未为她做过任何事，帮过任何忙，他完全有责任帮助她，为自己心爱的女人赴汤蹈火。只是，这件事太让他为难了，他不想做对不起贾伟对不起公司的事情。如果换了别的事情，他一定会毫不犹豫地答应下来。

程辉安慰刘玫："阿玫。你不要生气，我们可以想想别的办法。"

刘玫生气地扒拉开程辉搭在她肩膀上的手，大声说："这是唯一的，也是最好的办法。我只不过是瞒着贾伟以嘉客公司的名义担保向银行贷款，又不是抢银行，你担心什么？等我赚了钱，渡过了难关，就悄悄把贷款还给银行，神不知鬼不觉地，皆大欢喜，多好。如果公开去向贾伟求助，他一定不会帮我，我敢肯定。"

程辉觉得刘玫分析得也有道理，便有些动摇了。刘玫见他沉默不语，知道他内心在作思想斗争，便趁热打铁说："阿辉。我这么爱你，为了你，我什么都愿意做。难道你就不能在关键时候帮我一把？这件事情你做起来一点也不困难。你是他的亲信，趁他不在时悄悄在几份担保书上伪造个签名，再盖上个公章，那完全是轻而易举的事情嘛。"

程辉说："这事我做起来的确是很容易。贾总的公章就放在书房，他从不会防备身边的人，所以书房也从不上锁。但越是这样，我就越觉得这样做不光彩。贾总对我实在是太好了。"

刘玫温柔地用双臂环住程辉的脖子："阿辉。为了我们的将来，你就委屈一次，做一次不光彩的小偷吧。如果你能帮我却袖手旁观，我会很伤心的！"

程辉不想让刘玫伤心，经过激烈的思想斗争，最后点头答应了："好吧，我试试看。"

刘玫开心地笑了，搂着程辉亲个没完没了，口里叫唤着："我的好阿辉！我的好男人！我的好老公！我爱死你了！"

程辉被这番迷魂汤一灌，更觉得为她做任何事都是应该的都是值得的，都是在所不惜、万死不辞的。他丝毫不知自己已落入了刘玫为他设置的陷阱，更不知他将要做的这件事会给贾伟以及嘉客公司造成什么样的严重后果。

上午十点四十左右，程辉回到别墅时，小张正在客厅打电脑游戏。小张告诉他贾伟、陈明和白雪去渔桥庄愿景花园视察第二期工程的进展情况了。

程辉上了楼，觉得今天正是盗用公章的最好时机，平时贾伟外出不一定带白雪，今天白雪也不在家，小张在别墅一楼很少到楼上来，最好下手。

程辉进了书房，拿出几份贾伟的签名文件，用超薄透明纸先从一份文件上盗印了贾伟的签名，然后覆盖在几份空白担保书上一一刻下印痕，再小心翼翼地用钢笔描上字迹，这样，几份担保书的签名就同贾伟的签名一般无二。

签好名，程辉又在几份空白担保书上一一戳上了嘉客房地产开发公司的大红印章。做完这一切，他收拾好现场，将公章放回原处，出了书房，神不知鬼不觉。

程辉回到自己房间，给刘玫打了手机，告诉她事情办妥了。刘玫喜出望外，怕夜长梦多，叫他立即把担保书送过去。

程辉开着林肯车来到颖竹公司，将几份担保书交给了刘玫，不太放心地问刘玫打算贷多少款。刘玫轻描淡写地说就贷个三四千万，怕程辉担心，又说："你放心。我保证两年之内打开局面。你要相信我，我不会害你。"

程辉微笑着说："我相信你。你是我最心爱的人，我不信你还能信谁呢？"

刘玫温柔地给程辉灌着迷魂汤："再过两年，等我打下事业基础，我们就结婚，到时你做公司老总，我退下来做个专职的贤妻良母，最多在幕后给你出出主意搞搞策划。"

程辉憨厚地笑了笑，心中充满了憧憬。中午，俩人在一家酒店共进了午餐，然后依依惜别。

刘玫回到办公室，在四份贷款担保书上填写上了贷款金额。每份贷款 3000 万，四份共计贷款 1 亿 2000 万。她决定找 W 市工商银行、招商银行、商业银行和建设银行贷款，每家贷 3000 万。她这么做有三个目的。一，分散贷，数额小，获取贷款容易些。二，她要报复贾伟，故意造成贾伟重复担保，恶意透支信誉的假象，使他和他的公司在银行方面失去信用。三，这几笔贷款她打算制造各种借口到期久拖不还，到时让四家银行同时找担保公司，找担保人贾伟。她要让贾伟身败名裂、焦头烂额，陷入困境，甚至万劫不复。

刘玫清楚有程辉做挡箭牌，贾伟奈何不了她。他就是告到法院也只能是程辉倒霉，盗用公章、伪造签名的是程辉，不是她。而且她料定以贾伟的性格和为人，他不会告程辉。看在死去的程娟的分上，他也不会为难他。

一直以来，给有实力有潜力的企业放贷是银行的主要业务和最大的获利途径，刘玫料定银行方面没有理由拒绝送上门的肥肉。

果然，几家银行的负责人见担保程序合法，担保公司又是声名显赫实力雄厚的嘉客房地产开发公司，都非常痛快地发放了贷款。只不过，出于自身利益考虑，每家银行都略微将放贷利率提高了一点。这也是刘玫意料之中的事情。

刘玫分别从四家银行轻而易举地贷到了她所需要的款项。接着，刘玫和赵洪确定了公司的战略目标，准备在城北打造一个时尚高档住宅区，名字就叫"蝉柳花园"，一期工程报批200亩用地。其中50亩用地用以建造颖竹私立医院，150亩地用作蝉柳花园一期楼盘的项目用地。有关手续的申请材料赵洪已经拟定好了，只等上面批准就可以随时动工。

为了加快项目用地的审批速度，刘玫决定亲自去找秦武。

第7节：如此公仆

刘玫走进秦武办公室时，秦武正动身去会议厅开会。他叫她在办公室等待，会后再与她详谈。

秦武匆匆走出办公室，身居高位的他几乎天天要开会，开会就是他的工作。

刘玫在办公室等得无聊，就到走廊上透了一会儿气，点燃一支香烟吸了起来。吸完烟，又回到秦武办公室继续等待。

十一点半，会议结束，秦武回到办公室，放下文件，邀刘玫出去吃饭，边吃边谈。刘玫开车载着秦武来到W市大酒店。点了几道大菜，要了瓶红酒，碰过一杯之后，刘玫开门见山对秦武说她现在已筹集了资金，急于开发城北山村那块地，请他尽快帮忙把第一期项目用地批下来。

秦武说："行。这个没有问题，还是按正常程序来吧，你直接把有关项目用地的报批手续材料一个关卡一个关卡地过，手续材料每到一个关卡你就给我打个电话，然后我再直接打电话下去叫他们关照。这样用不了两天所有报批手续就可以办下来。"

接着，秦武给刘玫透露了一个好消息："明年市政府的战略方向主要在城北的'北部新城'。按照市政府规划，城北划分为七个组团，总用地面积为130平方公里。在北部新区重点发展信息技术、光电科技、绿色环保、生物工程、新医药、汽车及配套产业。你那500亩地正处于城北的金三角地段，在那里建豪华商住楼和写字楼，等房子卖出去，再集中资金建一座大酒店，一定可以发大财，因为目前城北还没有一座像样的宾馆和酒店。谁要是抢先一步，谁就占了先机。"

刘玫说："我正有此意，您这想法与我不谋而合。"

秦武夸赞道："你是个不让须眉的女强人，以你的聪明才智，一定会干出一番丰功伟业。"

刘玫说："这还得多多仰仗您的大力支持。"

秦武说："能帮上忙的，义不容辞。"

刘玫高兴地敬了秦武一杯。

两天后，在秦武大力帮助下，颖竹医院和蝉柳花园的商业用地手续批下来了。事成之后，秦武吩咐刘玫晚上在老地方见面。他已经有一段日子没跟她亲热了。

当晚，刘玫依约来到种玉山庄，进了秦武的秘密豪宅。俩人在蒸气浴缸洗了鸳鸯浴，一起翻滚到了宽大的水床上。刘玫积极配合秦武，给予了他最大的欢娱和满足。

第十九章：疯狂涨价

第1节：招商引资

自从嘉客公司竞争城北那块黄金宝地败给刘玫之后，城北区建委主任王海坚和城北区规划局局长高建国就很久没和贾伟、陈明来往了。他们拿了两位老板好处，没有办成事，心里多少有些羞愧。不过，他们并不想失去贾伟和陈明这两位慷慨大方的"朋友"，一直在寻求再次合作的机会。

2001年3月25日，两位官员到城南区参观，忽然有了主意，何不搭桥牵线介绍贾伟和陈明去城南区投资？两人商量后立即给贾伟打了电话，约定到扬子饭店见面商谈。贾伟和陈明开车来到扬子饭店，王海坚和高建国已站在饭店门口等候他们多时了。

王海坚大大方方地说：今天我和高局长做一回东，二位想吃什么尽管点。高建国随声附和："以往都是两位老总请客。今天一定要给我们一个机会，还二位一个人情。"

贾伟说："好嘛。今天就成全二位，让二位做东。不过用餐不忙，还是先谈正事吧。二位不是说有好项目要介绍给我们吗？什么项目？说来听听，看感不感兴趣。"

王海坚说："昨天，我和高局长到城南区参观，那地方真的不错。现在城北区已形成整体规划，小打小闹想插足进去不可能了。我觉得城南大有发展前景。而且我和高局长与城南区政府的官员关系很铁。如果二位老板去城南投资，保证给你们更多的优惠政策。"

高建国接口说："王主任说得没错，城南区现在逐渐成为在 W 市投资的首选之地。首先来说，城南区比城北区开发得早，如今市政府又提出了'加大城南区开发力度，把城南区开发建设成为 W 市外滩'的口号。现在，城南江风路沿线的 7 个观景台、雕塑以及广场正在修建；由体育馆、游泳池等构成的体育中心也已进入规划阶段；江风路商业一条街正在招商之中；位于南江路外侧投资 2 亿的海底世界已经通过初步设计；游艇俱乐部也正在修建中。现在，集城市景观带、旅游休闲带、新经济带为一体的 W 市'外滩'已浮出水面。"

贾伟笑道："听二位这番描绘，的确很吸引人。如果在沿江一带有好地皮，我们可以投资 5 个亿，到南岸搞房地产开发。"

两位官员闻言大喜，如果引资成功，他们将会得到一笔数目可观的回扣。当下便说："好地绝对有。凭我们的人际关系，随便可在城南区为你们弄几百亩好地。"

贾伟豪气干云地说："几百亩太少。这次我们要搞大规模开发，准备储备 5—8 年开发的土地。分期开发。规模越大，开发成本越低，利润就越高。如果地价优惠，我们打算弄个 1000 亩地，打造一个名牌住宅区。建几百幢独体别墅。我们早有这个投资意向，一直在寻找机会。二位是老朋友了，就请在这件事上多费点心。"

王主任连忙表态说："没问题，改天我就把城南区几位主要领导约出来，和二位老总见个面，争取以最多的优惠吸引二位大老板去城南区投资。"

几个人陆续点了菜后，贾伟问大伙喝什么酒。王海坚叫他作主，随便点，想喝什么点什么。

贾伟笑道："我知道二位局长来钱容易。今天我就给你们一个一掷千金的机会。"说罢，吩咐侍立在旁的服务小姐来瓶路易十三。

两位官员尴尬地笑了笑，表面上豪气冲天，内心却一阵阵肉痛。毕竟这路易十三要一万八千元一瓶，如果贾伟和陈明喝上了劲头，一瓶不够再来个两三瓶，他们的腰包可就惨了。而且他们向来只习惯老板请客，要他们请客这是第一次。点这么高档的酒更是第一次。

贾伟看出二位局长的心思，知道他们心痛肉痛的，便说："我事先声明，今天下午还有事要办。酒不多喝，只喝一瓶。"二位局长这才缓解了内心的紧张。

饭后，王主任埋了单，宾主握手告别。钻进各自的轿车，各奔东西。

第 2 节：风水宝地

几天后，贾伟接到王海坚电话，说已约好了城南区几位主要领导，要和二位老板见面洽谈投资事宜，见面地点选定在金果宾馆。贾伟和陈明各驾一辆轿车来到金果宾馆时，王海坚、高建国和城南区几位主要领导已在宾馆门口恭候多时。

王海坚作完相互介绍，谈了一下今天的日程安排：先去温泉度假村洗温泉浴，活动活动筋骨；中午回宾馆用餐，下午去看地。

下午，一行人驱车前往江风路。这里有一大片好地，地势沿江岸一直舒展，足足有一千五、六百亩，具有无可匹敌的地域优势，有山、有水、有温泉、有瀑布、三面环江，而且周围有不少旅游胜地。

王海坚见贾伟沉默不语，陷入思考，知道他对这块地产生了兴趣，便趁机鼓吹城南的区位优势："贾总。上个月，城南区楼盘在房交会上露了一把脸，成交金额首次跃居全市各区县第一。自从城南区响亮提出'吃在城南、住在城南、旅游在城南'这个口号以来，城南区房市迅速升温。可以说，从 W 市开埠通商以来，城南区就是达官显贵首选居住之地，在这里搞房地产没有不赚钱的。你就放心进入吧，我保证二、三年之内，嘉客公司的资产翻一番。"

贾伟淡淡地笑了笑，问身边的区委书记："城南区还有比这里更好的地吗?"

区委书记回答说："这里是本区最好的地势，所以我们第一站就直接带二位来这里。这一带地处南江路沿线，是市政府提出要重点开发之地。贾总真有心来城南区投资房地产，我认为此处是首选之地。"

贾伟望着正在开发的一大片地势，说："这里不是已经有公司进入了吗? 我再进来岂不是吃剩饭?"

区长接过话头说："贾总此言差矣。我们事先对每块地的开发利用都有计划。这家先入场的公司没有你们实力雄厚，只征用了 500 亩地，丝毫没有破坏整块地的布局和功用。在给他们圈地时，是从一边量过来的，并不是从中腰斩。他们征用的是'边角料'，剩下的这 1000 亩地才是整块地的精髓。"

贾伟问："如果将剩下的 1000 亩地全部圈下，地价可以优惠多少?"

区委书记说："最低价每亩 35 万。一切手续区政府帮忙操办，不用投资方费心。征地费用首付一半，手续办齐后剩余一半一次付清。你觉得怎么样?"

贾伟说："这可不是件小事情，容我们好好商量慎重考虑一下。"

第3节：市场分析

宾主双方回到金果宾馆自行娱乐，打麻将的打麻将，斗地主的斗地主，唱歌的唱歌。贾伟和陈明没有参与娱乐，在房间一边喝茶一边商量圈地之事。

贾伟问陈明："阿明，你说我们一下子吃下那块地，有没有这个能力？"

陈明说："有一定的风险。现在公司在渔桥庄投资的愿景花园第二期工程还需投入资金，而且楼盘竣工后，资金能不能迅速回笼还是个未知数。我认为一次性在城南征地1000亩投入太大，肯定会影响公司资金周转和运作。"

贾伟说："地价还可以砍，并不是35万一亩是一口价。估计砍到30万元一亩不成问题。"

陈明说："就算以30万一亩计算，征用1000亩也要3亿，这笔投入太大。除非用来炒地皮，转手倒卖出去。如果自己开发，先期投入太高，万一到时后续资金出现困难，银行又贷不到款，公司就有陷入瘫痪的可能。"

贾伟喝口茶说："这些我都考虑到了，所以想先听听你的意见。"

陈明从纯金烟盒中抠出两支雪茄，递给贾伟一支，自己点燃一支，吸了一口，说："目前我们公司账户上可支配的资金大概有4亿6000万，愿景花园二期工程起码还要投入五、六千万，这样实际可操作资金只有4亿。我觉得分期征地要稳当些灵活些，我们可以先征用500亩地，以30万一亩计算，需要花1亿5000万，这样我们还可以剩下2亿5000万用来运作，那么在城南开发首期工程应该没多大问题。如果开发中期前景看好，到时我们可以用愿景花园二期楼盘的回笼资金，把剩余的500亩地再买断。"

贾伟也点上雪茄，吸了一口，吐着烟雾说："你的意思我懂。循序渐进、稳打稳扎，不冒险，这种想法虽然不错，但也需因地制宜。像现在放到城南这块地，我觉得就不太适合。如果我们只征用其中的500亩地，万一到时半路杀出个程咬金，捷足先登把剩余的500亩地吃下来，怎么办？若真发生这种局面，可对我们大大的不利，不但这块蛋糕被别人分割了一半，而且我们会处于两面夹攻之势。"

贾伟接着对陈明作了一番分析："那块地我们今天也看了，的确有发展前景，现在已经有一家房地产公司进入了，他们征用了500亩地。我们再征用500亩。还剩余500亩，留给后来者。假如先进入的和后介入的这两家公司的实力和开发水平都不怎么样，弄出些'四不像'的楼盘来，把我们包围在中间，你说会给我们造成什么后果？"

陈明怔了一怔，说："那无疑将会对我们建造的楼盘造成非常不好的影响。弄不好会卖不出去，被拖死。"

贾伟笑道："没错。若真是这样，我们就会满盘皆输。阿明。其实做房地产没有什么诀窍。要在激烈而残酷的竞争中生存，只有三条路可走。一，做市场的领导者。二，做市场的挑战者。三，做市场的补缺者。许多搞房地产的大老粗不懂这个，他们只会跟风，或者指望碰运气，结果注定失败者多，成功者寥寥无几。我们可千万不能做跟风者。我们只能在前三条路中结合自身情况选一条路走。你觉得我们现在该选择哪条路？"

陈明思维还算敏捷，他分析道："我觉得我们应该做市场的补缺者。做领导者，无疑我们目前的资金还不算十分雄厚，建不起最最顶级的楼盘；做市场的挑战者，以我们现有三、四亿资产又不屑于去冒这个险。稍有差池，就可能被几家实力相当的公司联合起来挤垮；我们只有做市场的补缺者，我们不建顶级的楼盘，我们要建市场上最需求的楼盘。现在 W 市 1500 万一幢的别墅也有，十二、三万一套的小公寓也有，至于几十万一套的住宅，更是比比皆是。但是，150 至 200 万一幢的独体别墅好像没有，就是有也不具备小区规模，成不了气候，客户买了、住进去没安全感，选择率不高。我们目前就是要补这个缺，建一个颇具规模的明星小区，把 W 市的中产阶级一网打尽。"

贾伟指出："但是，有一点你必须要清楚，要做市场的补缺者，就千万不能让别人在家门口断了我们的后路，这一点至关重要。所以，我们要么不碰这块地，要碰就必须一口把它吃下，这样就不至于被后来者破坏整体规划。而且一次性大面积圈地，在价格方面可以获得优惠。"

贾伟继而分析："我认为我们还是有实力吃下这块地的。资金方面不成问题，如果能将地价砍到 30 万一亩，那么 1000 亩地只需 3 亿资金。我们还可以剩余 1 亿 6000 万。这 1 亿 6000 万我们全投入到城南首期工程，先双管齐下把工程搞起来，要做这个项目就要抓住先机。至于愿景花园二期收尾需多少资金到时看情况再说，如果到时实在挤不出流动资金，我们就从银行贷款，这点小事难不倒我们。目前最重要的是把这块地弄到手，否则，愿景花园这个项目做完后，我们就没有土地储备了。搞房地产没有土地储备，就跟打仗没有粮草一样。"

陈明觉得贾伟的分析很有道理。如今房地产竞争非常激烈，暴利时代可以说基本已经过去了。现在要赢利，不仅要靠实力，更要靠头脑。如果定位不好，就会溃不成军，甚至会把以前打下的基业也毁了。他觉得贾伟比他考虑问题要长远周到。因此他点头道："那就依你之见吧。我听你的。"

贾伟一锤定音："那就这么定了。到时我们再跟他们谈判，争取把地价压到最低。"

晚饭前，两位老板跟几位区府官员进行初步谈判。他们互相讨价还价，区府官员将地价降到32万元一亩就不让步了。贾伟心想你不让步算了，钱在我口袋里，犯不着求你们。他估计只要他不松口，坚持原则寸步不让，最终对方会答应他的条件。

当晚，宾主双方就住在宾馆。夜里陈明溜进王海坚和高建国的房间，要他们出面劝几位区领导再适当作点让步，王海坚和高建国答应尽力而为。

第二天，在两位市局局长撮合下，谈判接着进行。

贾伟将地价砍到30万元一亩，他的口气不容商量："30万元一亩。成，我们就马上签合同，马上付钱，一次性付清1000亩地价。不成，我们就到其他地区圈地。你们要知道，很少有房地产公司能一下子拿出3亿来大面积圈地。我们是带着诚意来的，如果你们不酌情给予优惠，那这生意真的没法谈。如果这块地以零星分割的办法圈给几家公司，不但会破坏了整块地的布局，弄得像狗皮膏药，而且要是遇上没有实力没有能力的公司，到时开发出一大堆烂尾楼来，弄不好到时你们不但得不到钱，还会给落下一副烂摊子。"

贾伟的话一针见血，气魄不凡。几位区府官员权衡再三，最后答应以30万元一亩成交。贾伟当时就跟他们把合同签了。

第4节：高瞻远瞩

2001年2月初，华秀苑二期工程的建筑基础全部完工，开始了紧锣密鼓的上层建筑施工。在此期间，颖竹房地产开发公司手中掌握的七万平方米的华秀苑一期楼盘，也已升值到2000元／平方米。

自城西开发区轰轰烈烈地推行以来，华秀苑周边的房价地价空前高涨，几家房地产开发公司见此形势，也在开发区周边圈地热热闹闹地搞起了开发。不过那些楼盘基本上都是以普通工薪层作为消费群定位。而刘玫和赵洪却志不在此，他们要打造精品高档社区，销售给富贵一族居住，有意识地拉开与周边楼盘的差距。

经过多日的商讨和密谋，刘玫和赵洪酝酿了一个更大的圈钱计划。接下来要做的就是召开公司高层会议发布指令，要求各部门通力合作，将这个计划高效地实施开来！

刘玫和赵洪走进会议室时，项目部经理、策划执行部经理、销售部经理、物管部经理、会计师已经坐在会议室里了。

刘玫和赵洪坐在主席台前，今天是刘玫第一次参加公司的内部高层会议，她笑了笑："大家好！颖竹公司能有今天的规模和成就，全靠赵总和大家的共同努力！因为一些特殊原因，我一直站在幕后，现在时机成熟才被推向前台！在座各位有些还从来没有见过我。不过没关系，今后我们就是一家人，大家都是我的兄弟姐妹！我们共同努力打造颖竹公司更辉煌的前景！接下来，请赵总宣布一下公司新的战略计划！"

　　赵洪说："目前公司有两个战略目标，一个是倾力打造华秀苑二期项目，目前这个项目的施工进程比较迅速，已完成总工程量的三分之一，预计 2002 年四、五月开盘是没有问题的。一个是蝉柳花园一期项目，目前已经开始进行土地平整，在这 500 亩土地上，我们将投入 3 至 5 亿资金建造一座占地 50 亩的三级甲等医院，命名为颖竹医院，剩余的 450 亩将三期用以打造蝉柳花园。有颖竹医院作为蝉柳花园的辅助设施，我相信蝉柳花园这个项目已经成功了一半。"

　　赵洪接着说："我们刘总是个不让须眉的巾帼英雄，她的目标是未来十年之内将颖竹公司打造成 W 市最具实力的房地产公司。在座各位都是房地产业界精英！我们共同努力为刘总达成这个夙愿！蝉柳花园项目一启动将要投入很大一笔资金，光银行贷款是肯定不够的。所以我们得以项目发展项目！当前我们的首要目的就是要让华秀苑这个项目为我们创造丰厚的利润。要创造利润就一定要卖高价！所以我和刘总商量后决定抬高一期楼盘的售价。"

　　众人闻言大惊。项目部经理提出异议："赵总，华秀苑一期的售价已经涨过一次了，从 1800 元 / 平方米涨到 2000 元 / 平方米，购房者寥寥无几，如果再涨，有点像自掘坟墓，恐怕这样一来一套房子也卖不出去。"

　　销售部经理也说："是啊，赵总，华秀苑一期在津吉公司手中的开盘价才 1200 元 / 平方米，后来降到 1000 元 / 平方米，如此低廉的价格也只卖出二百九十套房子，不足三分之一。后来，剩余的房子全被我们公司以 800 元 / 平方米的价格买断，虽然借着城西开发区的优势，现在华秀苑周边的房价和地价都涨了一半多，但我们公司接盘后开出的 1800 元 / 平方米只卖出六套，后来涨到 2000 元 / 平方米后卖出二套，如果再涨，恐怕半年也卖不出一套。"

　　赵洪不以为然："我总结了一下华秀苑一期卖得不好的原因，有以下三点：一，穷人买不起；二，富人不屑买；三，有实力的买房人却不想买这里。而我和刘总的定位就是要将华秀苑打造成精品高档社区，销售给富裕阶层！所以在我们加大投入、有计划地将华秀苑打造成精品高档社区的同时，必须有计划地涨价、涨价、再涨价！"

　　沉吟片刻，赵洪问："在座各位，谁能告诉我，在销售教材上，高档社区的构成要素是什么？"

销售部经理回答："高档房的构成有七大要素：地段稀缺性或传统性、特色的建筑外观、气派舒适的空间、景观资源丰富、卓超的物业管理、卓越的安防配备和升值潜力。"

赵洪笑了笑："我认为华秀苑完全具备这七大要素！华秀苑地理条件优越，东面一公里半是师范大学、科技大学、华秀中学，往西不到三公里就是滨江风景区，南面有华秀湖公园，北面有长江蜿蜒而过。华秀苑的楼盘多为十二层建筑，多复式套型，单层也是大户型，没有一百平方米以下的房子，房屋结构气派舒适，这些条件已经决定华秀苑的楼盘具有极好的升值潜力，所以我和刘总决定，销售处的基价立即从 2000元／平方米涨到 3800 元／平方米！"

赵洪的决定让员工们吓了一跳，策划执行部经理困惑地说："赵总，如此大的升幅，能卖得出去吗？"

赵洪笑道："这个你不用担心。目前，我和刘总对华秀苑最不满意的地方就是售价太低，将真正的购买对象排除在外，我们一直追加投资煞费苦心地改造小区环境，打造精品高档小区目的为了什么？就是为了让小区的楼盘增值。现在提出 3800 元／平方米的售价，我和刘总已经做好了半年卖不出一套房子的心理准备。"

顿了顿，赵洪又说："华秀苑地段稀缺，景色宜人，结构豪华，有很好的升值潜力，所缺少的物业管理、安防配套、小区内部环境我们正在进行补充和改造。现在我们要做的就是打好'华秀苑是 W 市的世外桃源'这张宣传牌！加大宣传力度，让那些潜在的购房者认识到华秀苑与众不同的优势。只要我们打造的精品意识深入人心，用不了多久，随着 W 市房地产市场的持续升温，我们囤积的一期楼盘一定可以卖出高价，这还是其次的，我和刘总的真正意图是利用一期楼盘给明年的二期楼盘开盘造势。只要一期楼盘操作成功，到时，二期楼盘就可以顺势而上，开盘价直接攀升到四千五百元左右一平方米。"

刘玫接过赵洪的话题说："大家目光放远一点，不必担心华秀苑目前卖不出去。只要各位完全按照我和赵总的战略方针行事，我相信一年后一定会出现抢购现象。"

刘玫继续说："现阶段项目部的工作核心就是将华秀苑小区打造成高档房、高价房，策划、执行、改造都要以这个为中心。在完全的策划方案出来之前，我提几件当前必须要做的事情。"

"第一，要在公众心里建立华秀苑楼盘在过去半年内房价增长到 3800 元／平方米的事实印象，销售部吴经理负责联系报社的朋友，将这个事实作为新闻在房地产版报道出来，联系所有高档住宅中介公司，请他们将华秀苑的楼盘挂上去，以 3800 元为基价，每隔半个月增 50 元，让公众意识到华秀苑的房价一直在涨。

"第二，继续加强小区内部环境的改造，将现有的小区改造成与周围环境相融合的园林式小区，项目部杨经理负责联系相关的设计、施工单位。

"第三，将已经购房、即将入住的一百多业主联合起来，组成业主委员会，请他们参与到提高社区人文自然环境的活动中来。第四，组织业主积极参加各类公益活动，要在公众当中建立起这样的印象：华秀苑业主都是高素养高水准的人群，这个工作交给物管部李经理去办。"

会议结束后，各部门经理按照刘玫和赵洪定下的基调制订了详细的策划书。为了重塑华秀苑小区在公众中的形象，颖竹公司首先辞退了原来津吉公司聘请的两个年过半百的门卫，从社会上公开招聘了十六名年轻力壮真正让人有安全感的退伍军人负责小区的安全防卫工作。

接着，在小区打造几幢样板房，刘玫和赵洪商量后决定首先改造华秀苑临华秀湖区域的几幢楼盘的环境，这一片区域不大，与华秀湖水相融相映，景观上容易有特色，也容易改造。赵洪找来在园林设计与建造上有相当成熟的经验的山城园林工程公司。赵洪要求园林公司在临湖区域几幢楼盘的改造上巧思少动，倒不是吝惜建造费用，而是华秀苑小区必须短期内塑造出一块让人憧憬的代表区域。

接着，赵洪找来了在园林设计与建造上有相当成熟的经验的 W 市园林工程公司，准备在华秀苑小区打造三幢房屋面积均为 100 平方米的样板房，这三幢样板房面临华秀湖区域，与华秀湖水相融相映，景观上宜人，经过环境改造之后将成为小区一块让人憧憬的代表区域。然后再请一家装修公司进行室内精装修，精装之后准备以 2500 元一套的价格有针对性地出租给高级白领、外企高管、外国留学生、高校高消费群体，华秀苑的租金跟周围地区进一步拉开差价。

与此同时，颖竹公司投入 1300 多万加大小区环境建设的改造。华秀苑建造之初，津吉公司也想在小区环境上投些钱，只是预售成绩不理想，让老板武平有些畏惧，不敢在华秀苑项目上继续投资，以致小区环境建设的投资也一再地缩水。在原有设计书上，绿化费用为 80 元 / 平方米，武平实际投入不足一半，当赵洪将他新的规划拿出来，再度吓了大家一跳，350 元 / 平方米的绿化造价，差不多达到高档别墅的水平，是华秀苑原先投入的十倍。

赵洪不理会底下人的置疑，坚决要求各部门经理贯彻公司高层决策者的意志，推动小区内部环境的大改造。

物管部的工作也卓有成效，华秀苑业主委员会很快成立起来，而且算得上是 W 市所有高档住宅区里活动能力最强的一家。《提升华秀苑社区的内在价值，改善人文自然环境，提高物业管理水平、加强小区安全防卫》的提案，在第一次业主委员会联合会议上就顺利通过了。这份提议的核心就是将华秀苑小区的物业管理费提高到跟 W 市高档住宅区一样的水平。

在接下来的一个多月时间里，颖竹公司请来的施工单位将小区的内部环境改造得焕然一新，让华秀苑小区完全无瑕地融入周围的湖光山色之中，光是树龄在五十年以上的名贵树木就移植了一百多株，还有环绕水岸长达一公里的风景长廊，鹅卵石小径，条木拼接的台阶，初冬仍绿意盎然的草坪，假山湖石。物业管理加强，着重在于塑造让人放心的安全防卫典范，全小区配备十五名由退伍军人组成的保安队伍，确保地下车库、小区偏僻的角落都配有保安。

与此同时，赵洪频繁跟 W 市各大媒体接触，《房地产周刊》推出的 W 市楼市增幅榜和增值潜力榜赫然将华秀苑小区列在第一位，从开盘价 1000 元 / 平方米增长到现在的 3800 元 / 平方米，这两份榜单被各大媒体接连转载，华秀苑小区的曝光率逐渐增加，在越来越多的正面报道中，华秀苑小区以高档住宅区的形象出现在 W 市公众的视野里。

此时，赵洪耍了个诡计，自炒自卖成交了十套房子，人为地将房价从 3800 元 / 平方米提升到 4000 元 / 平方米，自此，华秀苑一期楼盘的售价已经抬高到 4000 元 / 平方米。

赵洪预计，经过他和刘玫这么一番策划的炒作，到 2002 年 2 月份二期楼盘开盘时，华秀苑小区的环境改造以及各方面的配套已经成熟，加上强劲的广告宣传和口碑宣传，到时开盘价直接提到 4800 元 / 平方米应该是没有问题的。

第二十章：东窗事发

第 1 节：捉奸在床

嘉客公司在城南征地成功后，陈明又登上了飞往上海的航班。他太想念赵苇了。以前每次去上海，他都会事先通知赵苇。这回他不知怎么心血来潮了，想给她个惊喜。

他猜想当他突然出现在她身边时，她一定会大吃一惊，然后像猫一样依偎在他怀里，撒着娇用一双小手儿拼命地捶打她，说他坏说他讨厌。他喜欢这样，喜欢她那幸福甜蜜不胜娇羞的样子。女人在男人怀里撒娇，本来就是一道挺诱惑人的风景，更何况是一个千娇百媚的小女人。

出机场后，陈明拨通了冯小羊的手机，问冯小羊戏拍得怎么样了。冯小羊回答说快拍了一半了。陈明又问："今天在哪拍戏？有没有赵苇的戏？"

冯小羊如实告诉他："今天在上海国际大酒店会议厅拍一场商业谈判的戏，刚拍完，所有演员都回浦东酒店休息了。"

陈明问："赵苇是不是也住在酒店？"

冯小羊说："没有，她一直住在浦东公寓。"

陈明归心似箭，打的直奔浦东公寓。途中，他猜想着：此时，赵苇正在公寓干些什么呢？她一定在看书，或者在看影碟，或者在听歌，或者躺在床上休息。他想她孤独寂寞时，一定也在想他吧。

陈明纵有一千种猜想一万种猜想，也猜想不到此时他心爱的女人正搂着另外一个男人在他的公寓在他的床上尽鱼水之欢。

车子飞驶，最终驶进浦东公寓小区，在陈明的公寓楼前停下。陈明付钱下车，兴冲冲地上楼而去。

经过漫长的相思和等待，终于可以和心爱的女人见面了，陈明心中充满了甜蜜和激情。他想象着和赵苇见面后必不可少的拥抱、亲吻和若仙若死、翻江倒海、忘情忘我的欢爱。

陈明掏出钥匙轻轻插入钥匙孔中，开了防盗门轻手轻脚地走进客厅。他要制造一种出其不意的惊喜效果。客厅过去便是三间卧室，房间的门都关着。陈明来到主卧门前，隐隐听到里面传出一种异样的声音。这声音太熟悉了，分明是女人在床上求欢的快活呻吟和浪叫。

陈明怔立当场，满脸通红。开始，他还猜想可能是赵苇在看三级片。但仔细一听，这分明就是赵苇自己的声音，而且在她死去活来的叫床声中，还夹杂着一个男人兴奋的喘息声。

陈明生了根似的站着，一个大男人对这种事情是最为敏感的。此时他可以断定里面的人在干什么，他的头像要炸开一样疼痛难受，欲撕欲裂。他无法控制自己，飞起一脚，"嘭"的一声将房门踹开。

突然的一声炸响，将里面一对正在兴头上的偷情男女吓坏了。他们狼狈不堪、衣衫不整地用床单遮掩着光裸的身子。面对陈明愤怒的目光，他们羞愧不安、不知所措。

陈明一张脸全变形了。他一直觉得自己还算是一个比较高尚的人。他从来不敢相信他所爱的女人会有什么不高尚之处。他一直认为一个人为人处世也好，对待感情也罢，都应该是以心换心。他从来没有想象到他全心全意爱着的女人会背叛他，拿他的钱去倒贴小白脸。

如果不是亲眼目睹眼前的事实，打死他也不信赵苇竟然是这样一个女人。就在这一瞬间，赵苇在他心目中的美好形象变得无比丑陋、粗鄙、肮脏、令人不齿。

种种纷乱的想法在陈明的脑海间进进出出，他一个也来不及抓住，更来不及思考。面前这个光着身子和另外一个同样光着身子的男人在床上鬼混的女人曾经是他唯一的梦想，唯一活着、呼吸着、在现实面前没有消失过的梦想。

他爱她，爱得发狂，不介意她曾经失身于一个无情无义的男人，加倍地呵护她受伤的心灵，认定她就是自己今生今世的新娘，并为她改变了自己游戏风尘的坏秉性。但如今，他却痛苦地发现她是个彻头彻尾的骗子，她欺骗了他所有的爱和全部的真情。

陈明曾经被李倩背叛过，但他一点也不觉得伤心。因为他和她之间本来就是一场游戏一种交易，他从来就不在乎她。然而，他对赵苇却是动了真情的，赵苇对他的伤害，超越了他感情所能承受、所能容忍的限度。

床上的一男一女苍白着脸，无地自容。偷情的滋味的确很美妙很快活，但若是被人逮了个正着，那滋味也非常不好受。

他们不敢吭声，不安而恐惧地等待着陈明的审判。

陈明从口袋里掏出支雪茄点燃吸了起来。他的脸色在香烟一明一灭的火光中，变得阴晴不定神秘莫测。床上的一对男女一直不敢吭声，也不敢穿上衣服，只是在那儿战栗着，如秋风中的落叶。

陈明吸完一支雪茄，冲他们吼道："还不快给我滚下来?！你们玷污了我的床！玷污了我的被子、床单，玷污了我的房间，玷污了我所有的一切！你们两个畜生不如的狗东西，快穿好衣服给我滚出去！"

在赵苇和卢毅手忙脚乱地穿衣服时，陈明继续破口大骂："赵苇，就因为你今天的行为，我马上叫冯小羊把你这角儿换了！还有你——卢毅，你这王八蛋！我花钱捧你，你却色胆包天玩我的女人！你们这对猪狗不如的东西，就算是头猪是条狗，也知道对主人知恩图报！可你们是怎么做的?！"

赵苇胡乱地穿上衣服，胆战心惊地从床上爬起来，扑通一声跪在陈明面前："阿明！原谅我吧。我是一时鬼迷心窍走火入魔了，你给我一个机会吧，我以后再也不敢了。"

陈明踹了她一脚，冷喝道："你以为还有以后？现在，我看到你这身烂肉就恶心！滚！把房子的钥匙还给我，立刻从我房间滚出去！"

赵苇和卢毅哆哆嗦嗦地从陈明面前经过，害怕陈明会动手打他们，眼神和身子都惊怯着，躲躲闪闪地狼狈不堪。

陈明发泄了一通，怒气稍微平息，取而代之的是一种略带轻视的怜悯，以及无奈的伤感。他没有打他们，他不想玷污了自己的拳脚。

赵苇和卢毅从他身边"逃"过后，突然一下子就加快了脚步迅速溜走，他们窜出房间、窜过客厅、打开防盗门、窜进电梯，生怕陈明想不通追上去揍他们一顿，身后抛下一阵杂乱无章的脚步声。看到这对偷情男女胆小如鼠的狼狈相，陈明禁不住哈哈大笑，笑得眼泪都出来了。

赵苇逃出公寓，走在街道上，心里突然有了一种莫名的孤独和失落。她怨恨地瞪了卢毅一眼，胸脯气得一鼓一鼓的，一种眼看着自己梦想就要破灭的失望情绪，像火焰般在她脸上燃烧。她愤愤地埋怨道："都怪你，大白天非要干那事。现在好了，被他逮了个现行，一切都完了。"

卢毅一改以往情深义重、温柔体贴的模样，冲赵苇吼道："你还好意思怪我？要不是你水性杨花、爱慕虚荣，我怎么会那么容易就泡上你？为了泡你这个人尽可夫的骚货，老子今天出尽了洋相，说不定还会身败名裂。老子跟你不一样，要靠男人捧。老子靠的是自己的实力，老子在影视圈早就是成名人物了。"

卢毅的态度剧变令赵苇像在大冷天突然被呛了一口冷水，浑身上下都冷得直打哆嗦。她终于领教到了小白脸的翻脸无情。

赵苇恨卢毅，更恨自己，恨不该玩弄陈明的感情，恨不该背叛陈明，恨瞎了眼看上卢毅这种没心没肺没情意的小白脸。她气得满脸通红，一句话也说不出来，差点儿背过气去。卢毅可不理会这些，抛下她，扬长而去。

赵苇忽然欲哭无泪。她被爱抛弃了，真爱抛弃了她，虚假的爱也抛弃了她，而这种后果全是她自己一手造成的。

第2节：痛苦醒悟

赵苇和卢毅走后，陈明瘫坐在客厅的沙发上，狠狠地抽着雪茄，黯然神伤。他终于深刻地体会到自己的可悲，在有意无意间，他走进了赵苇这个美若天仙却又无情无义的小女人的虚荣的峡谷。

现在，陈明不得不正确地审视起自己。他清醒地认识到自己的弱点和劣势。他相貌平平，个头又矮，像某个被停牌的股票，根本就燃不起女人的激情。虽然走到哪都有女人围着他转，但那是因为他有钱，有许多许多的钱，有大把大把的钱。他穿名牌衣着，坐豪华轿车，住豪华公寓、欧式别墅，挥金如土。那些围着他转的女人并不爱他，爱的只是钞票。

此时，陈明枯坐在沙发上，恍若股市崩盘时的股民，脸色黯淡无光。刚才那一幕还在他眼前晃动，犹如一把锋利的钢刀狠狠地戳进心脏，使他原本有些兴奋、欢乐的神经，感受到了从来未有的巨大痛楚和难言的苦涩。

沉默良久，他拨打了一个电话。约摸15分钟后，一个身材魁梧脸上长满络腮胡子的中年男子走进陈明房间，恭敬地询问："陈哥！有什么事需要兄弟帮忙吗?"

陈明说："你帮我修理一个人，这小子叫卢毅，是我现在投资这部戏的男主角。"

他将两叠钞票拍到络腮胡子手中说，"现在不能把他弄死弄残。先痛打他一顿再说。这小子现在的戏份特别多，这部戏我投了大价钱。现在中途换角也不成啊。等他把戏拍完了再把他弄个半死不活！"

"好咧！就照您说的办！"络腮胡子抱拳领命而去。

当晚，卢毅在居住的酒店门口跟一伙年轻人发生了冲突，结果被对方痛打了一顿，打得鼻青脸肿的。那伙人打了他之后扬长而去。

冯小羊和周健等剧组负责人闻讯和酒店保安一齐出来，询问何故发生冲突。卢毅满腹委屈地哭诉："这帮流氓没事找事，他们有意撞了我，还反咬我一口，说我撞了他们，对我大打出手！这世道还有没有天理啊！"

冯小羊厌恶地白了卢毅一眼："这世道是没有天理！像你这种不知天高地厚的人，哪一天怎么死的都不知道！你自己做了些什么事，得罪了什么人，心里不会没有数吧？你还好意思谈什么天理！"

卢毅一时怔住了。他当然猜想到这事是陈明幕后指使的。他吓出了一身冷汗。

次日上午，冯小羊和周健商量之后决定请陈明吃个饭，顺便劝解他放过卢毅。毕竟卢毅出了事，他们也脱不了干系。于是冯小羊给陈明打了电话，说中午请他在剧组下榻的酒店吃个饭，一块聚一聚，聊一聊。

中午12点，陈明和冯小羊、周健三人在酒店的中餐厅会面。酒过三巡，冯小羊对陈明说："陈总，昨晚卢毅这小子被人打了，打得鼻青脸肿的，这两天戏也拍不成了。他是主角，他上不了镜头，大家都得跟着歇菜。我看你就放过他吧！毕竟这部戏是你自己投资的啊。剧组这么一大帮人，耽误一天就得浪费不少钱哪。"

陈明醉意朦胧地望着冯小羊和周健，说："如果不是考虑到现在要拍戏，你们说他会这么轻松吗？这王八蛋不是个东西，他明明知道赵苇是我的女人，他还敢泡！

他这不是挑战我的尊严吗？如果不是考虑到还要留着他这条小命拍戏，我早叫人把他灭了！"

冯小羊怕他真做出这等傻事连累了自己，连忙劝阻："陈总。我知道你是条豪爽、耿直的汉子。你千万不要冲动，为了赵苇这么个水性杨花、人尽可夫的女人做傻事，不值得！"

周健也说："其实卢毅这小子根本就不是真心喜欢赵苇，他只不过是逢场作戏。这家伙是个花花公子，每拍一部戏都会和剧中的女演员发生关系，奇怪的是偏偏有那么多女人喜欢这个不道德的风流种。现在这世道不知怎么啦，女人漂亮有资本，男人漂亮同样有资本。不管有没有人品、有没有才华、有没有职业道德、有没有做人的修养，只要有一副漂亮脸蛋，就可以打遍天下无敌手。这都是那些狂热的追星族造就了这么一帮人。"

冯小羊接着劝陈明："卢毅固然可恨，但以陈总您现在的身份，犯不着和他这个小瘪三计较。你真要是雇人把他弄死了，警方一定会很快找上你，因为很显然，这是典型的情杀仇杀。你犯不着因一时之气毁了自己的辉煌一生吧？再说为了赵苇这种贱女人，也不值得呀！我在影视圈里打滚了这么多年，什么事情没见过？婊子无情，戏子无义。赵苇这种人既是婊子又是戏子，是无情无义的结合体。为了这种女人，犯得着怒发冲冠、铤而走险吗？"

陈明感叹："的确是不值得，但我咽不下这口气啊。想想我真他妈的瞎了眼，爱上赵苇这么个不知廉耻的女人。我投资拍这部戏完全是为了捧她。我一心一意对她，她却背叛我，花着我的钱，住着我的房子，和小白脸鬼混。她太不道德了！"

周健开解道："陈总，其实你应该庆幸自己无意中看清了她的真面目。如果你这次来上海不是搞了个突然袭击，还不知要被她欺骗到什么时候，还不知要在她身上花费多少金钱。现在的女人都喜欢大谈特谈爱情，尤其是那些漂亮女人，更善于伪装自己。她们满口爱情，其实根本就不懂爱情，根本就不珍惜爱情。她们都是愚蠢的、贪婪的。她们喜欢标榜自己、喜欢待价而沽，善于抓住机会。她们既要男人的钞票，又要男人的灵魂，还想要男人的爱情，她们同时周旋于两个甚至无数个男人之间。"

冯小羊说："陈总。作为朋友，我不得不说句你听了也许会觉得伤面子的话——从一开始，你和赵苇的感情就注定了这种结局。我们早看出她不是真心爱你，这叫旁观者清，当局者迷。自始至终，你只不过是她的一块跳板，她的目的只不过想利用你在影视圈走红。现在影视圈那些名人哪个不牛 B 呀？只要出了名就有钱就有地位。每拍一部片都有几十万甚至上百万的酬劳，到了这个时候，她们哪还记得以前那些帮过她们的人啊？不恨你就是好的。"

陈明打消了找人收拾卢毅的念头。的确，为了赵苇这种水性杨花的女人不值得。不过，他始终觉得不解气，他问冯小羊："能不能换角色？我要把赵苇和卢毅都换了，我不甘心给他们这个成名机会。"

冯小羊说："如果戏刚开拍，换角不是什么难事。但现在快拍了一半了，更换男女主角是不可能的。您大人大量，忍口气算了，就当帮我和周健一个忙。这部戏不仅对赵苇和卢毅很重要，对我们更重要。再说一帆风顺地拍好这部戏，对投资方也大有好处，你就不要节外生枝了。"

周健也劝陈明："你是大老板，如果你越宽容，他们就会越觉得羞愧。同时剧组所有的人会更敬重你。你就放他们一马，让他们忏悔去吧。"

陈明无奈地点了点头："好，给二位面子，这事就这么算了，当我瞎了眼，花钱买了个教训。"

陈明离开上海当天，冯小羊将赵苇和卢毅狠狠训斥了一顿。如今赵苇失去了陈明这个靠山，冯小羊再也无所顾忌了，想怎么骂就怎么骂她，想怎么羞辱就怎么羞辱她。他骂赵苇："你知道你们捅了多大的娄子吗？如果不是我和周健费尽心机苦口婆心地劝说他，他就要花钱请黑道朋友做了你们两个不知天高地厚的东西。"

冯小羊又瞪了一眼卢毅："你们犯骚、犯贱不要紧，给剧组添了多大的麻烦？陈明是这部戏的投资老板，是一个拥资亿万的大富豪。你们这样对待人家，换了谁也咽不下这口窝囊气！你们这回没被人弄死，算是天大的造化！"

冯小羊接着骂："做人要将心比心，这世上不是所有人都甘心被人利用！你们两个仗着长了一副漂亮的躯壳，自以为是、为所欲为。这样下去迟早会自食恶果！"

赵苇和卢毅被训得哑口无言。挨完骂，俩人灰溜溜地走了。冯小羊对着他们的背影，又愤愤地啐了一口。

第3节：旁观者清

陈明回到W市，情绪非常低落。以往，每次去上海都要呆上十天半月，而且回来时神采飞扬容光焕发。这次从上海回来不但没有笑脸，连和人说话的力气和愿望都没有，一进别墅，便上楼直奔房间休息去了。

贾伟是个聪明人，一见这情势就猜测到他内心一直担忧的事情已经发生了。

晚上用餐时，陈明还在床上蒙头大睡，贾伟进房将他推醒，叫他起床吃饭。陈明说他不饿，不想吃。贾伟提高声音说："废话，哪有不吃饭不饿的？人是铁，饭是钢，我不管你出了什么事，天大的事也要吃饭，知道吗？不能自己跟自己怄气。"

陈明只好起床，边穿外衣边说："我哪里出什么事了？我只是有些累。"

贾伟淡淡地笑了笑："你呀，什么都写在脸上了，瞒不了我。你是个性格外露的人，向来不善于掩饰自己的表情和感情。以前从上海回来，跟大家有说有笑，满嘴谈论的都是赵苇。这次回来不但对她只字不提，而且和大家说话聊天的心情都没有。如果不是出了事，那才怪呢？跟我说实话，是不是赵苇背叛你了？"

陈明吃惊地望着贾伟："你……你怎么知道？"

贾伟说："推测。"

陈明问："凭什么推测？"

贾伟说："就凭她跟你相识没几天就和你上床这点，我就可以断定她是个水性杨花作风败坏的女子。这种女子走到哪里都会招蜂惹蝶，这种女子是不甘寂寞的，是狡猾善变的。而且她年纪比你小十一二岁，相貌比你出众，个头比你高出一大截，你说她怎么可能会是真心爱你？从始至终，她只是在利用你。现在戏已经拍到一半多了，她的角色也做稳了，任何导演和投资人都不可能在这时换角色，所以现在她不怕和你翻脸了。有句古话不是说过吗——世间唯女子与小人难养也，这里说的女子就是指那些漂亮风骚的女子。"

陈明悲伤地说："阿伟。这么说从一开始你就知道我们的结局？从一开始你就看出了她只是利用我，而我只是她的一枚棋子，一块跳板？"

贾伟点了点头："可以这么说，当局者迷，旁观者清，从一开始我就知道她极有可能是在利用你。本来我也想提醒你，但当时你正处在幸福的热恋之中，我不忍心对你泼冷水。而且，我也一直希望我的看法是错误的，希望我担心的事情不会发生。可事实终归是事实，谁也改变不了，她根本就不爱你，现在我担心的事情终于还是发生了。"

陈明恨恨地说："我真是瞎了眼，竟然喜欢上这种女人，被她骗得团团转。我早就应该看穿她的伪装。她看起来那么清纯可爱、天真无邪，其实她跟我上床之前就已经跟过其他男人。这件事我一直没对你们说，因为我爱她，不想破坏她在你们心目中的纯洁形象。另外，我爱面子，说出来觉得自己没有荣耀感。所以一直把这事埋在心里。"

贾伟拍拍陈明的肩膀，劝慰道："不要再计较这个女人了，不要再计较这件事情了。每个人的生命中，除了温馨甜蜜和幸福之外，还会有悲哀、伤感、苦涩、烦恼。许多不顺心不如意的事情时常会在身边发生，谁也无法抗拒和避免，因为这就是人生。你应该学会淡泊和释怀，没有必要为一个水性杨花、不忠贞的女人伤心难过。"

陈明点头："你说得对，我没有必要为一个不值得爱的女人伤心，她在我心中已经彻底死了。阿伟。谢谢你的开导。"

第4节：放浪形骸

晚上，贾伟为了给陈明解闷，开车陪他去大世界夜总会玩。江洋热情地接待他们，亲自作陪，叫了瓶路易十三，并叫了三位漂亮小姐陪侍。三人搂着小姐喝着酒聊着天。

江洋见陈明搂着怀中的小姐很投入，便笑："阿明。你小子不是有了赵苇之后，改邪归正了吗？怎么啦？女朋友不在身边，日子难熬，坚持不下去了吧？"

一听提起赵苇，陈明就来气："别提那个贱女人！她是个骗子。从现在起，我要做回以前的自己，再不会对女人动真情了。女人只是用来玩的，用来睡的，不是用来宠用来爱的。"

江洋忍不住笑了："哟，以前她对你一口一声阿明哥叫得多甜多脆呀，原来是要把你诱进圈套，好让你做冤大头，为她投资拍片，将她捧红啊。这女人也太有心计了。"

贾伟说："现在的女人爱钱，但更爱成名出风头。没钱没地位没名气时跟你好，一旦有了名气地位，就不会稀罕你的钱财了，因为这时她自己已经有了赚取大把大把钞票的资本。尤其是影视圈中那帮女明星，未成名之前，哪个不是做婊子？跟这个睡了又跟那个睡。一旦成名她们就穿了裤子不认人了，这时她不但不认为你帮助过她，捧红了她，不但不感激你，还会恨你，恨你为富不仁占有过她的身子。"

江洋鼓掌笑道："精辟，精辟至极！阿伟这番话说得太透彻了。女人的确是这样。女人是虚荣、势利的动物。是水性的，就像一根裤腰带，今天可以绑在这个男人身上，明天可以绑在那个男人身上。就拿我手下这帮小姐来说吧，小嘴儿比蜜还甜，可以管任何一个男人叫老公，叫得你心花怒放，叫得你心甘情愿大把大把掏钞票。她们和任何男人上床做爱时，都很投入，都可以伪装出神仙般的快活，高潮不断。"

江洋喝了口酒，接着说："阿明。其实你早就应该知道戏子和婊子没有什么两样，要说她们之间有什么区别，那就是她们一种是高级妓女，一种是低级妓女。一种是搞零售，一种是搞批发。那些女人并不比妓女好到哪里去。相对来说，妓女比她们还真诚些，妓女靠身子换取男人钞票，一分钱一分货，童叟无欺。不像她们，既要做婊子，又要立贞节牌坊，而且翻脸无情。眼下正在国内国外走红的那些影星，哪个没有跟导演睡过觉？哪个没有跟投资老板睡过觉？不光是那些影星，还有那些歌星，那些选美冠军。哪个不是靠'脱'成名，靠'捧'成名？"

江洋接着说："当然，这世上并非没有好女人，只是好女人太少太少了，少得如同凤毛麟角。你们想啊，现在这社会到处充满了诱惑，有几个女人经受得住各种各样物欲的侵袭？谁不喜欢快活享受？谁不喜欢住别墅、开轿车、穿金戴银、珠光宝气？谁不喜欢喝极品洋酒？谁不向往上流社会的荣华富贵？那种鲜花、美酒、夜光杯，金卡、美钞一大堆的生活，人人都梦想得到！"

贾伟无话可说，他不得不承认江洋所说的正是时下的社会现实。

第二十一章：残酷较量

第 1 节：巾帼须眉

2001 年 4 月 26 日，阳光灿烂，几辆大型推土机和挖掘机轰隆隆地开进了城北山村"蝉柳花园"工地。刘玫要在她圈下的这 500 亩黄金宝地上建一座颖竹医院和一座蝉柳花园时尚住宅区，里面包括别墅区、公寓区和高档写字楼。待资金回笼，再在这里建一座 38 层的"颖竹"大厦，大厦的其中两层用来作公司总部，剩余的楼层全部用于招商和开酒店。

刘玫精力充沛、神采飞扬，浑身激荡着一股不让须眉战天斗地的豪气。

动工典礼那天，商界朋友纷纷前来祝贺。刘玫和赵洪在蝶湖大酒店举行了盛大的酒宴，款待各方贵宾。当天，所有该来的都来了，不该来的也来了。

贾伟的出现让刘玫大感意外。经过上次在圈地现场的尖锐碰撞，她万万没想到贾伟还会带着陈明和程辉来祝贺她，他给她送来了一对大花篮和一个红包，里面包着8888 元钱。贾伟对刘玫说："图个彩头，送你四个'8'，祝你心想事成，一路发发发发，永永远远有发不尽发不完的财！"

刘玫心里有了些感动，她觉得贾伟的确是个胸襟宽阔的男子。她开始反省自己在暗地里那么不择手段地对付他，是不是有些太不应该了。

但这个想法只是一闪而过，她认为计划好了的事情就要义无反顾地做下去，不要怕伤害别人，不要管是否问心有愧，更不要去计较死后会不会被打入十八层地狱，遭受千刀万剐之酷刑，永世不得超生。反正横竖我就活这一生一世，有恩报恩，有怨报怨，宁教我负天下人，休让天下人负我！

宾客到齐，酒宴开始。赵洪代表颖竹公司作了欢迎辞之后，人们开始喧腾了起来，一时之间，吆五喝六、杯盏交错，不绝于耳。赵洪和公司几个部门经理挨桌向贵宾们敬酒，但宾主间的欢腾并没有掩盖住酒宴上的另一种风景。

酒宴上，经过一番刻意装扮的刘玫显得非常的高贵美丽优雅从容。她身着一套质地和款式都非常高档的 BabaraBui 黑色晚礼服，V 字形的造型衬着高挑的个子，庄重的黑色衬着白皙如玉的肌肤，使她越发显得楚楚动人，美若婵娟。

刘玫化了点淡妆，简简单单却又非常有韵味地用黛色和浅红勾勒出了眉目与双唇的线条，非常秀丽而又颇具性感。在她白皙柔嫩的颈项间，戴着一枚 Lalique 仿古水晶十字架，于古色古香的氛围中展现出一种传统与现代相结合的审美情趣。她的食指和中指上戴着两款 Puiforcat 曼哈顿戒指，借用建筑艺术的装饰手法，用足金、白银和玛瑙镶嵌而成，朴拙而又纤巧，充盈着现代艺术的文化氛围。

今天，刘玫的美倾倒众生，完完全全一副大度大气的主人风范。只见她仪态万方地手持着高跟酒杯不急不缓地穿梭于宾客和酒桌之间，随着款款轻盈的走动，双耳下一对翠绿色的宝石耳环调皮有致地前后微摆着，道不尽有多少风韵！

在整个酒宴的进程中，她那微微含笑而又自信得略带些高傲的目光、洒脱从容的神色、得体的谈吐、过目不忘的好记性，使她显得超凡脱俗出类拔萃。

董天海和程辉的目光从始至终一直围着刘玫在转。他们各怀心事。他们一同爱上了这个女人，只不过各自爱的方式不同罢了。可怜可笑可悲可叹的是，这对情敌并不知道他们的敌对关系。董天海以为他的情敌只有秦武，只是现在迫于秦武的权势，不能轻举妄动。而程辉始终以为他是刘玫唯一的男人，刘玫许许多多的事情，他根本就不知道，他一直被"爱情"蒙蔽了双眼。

俩人的目光默默地追随着刘玫，终于，不经意交织在一起。他们彼此惊怔了一下，似乎感觉到什么，但随即又迷惘地散开，并未从彼此的目光中读出敌意。

刘玫一手持杯，一手持着一瓶大香槟，有选择地向贵宾敬酒，她已经将挨桌敬酒的任务交给了赵洪和几个部门经理，那些男人擅饮。刘玫特意来到贾伟桌边，举杯与他轻轻碰了一下，抿了一口香槟，含讥带诮地问："贾总。三年多了，我们又见面了。说真的，当年你在上海炒我鱿鱼时，想过我会有今天的成就吗？"

贾伟知道刘玫内心还在怨恨自己，便劝慰道："刘玫。你不必对那件事耿耿于怀。你是个聪明能干的女人，以你的个性和才华，是不甘寄人篱下的，就算当初我不炒你，过不了多久，你也会炒我的。你若不，又怎么会有今天这样的辉煌成就？"

刘玫怪怪地笑了笑："这么说，我还得谢谢你喽？"

贾伟真诚地说："这倒不必，不过，你不要再记恨我就是了。白雪告诉我程辉一直很喜欢你，当初我没看出来，后来我知道了，觉得无意中做了件破坏别人姻缘的坏事，心里很不安。所以我今天特意带程辉一同来向你祝贺，希望还能补救。"

刘玫对面露窘迫神色的程辉笑了笑，轻描淡写地说："程辉喜欢我，我怎么没看出来？白雪她倒看出来了？"说着，偏头望着程辉，故作糊涂地问："程辉。你真的喜欢我吗？"

程辉很佩服刘玫这种收放自如的演戏能力，她居然能装作和他没有半点关系，仅仅是以前相识而已。他内心不免有些悲伤。他不想和刘玫保持这种偷偷摸摸的地下恋情，一对男女真心相爱为什么要隐瞒？有什么不敢公开的？

他真想告诉贾伟他和刘玫的关系。但是，当他的目光和刘玫的眼神相遇时，不得不又妥协了。他不敢违背刘玫的意愿。他怕刘玫生气之下会跟他分手。他太爱她，太在乎她了。他甘愿做她的奴仆，哪怕一生一世都受她支配左右，他都无怨无悔。

酒宴结束后，宾客一一与主人道别，相继散去。刘玫和赵洪在酒店门口送客，忙得不亦乐乎。贾伟向刘玫和赵洪告辞，带着陈明和程辉离去。程辉依依不舍地回头看了刘玫一眼，目光中满是迷离和眷恋。刘玫对他微微地笑了笑，挥了挥手，一切尽在不言中。

董天海故意拖到最后，他走到刘玫面前，皮笑肉不笑地说："小姨子。你现在翅膀长硬了，成风云人物了，眼里再没我这个姐夫哥了。可我这个姐夫哥却一如既往地挂念着你、眷恋着你呀！不管怎么说，毕竟我们之间有着一段血浓于水的情分。以后，你要是遇上了什么难事，还是可以回头来找我，我对你永远是有求必应的！"

刘玫冷淡地说："谢谢你的好意。"

董天海神色黯然地走向他的卡迪拉克专车。他对自己发过誓，得不到刘玫就毁了她，但他一时之间又下不了毒手。他不甘心就此放弃，走了几步又回头对刘玫说："阿玫。你说我俩要是好好合作该有多好，你有头脑，我有实力，我们是珠联璧合、相得益彰的一对。你在城北搞蝉柳花园这么大一个项目，有足够的资金吗？千万莫要工程干到一半就没有后续资金了，那么一块黄金宝地，若是搞出一个虎头蛇尾的烂工程来，可不太好。"

刘玫没好气地说："你放心，我有能力应付，不会向你借钱的！"

董天海说："你要是真向我开口，我一定不会让你失望。我会尽我的最大努力去帮助你。只要你明白我对你的心意，只要你明白我对你的感情，什么都好说。"

刘玫冷哼一声，不想答理他，和赵洪快步走向奔驰S600。董天海紧跟几步，边走边说："阿玫。现在若是没有担保，你是很难再从银行贷到款的，你说你现在不靠我靠谁？要是没有钱，你就是有再大的抱负也实现不了啊！"

刘玫对死皮赖脸的董天海说："我不会靠你的，你不要把自己看得太高了。在我眼里，你没什么了不起。不出三年，我的事业就会超越你，一定会！绝对会！！"

赵洪冷冷地白了董天海一眼，打开后座车门，请刘玫先上了车，然后钻进驾驶室，一踩油门，车子狂飙而去。

董天海气急败坏地对着车屁股啐了一口，骂道："他妈的！臭女人！不知好歹的东西！给脸不要脸，你迟早会后悔的！"

第2节：命运无常

董天海的心情越来越坏了。一直以来，他都是随心所欲、为所欲为的。只要是他看上了的东西，他想方设法不择手段也要弄到手；只要是他看上的女人，就很少有人能够逃出他的手掌心。

这么多年来，董天海一直是个呼风唤雨、叱咤风云的人物。谁都要给他三分薄面，没人敢将他玩弄于股掌之间。像他这种人你可以敬而远之，但切不可与之为敌。惹怒这尊瘟神，说不定白天出门上班会发生交通意外，晚上睡觉会发生意外火灾，保不准哪天就和上帝接了吻。

但这回，他却被小姨子刘玫戏弄得手足无措、失魂落魄。他平生第一次被人玩弄和唾弃了。这个让他喜欢得发疯发狂的女人太狡猾太能干太有心计了，她找了秦武这么个位高权重的家伙做靠山，将他这个黑道大佬耍猴一般戏耍了一番。自古黑道不敌红道。董天海深谙这个道理，但是他又咽不下这口怨气。即使他暴跳如雷又气又恨也无可奈何。

董天海暗暗发誓，决不让秦武有好果子吃，更不会让刘玫逃出他的手掌心。如果真的得不到她，他宁愿想方设法毁了她，也不让她逍遥于世，做他的敌人，成为他的一块心病。

董天海清楚，要对付刘玫，首先得对付秦武。只有扳倒秦武这个靠山，才能让她孤立无援，感到恐惧和威慑，最后乖乖地又回到他身边。而扳倒秦武岂是那么容易的事情？秦武位高权重，没有确凿的罪证非但扳不倒他，反而会将自己置于死地。

经过无数个白天黑夜的反复思量，董天海想到了一个绝妙而歹毒的计谋。

董天海对于钱峰和秦武之间的秘密交易一清二楚。钱峰提供处女供秦武玩乐；钱峰送若干现金给秦武；钱峰在竞选城北区商会主席期间对上下官员和商会代表大肆行贿……董天海都了如指掌。

董天海暗自得意："这些事实足可以扳倒钱峰。钱峰一栽，秦武必浮出水面。他们俩是拴在一条绳上的蚂蚱。一损俱损，一荣俱荣。"

董天海水平不高，花费了整整一个星期才写好了一份揭发材料，在公司打印了若干份，以轮番轰炸的方式分别匿名寄给了市委、市政府、市人大、市纪委、市检察院。这些材料寄出去后，不啻于一枚枚重磅炸弹，W市市委、市政府、市人大、市纪委、市检察院对此事高度重视，各级领导纷纷批示坚决严肃查处涉案人员。

经过上级有关部门夜以继日的调查取证，案情很快水落石出。市委市政府很快下文批复，同意开除钱峰党籍。随后，城北区人大常委会开会通过了关于撤消钱峰城北区商会主席职务的决定。至此，钱峰板凳没坐热就从商会主席的官位上被轰下了台。

紧接着，W市检察院以"破坏选举罪"依法对钱峰提起公诉，法院庭审查明了钱峰的犯罪事实，判处他有期徒刑2年。钱峰的政治生涯就此结束，宏伟的政治蓝图就此夭折。

钱峰悔恨当初没有听从董天海的建议，莫涉足官场，官场的确太黑暗了。他以为这次受难是政治对手有意对付他。他做梦也没想到检举揭发他的就是他的铁哥们儿董天海。

钱峰入狱后，秦武就开始担心害怕起来，四处活动，托人给钱峰捎话，订下攻守同盟。尽管如此，他心里还是不踏实，接二连三地做噩梦。有天晚上，他梦见自己走进了一条死胡同，死胡同的尽头是一座绞刑架。他从梦中惊醒，吓出了一身冷汗。

次日，秦武去市政府上班，纪检部门领导对他下达了"双规"命令。他一下子瘫坐在皮椅上，低低哀叹道："完了，完了!"

纪检部门开始着重调查秦武的贪污受贿和作风腐败问题。真是不查不知道，一查吓一跳。纪检部门查出秦武在担任副市长期间共受贿800多万元。另外还收受了许多贵重物品和物质，其中包括W市恒运丰路桥公司老总徐丰送的一套秘密豪宅。

秦武锒铛入狱后，徐丰也未能幸免，他因涉嫌行贿被依法逮捕。等待他们的将是法律的庄严审判。

秦武东窗事发，让刘玫感受到了人世的无常，命运的多变以及官场的风云变幻。

这一切来得太突然了。是谁告了钱峰？是谁告了秦武？抑或，是谁将钱峰和秦武一并告了？若真是如此，此人一定十分了解钱峰和秦武的底细。这人是谁呢？

刘玫苦思冥想，最终脑子里灵光一闪，她想到了一个人：董天海!

她觉得这个可能性非常大，姓董的本来就是个阴险狡诈、无恶不作之徒。只要能达到自己的目的，他什么事情都做得出来，什么手段都使得出来。为了报复她，为了报复秦武，他极有可能牺牲钱峰，以钱峰暗箱操作竞选城北区商会主席这件事作为突破口，一举将秦武扳倒。

秦武一垮台，他不但泄了横刀夺爱之心头大恨，而且就此掀掉了她的靠山，达到了向她示威示警，逼迫她向他妥协的目的。这一招好毒，真可谓是一箭双雕！

刘玫打了个冷战，她终于领教到了董天海这个大流氓的险恶用心。

第3节：势不两立

这天，刘玫正在办公室办公，董天海闯了进来。刘玫深感意外，冷漠地说："你来干什么？我不欢迎你！"

董天海皮笑肉不笑："你是我亲亲的小姨子，而且曾经是我部下，现在你飞黄腾达了，我来看看你，很正常嘛！不应该吗？"

刘玫冷哼一声："黄鼠狼给鸡拜年，没安好心！"

董天海哈哈大笑："阿玫呀，你还是改不了那种要强的个性和倔强脾气。我们毕竟有过一段美好的感情嘛。俗话说一日夫妻百日恩，我至今还是爱你的，你何必拒人于千里之外呢？"

刘玫愤恨地说："姓董的，谁跟你是夫妻？你不要在我办公室胡说八道。我告诉你，这是我的公司！"

董天海冷笑："哟，我忘了，你现在是大老板了，真对不起，我失礼了。"说着话锋一转，提高了嗓音："我告诉你！阿玫。你别穿了裤子不认人！我不管你是什么狗屁公司老总，在我眼里，你只是一个女人，我的女人！你逃不出我的手掌心！"

董天海不怀好意地盯着刘玫，从他那神色，谁都可以看出他是个荒淫无耻之徒，他非常自负，给人一种非常讨厌的傲慢无礼的感觉。他放肆地盯着刘玫，眼睛里毫不掩饰地释放出一种贪婪的占有欲，面目狰狞可恶。

刘玫被董天海盯得恶心了，愤怒地从旋转椅上站起身，下了逐客令："你马上给我滚出去。我这里不欢迎你！"

董天海厚颜无耻地说："阿玫！你生气时还真是别有一番风韵。别发这么大的火嘛，何必呢？我会走的，不过，我得先把话说完。阿玫。我劝你，还是乖乖回到我身边吧！以我的财势地位加上你的聪明才智，我们两口子完全可以打出一片令人羡慕的江山！"

刘玫仇恨地说："谁跟你是两口子？不要脸！"

董天海涎着脸皮说："阿玫。我们虽无夫妻名分，但却有夫妻之实。这你是赖不掉的。你是我的女人，永远是，这是不可改变的事实。谁他妈的要想从我手中把你抢走，我就饶不了他，不管他是谁！只要他对你有非分之想，我就会让他付出惨重的代价!"

刘玫愕然地望着董天海，更觉得自己的猜测是正确的。她冷冷地问："不管他是谁，就算他是位高权重的副市长，对吗?"

董天海嘿嘿哈哈地怪笑起来："阿玫。你知道我喜欢你什么吗? 我就喜欢你的冰雪聪明。你真让我割舍不下。你太聪明了，太能干了，好像这天下什么事情都瞒不过你。"

刘玫骂道："你真卑鄙!"

董天海厚颜无耻地说："我怎么卑鄙了? 我这是为民除害!"

刘玫冷笑："既然是为民除害，为什么不敢正大光明地站出来跟他作对?"

董天海得意地说："我没必要逞那种无谓的匹夫之勇。难道你不知道与权贵作斗争，更要避其锋芒? 既能打倒对手，又能保全自己毫发无损，这便是我天下无双的绝妙智谋!"

刘玫厉声指责："钱峰可是你的铁哥们儿，他对你推心置腹的，什么事情都不瞒你，你为什么还狠得下心来，拿他垫背?"

董天海冷笑："阿玫。你错了，钱峰在没当官之前，对我这个做大哥的是不错。但他当了区商会主席之后，尾巴就翘起来了，看不起我这个大老粗了，对我打起官腔、摆起官架子了。这种虚情假意的朋友，牺牲一下又有何妨?!"

刘玫没办法跟董天海胡搅蛮缠，这家伙嬉皮笑脸，越说越来劲。她却越说越生气，越说越愤恨。

她再次下逐客令："我不想跟你废话，你对付秦武也好，牺牲钱峰也好，都与我无关。我不想见到你，请你马上离开，你再赖着不走，我就叫人了。"

董天海摆出一副无所谓的姿态："你叫吧，你叫人来，我正好把我们的故事讲给他们听听。我会告诉他们你表面上是我的小姨子，暗地里却是我的情人；我会告诉他们你跟我每周做几次爱；我会告诉他们你大腿内侧有颗红痣，你下面的毛又多又密；我还会告诉他们你在床上的表现……我会让他们知道你其实是个见不得光的女人!"

刘玫彻底拿这个无赖没有办法了，她无助又无奈，差点儿哭了起来。

董天海见刘玫不再那么强硬了，于是语气得变又温和起来："阿玫，我所做的一切都是为了你呀。你听我的，回到我身边吧? 我是真心爱你的。不管我当初是用什么手段得到你的，总之我是真心爱你的。我知道你恨我当初用强暴手段霸占了你，其实，爱不就是占有吗? 我是个粗人，喜欢直来直去。爱一个人如果不付诸行动，那还叫什么爱? 那种柏拉图式的精神恋爱，是笨蛋傻瓜草包才做的事情!"

董天海见刘玫无言了，以为她被自己的言语打动，接着说："阿玫。我还是那句话，只要你点个头，我马上和刘丽离婚。当然，看在你的面子上，我不会亏待她，我会给她一大笔钱，让她一辈子也花不完，让她这辈子衣食住行都无忧无虑。"

刘玫仇恨地抬起头，盯着董天海："你说了这么多废话，我也对你说句实话吧。我对你没有爱，只有恨！就算你是真心爱我，那也只是你的一厢情愿。你以为你是什么大人物？你以为你有多了不起？其实在我眼里，你只不过是个大流氓！是个粗鄙不堪的混蛋！是你毁了我，我永远恨你！恨死你！！"

董天海看着刘玫仇恨的表情和愤怒的目光，心寒了，气馁了，继而心中涌起一股悲哀和愤怒。他指着刘玫咬牙切齿地说："好啊，刘玫。我对你一片真心，你却这样对我。你太让我伤心了！从来没有人敢这样羞辱我，对抗我！"

董天海气急败坏、龇牙咧嘴地在刘玫面前转了两个圈圈，又停下来定定地盯着刘玫，恶声恶气地说："刘玫。你不要以为你有多聪明多能干多优秀。我明白告诉你，这世界是属于大多数男人的，不是属于少数女人的。俗话说老虎有老虎的雄心，兔子有兔子的志气。像我这种男人，就好比是'老虎'，而你永远只是只'兔子'。做'兔子'的要想像'老虎'那样君临天下，不失望不失败才怪！刘玫，你再聪明能干再怎么优秀，野心再大、雄心再大，在我眼中充其量只不过是只'兔子'！"

刘玫冷笑："是'老虎'还是'兔子'，咱们可以走着瞧，由不得你说了算！"

董天海恶狠狠地说："刘玫。我虽然爱你，但如果得不到你，我就会不择手段地毁了你。你也知道我的个性，我得不到的东西，绝不会让它落到别人手上！"

刘玫说："那你就把我弄死吧，反正你手下有一帮亡命之徒。我不怕，大不了就是一死嘛。不过，我得告诉你，想要弄死我，也没那么容易！"

董天海阴冷地笑道："我不会弄死你的。不过，我有办法让你生不如死，我说到做到。再见，我亲爱的小姨子！"

第二十二章：主动出击

第 1 节：隐隐失落

2001 年 5 月初，硕豫科技集团购买了"电脑异形光盘"和"激光手术刀"两项高科技专利，并投入大规模的开发应用。

异形光盘是一种可以根据各人喜好制作成名片形状、心脏形状、枫叶形状等等各类形状的光盘。这种光盘能将自我个性发挥到极致，具有声像互动、立体展示、防伪、加密等功能，可用于制作公司宣传画册、各种门票、贺卡、会员卡等。在企业塑造高科技形象，联络客户方面具有独特的魅力。

激光手术刀则主要应用于各种复杂的脑颅、胸腔、肿瘤、血管手术，具有不可估量的商业前景。

硕豫科技集团自成立以来，便因财力雄厚备受新闻媒体关注，报纸上接二连三连篇累牍地发表有关郑浩与硕豫科技集团的文章，电视台也经常播放硕豫科技集团的新闻。

其实，这些文章和新闻都是有偿服务的，郑浩对记者们出手很大方，每个前去采访的记者都能得到一个数目不菲的红包。另外，文章刊发后他看了高兴满意的，还另有打赏。

记者们见郑浩出手阔绰，更是趋之若鹜。为使文章不至于千篇一律，他们挖空心思找切入点，争先恐后互不示弱，不把硕豫科技集团吹上天誓不休，不从郑浩身上多捞点油水誓不休。

对于记者们的轮番轰炸，郑浩开始还很高兴，毕竟报纸和电视的宣传作用不可估量，可以大大提高集团和他本人的知名度。但是，慢慢地他就感到厌烦了，那些记者从他身上弄完了有偿文章，又弄广告，谁都当他是头大肥羊，经宰。

静下来之后，他认真地在脑子里过了一遍，几乎所有媒体记者或节目主持人都来找他化过缘，唯独叶子没来。郑浩有了一种浓重的失落感。

他觉得叶子其实是最应该也最有理由来找他的。只要她来找他，他什么条件都会答应她，做广告也好，赞助栏目也好，绝不会让她失望。可叶子偏偏就是不来找他，似乎对他的财势根本就不屑一顾。她永远是那么高尚祥和、清新明亮，纯洁得像一束穿透喧嚣尘世间的寂静之光。

郑浩在内心深处还是爱着叶子的，他始终在心中为她留了一个位置，这个位置是任何女人也取代不了的。虽然他现在很风光，但他觉得自己的人生还是残缺的。

感情和事业不能两全，这便是他今生今世永远无法弥补的缺憾。

第2节：冤家路窄

藤原惠子怀孕了！2001年5月中旬，郑浩开车带藤原惠子去医院做孕检，证实了这个喜讯。从医院出来，郑浩高高兴兴地陪惠子去商场买衣服和首饰。惠子一脸灿烂的笑容，浑身的每个细胞都充满了将做母亲的幸福荣耀和圣洁感。

在新世纪百货大厦，郑浩意外地和叶子相遇了。叶子在商场买了两套衣服，正要离去，忽然看到郑浩挽着藤原惠子乘电梯上来，一时之间毫无思想准备。郑浩也没有思想准备。他们尴尬地面对着，不知该说些什么。

还是藤原惠子机灵大方，打破了这种尴尬局面。她向叶子伸出手来，用日趋流利的中国话和她打招呼："叶子。你好，很高兴又见到了你。"

叶子热情地和藤原惠子握手，她觉得藤原惠子是个非常善良温柔贤惠的女人，对这个从她手中抢走初恋情人的女人，她丝毫没有怨恨。叶子理解她，她是无辜的，而且她是真心爱郑浩的，真心爱一个人没有错。如果郑浩爱叶子胜过一切，就不会变心，叶子自觉没有理由迁怒于面前这个异国女子。

叶子有些喜欢这个日本女人的率直性格，她友好地问："惠子，你在这里生活得还习惯吗？"

藤原惠子说："开始的确有点不太习惯，慢慢就习惯了，饮食方面不成问题，我们专门从日本带了一个厨师来W市。现在，我已经喜欢上这座城市了。"

郑浩一直注视着叶子，注视着她与惠子对话。他觉得她还是那么美丽，那么真诚，那份恬淡的神情令他永远也爱恋不够。她就像一朵在习习微风中幽幽开放的荷花，清香而淡雅，令人忍不住想亲近，但又怕唐突了她。在和藤原惠子说话时，叶子一直脸带微笑。她的微笑若隐若现，难以描述，带给郑浩如梦如幻的感觉。

叶子和藤原惠子说了一会儿话，抬眼瞟了郑浩一眼，礼节性地问："近来还好吧？"

郑浩说："还好，每天都是忙忙碌碌的。"

叶子说："我在报纸和电视上看到你搞了几个大手笔。可喜可贺啊。"

郑浩淡淡地笑了笑："你不知道这几个月我应付记者就像在战场上打仗，他们每天都对我围追堵截的，有时干脆就守株待兔，真令人不胜烦恼！"

叶子略带鄙夷地说："这不正是你渴望的效果吗？以前你不是一直想出人头地，干一番大事吗？怎么现在成了风云人物，又觉得有烦恼了？"

郑浩温柔地望着叶子，伤感地说："叶子。你是不会了解我的。"

叶子冷冷地说："我没必要去了解你啊。"

郑浩转移话题："叶子，中午我们想请你吃饭，赏个脸吧？"

叶子推说没有时间，还要赶回台里策划节目，说了声"再见"，对藤原惠子挥挥手，转身离去。

郑浩怔怔地站立在原处。藤原惠子见他目光痴迷，不由叹口气，幽怨地说："我知道你心里始终忘不了她。她的确是个超凡脱俗的女人！"

郑浩轻轻地搂着藤原惠子："惠子。你放心，我这辈子会一心一意爱你的。我和叶子已经结束了。我只是觉得欠她一份情意，想对她作点补偿，但她一直不给我机会，这让我良心不安。"

藤原惠子说："我非常欣赏叶子的为人，她很高尚很理智。她没有要挟你，没有纠缠你，没有要你补偿，也没有要你提供任何帮助。如今她对你无爱也无恨了，这不是一种最好的结局吗？"

郑浩认真想想，这的确是一种最好的结局。

第3节：郎才女貌

寻幽贵涉远，深山有奇观。

叶子是翔鹰户外探险俱乐部的贵宾，经常会抽空参加一些户外探险旅游活动。翔鹰户外探险俱乐部老板谢萍是叶子的好朋友，她硬拉叶子入了会，利用这位名主持充当活广告，获益匪浅。

2001年6月初，翔鹰户外探险俱乐部组织一帮会员去银灵山自然保护区探险旅游，为期一周。叶子被邀同往。叶子笑问可不可以带个朋友同行。谢萍说只要是你的朋友，别说一个，十个都没问题。

叶子给贾伟拨了个电话，问他愿不愿意去银灵山原始森林探险，叶子说："那里可以看到许多完美的自然景观，还可以看到许多世界濒临灭绝的动植物，好玩极了。如果愿意，还可以在野外宿营。"

贾伟一听便来了兴趣："太好了，这是求之不得的好事啊。"

贾伟抛开公司事务，穿上白色纯棉衬衣，打上领带，穿上 APC 黑色深浅双色西服，佩上 LOLAASTON 腰带，脚上蹬着意大利老人头皮鞋。再披上了 DIOR 风衣，戴上 RAY－BAN 墨镜和劳力士金表，全副武装地带上微型数码摄像机、登山包和野外宿营的睡袋，跟陈明打了个招呼，便开车来到约定地点与叶子会合。

叶子今天也着意打扮了一番，显得特别精神：一头直发，头戴着 GIGI′S 彩格鸭舌帽，脚蹬 BALLY 米黄色长靴，身穿着咖啡色条纹 Lacoco 上衣，omeandaway 米色长裤，手上还拎着个米黄色 Lacoco 拎包。贾伟觉得叶子稍事打扮一下更是风采迷人，一股子挡不住的诱惑迎面逼来。

这对打扮时髦的俊男靓女让人一看就像一对情侣。谢萍盯着他们足足打量了一分钟，羡慕地赞道："你们真是天造地设的一对！"说得叶子脸都红了。

贾伟开着大奔跟在谢萍公司的豪华旅游大巴后面，一路颠簸了十来个小时，才抵达峡口。

银灵山的美，在于她的古朴和原始。这里的一切丝毫没有遭到人为破坏，完全是一幅幅立体的彩色山水画：清澈的小溪在峡石中潺潺流淌，老牛在黑瓦土墙的农舍前懒懒散散，而屋后的柿子树早已挂满了火红的果实，缓坡处是青青的菜地。由此向上，常绿阔叶林、落叶阔叶林、针叶林层层叠叠，葱绿间却又点缀着泛黄的白桦林和红的枫树。更有那海拔 2400 米以上的片片草甸，积满了皑皑白雪，再搭配上市区几乎见不到的蔚蓝蔚蓝的天和沁人心脾的风，让人流连于田野、自然生活的醇静。贾伟、叶子和那些带了摄录机或数码相机的游客，对着这些大自然美景一阵猛拍，尽情收录。

车子最终泊在了山谷入口处。这里有几家类似农家乐的那种旅店。谢萍与店主们都混熟了，为了照顾他们的生意，便安排游客每家旅店都住上几个。店主们非常喜欢这个不但年轻漂亮而且很会为人处世的旅行社女老板。

次日一早他们便上山，开始按预定计划游览银灵山东面一片森林的若干景点。临行前，谢萍叮嘱店主一定要看好贾伟那辆大奔，并准备好晚餐，晚上他们回来吃饭、住宿。店主们兴高采烈地应诺着。

沿溪进峡口，眼前又是一变，只见峡深谷幽，溪泉如琴，巍巍群山，重峦叠嶂。峡谷内山路逶迤，险隘处多靠栈道衔接，栈道岩势扁斜，路面狭窄，游人往往需躬身前行，好个鬼斧神工所造。故峡口又有"神口"之称。

一路上，贾伟对叶子悉心关照，时刻不离她左右。尤其在路势险峻之处，更是小心翼翼的，生怕她摔倒或栽下深沟。那份小心和体贴让谢萍羡慕不已，直夸叶子有福气，找了个这么体贴人的男朋友。叶子连忙辩解说她和贾伟只是普通朋友。谢萍见叶子不敢承认，便说："你这么说我可要横刀夺爱喽。"

叶子狡黠地盯了她一眼，轻叱道："你敢！"

一行人走进了银灵山自然保护区，保护区内完好的原始植被，挺秀的山势峰峦，多变的云雾霞气，聚珍、奇、古、怪、险、绝、幽、雄、秀于一体。

谢萍一路充当讲解员，每到一处自然景观，都为会员们细心地讲解。

由于在森林中不能野炊，会员们都自备了干粮、水和罐头。贾伟更考虑周到，将登山设备和在野外露宿的睡袋都背上来了。一路上，大家兴致很高，有说有笑有歌声，其中有七对情侣，加上贾伟和叶子算是八对。

当天下午，他们偏离了方向，结果越走越远，在大森林里迷路了。由于忙乱和焦虑，一位女会员摔伤了。大家纷纷掏出手机想与外界联络，请求援助，但在大山里手机根本没有信号，无法与外面联络，当晚大伙只好在森林中露宿。

贾伟将自己的睡袋让给了那位受伤的女会员，然后号召几个男会员在一处树木稀少的地方动手开辟出一块方圆50米的安全地带，找来一些枯枝生起了一堆篝火，供大家取暖休息。此时贾伟俨然是位领导者，行事果断，敢作敢当，有会员顾虑重重地说："这里的一草一木都是明文禁令不能动的，更不能生火。如果发生火灾，后果不堪设想。"

贾伟说："规定是死的，人是活的。天气这么冷，而且这里是原始森林，野兽出没。如果不把大家集中在一起，生一堆火，这个夜晚很难熬过去。放心吧，我们把周围的地方都清理干净了，而且森林里面风小，不会发生火灾的。如果出了意外，我一人担当就是了。"

谢萍觉得贾伟说得很有道理。不说别的，就说城里人那种养尊处优的恐惧心理，如果没有火堆，没有人气，谁敢在这野兽出没的原始大森林里过夜？

谢萍向贾伟表示感谢："贾总！今天多亏有你。我赞同生火，如果有什么麻烦，我不会把责任推到你身上，俱乐部一力承担。"

夜里，贾伟见叶子蜷缩成一团，有些怕冷，便脱下身上的外套披到叶子身上。叶子无言地望了他一眼，默默地攥紧了外套的衣领。其实，那一刻，她真想依偎在这个男人温暖而宽厚的胸怀里，但当着这么多人的面，她羞于这么做。

贾伟组织男会员守夜，他们围成一个圈，将女会员围在核心，既可挡夜寒，又可阻挡野兽的侵袭。他们整整熬了一夜，在这些勇敢的绅士的保护下，女会员们度过了今生最难忘的一个夜晚，她们睡得很香很甜。

第二天一早，太阳出来了，贾伟取水浇熄了火堆，然后根据太阳升起的方向测定走出森林的方位，带着会员们往西南方位走。中午十二点左右，他们在森林中遇上了前来接应的人群。

原来，几位热心的旅店老板见谢萍他们晚上没有按事先约定回旅店吃饭投宿，也没打个电话回来通知一声，便猜测他们是在森林深处迷路了，于是组织人员前来接应。

会员们都有种劫后重生的感觉，他们激动地与前来接应的人们相互拥抱在一起，齐声欢呼。到了谷口，几家热心的旅店老板连忙备上可口的饭菜。他们都饿坏了，一个个狼吞虎咽。

好好休息了一晚，次日，他们接着游览其他景点。

第4节：把握机会

旅游结束，回到市区，谢萍特意再邀叶子到她的寓所住了一宿，郑重其事地问起叶子和贾伟的关系。叶子仍然说她和贾伟只是比较谈得来的普通朋友。

谢萍急了："现在像贾伟这样既有财富、地位，又有才华，而且相貌英俊懂得体贴女人的男人，如同凤毛麟角，如果你不好好把握机会，会抱憾终身的！"

叶子叹口气，告诉谢萍："贾伟身边有个专职情人，叫白雪。"

谢萍不以为然："这有什么，现在什么时代了，一个优秀的男人身边怎么可能没有女人，别说一个，就是有几个也不足为奇啊。"

叶子惊讶地盯着谢萍："天啊，没想到你思想还挺开放、前卫的嘛！不过，我可不想挖别人的墙角。"

谢萍说："能挖别人的墙角也是一种本事，说明你有魅力。现在这社会什么都要竞争，爱情也是一样，能争取到就要当仁不让。你若退让，就会成全了别人。我看得出来，贾伟还是挺疼你的，一路上对你小心呵护，都快把我妒忌死了。不冲别的，就冲在山上那么低的气温，夜里他把外套脱下来给你取暖，自己冻了一宿，这样的男人你就该努力争取。如果他是真心喜欢你，你却故意放弃的话，不但伤害了你自己，也伤害了他。你明白这个道理吗？"

叶子当然明白这个道理。她陷入了深思、深忧之中。

谢萍继续鼓动叶子："你若不想争取，那我明说了，我可看上了他，我会向他发起猛烈进攻的。你要知道，男人通常是经不起诱惑的，尤其面对一个既漂亮又有成就女人的主动进攻，就会更是把持不住。像我这么好的条件，我相信只要我主动进攻，没有男人不会拜倒在我的石榴裙下！"

叶子笑道："你别白费力气，他不是那种没有定力的男人。我了解他。"

谢萍笑道："那我就更得试试了。我不信这世上会有男人抗拒得了我的主动进攻。"

叶子横眉冷对："小萍！我不许你横插一杠子。你要乱来，我可不认你这朋友了。"

谢萍笑了："你看你看，你还是挺在乎他的嘛。生怕我把他抢了，放心吧，我不会跟你争老公的。"

谢萍接着说："说真的，我们是好朋友，我才劝你。现在这社会漂亮的女孩子如雨后春笋般，每天都能冒出一大堆。这些小女孩个个都像是狐狸精变的，骚得很，野得很，浪得很。她们可不会像你这样畏首畏尾，她们不仅思想开放，而且行动大胆，只要是她们看上的男人，尤其是像贾伟这样有钱有地位又长得帅气的男人，哪怕他是有妇之夫，她们也敢抢敢争敢夺。如果你不把握时机，说不定哪一天贾伟就会被别的女人抢走了。"

听了谢萍这么一番不无道理的分析，叶子就更是心乱如麻了。

2001年6月18日，风和日丽，是个黄道吉日，嘉客房地产开发公司在城南投资开发的"怡云山庄"工程破土动工。

经过反复酝酿，贾伟和陈明决定在这1000亩土地上建一座大规模的时尚住宅区，名字就叫"怡云山庄"，分三期打造800幢独立式小别墅。每幢占地1.125亩，售价约为180万。并拿出100亩地用来搞绿化和建造配套设施，包括会所、休闲中心、商店、医疗所、幼儿园、小学、高尔夫球场等等小区标志性建筑设施。他们立志将"怡云山庄"打造成W市的名牌小区，打造成一座具有国际休闲度假风味的"城镇"，让建成之后的"怡云山庄"成为一道靓丽的风景线。

对于这个项目，贾伟和陈明充满信心，他们事先对这个项目作过认真仔细的论证。W市是仅次于北京、上海、天津、广州、深圳等地的大都市。但房地产的价格与这些地方相比却相差十万八千里，具有极大的上扬空间。

北京的房子最高售价已达40000元／平方米，顶级套房更达到60000元／平方米；在上海，高档别墅每幢售价超过1500万元，甚至有的已经开出了1亿元一幢的天价；在广州、深圳，高档别墅和豪华住宅也已达到10000~20000元／平方米。而W市黄金地段最顶尖最豪华的别墅售价也还未超过8000元／平方米。所以，贾伟和陈明认为在W市建中档别墅，打造名牌小区绝对有发展前景。以当前W市的经济发展趋势来看，未来10年内W市的房地产价格只会上涨不会下跌。

不过，两位老总也清楚一点，那就是W市的房地产市场竞争会越来越残酷，没有实力没有水准的楼盘就算建造起来，也不一定能卖得出去。因为现在的住宅普遍以成品房形式面市，楼盘建造期间，要不断接受质检部门的检验，得拿到"售房证"才能开盘发售。而建造完毕后，还要接受消费者的挑选。

所以贾伟和陈明给自己的定位很高：必须打造出精品楼盘，必须打造精品小区！为此，他们专门聘请了一家由数位国外名牌大学学成归来的建筑设计硕士、著名建筑师、资深房地产策划人组建的策划公司对"怡云山庄"进行策划。

接着，通过招标确定"怡云山庄"的建筑设计采用德国一家国际建筑设计公司的设计方案，以突出个性化和自然亲和力为主。最后，又以招标确定由上海一家最著名的大型建筑公司操刀，建筑要求完全按照国际标准。

为了保证工程的建筑质量，"嘉客"公司还专门聘请了本地一家权威建筑监测院负责对一期工程进行监督。一切都在有条不紊地进行，贾伟和陈明构想的宏伟的蓝图正朝着他们的预期愿望，一步一步走来。

第 5 节：鲜花求爱

2001 年 7 月 10 日，贾伟从怡云山庄首期工程建筑工地视察归来，开车行驶在江风路上，想起自己好久没有和叶子见过面了。一想起她，他的心就莫名地热了起来。

贾伟掏出手机给叶子打电话，约她到江风路观江楼酒廊见面，喝喝酒叙叙旧。叶子爽快地答应了。

观江楼酒廊临江而建，环境不错，可以一边品酒，一边看风景。酒廊全是古色古香的红木结构，面积不大，很幽静很浪漫，别有一番情调。老板是本地一位小有名气的诗人，有一帮文艺界朋友，酒廊里挂满了艺术家们赠送的书画作品，弥漫着一股浓郁的艺术氛围。

贾伟选了一个靠窗的台子，为叶子点了瓶巴黎红香槟。

二十分钟后，叶子姗姗而来。她今天穿了一套咖啡色的套装，虽然不施脂粉、不戴饰物，却依然显得美丽、高贵。她落落大方地在贾伟对面坐下。贾伟给她倒了一杯酒，俩人浅酌慢饮，侃侃而谈。

叶子优雅地笑了笑："你这人挺会体贴人的，知道我不喝烈酒。"

贾伟趁机表白："其实我一直是个挺体贴女人的男人。你要是嫁给我，我一定让你成为天下最幸福的女人。"

叶子故作不满："你看你看，又来了。你再胡说我可要走了。"

贾伟忙说："好，我不胡说了。来，喝酒。"

两人亲热地碰了一下杯子，喝了一小口酒。放下杯子，叶子环顾酒廊环境，觉得这地方不错。问贾伟是否常来。贾伟说来过五六次。叶子笑问："跟你的情人?"

贾伟一本正经地说："除了你之外，没有哪个女人值得我带她来这种非常具有浓郁艺术气氛的地方。"

叶子说："你看你又来了。"

贾伟说："我说的是真心话。不是胡说八道。"

叶子沉默了，贾伟不知她心里在想什么，怕她生气，便撇开话题，问她近来工作顺不顺心。叶子说："我生活在一个固定的模式里，天天老样子，没有什么顺心不顺心的。不像你意气风发，又搞出了一个大手笔，出尽了风头，怡云山庄起码要投资五、六个亿吧？"

贾伟说："差不多。"

叶子问："你公司有这么多资金吗？"

贾伟说："我们分三期开发，第一期开发 200 幢别墅，第二期开发 300 幢别墅，第三期开发 300 幢别墅。资金不成问题，就算不够还可以用土地抵押贷款。如果运气好、形势好，这个项目保守估计赚四到五个亿不成问题。不过也有风险，这是个大工程，周期比较长，全部开发出来起码需要五、六年时间。如果到时行情不好，房子卖不出去，我就会赔本，甚至成为穷光蛋。不过，我觉得人生有时就像一次赌博，我愿意跟命运作一次豪赌。"

叶子说："我知道你是个干大事的人。你决定的事情起码有九成把握。一个人的事业成功，虽然有时也要靠点运气，但更多时候靠的是资本、实力和智慧。你是个有资本有实力更有智慧的人，这点非常重要。依我愚见，在今后的 5 至 10 年内，W 市的房地产行情只会看涨，不会滑坡。"

贾伟说："谢谢你给我这么高的评价。有你的鼓励，我一定会成功的。其实，我并不是十分看重成功，我更看重的是干事业的过程。人生是很短暂，也就几十年光景，事情是做出来的，不去做，就体会不到成功或失败。在生意场上拼杀的人，没有谁是常胜将军，也没有谁会永远失败。所以，我向来不以成败论英雄。"

叶子赞赏道："你是个很豁达、很有品位的人。说来也是，人生如白驹过隙，数十年光景就像庄周梦蝶，转瞬即逝。而世事如幻、沧海桑田，一息万变，一个人一生中如果没有一两个值得自己去奋斗去争取去追求的目标，活着还真没什么意义，人死如灯灭，什么也留不下。"

贾伟笑道："没错，人生就得有奋斗目标，我要在短暂的一生中干出几件轰轰烈烈的事情来。不过，这并不是我今生今世最大的奋斗目标。我最大的奋斗目标是有一天能够娶你为妻。"说着，他拈起台上花瓶里的一枝玫瑰送到叶子面前："如果我现在借这枝花向你求婚，你会答应我吗？"

叶子摇了摇头："不会。"

贾伟一脸的伤感："为什么？是我配不上你吗？"

叶子说："不是，你很优秀。你风流倜傥，英俊潇洒、有学问有见识有智慧，而且有很多很多的钱，这些都是女人们最钟情的。"

贾伟迷茫地望着叶子："那你为什么对我无动于衷？"

叶子迟疑地说："因为我不想伤害另外一个女人，不想将幸福建立在别人的痛苦之上。我不想别人怨我恨我，这不是我的性格。"

贾伟叹了口气："原来如此，你还是因为白雪。我告诉你，叶子，我跟白雪只是一个美丽的错误，我对她的感情是同情多于爱，她最多只能算是我的一个专职情人，不是我的爱人。我从不放纵自己的感情，我一直认为我是一个比较真诚比较有责任心的男人。"

叶子淡淡地说："那只是你自己的说法。你们男人都喜欢对自己看上的女人信誓旦旦，时间一长，不论多美丽多优秀多完美的女人，照样会觉得索然无味不再珍惜，到时就又有各种借口去另觅新欢了。"

叶子接着说："阿伟。我早已不是天真的小女孩了，我不相信男人的甜言蜜语海誓山盟。以前，郑浩跟我爱得像火一样，每时每刻都充满欢乐和激情。那时，我以为我们的感情是世间最美丽最美好的，结果在残酷的现实面前，我们所谓的爱情竟然是那么的不堪一击。"

贾伟有些伤感，有些迷惑，甚至有些痛苦，他说："叶子。我不是郑浩。你不要一棒子把天下男人都打死。我是真心爱你的，我会证明给你看。你给我一点时间。好吗？"

叶子摇头说："阿伟，你不要因为我伤害白雪，她是真心爱你的，我看得出来。她比我爱你十倍，你不要身在福中不知福。你如果伤害她，我会感到良心不安的。"

贾伟真诚地说："我知道她爱我，但是，我不爱她。我会圆满地处理好这件事，不会伤害她。如果一直拖下去，才是对她最大的伤害，我应该尽早给她一条出路。"

叶子怔怔地看着贾伟，她心里隐隐有些欢喜，又有些忧愁。这种交杂的情感使她明白，她爱贾伟。

第二十三章：尘缘如梦

第1节：诀别欢爱

当夜，贾伟怀着复杂的心情和白雪做了一回爱。他极力满足她。这种诀别的欢爱，是痛快的，也是痛苦的；是疯狂的，也是沉重的；是忘我的，也是伤心的。

白雪不知道贾伟的心思，沉浸在久违的幸福和快乐之中。爱的狂潮一次次冲击着她的肉体和心灵，令她陶醉，令她痴迷。她紧紧地搂抱住他，生怕他飞了似的。她感觉自己太幸福了，做女人真好，做一个拥有一个心爱的男人的女人真好。她真希望永远和贾伟这样厮守下去，哪怕他一辈子不给她名分。

欢爱过后，贾伟轻轻地搂着白雪，鼓起勇气、字斟句酌地对她提出了分手的打算："雪儿，有件事情我必须跟你说清楚，不能再拖下去了。我想，我们该分手了。"

白雪眼里的泪水瞬间如泉水般不可自制地奔流而出。她不明白这个刚才还和她做爱的男人，为什么要在她毫无思想准备的时候提出分手。

她痛苦地问："阿伟。你为什么要在我狂热的心头浇上一瓢冷水？难道刚才的欢爱就是诀别，就是你对我最后的恩赐吗？"

贾伟愧疚地说："雪儿。我对不起你。我无法给你幸福。我们分手是迟早的事情。迟不如早，我不能再耽误你的青春了，你总不能做我一辈子的情人吧？女人青春短，年纪一大人老珠黄就不好找男人了，你应该尽早为自己寻找一个好的归宿。"

白雪凄凉地笑道："谢谢你为我着想。阿伟，我知道我配不上你。我知道你只是同情我怜悯我，并没真正爱过我。我知道你心里真正爱的人是叶子，她既漂亮又有学问。而我只是一个乡下丫头，再怎么修炼也比不过她。我知道在这场爱情战争中我会输给叶子，我知道你迟早会弃我而去，只是，我没想到这一天居然来得这么快。"

贾伟歉疚地说："雪儿。你不要太伤心难过。我知道这段时间你过得并不快乐，我心里已经有了另外一个女人，跟你过这种同床异梦的生活，我痛苦，你更痛苦。早些分手对你对我都好，也许你离开我之后，会过得更快乐些。"

白雪强笑："你说得没错，这世上没有谁离开谁就活不下去。也许离开你之后，我真的能找到一个真心爱我的男人，会过得很幸福很快乐。"

　　白雪表面说得轻松，内心却有说不出的苦楚。她心中已经装不下别的男人了，她这辈子爱的男人只有一个，那就是贾伟。就算日后她迫于生计或者出于其他目的嫁了人，她的心也是属于他的。

　　白雪太爱贾伟了，她已把这段爱情当做她生命的全部。如果说可以用生命去挽回贾伟对她的爱，她会毫不犹豫地选择为他去死。她对他的爱已高过高山，深过大海。

　　她舍不得他。她不想离开她。她想留在他身边，做不了妻子做不了情人都不要紧，哪怕为奴为婢，只要能让她天天看到他，看到他过得开心快乐，她就觉得幸福。可是这一切，都只不过是她的一厢情愿，他已经不爱她了，他已经不要她了。她死缠着他又有何益？她留下来又有何益？

　　从叶子在贾伟的生活中出现开始，爱，在白雪身上就变成了一种自虐式的负担。她发现真正去爱一个人，其实并不是一件快乐的事，而是一种忘情忘我的痛苦燃烧。

　　在这段漫长的日子里，贾伟的心思根本没放在她身上，他一门心思地去追求叶子，即使和她同睡一床，也似乎忘记了她的存在，很少给她温存和爱抚。为此，她不知掉过多少伤心泪。

　　尽管贾伟已经不爱她不再珍惜她，白雪还是一直为他默默守候，一直为他默默祝福。她独守着内心那份真诚和忠贞，默默地度过了一个又一个孤单的日子。但，谁又能真正理解她内心的孤独和寂寞？

　　那种心甘情愿去忍受的孤独和寂寞，那种不得不逼迫自己去忍受的孤独和寂寞，其实是一种刻骨铭心的痛苦啊！这种痛苦是深邃的，既无法表露，又无从诉说。

　　白雪一直觉得炽热、绝美的爱情，就像飞蛾扑火。而她就是那只扑火的飞蛾，为了爱，义无反顾！

　　泪水从她的眼眶中滚落到脸颊，又从脸颊滚落到贾伟的胸口。

　　贾伟一边为她擦拭着泪水，一边内疚地说："雪儿。感情的事没有办法，我不能再欺骗你，也不能再欺骗自己。我的确爱叶子，很爱很爱。雪儿。我知道你也很爱我，但我只能辜负你了。对不起。你要恨我，我也不会怪你。"

　　白雪仰着泪脸说："阿伟！我不恨你，你不欠我什么，你一直对我很好。如果不是遇上你，我不敢想象我现在会是个什么样子。说不定早沦落为娼妓，或者被坏人拐卖到了遥远的穷乡僻壤。阿伟。我对你永远只有爱，没有恨。我对你的感情是无怨无悔的！"

　　贾伟有些感动，嗓音有些发颤："雪儿。谢谢你。谢谢你这么通情达理。"

白雪眼里噙着泪水，苦涩地说："阿伟。你也不要把我想像得这么洒脱，其实我心里很痛苦很伤心很无奈。我不想离开你，我害怕分手，但是我无能为力。我不通情达理又能怎么样？当感情变淡，当爱已成愁，当缘分只有等待分手，我又能作怎样的挽留？一切都是徒劳的。"

贾伟无语。心里有些梗梗的，像塞着某种硬块。白雪接着说："我知道，我们之间不存在谁对谁错，只能说缘分已到尽头了。"

贾伟问白雪以后有什么打算。白雪说她想先回家看看。以后的事情以后再说。贾伟问白雪打算什么时候回家。白雪说明天。她的眼睛蒙眬而迷惑，带着热切而凄楚的神情，令他有些怜惜，有些不知所措。贾伟愧疚地说："不多呆一些日子吗？"

白雪摇头说："不了。待下去又有什么意思？徒增伤感！既然要走，就走得干脆利落、潇洒从容，不要给自己和别人留下任何负担。我早点走，对你和叶子的感情进展会有好处，对我自己也未尝不是一件好事。"

人生中该介入的与不该介入的，该思考的与不该思考的，组合成一个矛盾体，根本分不清谁是谁非。白雪已经想通了，其实人生都是偶然的，没有永恒的美好。亲爱的人能够相遇相爱，但又免不了会有时间的限制，就像萍与水的聚散离合。

第2节：为爱放手

黎明不可抗拒地到来，白雪收拾好行李，坐在床上发呆，泪水断了线般簌簌滚落。

贾伟开车去为白雪买了张回家的机票，然后到银行为白雪开了个全国通存通兑的折子，从公司账户上打入100万元到折子上，折子密码是白雪的生日。他这么做有两个目的，一，他怕白雪不接受他的金钱补偿，二，带折子比带现金方便，需要用钱，在全国各地都可以取。

贾伟觉得自己始终欠白雪一份深情，除了金钱，他没有别的可以补偿，这100万可以给白雪回家做点小生意，居家过日子。有了一定的经济基础，幸福生活才会有保障。

回到别墅，贾伟趁白雪上卫生间之机将存折和写有取款密码的便条一起悄悄塞进了白雪的皮箱。白雪从卫生间出来后，他将机票和5万元现金交到她手中："雪儿，这是下午飞长沙的机票。这是5万元现金，你带在身边用。以后有需要我的地方，随时可以给我打电话。"

白雪含泪点了点头。

午餐时，俩人都没有胃口，动了几下筷子就难以下咽了。午后，白雪跟陈明辞别时，陈明才知道她要回家，他诧异地问白雪是不是家里有什么急事。白雪说不是，只是有些想家了。

陈明又问白雪什么时候回来。白雪说："不回来了。阿明哥！谢谢你这几年对我的关照。"

陈明不再说什么，此时，说任何话都是多余的，包括安慰和祝福的话。他目送他们上了轿车。

在城北机场，检好行李，俩人坐下来说了会儿贴心话。贾伟说："雪儿，回家找个好男人，安心过日子。有什么需要帮忙的地方，写信或打电话告诉我，只要我能办到的，一定尽力帮助你。"

白雪点了点头，对贾伟强颜欢笑："我走后，你自己也要多保重。"

贾伟说："我会的。你放心。"

白雪说："我知道你爱叶子，你们的确是天造地设的一对，很般配。不过，她是个优秀的女人，而且比较孤傲，绝对不会主动去讨好男人的。所以你要主动些，多下点工夫，千万别错过了时机。"

贾伟笑了："谢谢你，雪儿。"

别话很深情，也很忧伤。登机的时间到了，广播一遍一遍催促乘客检票登机。白雪最后提出一个小小的要求："阿伟。能最后好好地亲我一下吗？"

贾伟点头，然后深深地亲吻了白雪。白雪含泪说："阿伟！我人走了，心还留在你身边，我会想你的。"

检票后，白雪回过头来又深情地看了贾伟一眼，脸上挂着带泪的微笑。

最后的一瞥，竟是如此的刻骨铭心、意味深长！

第3节：意外惊喜

白雪在长沙下了飞机，住了一夜宾馆。次日乘大巴辗转回到湖南湘潭，再乘中巴回到家乡小镇，租了辆三轮车回到她那贫穷落后的农村老家。

白雪一进家门，父母便喜不自禁地拉着她问长问短嘘寒问暖，左右乡邻闻讯也赶来看望，破旧的小屋一下子便热闹了起来。白雪拿出一大包事先买好的糖果和零食招待乡邻父老和一大堆小孩。纯朴的乡亲们对白雪的变化惊喜不已，都说白雪变得比城里人还时髦漂亮。

夜里，白雪整理行李时看到贾伟悄悄塞在皮箱里的存折和便条，无声地流下了眼泪。贾伟真是个有心人！她又想起贾伟对她的种种好，她无法不爱这个男人。

次日，白雪拿出10万元钱叫父母把家里的土坯房掀了盖幢小洋楼。小洋楼修建期间，不知是出于羡慕还是妒忌，善良纯朴的乡亲们常常指着白雪的脊背冷言冷语。

有人说："白雪一下子拿出10万元钱给家里修洋楼，听说在银行里还存了一大笔钱。她一个小女娃子哪来这么大的本事，短短三年多时间就挣了这么多钱？"

有人说："该不会是在外面做那种事吧？听说现在许多许多女娃子出去打工，其实都是在那些歌舞厅、酒店、发廊等等乱七八糟的地方做小姐，陪男人睡觉，挣肮脏钱。听说有的一个晚上可以挣好几千元呢。"

久而久之，这些议论便传到了白雪父亲的耳中。这位倔强而好面子的老头子坐立不安了，仔细想想也觉得女儿的钱的确有些来路不正。

有一天吃晚饭时，老头子喝了酒就逼问白雪的钱是怎么挣的，白雪说在公司打工挣的。老头子不信，说："什么公司的钱这么好挣？短短几年时间挣了这么多钱？再说了，你平时的工资不是都寄回家了吗？哪还能攒下这么多？"

白雪说："外面的世界大得很呐，有本事的人一年薪水有几十万甚至上百万。我平时寄回的只不过是省下来的薪水，现在带回来的是这几年的奖金。"

老头儿不信白雪的自圆其说，摔了酒杯吼道："我不相信你有那么大本事！你跟老子说实话，是不是在外面做了那种见不得人的事?! 我受不了人家的风言风语！"

白雪气愤地说："爸。你受不了，可以去找那些乱嚼舌根的人理论啊，跟女儿撒气有什么用？你要是嫌女儿挣的钱脏，可以不用，可以把它烧了！"

"你竟敢跟我顶嘴！"老头儿觉得自己的尊严和威信受到了挑战和蔑视，跳起来就要打白雪，白雪的母亲和弟弟忙死死地拉住了盛怒的老头儿，叫白雪快跑。

白雪丢下饭碗跑进房间，把自己关在房里伤心地哭泣起来。

她后悔不该回来，不该回到这个贫穷落后的地方。这里的人们表面上淳朴善良，其实骨子里顽固不化、愚昧无知，而且妒忌心特别强。她实在呆不下去了。

一个月后，小洋楼修好了。某一日，白雪突然有了呕吐的现象，而且这种反应一次比一次强烈。她这才想起自己这个月没来例假。天哪，莫非自己怀上了贾伟的骨肉？

这个模糊的现实令白雪又惊又喜。她仔细回忆了一遍，和贾伟同居以来，她一直采取措施，定期服用避孕药。后来贾伟爱上叶子后，很少跟她亲热了，渐渐地她也就忘记了要定期服药，也许因此在她和贾伟的最后一次欢爱中，便有了这个小小生命。

在思想观念相当保守的农村，一个女娃子未婚先孕可不是件小事，按古训该装猪笼绑大石沉河底。白雪于又惊又喜之间，不得不认真考虑怎么处理这件事。这事绝不能让父母知道，更不能让乡亲们知道。如果父母和乡亲们知道她未婚先孕，她就没脸面在这个民风纯朴的村子里活命。

她清楚现在她只有两条路可走，要么偷偷去城里的医院做人流，要么远离家乡把这个孩子生下来。

经过认真考虑，白雪还是决定把这个孩子生下来。这是上天对她的恩赐，这是她和贾伟爱的结晶。虽然贾伟现在不爱她了，但她可以让他的爱在孩子身上延续下去。这不正是自己一直期待的吗？

第 4 节：经营餐馆

两天后，白雪借口回 W 市上班，向父母辞行。父亲还在怄气，扭过脸说："你走吧，早走早安宁，走了老子眼不见为净！"

父亲的这番话让白雪无比伤心，她默默地落下了眼泪。母亲和弟弟将她送出村口，依依不舍。白雪搂着弟弟，告诫他一定要好好读书，一定要考上大学，争口气，离开这个贫困而愚昧的地方。弟弟含泪点了点头。

白雪一路辗转回到 W 市，在市区一家酒店悄悄安顿下来，接着考虑以后的生存之道。想来想去，她决定开家湘菜馆，俗话说"民以食为天"，W 市是座最重视美食的城市，开家湘菜馆一定有市场。

白雪四处活动，跑遍了大街小巷，花了一个星期终于在荣华路找到了一处上下两层共 160 平方米的门面。门面租下来后，她拿出存折从银行取了 20 万现金，将湘菜馆装修得漂漂亮亮富丽堂皇。

湘菜馆装修期间，白雪在餐馆附近租下了一间公寓，做好了长期在 W 市待下去的准备。同时，她打出广告招聘了三位厨师和十名年轻漂亮的女服务员，员工清一色是湖南小伙和湖南妹子。万事俱备之后，白雪选定了一个黄道吉日开张。开张那天，生意就博了个满堂红。

白雪跟在贾伟身边几年，学到了不少东西，她将这些东西用到湘菜馆，效果好极了。她给员工发统一制服，规定员工要文明礼貌、不准与顾客发生争执，工作期间要说普通话，态度要端正，不许拿客人小费，不许与客人打情骂俏。每月实行奖惩制度，干得好的有奖金，被顾客投诉的要扣工资。奖惩制度大大激发了员工的积极性，加上白雪为人和善，对家乡这帮小兄弟小妹妹很是照顾，他们干得非常卖力。很快，湘菜馆便在川菜当家的 W 市打出了名气，生意越来越红火。

为了照顾自己的生活起居，白雪特意请了一个名叫小燕的湖南妹子做保姆。胎儿满三个月时，她去医院作了第一次孕检。医生告诉她胎儿一切正常，正在腹中健康成长，并提醒她这段时间切忌与丈夫行房，男人实在熬不住想做了，也得叫他动作温柔点，动作不能太粗暴猛烈，否则这段时期的胎儿最容易流产。

白雪闻言唯有苦笑。最后，医生又提醒她，为了母婴健康，以后每月要按时来做孕检。白雪轻轻地抚摸着腹中胎儿，脸上洋溢着一种神圣的焕发着母爱的微笑。

对于发生在白雪身上的这一切变故，贾伟丝毫不知情。尽管他们经常保持电话联系，但白雪告诉他的情况是：她在家乡过得很好，找了个帅小伙儿过着幸福甜蜜的生活，已快要到谈婚论嫁的地步了。

白雪离开别墅后，贾伟便对叶子发起了猛烈的爱情攻势。叶子虽然没有明确答复他，但明显地和他的距离拉得更近了，接触也更频繁了，偶尔还会来别墅玩玩。

这些成绩让贾伟大受鼓舞，他知道叶子心中已经有他了。

第二十四章：兄弟反目

第1节：惺惺作态

日子如冰封下的河流，悄无声息地流逝，时光的去影中，一些故事断断续续发生。

2001年8月中旬，因贿选罪被判处2年有期徒刑的钱峰动用金钱和关系，以"保外就医"的名义提前从监狱出来了。出来后，他四处查探是谁告发了他，发誓要报复那个毁了他政治前途的家伙，结果动用各方关系查来查去毫无结果。

起初，他以为是那两个选举中被他打败的竞争对手告发了他，但最终那些竞争对手一个个被排除了。

钱峰从监狱出来当天，董天海开着轿车带着一帮手下浩浩荡荡地到监狱外迎接他，并隆重地在天峰大酒店为他设宴洗尘，驱除晦气。

席间，董天海假惺惺地安慰钱峰："兄弟，这是天意，别悲观、难过。塞翁失马，焉知非福啊？你当不成官未尝就不是件好事。官场上是最黑暗的，你根本不知道你有多少对手多少敌人，而这些人都躲在暗处，随时可能会对你捅刀子。你现在吃的只是个小亏，要是一直在官场上混下去，说不定连性命都会丢进去。你看现在当官的栽了多少？哪一个不是位高权重啊？但他们的结局如何？不是上刑场吃枪子儿，就是终身监禁，见不到阳光。这事儿就让它过去吧，别多想了，今后，你还是一门心思地做你的生意吧。"

钱峰感叹："大哥。你说得对，我不是当官的命。有些桶盖盖得严实的，倒还能相安无事；许多不幸被别人揭了桶盖的，就倒大霉了。像秦武堂堂一个副市长，不但被开除了党籍和行政职务，还被判了个12年有期徒刑。他这辈子算是完了，这么大年纪了，怕是挺不过监牢这一关喽。早知今日，我们又何必当初啊！"

董天海说："所以我说你是塞翁失马，焉知非福。你要是一直在官场上混下去，凭你的财势和能力，还不把官越做越大啊？到时候求你的人也就越来越多了，给你送钱的，送女人的送东西的人也就会络绎不绝了。其中有些还可能是你的亲戚朋友，你情面上推不过去，不想收受他们的好处也要收。久而久之，各种各样来得太容易的好处和实惠，你就抗拒不了啦，慢慢地你就会朝着犯罪的深渊滑下去。到时候你那些政敌暗中参你一本，你还不完蛋?！"

钱峰说："是这个道理。我要是早听大哥你的话就好了，就不会落到今天这个赔了夫人又折兵的地步了，以后，我会跟大哥一样，一心一意往商界发展！"

钱峰听从了董天海的劝告，开始忙碌拼命地恢复自己过去的社会关系。他知道自己只有一心从商，而从商同样需要各方面的关系和关照。

因此，他就像一只被暴风雨摧毁了家园的蜘蛛，终于等来了阳光明媚的季节，努力地重建起昔日劳作捕获的家园。所有的这一切其实也很简单，恢复以前的请吃请喝外加登门送礼拜访，在一片片欢声笑语和屡屡杯觥交错之中，他那本已支离破碎的残网，开始以惊人的速度恢复。

钱峰似乎又找回了过去的感觉，吃一堑长一智，如今的他已经少了些暴发户的浮夸和骄横，多了些成熟商人的沉稳和谦恭。在高尔夫球场上挥杆的时候也潇洒从容多了。

第 2 节：朋友相残

2001年8月底的一天，钱峰和几个朋友开车去天峰酒店吃饭。几个人在大餐厅猜拳行令喝得正欢时，刘玫带着公司副总赵洪走进了中餐厅。

钱峰远远地就看到了越来越光彩照人容光焕发的刘玫，他放下酒杯热情地迎上前去："阿玫，好久不见，你是越来越漂亮了，事业也越做越大了！"

刘玫并不想跟钱峰这种人打交道，不过碍于朋友情面，又不得不客套几句："哪里，钱老板过奖了。钱老板还是风采依旧！让人敬佩啊！"

钱峰苦笑："阿玫你取笑我了，你也知道我经历了一劫，刚刚从牢里出来。唉，回首往事，恍然如梦啊！"

刘玫淡淡地笑了笑："你的事情我听说过。看开些吧。其实离开官场，未尝不是件好事。在官场上混的人，谁也说不准哪天会被人算计。"

钱峰恨恨地说："我至今不知道是哪个乌龟王八蛋算计我，如果我知道，我决不放过他，哪怕拼了这条命，也要找他报仇！"

刘玫满脸惊诧："你一点线索也没有吗?"

钱峰痛苦地摇了摇头："没有。我原先以为是我的竞争对手搞的鬼，后来经过摸底排查，排除了他们的嫌疑。他们的官都比秦武小，胳膊粗不过大腿，根本就不敢拿鸡蛋去碰石头。况且那些人还要在官场上混，我既已得势，他们也不敢跟我作对。当初我最大的怀疑对象就是原城北区商会副主席赵前。但事实证明不是赵前。我出狱后当天晚上，赵前就带着礼物亲自上门来看望我，并跟我解释了误会。他说他知道我在怀疑他，但他对我发毒誓说这事决不是他干的。"

刘玫笑道："你的脑袋真是进水了，爱钻牛角尖。你就认定一定是你的竞争对手对付你？难道其他人就不会借刀杀人，对付你啊?"

钱峰茫然地说："可我没跟谁有过过节啊?"

刘玫冷笑："有些事情不能光看表面。有时，朋友比敌人更可怕！"

刘玫说罢，转身要走。

钱峰借着几分醉意一把拉住她："阿玫，这么说你是知道那个害我的人是谁喽？你一定要将这个谜底告诉我，不然，我这辈子活得不会舒坦，我会被自己的仇恨逼疯的。我求你了，你一定要告诉我！"

刘玫故作出一副高深莫测的样子，含蓄地说："钱峰，我劝你还是不要报仇的好，你是斗不过他的。他本来就是黑道出身，而且钱也比你多，势比你大。"

钱峰猛然醒悟："你说的是董天海?!"

刘玫微微笑了笑，高深地说："钱峰，'义气'二字有时候是会害人的，无论在任何时候，无论做什么事情，都不能轻易授人把柄，哪怕是对自己亲爹亲娘也一样。这个世界上没有永远的亲情和友谊，只有利益和利用。我的话你明白吗?"

钱峰迷茫了，张口结舌。许久他才呢喃道："他为什么要害我?"

他的声音由开始的迷茫呢喃变为清醒的愤怒，"他为什么要害我？我跟他无冤无仇，而且是铁哥们，我处处掏心掏肺地对他，什么事情都没瞒过他。他每次来俱乐部，我都是盛情款待，我对我老子都没有这么好过！没想到这个在背后捅我一刀的人竟然是他！这王八蛋的良心让狗给吃了！"

刘玫冷笑："这世道还讲得了什么良心？人不为己，天诛地灭。经济基础决定上层建筑，那种凭着流氓禀性、哥们义气做人的世界观早就该扔了，任何幼稚的幻想和虚伪的道义都是阻碍事业发展的大敌。"

钱峰抓着刘玫的手松开了，一双眼瞪得溜圆，如遭了晴天霹雳，他痛苦愤慨地说："如果是我的竞争对手害我，我还觉得心里好受些，毕竟情有可原，可董天海这王八蛋他没有理由害我啊，我跟他没有任何利益冲突。而且我跟他是最好的朋友，我在仕途上有大发展只会对他有好处，不会有坏处！他为什么要害我？他为什么要害我？他没有理由要害我啊？"

刘玫不以为然："谁说他没有害你的理由？他是个黑道出身的房地产大亨，一向眼高于顶盛气凌人，可你当上区商会主席后，就对他冷淡起来，他心里自然不服气！还有一点，我一直是他的眼中钉，他一直想报复我，但又一直拿我没有办法，因为他清楚秦武一直很关照我。所以他要对付我，首先就得搬掉我的靠山秦副市长，但是当时以他的能力根本对付不了秦副市长，所以他只有利用你贿选商会主席这件事大做文章，借机把秦副市长搞下台！"

钱峰的脑筋终于开窍了："所以他为了达到报复你的目的，就借刀杀人，牺牲我这个朋友，以我贿选商会主席为突破口，扳倒秦武。秦武倒台后，你失去了靠山，自然就会被他左右，他也就可以通过其他手段逼你回到他身边。"

刘玫点头："大概他就是打着这样的算盘吧！"

钱峰冷静下来，一字一句地对刘玫说："阿玫！谢谢你告诉我真相！我跟董天海的仇结定了！我一定会向他讨回公道，如果我一年报不了这个仇，我就等两年，两年报不了，我就等三年。君子报仇，十年不晚！我最终一定要让董天海悔不当初！"

第3节：设计报复

钱峰清楚以自己的实力要公开跟董天海抗衡置他于死地，还为时过早。不过，他可以想办法先让他出出丑。

2001年9月5日下午，钱峰在城南一家颇具规模的洗脚城给董天海打了个电话："董哥，我在城南万里路洗脚城，这里的小姐真他妈的水灵，我悄悄问过洗脚城老板娘，有一个特别漂亮的小姑娘还没开过苞。我知道董哥最好这口儿，你过来尝尝鲜吧！"

董天海果然动了心，问开处费多少，贵不贵？钱峰说："不贵，我问过价钱，才3万元。这点钱对董哥你来说是毛毛雨啦！"

董天海沉思片刻，说："好，我马上到。"

董天海没有带保镖，驾着卡迪拉克十多分钟便赶到万里路洗脚城，洗脚城老板娘领着一位挺水灵的小姑娘来到他面前，介绍说小姑娘叫香香，贵州人，今年18岁，绝对是货真价实的处女。叫董天海先付钱，付了钱在这里玩也可以，带出去开房也可以。

董天海说："我先付1万。如果通过验证是货真价实，我再付2万。"

老板娘不同意："董老板，这不合规矩。如果你把香香睡了，说不是处女，我怎么跟你说得清楚？我做生意绝对是诚信的，货真价实。如果香香不是处女，你回头砸我的招牌。"

董天海想想也对，凭他的来头，谅这小小的洗脚城老板娘不敢耍他，便交了3万元钱带着香香出了洗脚城。钱峰也带了一个小姐上了轿车，紧跟着董天海车后开往附近一家大酒店。

两人分别开了一间豪华客房，带着各自的小姐进了房间。董天海和香香进房便脱衣洗澡，直奔主题。

董天海刚刚将香香平放到床上，抬起香香两条秀腿，架到肩膀上，正要挥枪跃马，开始接下来的一系列操作，客房的门便被撞开了，闯进几个警察和一帮新闻记者，记者们把摄像机和照相机对着赤身裸体的董天海和香香不停地狂拍。

董天海羞得无地自容，急忙用床单裹住光溜溜的身子。而香香则在床上蜷缩成一团，指着董天海对警察哭诉："警察叔叔，他要强奸我！他说他是黑道老大，在W市有钱有势，如果我不答应他，他就叫人弄死我，让我死无全尸。"

警察给董天海戴上手铐，吩咐香香穿上衣服，并安慰她："小姑娘，别害怕。我们会为你做主的。"

在城南公安分局，香香仍然一口咬定董天海要强奸她，幸好警察及时赶到，否则她就被祸害了。香香向警察出示了身份证，她今年才15岁，因为家里穷，初中毕业便从贵州农村来W市打工，由于没有文化找不到好工作，只好到洗脚城做了洗脚服务员。老板为了发横财，以两万元的价格将她的初夜权卖给了董天海。在酒店，她恳求董天海放过她，但董天海根本不为之所动，强行要跟她发生关系，并威胁她乖乖听话，否则就叫人弄死她。

警察一一作了笔录。

第4节：身败名裂

当晚，《有线报道》报道了警方在酒店抓获海豪房地产公司老板董天海强奸未成年少女未遂的特大新闻。第二天，W市的各大报纸也同时报道了董天海强奸未成年少女未遂的丑恶行径，并配上巨幅彩色照片。

一时之间，董天海恶名远播，许多读者打进电视台及各报社的热线，要求加大新闻舆论的监督，从严从重处置董天海这种社会渣滓。

香香作为受害者，不仅当天就被警方释放，而且得到了广大市民的同情。香香在接受《W市时报》记者采访时哭着说她还想念书，想多学些知识文化，找一份好工作。她说她不想再去万里路洗脚城这种逼良为娼的地方上班，太可怕，太肮脏了。

W市某私企老板看了新闻之后，表示愿意帮助香香，资助香香继续求学，香香毕业后，还可以到他公司工作，待遇从优。香香因祸得福，一夜之间成了明星，瞬间改变了自己的命运。

其实，这一切都是钱峰一手导演的。钱峰事先给了香香2万元钱，说服香香一切听从他的安排，保证她不但不会受到半点伤害，还会得到许多意想不到的好处。香香拿着沉甸甸的2万元现金，表示愿意跟钱峰配合。钱峰还安慰香香说他会保护她的安全，并且可以给她安排一份更好的工作，月薪不会低于2000元。香香考虑到这件事对自己有很大的益处，就积极配合钱峰，演出了上面那出戏。

由于香香一口咬定她并非自愿，是万里路洗脚城老板娘逼良为娼，万里路洗脚城最终成为这起报复事件的牺牲品，不但洗脚城被查封，老板娘还将面临刑事制裁。

而董天海，因为香香一口咬定他要强奸她，并说了那番钱峰授意她说的话，加上新闻媒体的强烈谴责，本来罚点钱疏通点关系当天就可以从警局出来的董天海，最终不但被罚了一大笔钱，还因强奸未遂被处以3个月的拘役。

钱峰见自己一手导演的这出戏最终将董天海搞得人人唾骂遗臭万年，大大舒了口恶气。

三个月后，董天海从看守所出来，一脸的怒气和晦气，他隐隐觉得这事是钱峰搞的鬼，便带着一帮手下去找了钱峰。钱峰一脸的委屈，死不承认是他从中作祟，他说："董哥，我们是多年的铁哥们儿，我怎么会做这事呢？这其中一定有误会。请你一定要相信我。"

董天海说："为什么我出事了，你却没事，那天你也在酒店搞小姐。"

钱峰辩解说："董哥，你不知道，那天我吃的是'快餐'，那小姐不是原装货，搞起来省事，两分钟就完事了，完事后我们就离开了酒店。为了不打扰你的美事，我就没有跟你打招呼。后来我才听说我们刚走不久，警察就来了。"

董天海找不到确凿的证据证明是钱峰陷害他，所以这事他只好作罢。不过，此事发生之后，两人便彼此断了交往，成了仇人。

第二十五章：釜底抽薪

第1节：晴天霹雳

2001年10月中旬，嘉客公司在渔桥庄愿景花园开发的二期楼盘全部封顶，急需投入6000万资金进行外墙和室内装修，然后开盘发售。而此时，嘉客公司的全部资金尽数投入到了怡云山庄首期工程，账户上除留了点日常开支外，已无周转资金。

按照当初计划，贾伟决定向银行贷款。他开车来到建行，申请贷款6000万。不料信贷部主任告诉他，嘉客公司去年已替颖竹房地产开发公司担保贷了3000万。而且据他们目前掌握的内部机密，颖竹公司利用嘉客公司的担保，另外还在工商银行、招商银行和商业银行分别贷了3000万，这是典型的信用恶意透支。现在银行已经引以为戒，是不可能放贷给嘉客公司的。

贾伟大吃一惊，以为自己耳朵听错了："我们公司什么时候担保为颖竹公司贷过款？这是子虚乌有的事情，是不是你们搞错了？"

信贷部主任从抽屉里拿出担保书，递到贾伟手中："是真是假你自己看看。上面清清楚楚有你这法人代表的亲笔签名和嘉客公司的公章，担保期限为3年。这还能有假？"

贾伟一看，的确如此。他惊呆了。显然是有人模仿了他的笔迹，并偷盖了公章。身边的亲信背叛了他，家贼难防啊。

贾伟心烦意乱地出了建行，将信将疑地接着来到工商银行，没想到工商银行果真拿出了嘉客公司为颖竹公司担保贷3000万的担保书。

贾伟惊愕之余，又跑了商业银行和招商银行，结果情形一样，对方出示他亲笔签名并加盖公章的担保书。而且银行负责人不但不肯贷款，还说如果担保期过后颖竹公司不还这笔贷款，银行就要找他这家提供担保的公司承担责任。

如此算来，颖竹公司从四家银行共计贷款1亿2000万。这么一大笔款子，如果颖竹公司到时没有还贷能力，或者有意拖着不还，四家银行同时找嘉客公司算帐，嘉客公司将会有灭顶之灾!

这是一个天大的阴谋。这个阴谋的缔造者无疑便是刘玫。而家贼,必是程辉这小子!

贾伟双腿发软,懵懵懂懂地不知自己是怎么开着车回到别墅的。回到别墅,他便将程辉叫进自己套房,劈头喝问:"阿辉!你这王八蛋!你告诉我!你都背着我干了些什么?!"

程辉从未见贾伟如此大发雷霆,不知道发生了何事,满脸委屈地说:"贾总。我没做过什么对不起你的事情啊?"

贾伟愤怒地瞪着程辉,一张脸因痛苦和愤怒全变了形。他吼道:"你不是一向敢作敢当吗?怎么现在成孬种了?你既然敢背着我做对不起我、对不起公司的事情,就应该有胆量承认!你这样不但让我更恨你,而且让我瞧不起你!"

程辉木讷地说:"贾总。我真不知道发生了什么事情,你能不能明明白白地告诉我,到底出了什么事?只要是我做的,我一定承认。"

贾伟冷笑:"好。那我问你,你是不是早就和刘玫勾搭上了?"

程辉知道瞒不下去了,便点头说:"是。"

贾伟又问:"你们在一起多久了。"

程辉说:"从2000年3月份王主任和高局长帮我们公司搞城北那块地开始。"

贾伟冷笑:"难怪我们公司竞争城北那块地会失败,原来出了你这么个内奸!你把公司的机密全透露给那个有心计的女人了!从那时算起,你和她勾结了一年多。居然把我和阿明蒙在鼓里全然不知。你真有能耐啊!"

程辉满脸愧疚:"对不起,贾总。我不想瞒你。但我答应过刘玫,不把她在W市的真相告诉任何人。"

贾伟说:"好一个言而有信的大丈夫!你为了一个女人,居然背叛我!我这么信任你,你却在我背后捅刀子,你真是条无情无义的白眼狼!"

程辉定定地望着贾伟:"贾总。我对你一片忠心,天地可鉴!"

贾伟怒不可遏地抬手狠狠打了程辉一个耳光,破口大骂:"你居然有脸说对我一片忠心?我现在被你害死了!我从来没有动手打过人,今天就打打你这个恩将仇报的畜生!"

程辉定视着贾伟,平静地说:"贾总。你对我有恩。你打我,我不还手。但请你不要侮辱我的人格。我程辉为人有情有义,不是畜生!"

贾伟气愤地嚷道:"就你这种人还敢说有情有义?你是不是以为我是个弱智、是个大傻瓜,很好骗,很好愚弄啊?!我把你当亲兄弟看待,你却坑害我,暗地里朝我捅刀子！你害我不要紧，是我活该！是我信任你，我自找！所有的人都劝我要防着你，而我却对你毫无戒心，引狼入室。我这是搬起石头砸自己的脚——自作自受！可是你知不知道？你在害我的同时也害了陈明，你叫我怎么跟他交代？"

贾伟的吵骂声惊动了陈明。他走进贾伟套房，问贾伟怎么回事？为什么发这么大的脾气？

贾伟叹口气告诉他真相："阿明，我对不起你，我引狼入室，用了一条白眼狼。今天我去建行贷款，不但没贷到一分钱，还得到了一个可怕的消息，建行的信贷部主任说我们公司为颖竹公司担保从建设银行、工商银行、招商银行和商业银行四家大银行贷了1亿2000万，每家银行各贷了3000万。几家大银行认为我们已经恶意透支金融信用。恐怕现在全市的大大小小金融机构内部都通报了这个事了，现在我们不但贷不到款，愿景花园二期工程无法收尾，而且如果日后刘玫赖账不还，我们还会成为银行的逼债对象！你说这小子给我们捅了一个多大的漏子啊！"

程辉这才明白贾伟发怒的原因，这才意识到自己被刘玫利用了。他"扑通"一声跪倒在贾伟跟前："贾总！我对不起你和陈总。我是头猪！我没有头脑。我被刘玫利用了。我承认这事是我干的，是我盗用了公章，是我模仿你的签名，在刘玫提供的几份空白担保书上签了字。我没想到事情会这么严重，她骗我说只贷三四千万。我没想到她居然会骗我！"

贾伟痛恨地瞪着程辉："你这个头脑简单的家伙！你怎么这么容易就相信了刘玫这种女人？她明摆着是要利用你来报复我！"

程辉此时内心的痛苦比贾伟更甚。因为他被心爱的女人利用了、欺骗了。刘玫把他诱进了一个她早已设置好了的陷阱。其实，从一开始他也猜测到那极有可能是个陷阱。只不过为了证实她是真心爱他，只不过为了证实她不会害他，他强迫自己假装糊涂钻了进去。

程辉欲哭无泪："贾总。祸是我闯下的，我去找刘玫算账，叫她还钱。"

贾伟冷笑："你去找她有个屁用。她同时从四家银行贷款，就是有意要断我们的后路，让我们公司在金融界失去信誉，到资金紧张时无法获得贷款，甚至成为银行追债的对象。你去找她，她不说不还，只说现在还没到还贷期，或者是现在手头没钱，你能拿她怎样？你能杀了她？就算她恶意借贷，到期不还，在还贷期之前转移了所有资产，或者宣布破产，银行也拿她没办法，到时只会来找我们，因为我们是担保公司，我们得对这事负责任！"

陈明一直阴沉着脸，一直闷闷地抽着烟。直到一支烟抽完，他才开口说话："现在愿景花园二期工程收尾还差6000万资金。在这紧要关头，我们不但贷不到一分钱，还莫名其妙地欠下银行 1 亿 2000 万债务，而且这笔贷款将日积月累地递增。程辉。你这是要置我们于死地呀！贾总和我是怎么对你的？你他妈的良心让狗给吃了？"

程辉跪在地上不动："贾总。陈总。我知道错了。我对不起你们，你们打我骂我我都认了。你们就是要我这条命，我也没话说。如果没有补救办法，我就以死谢罪！如果有补救办法，需要我做什么，怎么做，你们吩咐一声，我万死不辞！"

贾伟哀伤地说："现在能有什么办法？很明显这个计划是刘玫经过精心酝酿的。她这既不算偷盗，也不算诈骗，更说不上抢劫，法律也奈何不了她。她充分利用了你这颗棋子，我们告不了她，要告只能告你。"

程辉说："那你们就告我吧！我认了。"

陈明嚷道："告你有屁用？把你抓去坐牢，除了出一口恶气，于事无补。银行的债也不会因为抓了你而一笔勾销。就算是把你杀了，这笔钱还是要还。如果到时候刘玫不还，就得由我们还，我们跑不了！"

贾伟叹口气："到了还贷期，关键就看刘玫凭不凭良心了。另外，还要看她有没有偿还能力。"

程辉说："她有偿还能力。她说蝉柳花园这个项目起码可以赚三、四个亿。现在离三年的担保期还早，等蝉柳花园首期工程资金回笼，她一定可以把贷款还上。"

贾伟痛心地说："你想得太天真了。依我估计，她根本就没打算还这笔钱。她要让银行找我们算账，要让我焦头烂额，走投无路。她是个报复心极强的女人，一直对我在上海炒她鱿鱼的事耿耿于怀。她要跟我作对，要让我知道她的能耐，要让我后悔，要看我被她打败，想要我向她跪地求饶。这就是她利用你的真正目的，也是最终目的！"

陈明气愤地指着程辉骂道："刘玫是个报复心极强的女人，阴险狡猾，心如蛇蝎！偏偏有你这样一头猪，没有头脑，心甘情愿被她利用！"

贾伟觉得头又胀又痛，对程辉说："你起来吧。现在事情已经发生了，你就是跪一辈子也改变不了事实。你还是去找一下刘玫，不要跟她吵闹，跟她说些好话，晓之以理，动之以情，看她能不能觉悟过来，放弃对我的仇恨。另外，看她手头有没有多余的资金，能不能抽调一部分出来救救急。"

程辉站起身来，默默地走出了贾伟套房。

第 2 节：无可奈何

有位哲人曾经说过：女人是为毁掉男人而创造出来的，男人的一切不幸都来自于女人。无论一个多么优秀的男人，只要他不幸爱上了一个可怕的女人，这一生就注定要永远做这个女人的奴隶，他这一生就算完了。程辉现在觉得这句话很有道理。而且，非常不幸的是，他就是这样一个被女人奴役的男人。

程辉驾车直奔颖竹房地产开发公司，一路上心潮起伏难以平静。他觉得他被刘玫毁了，彻底地毁了。她毁了他的义气，毁了他做人的良知，让他变成了一个令人痛恨、人人唾弃、忘恩负义的小人。

车子开进"颖竹"公司，程辉气势汹汹地冲进刘玫办公室。刘玫正和副手赵洪商量事情，见他怒气冲冲闯了起来，便支开赵洪，含笑问："阿辉，风风火火的，怎么啦？出什么事情了？"

程辉不知怎么搞的，一见刘玫的笑脸，气就消了许多，他说："阿玫。我问你，你跟我在一起是不是真心的？你是不是真心喜欢我？是不是真心爱我？"

刘玫说："是啊。这还用说吗？我不是用实际行动证明了一切吗？我已经把一切都交给你了。而且我们不是一直很好吗？你看见我有别的男人吗？"

程辉说："阿玫。你既然爱我，就不该害我，陷我于不义，让我做一个忘恩负义背信弃义的小人！"

刘玫故作惊诧地问："我怎么害你了？我什么时候害过你啊？"

程辉说："你利用我盗用贾总的签名和公章，从四家银行一共贷了1亿2000万。以前你骗我只贷三、四千万。今天贾总对我兴师问罪，我才知道你一直在利用我，一直在欺骗我！"

刘玫辩解："阿辉。我没有利用你，没有欺骗你，我是真心爱你的。当初我骗你只贷几千万是不想让你有心理负担。蝉柳花园那么大的工程，我又是白手起家，几千万能起什么作用？阿辉。你要明白我的难处啊。"

程辉痛苦地说："我明白你的难处，谁明白我的难处？贾总在怡云山庄购买土地和开发第一期项目已经投入了四个多亿，公司已经没钱了。现在渔桥庄愿景花园二期工程收尾还差6000万资金，贾总去银行贷款，跑了好几家都贷不到，因为他的信誉已经被你恶意透支了。是我害了贾总，如今公司在银行信誉受损，不但贷不到款，到时为你担保贷的1亿2000万逾期不还，还会成为银行逼债的对象。你把我害死了，我对贾总和陈总问心有愧啊！"

刘玫安慰程辉："阿辉。别难过，我跟几家银行的头头关系不错，我早跟他们说好了贷款我一定会按期偿还的，再说现在离还贷期不是还远吗？你慌什么？我跑不到哪里去的，等蝉柳花园首期工程资金回笼，我就把贷款连本带利一次还清。我不会连累你和贾伟的。"

程辉说：“你现在叫我怎么相信你？你已经骗过我一次了。如果到了担保期，你不还，银行不会找你，只会找贾总。”

刘玫生气地说：“你不信我又能怎么样？要钱没有。要命，有一条，你把我杀了吧！杀了我就可以向贾伟交差了！或者你去转告贾伟，让他到法院去告我啊，我倒是不介意跟他打一场旷日持久的官司。”

程辉又气又急，但又无可奈何，最终只有灰溜溜回到别墅，将刘玫说的话对贾伟说了一遍。贾伟听了，摇头苦笑：“她简直就是个无赖，女人啊，一旦产生了报复心理，是相当可怕的。”

程辉痛苦地说：“贾总。这祸事是我闯的，如果我死了能改变这个现实，那我马上就去死。我真没想到刘玫会利用我、欺骗我，我现在是比死了还痛苦！”

贾伟阴沉着脸，他可以感觉到程辉心里的那种悲伤、绝望、无脸见人的情绪。他不知该说些什么了，气已经撒了，火已经发了，但于事无补。此时除了愤怒，贾伟内心更多的是悲哀。他觉得这世界太大了，大得人类宛若一粒小小的尘埃。这世界又太小了，小得所有的恩怨情仇都纠缠在一起，令人无法逃脱。

过了许久许久，贾伟望着程辉，平静地问：“阿辉，你觉得刘玫是真心爱你吗？”

程辉点了点头：“她跟我时还是处女之身。她对我真的很好，要不我怎么会背着你，为她做那种昧着良心的事。”

贾伟深深地叹口气：“程辉。你这次是真的把我害苦了。现在陈总都不想和我说话了，我知道他表面上不说什么，心里却在埋怨我用人不当。当初他劝我不要对你太轻信。现在公司莫名其妙地背上了1亿2000万债务。就算刘玫以后会把钱还上，就算银行不找公司麻烦。这些还是其次的，最主要的是目前我们公司有一道坎必须要跨过去，那就是到哪里去弄愿景花园二期工程的6000万后续资金啊？”

程辉低头不语，他知道6000万在非常时期可不是个小数目。

贾伟沉痛地说：“我一向自视公司实力雄厚，本来公司每一个项目的发展都在我的掌握当中，环环相扣，我事先考虑过愿景花园二期工程可能会出现小量资金链接不上的意外，但我想以我们公司的良好形象和信誉，每一家银行都会争着贷款给我们。可是我千算万算就是没有算到刘玫会串通你一起来害我。不管你是有心，还是无意。这结局不可改变，现在每家银行都不会再借贷给我们公司了。也就是说现在我们的资金链已经彻底地断裂了！”

程辉依旧无语，但内心他连杀自己的心都有了。

贾伟沉痛地说：“程辉，你也跟了我几年了，你应该清楚资金链断裂对于一家大型房地产公司来说将意味着什么？那将意味着即将建成的高楼大厦因为没有后续资金全部会变成烂尾楼，一文不值！那将意味着我们所有的投入将变成肥皂泡，那将意味着我们要负债累累，成为大建筑商、包工头的逼债对象。到时他们从我们手上拿不到钱，便会鼓动成千上万的民工跟我们闹，到时我们招架不住，只有破产，只有跳楼！"

程辉低垂着头，使劲地用双拳捶打着自己的脑袋，痛不欲生。

第3节：过河拆桥

贾伟知道无论怎么责怪程辉都于事无补了，他决定跟陈明好好谈谈。

贾伟走进陈明房间时，陈明还在蒙头大睡。他在床边坐下，轻轻推醒陈明，递给他一支雪茄："阿明。我知道你现在心情很糟糕，首先是赵苇背叛，接着程辉这小子又给公司捅了个大娄子。但现在事情已经发生了，气愤埋怨和痛恨都改变不了现状，我们兄弟俩还得想办法齐心协力共渡目前难关。"

陈明靠在床头，点燃香烟吸了起来："有什么办法？银行贷不到款，只有找朋友借。哪怕借高利贷也行。马上就要到售房旺季，得尽快把愿景花园二期的楼盘推出去，使资金回笼。而且愿景花园二期楼盘有半数房子是客户交了预付款和订金的。如果我们不能按协议到期交房，不但资金回不了笼不说，还会在公众中失去信誉。接下来我们所有的房地产项目都将变成一盘死棋！而且我们会很快面临银行逼债，承建商逼债，民工讨薪的僵局，弄不好我们很快就会破产！所有宏图霸业将成为一个海市蜃楼的幻影，成为一场触目惊心的噩梦！"

贾伟说："我也是这个意思。搞房地产最怕的就是资金链断裂，任何一个环节的脱节都可以引发大局的崩盘。这样吧，我们分头行动。我去找江洋，他这一年多赚了不少钱，估计借个1500万不成问题。你去找李倩，她的火锅城自1998年开业以来生意一直挺红火，估计手头有个几百万。找了朋友，我们再找一些有来往的大公司，争取尽快筹集6000万。"

陈明起身下床："行。我们立即分头行动。"

贾伟开车来到大世界夜总会。敲响卧室门时，江洋正在和一位新招聘的小姐做爱，美其名曰"面试"。遇上感兴趣的小姐，他都要这么"面试"一番。

江洋正在兴头上，听到敲门声很不高兴，没有理会，直到完事后才披上衣服，满腹牢骚地趿着拖鞋去开了门，见门外站着的人是贾伟，便换了张笑脸："阿伟。是你老兄，快请进。"

贾伟进了客厅，在沙发上坐下。江洋笑道："你好久没上我这儿来了，今儿个是什么风把你吹来了？"

贾伟说："我是无事不登三宝殿。我们是哥们儿，也就不跟你拐弯抹角了。今天我是来找你借钱的。"

江洋给贾伟沏了杯龙井茶："你老兄开什么玩笑？你这么大一个老板，还会向我借钱？"

贾伟说："不是开玩笑。我真遇上难事了。现在公司的资金全部投入到怡云山庄首期工程，愿景花园二期工程收尾还差 6000 万资金。"

江洋说："你可以向银行贷款啊？你双管齐下搞两个大工程，不向银行贷款怎么行？"

贾伟说："不瞒你说，我现在从银行贷不到款。程辉这小子捅下了个大漏子，盗用公章，伪造我的签名，担保为他女朋友从工商银行、招商银行、建设银行和商业银行各贷了 3000 万，一共 1 亿 2000 万。现在我的金融界的信誉已经受损，银行不会贷款给我。我现在只有找朋友找公司借了。"

江洋问贾伟："打算借多少？"

贾伟说："借 1500 万，等资金回笼立即奉还。"

江洋沉默不语，他想："我借 1500 万给你，万一到时银行向你逼债，拿工程作了还贷抵押，你没钱还我怎么办？再说现在楼盘开发出来卖不卖得出去，赚不赚钱还是个未知数，万一赔本，没钱还怎么办？"

想到这，他装出一副挺为难的样子："阿伟。这一年多来夜总会是赚了点钱，但开销也大，除了还账，身边没有多少流动资金。"

贾伟心里挺不是滋味，明白江洋在找借口，脸色阴沉下来。江洋见贾伟不高兴，便接着说："阿伟。我知道你对我有恩。没有你帮助，我不会有今天。对了，你借给我的 400 万，我还差 200 万没还呢，现在你资金困难，我一定想办法凑齐这笔款还给你。"

贾伟气愤地指着江洋骂道："江洋！我今天是来找你帮忙的，不是向你逼债的！你他妈的别在我面前装孙子。你有多少钱我心里有数，但借不借是你的权利，算我白交了你这个朋友！"

江洋不悦地说："阿伟。咱们是朋友，你不要出口伤人嘛。我不是不帮你，是能力有限。你帮过我的忙我一直记着，你们经常来夜总会玩，我不是也从没叫你们埋过单吗？"

贾伟气得从沙发上蹦了起来，破口大骂："去你妈的！这种话亏你说得出口！你刚来 W 市时我是怎么待你的？你再回头好好想想！我借给你 400 万要了利息吗？现在你居然能说出这种话！看来你是看准我贾伟要落难了，有意要伤害我了。也罢，今天就当我是来逼债的，你欠我的钱我要连本带利收回！"

江洋也撕破脸说："行。明天我就想办法把钱凑齐，连本带利再还你250万。"

贾伟冷笑："好。明天我在家等着你。"言罢，摔门而去。

贾伟走后，小姐从卧室出来，问江洋："怎么回事，那人是谁呀？怎么对你大吼大叫的？"

江洋说："你管他是谁？不该问的别问，当他是条疯狗不就行了！"

陈明驾驶林肯轿车来到口福居火锅城，李倩喜出望外出来相迎。她知道表妹赵苇与陈明已经分手了，希望自己还有机会与他再续前缘。但当得知陈明现在落难了，是来向她借钱时，心立刻凉了半截，脸上的笑容也就立即消失了。

她想：我还指望从你身上揩点油呢，你反倒向我开口借钱了。

李倩冷冷地问陈明到底出了什么事。陈明将事情原委告诉她。李倩听了，对陈明就更失望了："天哪，这么说你们公司无缘无故就欠下银行1亿2000万？这可不是一笔小数目啊！阿明。你别太相信贾伟了。程辉是他的人，程辉的女朋友当然也是和他们一条心的，没准他们是想合谋要独吞你的财产。我劝你还是跟贾伟分手吧，否则到时候你会变成穷光蛋。"

陈明说："妇人之见！贾伟是什么人我清楚，你别挑拨离间。他不会跟我玩小动作。现在公司急需要钱，你想办法给我弄个几百万吧，越快越好。"

李倩冷笑："你说得轻松，我哪来这么多钱？我开这么个小馆子只能挣几个小钱，加上平时花费大，现在手头根本就没几个钱。"

陈明说："我知道你手头有几百万，别说这三年多时间火锅城赚了不少，单你以前从我手头就刮了不少。"

李倩拉下脸来："你怎么不说我是亿万富婆？你把这小店连同我的人一起卖了，看值不值几百万。"

陈明诚恳而温柔地说："李倩，我若不是实在有困难，也不会向你开口。我这辈子从没求过人，今天来找你帮忙，还不是因为我们的关系非同一般？"

李倩冷笑："怎么个非同一般？我是你老婆啊，还是你情人啊？你春风得意时，心里有我吗？不到失意落魄时，你会想起我吗？现在有难处了，要钱了，才想起我，你不觉得自己太虚伪太世故了吗？"

陈明钱没借到，反倒被抢白了一顿，气得脸色铁青。他指着李倩骂道："你真是个无情无义的婊子！"骂罢，摔了个杯子，愤然离去。

第4节：虎落平阳

贾伟气呼呼回到别墅。几分钟后，陈明也开车回来，见贾伟的车停在车库，知道他回来了。他上了楼，走进贾伟套房。贾伟坐在客厅沙发上抽闷烟，见陈明进来，热切地问："情况如何，有没有弄到点钱？"

陈明气呼呼地说："一分钱没借到，还吵了一架。这臭女人，太无情了。你呢？凭你和江洋的关系，不会像我一样，空手而归吧？"

贾伟苦涩地笑道："还真应验了你以前说过的话，江洋这小子不是个东西。他没说不借，只说没钱。我当场臭骂了他一顿。他说他会想办法把欠我们的200万凑齐了还给我们。他妈的，不但不借钱，还陷我于不义，好像我是去向他逼债的。"

陈明叹道："阿伟。我们现在真成一对同病相怜的难兄难弟了。你被朋友伤害，我被旧情人伤害。"

贾伟说："是啊，我们现在是虎落平阳被犬欺呀。想想这么多年，我何曾受过这样的屈辱？我什么时候求过人？如今有点难处，向一个曾经受过自己恩惠的朋友求助，居然落了个如此下场。你说这人世间还有什么情、还有什么义、还有什么真？一切都是虚假的！有钱时众星捧月，个个来攀附，没钱时个个唯恐避之不及，甚至不惜与你翻脸。我现在是看透了这人生！"

陈明说："现在我们只有找一些有来往有交情的公司借了。"

贾伟说："别指望了，刚才我都一一打过电话了，他们都说资金周转困难，爱莫能助。我们另想办法吧，实在不行只有再去找银行，拿整个怡云山庄工程作抵押，我就不信贷不到款。"

贾伟本来是个充满激情的人，现在却不得不冰冻自己的热血，封闭自己的激情。所有的苦闷无法宣泄，所有的痛楚无人体会。他觉得只有用酒来麻醉自己了。一醉解千愁。

陈明起身去拿来瓶人头马XO和两个酒杯，开瓶倒上两杯酒，和贾伟对碰。俩人一口喝干了杯中酒。贾伟说："再来，痛快！我们今天就醉生梦死一回！"

陈明一边倒酒一边说："阿伟。我们快成穷光蛋了，恐怕以后想醉生梦死，机会也不多了。"

贾伟豪气干云地笑道："阿明。你这是杞人忧天，我们不会落到这一步的。目前这道坎我们一定能迈过去的，不要气馁，就算被打倒了也无妨，我们可以再站起来。我们不是还有这么大一个家业吗？怕什么？"

陈明说："我不是担心眼前差6000万资金，这倒不是件大难事。我担心的是刘玫从银行贷的那1亿2000万，那是个狮子口啊，这笔钱在日积月累地上涨。如果刘玫到期不还，或者没有还贷能力，那就真正会给我们公司带来灭顶之灾。"

贾伟说："我估计刘玫也就是跟我斗斗气，让我知道她不是等闲之辈，让我后悔，让我明白失去她是我人生最大的损失。她不会不还这笔钱的，而且一旦我们跟她翻脸，把事情闹上法庭，对她也没有丝毫好处。她是个聪明人，不会不明白这个道理。不过，解铃还需系铃人，当初是我得罪了她，炒了她鱿鱼，让她丢了面子。到时我亲自去求她，她不是要挽回面子吗？我给她道歉、给她下跪，给足她面子，看她还能怎么样？"

陈明说："男儿膝下有黄金，你从来不会低三下四求人，尤其是求一个女人。"

贾伟语重心长地说："阿明，如果公司是我一个人的，我宁愿失去一切，从头再来，也不会求她，跟她说半句好话。但这公司有你一半，我不能连累你啊。刘玫是我得罪的，程辉是我带进公司的，这两个人都与你无关，他们制造的一系列祸事都是因我而起。阿明。你不知道，我心里是又悔又恨啊。我觉得我太对不起你了。"

陈明拍拍贾伟的肩膀，安慰道："阿伟。你不要这么想。我们是好兄弟。你是个有情有义的人，这一切都不是你的错，你不要自责。来，咱哥俩接着喝酒。"

浓烈的迷醉的液体流进喉咙流进胸口，带来一种贴心熨骨的慰藉，贾伟觉得心里好受些了。

一瓶酒很快喝完了，俩人都有了几分醉意。贾伟眯着眼睛对陈明说："阿明。人啊，是吃一堑长一智。你说，我们以前对朋友对情人，对所有人都那么豪爽、耿直、大方，一掷千金，现在想来是不是很愚蠢很悲哀啊？"

想起过去的风光无限，那种财大气粗挥金如土、刷刷刷开支票、消费光阴消费青春消费尊重的感觉，陈明的确感到一种悲怆。他感叹道："是有点。就说我吧，李倩这婊子从我身上捞了200多万。赵苇这小婊子也花了我100多万，更气人的是她居然花我的钱去养小白脸。为了这无情无义的女人我还投资了1500万拍电视。你说我冤不冤啊？傻不傻啊？不过，话说回来，你的情人就白雪一个，她没坑你，她是一心一意对你好的。你就是交错了江洋这个朋友。这小子我第一眼见他就不舒服，觉得他是个尖酸刻薄的势利小人。只不过因为他是你朋友，我不好多说什么。"

贾伟苦笑："朋友。什么是朋友？有人说朋友只是拿来利用的，'名'是'朋'，'利'是'友'，无名无利就没有朋友。现在我总算有点相信这句话了。"

第5节：恩断义绝

别墅里弥漫着一种灰暗、压抑的气氛。空阔冰凉的大客厅，油光锃亮的打蜡地板，又宽又长的大理石楼阶，冷冷清清的阳台，又大又寂寞的房间，一切都是那么的孤独、寂寥。以往那种门口轿车一长串，客友来往不息，三日一小宴五日一大宴的气氛不复存在了。

又到了午餐时间，餐桌前坐着的只有贾伟、陈明和小张三个人。程辉闯了大祸，这几天整天窝在"胡思乱想"美容院，正想方设法多赚些钱，弥补自己的罪过。

贾伟望着餐桌前冷清的局面，望着陈明和小张沉默黯然的面孔，没有半点食欲。他喝了两口汤，动了两下筷子，就放下碗筷，对陈明说："阿明，江洋这小子说今天来还钱。如果来了叫我一声，我在楼顶透透气。"说着便离开餐桌，上楼去了，那沉重的步伐使陈明猛然感觉他好像一下子苍老了十岁。

贾伟来到楼顶，站在别墅平台，迎风而立，极目远眺。但见天淡云闲，四处秋色萧萧，一片苍茫。他目光中有种说不出的萧瑟之意，神情骤然间变得有些恍惚。

无数往事如烟般弥漫而来，又随即如风般飘散而去。一会儿是花天酒地，一会儿是歌舞升平，一会儿是鲜花簇拥，一会儿是纸醉金迷，一会儿是美女如云，一会儿是众星捧月，一会儿是赞声如潮，一会儿是往来如缕……但最终却是一片空空，一派茫茫。

贾伟感觉自己就像做了一个美梦，踩着光彩夺目的七色云彩任意飞翔，周围簇拥着许许多多的鲜花、美女和金币。结果一觉醒来，从云彩上跌落了下来，摔在了现实的尘土上，一身都是灰蒙蒙的。

以前贾伟的运气一直很好，做什么成什么，任何随意的一桩生意都可赚钱。他一直认为自己是颗幸运星。现在才明白运气这东西，也像个朝三暮四的妓女，今天对你好，明天也许就会背你而去。

以前得意时，贾伟在这经过一番特意修饰的别墅平台遥看四处，但见灯火辉煌，高楼林立，车水马龙，万千风景尽收眼底，真有种高瞻远瞩的荣耀感。而今，极目四望，看到的却是一片萧条和荒凉。

这辈子，贾伟虽然一直在追求事业的成功，但他是个只重情义不重金钱之人。此时身陷困境，四处碰壁，无人伸出援助之手，才感觉到金钱的价值和重要。

"穷在闹市无人问，富在深山有远亲"，果真便是这个世界的真实写照？贾伟有些不信，但仔细想想，又由不得他不信。

过了片刻，贾伟在楼顶看到有一辆出租车驶了过来，猜想一定是江洋来了。果然，过了三分钟，陈明走了上来告诉他江洋在楼下客厅等他。贾伟傲然一笑："好。我最后会会这个狐朋狗友。"

贾伟和陈明来到一楼客厅。江洋将一张现金支票交到他手中："阿伟，钱我给你带来了，250万，其中50万是利息，现在我们两清了。"

江洋说罢转身欲走，贾伟叫住他："江洋，我知道你现在抖起来了，成了娱乐界的大亨，50万利息对你来说不算什么了。但现在对我却可以起不小的作用。起码我得吃饭，得养车子，得交物业管理费，得应付日常开支。有钱时，我从不计较这些，也从未在意过这些小数目，但现在我是虎落平阳，英雄落难啊，不然也不会开口向你借钱。"

贾伟接着说："我本以为以我们的交情，可以从你手上借个几百万甚至上千万，等渡过难关就如数还你。没想到你怕我倒血霉，永远翻不了身，有钱也不肯借给我。但又觉得情面上过不去，便给我来个两不相欠，把欠我的钱连本带利还给我。以前你还我那200万怎么不把利息加上？哼！你真是个彻头彻尾的小人，不地道！亏你昨天还说得出口我们到你夜总会玩从来没埋过单。就冲你的行为和你昨天说的这句话，这辈子我们没得朋友做了。今后你我一刀两断，恩义两绝！"

江洋脸色一阵红一阵白，难堪至极："阿伟。你怎么能说出这样的话？昨天你不是也伤害了我吗？对我大呼小叫的。我不是不帮你，是能力有限，爱莫能助嘛！你怎么能强人所难呢？"

陈明气愤地破口大骂："你他妈的少找借口！你是什么人，我第一眼就看出来了！你根本就是个口是心非、无情无义的小人。大家都是在生意场上混的，大世界夜总会开张以来赚了多少钱，谁心里没有数？你手头要是没有1500万，我姓陈的把头砍下来，给你当球踢！朋友相交，理应患难相助、肝胆相照、互通有无，而不是趋炎附势、刻意攀交！一旦对方有难，就借故避而远之。你有困难时，我们是怎么帮助你的？说实话，我们借钱给你，根本就没打算要你还什么利息。你居然说我们去你夜总会玩从来没有埋单，这种话你也说得出口？我们去你那里玩是看得起你，以后你请我们去也不会去了！"

江洋被陈明骂得面无血色，无言以对。贾伟接着说："江洋。你听着！龙，始终是龙。蛇，永远是蛇！你看不到我的笑话，你这种目光短浅的人，永远不可能超越我的！小张，送客！"

小张推开别墅门，很不客气地说："江老板。滚吧！"江洋又羞又气又无奈，灰溜溜地出了别墅，在外面恶狠狠地吐了一口唾沫，骂了一句："妈的，晦气！"

江洋走后，贾伟解气地开怀大笑。笑过之后，眼里却涌出了两行眼泪。他酸楚地破口大骂："这就是朋友！这就是情义！去他妈的蛋！"

第6节：雪上加霜

屋漏偏逢连阴雨，霜冻又遇下雪天。正当贾伟和陈明一筹莫展时，冯小羊从北京打来电话，说《都市情恨》剧组已从上海撤回北京，进入后期制作阶段，叫陈明尽快将300万后期制作费汇过去。此时，贾伟和陈明正是穷愁潦倒之极。冯小羊来电催钱，无疑是雪上加霜。

陈明和贾伟商量怎么办，贾伟说："有什么办法，现在我们手头有江洋刚还的250万，再把奔驰车卖了，凑足300万给人家汇去。如果不把钱汇过去，前期投资的1200万就算白扔了，人家是按合同办事，违约就等于前功尽弃。"

陈明叹了口气："都怪我，当初为了赵苇这小婊子，头脑发热，拍什么鸟戏。"

贾伟安慰他："阿明。别这么说，这事不能怪你。要怪只能怪我，如果不是程辉这小子捅了这么个大娄子，我们哪会缺钱？资金周转困难时，以我们的资信和实力，随便就可以从银行贷个七八千万。"

贾伟将要卖车的消息放出去后，没过两天，一位青年男子就上门来和他洽谈买车事宜。对方以贾伟的车开了两三年为由，将车价压得很低，最多只能出60万。

贾伟说："我这辆奔驰600当初花了160万购买，包括上户购保险花了172万。而且这车是通过市政府招商引资办以外商的名义挂的黑色牌照，不但通行无阻，还享有任意停车的特权。如果不是急需用钱，就是有人出200万，这车我也不会卖。你出这么低的价格，我是不可能卖的，如果你有诚意，一口价，80万，少一个子儿我也不会卖。这辆车是我心爱之物，平时保养得非常好，你也看了，起码九成新。"

青年人见贾伟态度坚决，知道价格压不下来，便说打电话和家里人商量一下。说着走出别墅，在门外拿出手机拨了一通电话："喂，江总。他说最少80万。车子我看了，九成新，挺棒，挂的是黑色牌照，牛B！可享受外商任意停车的特权呢！"

那人在电话里说："这些我都知道，要不怎么会委托你去办这件事？你看还能不能再压点儿价。"

青年男子说："尽了最大的努力，压不下了，少一个子儿对方都不卖。"

那人说："压不下就算了，80万就80万吧。80万也值。"

青年男子回到别墅，对贾伟和陈明说："80万就80万，成交。"

交了款，办好车辆过户手续，青年男子将车开走了。

第二天，这辆车又开回到贾伟别墅门口，从车上下来的是江洋和几个随从。

贾伟和陈明见江洋开着大奔得意而来，始知江洋才是这辆车的真正买主。江洋西装革履，梳着老板大奔头戴着墨镜，显得神采飞扬不可一世，在随从的前呼后拥下走进别墅。贾伟冲他喝斥："你他妈的给我滚出去，谁叫你进来的？"

江洋大大咧咧地在客厅沙发上坐下，跷起二郎腿说："贾伟。你别死撑了！我知道你现在落难了，底气不足。我今天来是想帮帮你。你的大奔我已经买下了，你这幢别墅，不如也开个价卖给我算了。你现在不卖，万一哪天银行查封了你的家产，你就是想卖也没机会了。怎么样？看在以前咱们兄弟一场的分上，我来收你的破烂，够意思吧？"

贾伟怒吼："江洋！你这个无情无义的无耻小人，给我滚出去！"

江洋大笑："阿伟，你别发这么大的火，怒大伤肝，你可要注意身体啊。再说了，买卖不成情意在嘛，你开口就骂人这就不对了。这幢别墅我出500万，你卖不卖？"

贾伟大吼："去你妈的，给我快滚，否则我对你不客气了！"

陈明窜进厨房，操了把菜刀便冲了出来，小张也操起了根铁棒，往江洋杀奔过去。江洋和几个随从一见情势不妙，忙落荒而逃。

逃到别墅门外，江洋跳起来对贾伟大骂："贾伟！你这条臭虫，你这个倒霉蛋！你他妈的不是说老子永远超不过你吗？你他妈的现在穷得连车都卖了，现在你的车属于老子了，老子现在就比你威风！哈哈哈……"

陈明和小张操着家伙大叫着追杀出去，江洋和随从忙钻进轿车，车子开动后，江洋摇下车窗对陈明和小张说："来呀，来追呀！"

车子如风而去，笑声不绝，传进贾伟的耳鼓，猛烈地冲击着他的心扉。他差点栽倒，努力控制内心的悲愤和痛苦，在沙发上坐下。

陈明和小张回到别墅，陈明气愤地将菜刀往茶几上一扔，骂道："如不是他跑得快，我一刀劈了这畜生。"见贾伟脸色苍白，毫无血色，关切地问："阿伟。没事吧？"

贾伟笑道："没事，这点屈辱还击不倒我。这小子够狠的，居然跟我来这一手。如果早知他是买主，就是给我座金山，我也不会把车卖给他。这家伙一举两得，既捡了个大便宜，又达到了羞辱我的目的。"

陈明气愤地说："这王八蛋，我一定要给他好看，不出这口气，我誓不为人！"

两天后，一伙小青年来到大世界夜总会喝酒唱歌泡妞，最后借口少爷没礼貌小姐不听话受了怠慢，见人就打，见东西就砸，将包厢里的音响设备和大彩电全砸了，砸过包厢又砸吧台，将里面的洋酒全砸了。

当警察闻讯赶来时，他们已扬长而去。

第二天，报纸报道了大世界夜总会被砸的消息。贾伟看了报纸，问陈明："这事是不是你指使人干的？"

陈明说："是我花5万元叫小张请了一帮本地小青年干的。江洋这王八蛋不是人，我们对他有恩，他却这样对我们，我咽不下这口气。"

贾伟笑道："阿明。你太冲动了，报复他，只能解一时之气，白白浪费5万元钱，对我们又有何益？"

陈明说："人活着，不就是为争一口气吗？再说我们什么时候在乎过区区5万元钱？"

贾伟说："做人是此一时彼一时，英雄也有落难之时。有钱时5万元不算什么，没钱时一分钱也会难倒英雄。再说了，朋友翻脸，过河拆桥、落井下石，想想也没什么大不了的。世态炎凉，人情如纸，这是人之常情嘛，有什么不可承受的？"

陈明见贾伟还能洒脱地笑起来，不由叹了口气："阿伟。你真洒脱，能看破一切人情世态，泰然处之。我可没这份修养。不过，我还是忍不住想问你一句，你现在后悔了没有？有一句话是这么说的：一个人做坏事的时候先要想想自己的下场，做好事的时候就更得好好想想自己的下场。我觉得这句话是有一定哲理的！你当初根本就不该帮江洋这王八蛋！现在他对你做的这些事是人做的吗？你现在一定后悔了吧？"

陈明的话让贾伟陷入了沉思。是啊，他现在也不知道自己那种性情耿直、为人仗义、乐善好施品质是优点还是缺点。凭着这种品质他曾经交了不少朋友，大官小吏、文人雅士、商界大亨、金融巨子、乌泱泱一大群。这些人中有不少人曾经受过他的恩惠和救助，有的甚至可以说是有再生之恩，这其中当然更包括江洋。可如今，他却是如此的落寞和孤独，八方求助，结果是四处碰壁，特别是江洋这小子，不但见死不救，还趁机打击他，落井下石！昔日豪气万丈、心比天高，风度翩翩的房地产大鳄如今灰溜溜形同丧家之犬。一夜之间，昔日的辉煌帝国就被轻而易举地击垮打碎，成为一片废墟。厄运的突然降临就像一场经久不退的狂风暴雨，几欲冲垮他那弱不禁风的神经。他终于明白一个道理：对人不可全抛一片真心，如果不是因为他过度信任身边的人，如果不是出了程辉这个家贼，他何至于落到今天这个地步？都说无奸不商，可他身上连起码对人的防备之心也没有。生活——这个无情而又伟大的法官终于给了他一顿狠狠的鞭笞。

贾伟最后叹了口气，大度地说："我是栽了个跟头，不过我并不后悔我的所作所为。我相信命运是公正的，我相信生活最终会拥抱我的，会给予我一个美好的结局！因为我真诚地热爱生活，我从来不会对自己感到绝望！哪怕受到再大的打击，哪怕栽再重的跟头，我相信我会站起来的！而江洋之辈，我相信生活最终会唾弃他！"

听到贾伟这番豁达的言语，陈明不得不感慨："阿伟！你他妈简直不是人，是人都不会有像你这么豁达大度的，而且对生活极度乐观！"

第7节：绝世痴情

陈明将凑足的300万按冯小羊所说打进北京某银行指定账户。冯小羊收到钱后给陈明的手机发来一条短信：款收到，合作愉快！谢谢！

此时，贾伟和陈明身边仅余二三十万元资金，可以说这点钱几乎连维持日常开支都困难。

白雪离开公司后一直与贾伟保持电话联系，她牵挂她，但又不想他知道她的真实情况。

这天，白雪打进陈明的手机，问他公司是不是出事了，她说她从一个朋友口中得知公司出了很大的变故。陈明沉默片刻，如实将公司的遭遇告诉了白雪："是出事了，程辉这小子和刘玫勾结，盗用阿伟的签名和公司的公章为刘玫的公司担保从四家银行贷款了1亿2000万，现在公司的流动资金全部投入到怡云山庄首期工程去了，愿景花园二期工程收尾还差6000万资金，但现在公司在金融业已失去了信用，没有一家银行和企业愿意贷款给我们。"

白雪说："阿明哥，你现在来我这儿一趟吧。我在荣华路开了家湘菜馆。生意还不错。"

陈明闻言一震，他一直以为白雪在湖南湘潭老家。他问白雪什么时候来W市的，白雪如实告诉他她只在家里呆了一个多月。白雪补充说："阿明哥，你先过来一趟吧，我们见面再谈。我不想阿伟知道我在W市，我现在的情况不便让他知道，请你一定要替我保密。"

陈明开车来到了湘菜馆，白雪早早地就在门口相迎了。陈明还未下车便一眼看出白雪是怀有数月身孕快要做母亲之人。这点也是大大出乎他意料的，他怔了怔，跟着白雪进了湘菜馆。

白雪吩咐厨师弄几个好菜，并叫服务员上了瓶好酒。陈明打量了一番馆子，赞道："这馆子井井有条，装修得也不错，一看就知你这里生意红火。而且这帮手下训练有素。雪儿。你还真行。没想到你还是把做生意的好手。"

白雪说："你以为我只是那种只会喂喂宠物混混日子、上上网聊聊天的花瓶女人？"

陈明说："白雪，你言重了。我可从来没这么想。你是个好姑娘。"

午餐后，白雪带着陈明来到她租住的公寓。在客厅落座之后，陈明问白雪："你什么时候结的婚，怎么也不给我发张喜帖？"

白雪苦笑着说："我跟谁结婚啊？"

陈明指了指白雪腆起的肚子，笑道："你还瞒我，你都快要做妈妈了。"

白雪沉默无语，神情有些黯然，又有些羞涩。

陈明明白过来，叹道："雪儿。你真傻啊。这可是一辈子的负担、一辈子的债啊！你背负得起吗？"

白雪轻轻地抚摸着肚子说："这是命里注定的。我不觉得这孩子是负担、是债。相反，看着这孩子在我肚子里一天天长大，我觉得非常幸福、欢乐。"

陈明无言了。爱到深处无怨尤。他从白雪身上看到了女人对爱的执著和义无反顾，更看到了母爱的伟大。

白雪进屋去拿出个存折，交给陈明："这个存折是我当初离开别墅时阿伟给我开的，密码是我的生日。当时账上有100万。我开湘菜馆用了些，加上这几个月赚的钱，总共有120万。你先拿去应应急吧。"

陈明烫手似的连忙将存折推了回去："不行。我不能这么做。你比我们更不容易，你马上要做未婚妈妈了，今后带着个孩子，没有钱更是举步维艰。这钱是你的全部家当，这种事我做不出来。"

白雪流着泪说："阿明。算我求你了，好吗？如果不是走投无路，阿伟也不会狠心卖了奔驰车，这辆车可是他的心爱之物啊。我现在还有一个餐馆，满足个人生活绰绰有余。你不要担心我，真的，我现在活得很好，有滋有味的。"

陈明眼睛湿了，背过身去擦眼泪。小燕则流着泪进了房间。

白雪继续说："阿明。你知道我对阿伟的感情。就算他不爱我了，可我心里永远有他。我知道他现在一定比任何人都难过。我想帮他，但我只有这么大的能力，如果你不接受，我会伤心的。"

陈明双手捧着脸，埋着头，埋得很深，埋到膝里去了。他怕自己会哭出声来。他被这个女人感动了。他没见过世间还有如此痴情的女子，为了一个已经不爱她的男人，默默地承受了一切，默默地付出一切，并为他怀了个私生子。

陈明一向认为女人都是水性杨花的，但白雪让他看到了女人的另类。许久，陈明悄悄地擦干了泪水，抬起头来，对白雪笑了笑："好。我把钱收下。"

白雪又说："阿明。我还求你个事。"

陈明说："说吧。只要我能办到的，绝不含糊。"

白雪说："别把我的事告诉阿伟。我不想让他知道我回来了，更不想让他知道我有了身孕。另外，这笔钱如果阿伟问起，你就说是你家里汇来的，千万不能让阿伟知道是我的钱，否则他会难过的，我知道他的性格。"

陈明默默地点了点头，他心里清楚贾伟一直觉得对不起白雪，觉得欠她一份情。如果他知道白雪怀了他的孩子，还拿出全部积蓄帮助他，他会更内疚的。陈明小坐了一会，告辞离去。

第二十六章：生死决战

第 1 节：男儿尊严

刘玫似乎并没有看到自己预期的效果。贾伟居然还没有倒下，在八方求借，四处碰壁的情况下卖了车子，接下来是不是要卖别墅了？

刘玫疯狂地报复着贾伟，如果有能耐她还想彻底地毁了他。可是当她在实施自己的报复计划的同时却常常会有一种割舍不掉的眷恋和良心的谴责深深地困扰着她，她知道自己内心终究还是深爱着这个从来没有把她装进过心里的男人。

她想放弃，她给了自己一个足够的理由，如果贾伟亲自来找她，她就放弃对他的报复，并且可以利用公司的流动资金帮助他渡过难关。可是，贾伟那么的倔强，宁愿苟延残喘垂死挣扎，也不愿亲自来跟她交涉。

刘玫最欣赏的就是贾伟的傲气，但最痛恨的也是他的傲气。她给贾伟打了个电话："贾伟！我知道愿景花园二期急需 6000 万后续资金。我公司账户上还有 8000 多万流动资金，如果你亲自来求我，我可以考虑借 6000 万给你！如果你派程辉来，我不会理会的！我打发他比打发一条狗还容易。"

贾伟在电话里气愤地说："刘玫！你不要假惺惺！如果不是你利用程辉盗用我的签名和公章，我怎么会落到今天这个地步？我真没想到你会变成这样！歹毒、残忍、不讲道义！你还有没有一点良知？"

刘玫傲然地说："我不知道什么叫良知！商场如战场，甚至比充满硝烟的战场更残酷！到处是饥饿凶残的豺狼虎豹，到处是残酷无情的厮杀。这世上最至高无上的就是利益！没有邪恶和正义的区分，也不必顾忌良心和道义的制约，一切都是实力和智慧的较量，人最低级的欲望和原始的本性赤裸裸地淋漓尽致地暴露在光天化日之下，胜者王侯败者寇！这世上没有谁为失败者鼓掌，无论他败得如何惨烈和光荣！"

贾伟无奈地叹息一声："你说的倒是有一定的道理，不过我想不通我跟你有多大的过节。就算我当初不该把你踢出公司，可那也不是天大的过错啊？杀人不过头点地，你何必那样煞费苦心地对付我呢？难道你就不觉得累吗？"

刘玫阴阳怪气地说："我不觉得累，我觉得有无限的乐趣！我告诉你，我这一生最恨的人有两个，一个是你，一个是董天海！我对自己发过誓，我要尽我最大的努力打击你们！知道我为什么要同时从四家银行贷款吗？告诉你！我就是要毁了你的信誉！让你在关键时刻从银行贷不到款！还有一点我要告诉你，这笔钱到期后我也没打算还，到时我重新注册一个公司，将所有资产转移，然后申请破产。最后几家银行来找你算账。我要害死你！让你上天无路，入地无门！到时你可以跟我打官司！我不怕，替我担保贷款是你心甘情愿的，签名是你的，字迹也是你的，你想不认也不行。法律是讲证据的！"

贾伟气愤地说："刘玫，没想到你居然这么无耻！"

刘玫冷笑："我无耻吗？我还觉得我心软呢！我对你一腔痴情，可你是怎么对我的？你无情地将我的一片真心撕成碎片，你为了白雪这个乡下丫头将我踢出公司，无论我流泪怎么恳求怎么哀求，你都不给我机会！是你当初的无情和狠毒造成了今天这种恶果！"

刘玫一一挑开自己的心结："你知道我为什么要挑起董天海跟你之间的争斗？我就是要看着你们两个我最痛恨的家伙斗个你死我活！从你们最早争夺渔桥庄那300亩地开始，就一切都在我的布局之中！第一次我故意不帮董天海，故意让他输，然后鼓动他在你旁边征用一块地，让你们的楼盘毗邻一处，让你们陷入永无止境的明争暗斗的漩涡之中！然后我又鼓动董天海跟你争城北那块地。让你们各显神通斗个你死我活！看你们俩那副傻样，我觉得太开心了！因为那块地从一开始就在我的掌握之中。最后关头我只需来个釜底抽薪，就可以玩死你们两个王八蛋！"

刘玫解气地哈哈大笑，笑得眼泪都出来了："我为什么要不择手段结交秦武？为什么要不惜一切跟你争夺城北那块地？目的就是为了打败你！还有，我为什么要接近程辉，为什么要跟程辉相好，其目的就是为了利用他、控制他、让他对我言听计从。我要在你的身边布下眼线和地雷，在关键时刻炸得你粉身碎骨！为了打败你，我可以牺牲所有的一切，我活着最大的目标就是为了打败你，我要看到你后悔！你不是不可一世吗？你不是傲视群雄吗？现在怎么样？还不一样成了落水狗！如果现在你向我求助，跪下来向我认个错，承认当初将我踢出公司是个不可原谅的错误。我可以考虑借6000万给你！"

贾伟不想让刘玫听到自己愤怒的声音。他清楚，此时刘玫最想看到的结果就是他面临绝境时表现出狂躁愤怒冲动不安的情绪。因此他微笑着平静地说："刘玫，你知道一个男人最看重的是什么吗？我告诉你，是自尊！不过我还是把情义放在第一位，为了不拖累陈明，我曾经有过向你妥协的想法，但是陈明不让我这么做，他叫我不要去求你这个歹毒的女人，他说宁愿破产也不想看到我向你低头！"

贾伟居然还笑了笑："既然陈明都会替我着想，我为什么要放弃自己高傲的自尊去向你低头！更何况我根本就没有做错什么？我只不过是用人不当，用了程辉这个傻小子，让他被你玩弄于股掌之间。不过你也别太得意！你并没有击败我！就目前这点困境我完全可以想办法渡过。我贾伟为人处世向来光明磊落，行得正站得直！没有人可以打垮我！你也打不垮我的。你听好了，我绝不会向你这个卑劣无耻的女人妥协！"

刘玫见贾伟居然还能够如此的平静，如此的漫不经心，不由痛苦地吼了起来："我再怎么卑劣再怎么无耻也是你逼出来的！你如果坚持你的立场，我会像痛打落水狗一样把你打垮！"

第2节：不择手段

刘玫挂断电话，泪水夺眶而出。她控制不住自己的感情，哪怕没见到贾伟的人，只要听到他的声音，她就会失控，她并不想这样，但是她不知道自己怎么会这样。她痛苦地想：好啊，贾伟，你鄙视我，你不来求我，甚至连句软话都不肯说，那就怪不得我心狠手辣了，我要让你连后悔的机会都没有。我要让你死无葬身之地！

刘玫将赵洪叫进办公室，甩给他5万元钱，吩咐道："赵总，你安排几个比较机灵的员工，到愿景花园二期工程的工地上去造造声势，就说嘉客房地产开发公司现在负债累累，快要破产了！让建筑商和民工们人心惶惶，向贾伟追债，最好能够鼓动他们停工。这点钱你拿去活动，最好买通工地上的工头，让他鼓动所有民工一起闹事，逼开发商拿钱。我要让贾伟雪上加霜穷于应付！"

赵洪依计行事，他安排了三个精明的手下来到渔桥庄愿景花园二期工地上，买通几个工头，大造声势，加油添醋地说嘉客房地产开发公司盲目扩张，同时开发几个楼盘，现在负债累累，不光欠下几个建筑公司一亿多的建筑款，还在几家银行欠下了一两亿的贷款。现在银行根本不会再借贷分文给嘉客公司。如今嘉客公司所有的开发项目都缺乏后续资金，面临瘫痪崩溃的绝境。到时所有的不动产都会被银行查封拍卖，用以抵押银行欠贷，只怕是建筑商和民工们的血汗钱是得不到了。

这个消息一传十，十传百，很快便传到了新天地建筑公司老板毛福的耳中，毛福以前被几个房地产开发商无休止无期限地拖欠工程款拖怕了，贾伟一直在他心目中算得上是个大腕级的人物，他不相信贾伟这个房地产大鳄也会落入绝境，于是试探性地给贾伟打了个电话，说现在工地上急缺建筑材料，让贾伟先打3000万元到他账户，他说如果资金不到位，只怕是要停工了。

贾伟说现在公司没有这么多流动资金，不过他会想办法落实二期工程的后续资金，请毛福放宽心。得到贾伟这个答复，毛福却是无论如何也放心不下了，他多了个心眼，借口说他没有资金垫付，已经拖欠了工人们两个月工资，如果再拖欠下去，工人们一定会罢工的！

贾伟说："工资的事情我会处理的。你不要着急。千万要稳住工人们的情绪，无论如何不能停工！"

毛福火了："贾总！没钱我还跟你做个屁啊！听说你的公司都要破产了！你就别在这里忽悠我了！你还是担心担心眼前吧，要是你不给钱，民工们得不到工资，他们可是会爬上起重机吊塔跟你要钱的！"

贾伟气愤地说："你听谁说的？我偌大一个公司，在W市名列十强，怎么会破产呢？你可不要听信别人的谣言！"

毛福说："贾总，我一向佩服你是条汉子，第一期工程我们也合作得很愉快。是不是谣言我心里有数，现在我手头的确是没有建材了，我已经垫付了一千多万资金了，你再不给我钱，我可真是开不了工了啊！到时工人闹起事来。只怕是不好收场啊！"

贾伟无奈地说："毛总，你放心吧，我会想办法的。大不了我把我的别墅卖了给工人们开工资。"

贾伟在想办法的同时，刘玫也在想办法，此时她的主要目的就是要火上浇油，在烈火中再加上一把干柴。她清楚事情闹得越大，对嘉客公司的负面影响就越大，那么贾伟的境况就会更糟糕。如果民工能够闹起来，甚至发生一两起民工为了讨薪而爬爬吊塔，坐坐危楼，不给钱就跳下吊塔、跳下危楼以死讨薪的惨烈壮举，那么贾伟就真正身败名裂了。

而要做到这点，其实非常的容易，电视新闻早就教会那些很容易接受这些新鲜事物的朴实民工了。他们本来不会，但现学现卖总行吧？

在刘玫的暗中策划下，民工们悲愤情绪终于点燃起来，他们开始停工，第一天是一两幢楼小面积的停工，第二天便发展到二期工程所有楼盘都停工了。工头们还带头鼓动工人们向建筑商毛福要钱，毛福双手一摊，悲愤地说："开发商还欠我钱，我都垫付了1000多万进去，我都要跳楼了，你们跟我要钱？"

这时，又有人适时地告诉他们开发商住在玉芝阁花园别墅。于是工人们浩浩荡荡地涌到玉芝阁花园，要闯进贾伟的别墅去讨薪，由于别墅区有雄厚的保安力量，根本不允许他们进入，民工们与保安发生了冲突，还厮打了起来。

这起事件很快经一位媒体记者的生花妙笔报道了出来，在W市引起轩然大波，给贾伟造成了十分恶劣的影响。

紧接着，刘玫买通了这位媒体记者，给了他一个数目不菲的红包。要他继续关注事态的发展，作连续报道，要站在正义的立场，帮穷苦民工说话。结果这位记者十分"敬业"地炮制出一篇又一篇十分煽动情绪的新闻报道。

情势越来越糟糕，拿不到工钱的民工们的情绪也越来越悲愤冲动，于是有五个民工爬上了起重机的吊塔，声称他们再拿不到工钱，就从距地面二十米高的吊塔上跳下去。

全城哗然，报纸、杂志、电台、电视纷纷聚集。警察、交警、城管、保安纷纷出动。这起经刘玫一手策划并恶意鼓动的民工讨薪事件愈演愈烈，最后惊动了市政府。

为了制止事态的扩张，市政府派员找到承建商毛福，毛福诉苦他垫付了若干资金，没有从开发商手里拿到钱，他都要跳楼了，说政府应该找开发商，顺便也替他把钱要回来。于是，市政府有关人员立即找到贾伟。贾伟和陈明想这件事居然惊动了市政府，这不是雪上加霜吗？

贾伟将自己目前的困境向市政府有关官员和盘托出，他说他不是那种不负责任的开发商，嘉客公司一向视信誉和质量为企业的生命，他们从没想过要拖欠民工工资。现在他们被人为地逼入绝境，银行一分钱也不贷给他们。不过他们不推卸责任，他们决定拍卖居住的别墅用以发放民工工资。目前已经联系了几家买主。请民工兄弟能够多一些理解和宽容。

然而，民工们不相信贾伟的话，他们在没有得到工资之前就是不下吊塔。并威胁那些上前解救的警察和消防队员，谁敢靠近他们，他们就集体跳下去。他们说："我们不相信包工头，也不相信开发商，我们只相信政府！政府给钱，我们就马上下来！"

一天过去了，吊塔上的几个工人整整一天没有吃东西了，由于体力、精力和情绪、睡眠等等因素，他们随时有可能会从高处跳下来或者不小心掉下来。

几个民工抱着必死之心讨薪，引起社会强烈的反响。贾伟和陈明快要急疯了，市政府领导也召开紧急会议，要求大家拿出应急方案。

市政府秘书长杨某首先发表看法，他说："现在形势危急，弄不好就会出人命。

政府有责任向承建商、包工头、开发商施加压力，帮民工讨薪，政府以前没有尽到这个责任，现在应该补尽这个责任。甚至在如今这种非常形势下，政府应该替包工头垫付民工工资，把目前这个问题解决了，然后回头再找包工头或开发商要钱。"

副市长邢某随即发言，提出一个敏感的话题："现在民工的要求升级了，政府要满足民工的要求，就只能财政开支，用纳税人的钱替包工头垫付民工工资。问题是，市政府有没有这个义务？有没有这个责任？还有就是有没有这个权利？"

这个话题引起两种不同的看法。市建委主任刘某认为："政府先行垫付，无疑将助长非法讨薪风气，引发更大规模的跳桥跳楼讨薪浪潮，必将导致政府财政吃紧、无力垫付，最终引发更大的对立和动乱。"

市公安局长吕某认为："一切顾虑，所有将支付的成本和代价，都比不上人的生命。生命是无价的，是至高无上的。不管有多少麻烦和后遗症，都应该先救人。如果眼下政府垫付是唯一的选择，那就应该毫不犹豫。"

市建委主任刘某又认为："如果因为垫付民工工资，引发跳桥跳楼讨薪浪潮，把更多的民工兄弟的生命置于危险境地，那更是对生命的轻贱，是更高层面更广泛的不人道。"

副市长邢某随即发表中庸看法，他认为："政府垫付与否，不由道德决定。政府要掂量的不是道德风险，而是仇恨风险。在政府看来，欠薪的是包工头和开发商，这没错。但在民工看来，欠薪的虽然是包工头和开发商，但拒绝垫付救命的却是整个城市。以前，他们仇恨欠薪的人，以后，他们仇恨的是城市整体。政府需要评价的是，这种漫无边际的仇恨情绪对经济发展和市民生活的威胁究竟有多大？与先行垫付，孰轻孰重？"

市长在听到这些声音后，以刚正强硬不容置疑的语气说："这起事件过后，应该拟一个提案，提交市人大讨论！为了杜绝此类讨薪事件发生，今后开发商在本市建房子，首先必须根据开发项目的大小、金额的多少存入若干相同比例的保证金到市财政，作为民工工资的保证金。今天这起事件，我认为先救人要紧，人命关天。我们不能当儿戏，也不能找任何借口！"

市长一句话，下面的人便以最高办事效率抱着一捆捆现金，将钱一一发放到了民工手里。几个民工筋疲力尽地从吊塔上下来了。

刘玫终于看到了他想要看到的效果，短短几天之内，她一手策划导演的讨薪事件，致使本市的报纸新闻、电视新闻、现场报道、政府措施、专家说法、市民评议……各种矛头都最终铺天盖地尖锐无比地指向了嘉客房地产开发公司，指向了贾伟。嘉客房地产开发公司声名狼藉，形象大跌，而贾伟焦头烂额、身败名裂。刘玫得意地笑了，笑得那么放肆、疯狂。可是渐渐地笑声变成了凄怆的苦笑。

刘玟突然有了一种犯罪的恐惧和迷茫，她甚至惊异自己在策划实施报复贾伟的时候居然没有半点的恻隐之心，她不知道自己为什么会变得如此的疯狂和冷酷。难道这就是爱之深恨之切的缘故？

当讨薪事件落下帷幕后，刘玟感觉到无比的失落和疲惫，她问自己：我真的值得这么做吗？我又得到了什么？我快乐吗？

不。她知道自己一点也不快乐，她内心无比的矛盾和痛苦。她是深爱这个男人的，可是现在她却极有可能把他整个毁了。

第 3 节：强颜欢笑

民工讨薪事件闹上媒体和电视后，叶子终于知道了贾伟目前的困境，她给贾伟打了个电话，责怪他公司出了这么大的事，为什么要瞒着她，是不是不把她当朋友。贾伟苦笑着解释："我不告诉你，是不想你跟着操心，再说这事你也帮不上忙，我需要6000 万元救急资金，你不可能帮我弄到这么一大笔钱的。所以，我又何苦将我的烦恼告诉你呢？"

叶子温柔地说："阿伟，我知道这段时间你心里一定很苦。我今天有空，你到我这边来坐坐吧，我陪你听听歌，说说话。"

公司的这起变故搞得贾伟忧心如焚，他好长一段时间没有跟叶子见面了，内心对叶子充满了思念，他开车来到"传媒公寓"，敲开了叶子的房门。

叶子用电热壶煮起了咖啡，打开 CD 唱机，放了一张唱片，房间里立即弥漫了无边无际的抒情柔美的音乐。又是 John Lennon 那首令满室生辉的名曲——IMAGINE。

贾伟清楚地记得第一次进叶子这间小屋听这首曲子时，是叶子最伤心的时候，那时她的初恋男友郑浩带着他的新婚娇妻藤原惠子从日本回 W 市投资。那时的叶子是想获得心灵的慰藉。而现在，贾伟知道，她是想安慰他。

贾伟还清楚地记得叶子对 John Lennon 的评述："John Lennon 犹如一个赤子，他的情感就像瀑布，更像大地，能够包容一切生物的大地。IMAGINE 是一首非常温暖的曲子，这首歌体现了 John Lennon 对人与人之间的希望，幻想没有灾难、没有战争，只有平等、自由、和平和关爱。"

叶子坐到贾伟身边，脉脉地看着他，眸子里充满了温柔的深情，暖暖的足以令贾伟整个身心融化其中。她问："阿伟！还记得这首歌吗？"

贾伟点头说："记得，跟你在一起的每一天，我都记在心里。"

叶子又问："还记得这首歌的歌词吗？"

贾伟说："记得。你曾经给我翻译过。"

叶子温柔地笑了。

她单独着重背诵了其中一句："幻想没有财产，我不知你能否做到？"

贾伟笑了笑："叶子。我知道，这就是你今天放这首歌的目的，你在劝我。谢谢你，你是这世间最智慧最美好的女子。"

叶子充满爱怜地说："看你这么憔悴。这段时间你一定没有休息好吧？"

贾伟说："现在公司资金周转困难，而且平白无故地突然间就背上了1亿2000万的债务，这笔贷款连本带利在日积月累地增长，你说我怎么能吃得好睡得下？没把人愁烦死就算不错了。我现在最愁的不是这件事，在担保期限之内银行不会逼我还债。我现在最愁的是贷不到款，没有后续资金，愿景花园二期工程就会陷入瘫痪。"

叶子起身倒了两杯咖啡，问贾伟放不放糖。贾伟说："不放。原汁原味的更好，再说苦咖啡正适合我现在的心情。"

叶子说："你们这些做生意的呀，有钱烦恼，没有钱更烦恼。看来人还是穷点好，清心寡欲，没有那么多的烦恼。像我，就是个快乐的穷人。"

贾伟说："其实我对金钱也看得比较淡。我做生意赚钱，赚更多的钱，是看重干事业的辉煌过程，在这个过程中有无穷的乐趣。事实上，生活中不能没有财富，它不仅仅是金钱，更是尊严和成就的体现。有了钱可以做许多事情，还可以帮助许多人，我认为钱多不是件坏事。"

叶子笑："你那么有钱，为什么还比我烦恼？"

贾伟不得不承认："金钱也有副作用。这是不可否认的事实。"

叶子说："世上本无烦恼，庸人自扰之。你呀，就想开些吧。瘦死的骆驼比马大，你是成不了穷光蛋的。"

贾伟苦涩地笑了笑，不语。叶子见贾伟愁眉不展，深思了片刻，最后定定地望着他说："明天我带你去个地方。那是一个远离世俗纷争的地方，一定可以让你忘记一切烦恼和忧愁。"

第4节：朴实生活

次日，叶子将贾伟带到远离市区的一个江边野渡，这里离主城区有100公里之遥，住户只有一家，而且还是一间土坯房，上面盖的是茅草。

叶子告诉贾伟，她被郑浩伤害后来过这里一次，当时，她最强烈的想法就是来这里透透气，清醒清醒自己的头脑。因为当时呆在城里，连死的念头都有，她无法忍受倾心付出的初恋最后遭遇惨痛的抛弃和伤害。城市到处是浮华和喧闹，没有可以让她避风避难的地方。因此她来到这个远离城市喧嚣的偏僻角落，与大自然对话。

叶子领着贾伟进了茅屋，主人不在。叶子告诉贾伟：这里的主人叫江鱼，是个52岁的打鱼汉子。身体很健康，水性非常好，曾经在江里救过12位落水者的生命，男女老少都有。这个渡口下游有个回水湾，渡口上段便是水难多发地段，也是一些轻生者的首选之地，他们落水之后就会被迅速冲到回水湾。每个死过一回的人都感慨万千：生命是宝贵的，人人都该珍惜，活着，哪怕是穷苦贫寒地活着，也是件美好的事情！

叶子以此开导贾伟："财富和灾难与宝贵的生命比较起来，一切都是微不足道的。人只要活着，就有希望，就有价值。若死了，任何希望任何价值都没有。"

叶子告诉贾伟，其实江鱼并不是这个茅草屋最早的主人，这个茅屋早在三江航道开通以后就建起来了，历经无数次翻修。这里最早的主人是谁已无从考证，但有一个故事却永久地流传了下来。

叶子说："这是一个关于生命关于爱情关于承诺的故事。最早的茅屋主人是个渔夫，他在这里救起了一个落水秀才，为了感恩，或者因为别无去处，秀才留了下来。后来渔夫把自己的女儿许配给了他，秀才便成了这里的第二代主人。后来，他们又有了自己的孩子，再后来，他们又救起了别的落水者。为了回报生命，为了一份重于泰山的承诺，陆续有人留了下来，或男或女，与这里的守护者或守护者的孩子结婚，继续守护着这个茅草屋，延续着一份神圣的使命。就这样，经历人世间无数的风风雨雨，这种关于生命和爱情的坚持一直延续至今。而茅屋也不知翻盖了多少次了。"

叶子接着说："江鱼一家的生活非常简单，清贫，但是他们非常幸福快乐，无忧无虑。他们打鱼，种菜，自食其力。偶尔去一次城里，用鲜鱼或鱼干换点生活必需品。"

贾伟的眼睛有些发潮。这么多年来，他一直生活在繁华都市里，一直生活在残酷的商业竞争浪潮中。这样的故事离他太遥远，遥远得如同天方夜谭。但他相信这些救人者和留下来准备救人的年轻人才是这世间最可敬最可爱的人。他们杜绝了人世间种种物欲的诱惑，独居在这偏远的江边，平静而又自在地生活着，于清贫中独享着怡然的幸福。

中午，江鱼一家四口从山上回来，远远地就与她打招呼："叶记者！你好！快带客人进屋坐。"

叶子和贾伟将他们带来的东西搬进屋。这些东西都是叶子动身前购置的普通食品和衣服。她知道他们真正需要的是什么。

叶子将贾伟介绍给江鱼家人。江鱼的儿叫江龙，身体特别强壮，肌肉起鼓鼓，浑身古铜色，在阳光下散发着健康的光泽。江鱼的儿媳叫林玉儿，是个非常娇美清秀的女子，有一种大家闺秀的气质，一看便知家境非凡。她明显已有了身孕。

江鱼的老伴和儿子儿媳很快准备好了午餐，真正的粗茶淡饭。贾伟开了瓶带来的白酒、一个牛肉罐头和一个排骨罐头。三个男人喝了几杯。贾伟发现江鱼十分健谈，而且学识不浅，是一个懂生活也懂哲理的高人。饭后，叶子拿出她带来的几套漂亮女装送给林玉儿。林玉儿说这些东西已经不适合她了，如果有机会下次给她带点孩子的衣物来，她不想进城。叶子看着这个洗尽铅华的女子，心里涌起了一丝感动，点头答应了。

晚上，贾伟和叶子没有回城，他们一个睡在带来的睡袋里，一个睡在车上。夜里，贾伟听着江涛，听着林风，听着周围小虫的鸣叫，心潮起伏。在这大自然的山野之间，他觉得自己的灵魂得到了升华。的确，与生命比较起来，他目前事业上遇到的一点磨难和挫折又算得了什么呢？回想起自己在商场跟竞争对手们为了金钱名利，尔虞我诈、疯狂争斗，是多么的微不足道和俗不可耐。

他感谢叶子带他来到这个与世隔绝的地方，让他感悟到了生命的博大和生存的真正意义。活着，便是最美好的。怎么活着，活得快乐不快乐，真正意义上说并不取决于外部环境，而取决于自己的心态。

贾伟在江边玩了两天，白天跟江鱼一家或上山垦荒种地，或去江边打鱼，或搬个小凳坐于茅草屋前晒着太阳喝着山泉聊着天。他把手机关了，断绝了与城市与商业的一切联系。

他要彻底地让自己的灵魂和大脑空灵下来，不沾半点世俗功利和铜臭味。

在这生活的几日，贾伟觉得这有点像《桃花源记》里描绘的世外桃源，恐怕是物欲横流的现世间的最后一块净土了。

归途中，叶子见贾伟心情好多了，就说："这样就好。我的目的达到。你放心吧，目前你这道坎会迈过去的。给我两天时间，我争取给你借到6000万。"

贾伟淡淡地笑了笑，以为叶子只是为了安慰他，没当回事。

第5节：愧疚心情

贾伟回到别墅时已是黄昏，陈明和小张在客厅看球赛。见他回来，陈明松了口气，埋怨道："你上哪儿了？两天多在外面，也不给我打个电话，给你打手机，你又关机。我担心死了，还以为谁把你绑架了呢。"

贾伟自嘲地笑了笑："我现在是个倒霉蛋，谁会绑架我？绑架了也没有钱赎。"

陈明告诉贾伟说程辉回来了。昨天下午回来的，提着个包，鼓鼓囊囊的，不知装的是炸药还是什么，现在正在房间里闷着呢，不知这小子又想搞什么名堂。

贾伟上楼走进程辉房间，见他躺在床上，睁着眼睛想心事，便一把将他拉了起来，生气地问："这些天你上哪儿去了？"

程辉说："我弄钱去了。"说着将床上那只提包拉开，里面是一沓沓崭新的钞票。

贾伟大吃一惊，目光如刀盯着程辉："你哪来这么多钱？偷的？诈骗的？还是抢的？你可别一错再错，给我惹是生非啊！"

程辉说："贾总。你放心吧，这钱既不是偷的，也不是骗的，更不是抢的，是我自己挣来的，一共160万。"

贾伟惊诧不已："你从哪里挣来这么多钱？走私贩毒啊？杀人越货啊？"

程辉说："去年刘玫借给我18万在商业区开了家美容院，生意特别红火。这段时间我离开别墅就是为了把美容院转让出去。今天上午总算脱手了，这160万是我开业以来的利润加上美容院的转让费凑起来的。贾总，我给你闯下这么大的祸，要是不尽点做人的良心，作点补偿，我会一辈子感到不安的。"

其实贾伟在内心还是很看重程辉的，程辉这小子有血性，重感情，讲义气，办事也厚道，尤其是对他向来言听计从，尊敬备至。这回他完全是被刘玫蒙骗了。因为以程辉的个性，他要是爱上了个女人，可以为她付出一切，甚至生命。这小子向来血性之中又带着点鲁莽的迂腐。想到这些，贾伟叹了口气，说："阿辉，再怎么说你也是娟娟的亲弟弟。你叫我怎么说你好呢？我从不管你的私生活，结果你是太不像话了，居然背着我借刘玫的钱开起了美容院，难怪你会被她利用。她一定还鼓动你离开我吧？你如果觉得跟我开车没身份没地位，是件很丢脸的事，可以早对我说明啊？我会给你一笔钱，只要你想干正事，有远大的目标，我就会支持你。你有什么想法不该瞒着我啊！"

程辉真诚地说："贾总，我知道你是真心对我好。我错了。以后，我再也不会犯这样的错误了。"

贾伟拍了拍程辉的肩膀："阿辉。这笔钱我就收下了。现在公司正是危难关头，需要钱。我还得想办法到处筹钱，唉。现在钱也不好借啊，到处碰壁！人情冷暖、世态炎凉，这段日子我真算是体会透了。"

程辉低垂着头，内心充满了愧疚。"贾总，对不起。都是我害了你！"

贾伟感慨道："过去的事情就过去了。木已成舟，无力回天。我知道这件事造成现在这样的结果绝非你本意。你只不过是受了刘玫的利用。我对你没有别的要求，只希望你以后老老实实地待在公司。不要再招惹是非了!"

程辉郑重地点了点头。

第6节：紧急求借

叶子走进硕豫科技集团郑浩豪华气派的办公室。郑浩见叶子光临，喜出望外起身相迎。叶子的到来令他非常欣慰和感动。

郑浩热情地招呼叶子坐下，倒了一杯水递到她手中，笑道："我以为你这辈子不会再见我了。是什么风把你吹来了，平时请都请不来。"

叶子说："无事不登三宝殿，我今天是来找你借钱的。"

郑浩笑道："太好了，难得你向我开口，我一直觉得欠你一份情，无以为报。"

叶子说："郑浩。你听好了，我要借的可不是小数目，而是6000万。"

郑浩一怔："你要借这么多钱干什么？开公司吗？"

叶子冷冷地说："你别问我借钱干什么，你干脆点回答我，到底借不借？"

郑浩笑着说："你向我开了口，别说6000万，6亿我也借。我可以让天下所有人失望，但绝不会让你失望。不过这么多钱我不可能从银行给你提现金，你给我一个账号吧。"

叶子将贾伟的公司账号写给了郑浩。郑浩立即开了一张6000万的转账支票。他将支票交给叶子，真诚地说："叶子。虽然我辜负了你，但我还是希望我们今后能够成为朋友。"

叶子洒脱地笑了笑："郑浩。你放心，过去的事情我不会耿耿于怀。就冲着你今天的表现，我会跟你做朋友。"

郑浩孩子般高兴地笑了："这太好了！现在我心头压着的一块大石终于可以放下来了。叶子。不瞒你说，我一直对你感到万分愧疚，现在我没有思想负担了。"

叶子说："郑浩。我也不瞒你，这笔钱我是为朋友借的。目前他公司周转困难，急需这么一笔资金。我担保他渡过难关后，一定会连本带利还给你。"

郑浩说："能让你这么费心的朋友，一定是你的知己，而且一定是个非常了不起的人物。如果这个朋友是个男的，我猜想一定是你钟情的男子。请你转告他，这笔钱我不计利息，而且不计年限。他什么时候手头宽裕了，将本金还我就是。"

叶子淡淡地笑了笑："谢谢。我还是给你写张借条或签个借款协议吧。"

郑浩摆手说："不用了。我了解你的为人，也相信你看中的人是个讲信用有情义的正人君子。什么借条和协议完全是多余，这笔钱是你出面借的，如果你的朋友不还我，或者还不了，我也不会凭一张借条或是一份借款协议跟你打官司。"

叶子听着郑浩这番话，心里有些感动。她看了看支票，说："郑浩。6000万不是个小数目，而我所能做的担保也只是一句口头话。谢谢你这么信任我和我的朋友。的确，他是一个讲信用有情义的正人君子。"

郑浩笑道："你一向是个心高气傲的人。能让你以人格担保的朋友，能是个市侩之徒吗？说真的，我还真想见见你这个朋友。什么时候给我引见一下？"

叶子说："其实你早见过他。去年你在蝶湖大酒店开新闻发布会，他开车送我到过采访现场。"

郑浩认真回忆了一下："是那个开林肯加长豪华车的男人？"

叶子点了点头。郑浩感叹："那男人的确不错，无论是外表还是气质，对女人都相当有吸引力。你是不是爱上他了？"

叶子怪怪地笑了笑："你说呢？我不会没人要吧？""

郑浩微笑说："哪能呢？你是天下最迷人的女人。不说这些了，今天赏个脸，去我家吃顿便饭吧？惠子经常念叨着你，她在这里也没什么朋友。你就当是去看她吧。我叫日本厨师给你做正宗的日本料理，怎么样？"

叶子还真想去郑浩府上看看，惠子是个挺不错的女人，她对惠子一直充满好感。她觉得她应该去看看惠子，便答应了。俩人途经一个花店时，叶子下车买了一束好看的鲜花。

轿车开进玉芝阁花园，停在郑浩的私家大别墅门前。郑浩下了车，带着叶子穿过别墅大花园走进别墅大厅。别墅里雇有一个日本武士和一个中国保镖看家护院，聘了两个年轻姑娘打扫清洁、修剪花园。另外为了调和饮食口味，还特意从日本带来个厨师并请了个本地特级厨师。为了照顾即将做妈妈的惠子，后来藤原健一又从日本派来两个日本女仆。郑浩对叶子说这幢大别墅的一切是中日友好的见证。叶子笑道："怎么不说是中日爱情的见证？"

藤原惠子从楼上下来，欣喜地迎上前来，热情欢迎叶子。她的中国话又进步了许多："叶子。我一直很想念你，今天总算把你给盼来了！"

叶子将鲜花送到藤原惠子手中，笑道："我也一直想来看看你，你现在真美。"惠子说："是吗？我觉得我挺着个大肚子，都快要丑死了。"

叶子说："惠子，你错了，要做妈妈的女人是天下最美丽的女人！预祝你生个虎头虎脑的胖小子。"郑浩在旁补充道："我带惠子去做了B超，医生说她怀的是龙凤胎，一儿一女。"

叶子握着惠子的手："惠子！你真值得骄傲！郑浩，你小子是前生修来的福气。

你这辈子可不能亏待了惠子！否则，连我都不会放过你。"

藤原惠子微笑着，脸上满是幸福的红晕。叶子接着问藤原惠子预产期是什么时候。藤原惠子说明年2月12号。叶子笑道："快了。两个小宝宝过不久就要呱呱坠地了。到时我一定来喝宝宝的满月酒！在我们中国，尤其是在W市，小孩子的满月酒是非常重要的！到时一定要搞得热热闹闹的！"

郑浩说："叶子你就放心吧！到时我一定会大操大办，热闹一场！你不来可不行！到时我叫两个孩子认你做干妈！"叶子笑道："好啊！捡两个现成的宝宝，很划算啊！"

中午，日本厨师奉上一桌丰盛而正宗的日本料理，叶子吃得津津有味，全无淑女相，一边吃一边连说过瘾。郑浩和惠子见叶子吃得高兴，也就非常高兴地叫她以后常来。叶子说："没问题，以后我想吃日本料理了，就上你这。"

吃过午饭，叶子辞别郑浩和惠子，打车来到贾伟的大别墅，陈明热情地接待了她，告诉她贾伟去银行贷款了。叶子将6000万的转账支票交给陈明，陈明接过支票，惊异万分，说马上打电话叫贾伟回来。叶子说，下午要彩排节目，没时间等他。

陈明见她时间紧迫执意要走，便叫她稍等片刻，他给她出一个借款手续。叶子淡淡一笑，说陈明你太见外了，没这个必要。说罢头也不回地走出了别墅。

陈明目送叶子乘出租车远去，感慨不已：这女人太超凡脱俗了；贾伟若能娶她为妻，一定是前世修来的福分；就算不能与她结为夫妻，能与她做朋友，也是一种福气。

陈明随即给贾伟打了电话，告诉他叶子送来了一张6000万的支票。昨天贾伟跑了交通银行、光大银行和民生银行三家银行，希望能用城南怡云山庄首期工程进行抵押贷款，结果都无功而返。几家银行的负责人明白表示：现在国家加大了对金融系统的监控力度，在这个项目前期资金没有全部到位的情况下，任何一家银行都不会也不敢受理他的贷款申请。

贾伟自己也清楚，随着政府反腐力度的不断加大，资金拆借的大好时光已经统统一去不复返了。以前那些动不动就敢收取巨额好处费从而违规放贷从事权钱交易的官僚纷纷落马，来自银行的压力越来越大。基于这种情况，银行是不可能也不敢给一家恶意透支信用的房地产公司放贷。他知道目前他已被逼入绝境。不过他仍不死心，于是今天上午又跑了香港东亚银行和汇丰银行驻W市分行两家外资银行，但同样无功而返。此时他正在六星级蝶湖大酒店的西餐厅陪加拿大丰业银行驻W市分行的负责人吃饭，希望自己能够说服对方给自己放贷。贾伟磨破了嘴皮，对方只敷衍说回去研究研究。

贾伟正感沮丧，接到陈明电话，一时激动得竟说不出话来。前天叶子跟他说两天之内为他弄到这笔款子，当时他没在意，没想到叶子真的做到了。

第7节：真爱永存

贾伟开车匆匆赶回别墅，从陈明手中接过转帐支票，看到支票上的郑浩的签字和公章，恍然大悟：原来叶子去找了郑浩。就在这一刹那间，贾伟眼里情不自禁涌出了泪水。

陈明怔怔地望着贾伟："阿伟，你怎么啦？"在记忆中，陈明从未见贾伟掉过一滴眼泪。他是个非常有能力、非常坚强而理智的男人。好像无论多大的痛苦和不幸都不可能将他击倒，令他流泪。

贾伟笑着擦了擦眼泪："你别见笑。我是太高兴太感动了。阿明。你知道吗？这笔钱是叶子向以前的男朋友郑浩借的。以前她为让郑浩出国留学，花光了积蓄并借了许多钱。郑浩这小子到了日本，跟国际大富豪藤原健一的女儿藤原惠子好上了。后来郑浩为了弥补对叶子的伤害多次给她金钱补偿，叶子都没要，这次，叶子为了帮我，居然委屈自己去找郑浩借钱。你说，人生一世能得遇这样一个红颜知己，夫复何求？"

陈明感叹道："阿伟。我真的很羡慕你，甚至有些妒忌。为什么你的女人都是对你一心一意、死心塌地、忠贞不贰的？而我结交的女人全都他妈的是骗子、婊子！"

贾伟笑着说："阿明。让我告诉你吧，做人贵在真诚，首先你要做个有心人。一份真正的感情是要掏心相待的。"

陈明叫屈："阿伟。我认为你这说法是错误的。我对赵苇还不够真诚专一吗？她最终还不是背叛了我？"

贾伟分析道："那是因为你从一开始就错了。你爱上了一个不该爱的女人。你对她再真也是枉然。而且你和她的感情也没有基础，从一开始你了解她吗？你只是看上了她的姿色和外表。你对她的思想感情和灵魂根本一无所知。说白了，你们之间只是一种互相利用，她利用你进军影视圈，好走红。你呢，想凭借自己的财势得到她的肉体，俘虏她的芳心。结果她利用完了你，不把你甩掉才怪。"

见陈明沉吟不语，贾伟接着说："阿明。你知道什么是真正的爱情吗？爱情是一种自由而特殊的纯洁情感，构成爱情最崇高的精神美德，不是单方面的清醒选择，而是相互间产生于理性了解上的真挚感情。那种才认识几天就睡在一起的男女关系，绝不会是爱情。我跟叶子现在还只是朋友式的交往，彼此间相互尊重，但是我们的心中彼此有对方。我们的肉体虽然没有接触，但心灵靠得很近。这就是真正的爱情。爱情贵在一个真，要心中有对方。"

陈明不得不承认贾伟的说法是正确的。贾伟继续说："阿明。我们不得不承认，生活中不尽是苦盼后的如意，不幸和困苦是无所不在的，我们必须面对它、战胜它。在这段日子里，我承受了巨大的精神折磨，饱尝了一生经历都无法得到的种种体验，我感觉各种错综复杂的感情，就像刀子一样在切割自己。程辉并无害我之心，却因为深爱刘玫而落入了她精心设置的圈套；我种下的因果无意中又连累了你，让我内疚不安；在我最需要帮助的时候，我一直掏心相待的朋友江洋不但背弃了我，而且与我为敌，让我伤透了心；不过患难见真情，在我最困苦的时候，叶子为我无条件借来了6000万。种种际遇让我明白，其实人世间还是有真情的！阿明。你说是不是？"

陈明说："是啊！人间自有真情在，叶子让我看到了人性中可贵的一面，在这人世间还是有真情和友爱的。不是所有的朋友都是酒肉朋友，毕竟江洋这样的朋友是极少数的。以前我还怀疑你的生活方式和为人处世方式是错误的。现在我才真正明白做人还是真诚些好，以心换心，的确是这个道理！"

贾伟和陈明又看到了人生的希望，恢复了干大事业的雄心。他们立即将6000万资金投入到愿景花园二期工程中，资金一到位，毛福立即对贾伟换了一副嘴脸："贾总，真对不起啊，这次民工受了别人的蛊惑，搞罢工，我没有控制得住，请你多多谅解啊。我这就马上吩咐工人开工！"

贾伟不悦地盯了毛福一眼："毛总，你是明白人，我也不是傻瓜，很多事情不必挑明了说。民工罢工是因为没有得到工钱，后来市政府出面不是解决了工资问题吗？你为什么还不复工呢？你是怕我没钱给你吧？"

毛福尴尬地说："哪里哪里。我不是因为工地上没有建材吗？巧媳妇也难为无米之炊啊。"

贾伟瞄了一眼工地上到处堆放的建材，没有再指责毛福说谎。他知道多说无益，接下来的工程还得由毛福来完成，跟他把关系搞僵了对自己没有任何好处。他笑了笑说："好了，毛福，不说这些了，第一，赶紧把市政府垫付的民工工资还了。第二，抓紧把耽误的工期赶出来，一定要保证工程质量！中午我请你吃个饭。咱们还是很好的合作伙伴嘛！以后我们还要继续合作下去。"

毛福受宠若惊地说："谢谢贾总，贾总真是肚量过人，让毛某既感动又惭愧。"

贾伟淡淡地笑了笑，不过在心里他已打定主意，以后的工程再也不会交给毛福来做了。

第二十七章：风云突变

第 1 节：大获成功

华秀苑一期按照赵洪的策划、经过数月的环境改造和广告造势获得了巨大成功，房价攀升到 4200 元 / 平方米。到 2001 年 10 月已经销售出 120 套。颖竹公司各部门经理和售楼小姐们欣喜若狂，在领到超越想象的奖金和销售提成的同时，他们对两位年轻老板佩服得五体投地。

华秀苑一期几幢经过精装修过的样板房以 2500 元一套的价格分批出租给了高校群的高消费学生、各国外教、公司的高级白领、外企的高级管理。这批高地位高素质的入住者无疑进一步提升了华秀苑小区的形象，改善了小区的人文环境。

2001 年 11 月 12 日，W 市国际会展中心推出精品住宅展，刘玟和赵洪正式将重新定位、包装后的华秀苑一期小区和即将开盘的二区楼盘推到公众面前。此时通过强劲的广告宣传，通过各大高档房源中介的传达，通过业主们前期参加的各类公益活动，通过那些热心业主的宣传，通过高档出租房源的信息传播，华秀苑精品高档小区的品牌形象已经深入人心。

为了大造声势，刘玟和赵洪向商界好友借来八辆名车，一辆劳斯莱斯、两辆奔驰 S600、三辆林肯、两辆宝马。至于奥迪什么的根本看不上。这些极品豪车一字排开在国际会展中心的停车场，引来无数惊羡的目光：看人家颖竹公司，超级有实力！别的公司看房坐豪华大巴，人家看房坐的是进口极品豪车！光这气势，在 W 市就没一家公司可比，再看人家两位老总，那口才、那人才，真个是金童玉女啊！再看人家建的房子，多有品位！

华秀苑一、二期楼盘介绍彩页全部采用铜版纸印刷，三十六页大开本，每本售价一百元。只有购买介绍书的观展者才能坐进颖竹公司特意准备的极品豪车到华秀苑现场领略那融入周围情致的世外桃源式的名宅。为了确保每一位看房者，每一个看房家庭都受到无微不至的接待，三天的展会，只限定接待 188 人看房。但是华秀苑一期推出的 99 套住宅在这次展会上给销售一空，同时许多看中华秀苑升值潜力的客户以 4500 元 / 平方米的价格抢先预订了 80 套二期楼盘。

初次推出楼盘就获得预售一空的成功，表明华秀苑的高价定位策略得到公众与投资者的肯定。华秀苑项目的丰厚盈利，已经胜券在握了。

董天海眼看着刘玫的事业越来越成功，而且还公开和程辉谈起了恋爱，感觉自己的心就像被人狠狠地扎了一刀，有种自己最心爱的东西被别人侵占的伤心和痛苦。

这份伤心和痛苦是他所不能忍受的。他决不允许别的男人占有他疼爱的女人，哪怕这个女人已经不爱她，甚至从来就没爱过他。

董天海一直认为他对刘玫是溺爱仁慈的。他给过她回头的机会，但她对他的真心和痴情视若无睹。她把他的心揉碎了，然后无情地踩在了脚下。他无法再忍受下去，他要采取行动了。他要让刘玫后悔终身，生不如死。

第 2 节：硫酸毁容

这天，董天海回到家中，对刘丽正式提出了离婚："刘丽，我们离婚吧！我给你 400 万，你离也得离，不离也得离。我要和刘玫结婚。"

刘丽恨恨地说："我不答应！你这没良心的，她可是你的亲小姨子啊。"

董天海有意恶毒地刺激刘丽："我不管她是谁。我只知道她是我心爱的女人。你说你这丑样子，拿什么跟阿玫比？她比你年轻、比你漂亮、比你聪明、比你能干。不说别的，就说在床上吧，阿玫也比你花样多。你不知道我跟阿玫做爱，有多么的幸福多么的快活，简直是神仙一样。她的皮肉又细又嫩又滑，抱在怀里妙不可言，那感觉真是太舒服，太令人神往了！而你像什么？就像一团烂肉！你拿什么和阿玫比？我告诉你，我现在不但对你没有兴趣，而且一看到你就恶心！"

刘丽满眼是泪水，几乎要疯狂了。她声嘶力竭地吼了起来："别再说了！你们这对狗男女，不把我当人啊！当初是你从别人手里把我抢过来的。现在我变老了变丑了，你就嫌我了。自从刘玫这小妖精进公司以来，你就没跟我同过一回房！整整三年多，你让我守活寡啊！你们这对狗男女，畜生不如！"

董天海残忍地笑了。这女人的怒火已被点燃。他已经成功地激发了她的仇恨。他凶恶地对刘丽说："明天我们就去办离婚。我不能再和你过下去了。我要和刘玫结婚，马上！我不能委屈了刘玫。我必须给她名分。她是爱我的。"

刘丽绝望地吼道："离就离！女儿归我。"

董天海冷笑："你休想。你除了一天到晚赌钱，会什么？你会照顾圆圆吗？你这样的母亲有不如没有。圆圆和阿玫很合得来。我跟阿玫商量过了，她答应接受圆圆。她说她会待圆圆像自己的亲生女儿一样。"

刘丽痛苦绝望地瞪着董天海，恶狠狠地说："没有女儿，你叫我下辈子一个人孤苦伶仃的怎么过啊？你们不让我有好日子过，我也不会让你们有好结果！"

刘丽心中对刘玫充满了仇恨。当天下午，她满揣着心中怒火，径直走进了刘玫的办公室。刘玫正在办公，见大姐刘丽来了，高兴地起身相迎，亲热地招呼她就座，并亲自为她泡了杯茶。

刘丽一声不吭，满脸的仇恨和愤怒。当刘玫将茶杯端到她面前时，她忽然将藏在衣袋里的一个瓶子亮了出来，猛地拔掉瓶塞，挥手一扬，瓶中刺鼻而浓烈的硫酸立即扑头盖脸地向刘玫袭去。

就在这一刹那间，一种茫无根据的恐惧立即控制住了刘玫的神经，一种不好的预感猝不及防地向她猛扑了过来。她忙闭上眼睛，脑子里闪现的第一个念头就是保护好眼睛。

她来不及考虑更多，一股烫热的液体便泼上了她的头、脸和脖子，继而是一阵撕心裂肺的疼痛。她凄惨、痛苦地尖叫了起来。

刘玫凄厉的叫声引来了赵洪和其他同事，他们涌向刘玫办公室，一种刺鼻的浓硫酸味道在办公室里弥漫。只见刘丽扔掉手中的硫酸瓶子惊惶地从里面跑了出来，而刘玫则在办公室挣扎旋转，脸上在不断地翻涌着可怕的泡沫。

她紧闭着双眼，双手挣扎着摸索着向门口走来，但她的努力是徒劳的。没走到门口，她就痛昏在地上。惊愕的赵洪和几个手下立即将刘玫抬上了轿车，风风火火地送往医院急救，一路上连闯无数道红灯，惹得不明真相的交警鸣笛紧追。到了医院，医生立即将刘玫推进了急救室。

刘玫的性命保住了，但头部、脸部呈毁灭性烧伤，头发脱落大半，脸部大面积烧毁，顺着脸上流下来的浓硫酸还差点烧穿了她的喉管。一个原本美丽动人的女人如今成了世间最丑陋最恐怖的女人。

她的容貌彻底毁了，纵然华佗再世，也难以恢复原来一半的美貌。

第3节：情人眼泪

程辉得知刘玫出事后，急忙赶到德济医院。当他看到刘玫花容俱毁，惨不忍睹的样子，禁不住泪如雨下。他紧握着刘玫的手，痛不欲生，再三追问刘玫："阿玫，告诉我，是谁把你害成这个样子？"

刘玫经过抢救已经脱离了危险期。可是心已经死了。当刘丽手中的浓硫酸泼向她脸庞时，她的心就已经死了。所有的欲望都随着如花一样的面容一起灰飞烟灭。她的事业野心和对贾伟对董天海的仇恨，也在那一刹那间全都消亡了。

当刘玫从急救室清醒过来听到医生的叹息和护士的小声嘀咕时，就知道这个美丽的世界已经不属于她了。不用照镜子，她也可以想象得到自己此时的面容有多么恐怖多么丑陋。

她溃烂成疙瘩的脸庞上流下了两行悲凉的泪水。此时此刻，人生对她来说，只是一场噩梦；青春对她来说，只是一张一捅即破的纸，并且这张纸上已经涂满了脏污；而生命对她来说，就如同一枚即将飘旋而下的落叶。她清楚，她这辈子完了。

刘玫没有说话，她不想答理程辉。她从心里可怜这个痴情的男人，同时也可怜不幸的自己。她太疲乏了，疲乏得不想再去爱谁，也不想再去恨谁，以至于对一切都不怎么在乎了。

失败像铅块一样压迫着刘玫的神经，她孤注一掷，结果输了个精光，连自尊也输了。容貌被毁，是她最后一线希望的破灭。这个爱美的女人，现在成了这世上最丑陋的人。她不知自己还有什么勇气活下去。

刘玫忽然对自己有了觉悟，觉得自己其实一直是戴着面具生活，以致在失去别的同时也失去了自己。

程辉见刘玫一声不吭，心里更加痛苦难受。他哭着说："阿玫。你告诉我！是谁把你害成这样？我要替你报仇！"

刘玫闻言，心里有了一丝震撼。她知道程辉爱她胜过爱自己的生命，为了她，他什么事情都做得出来。但她不希望他为自己报仇。她的心已经死了。她不想再恨谁了。

她侧过脸来看了程辉一眼，用喑哑难听的嗓音冰冷地说："阿辉。我的事情不用你管。你不要再为我做傻事了。我告诉你一句真话——我，从来没有爱过你。我跟你好，只是为了利用你报复贾伟。我恨他！而我恨他的真正原因，是因为我爱他。我真正爱的男人是贾伟。你知道吗？"

程辉痛苦地说："我知道。我知道你不爱我，但是我爱你。我没有办法控制自己的感情。我改变不了自己。"

刘玫接着说："阿辉。你不知道。你不知道的事情还多着呢。我根本就看不起你，你在我眼里只是一颗棋子。我不爱你，你是个没用的男人。你以为我跟你上床是第一次吗？你太傻了，太天真了，我那是骗你的。我到上海做了处女膜修复手术，我的身子早就被董天海这个畜生给糟蹋了！"

人世间也许只有梦境是完全美丽的，现实中总难免会有无法弥补的缺憾和裂痕。程辉的头上好像挨了一记狠狠的闷棍，他悲痛至极。他握着拳头使劲地捶打着病床的铁架子，痛苦地嘶嚷："阿玫。为什么要告诉我这些？为什么要伤害我？你是不是觉得伤害我，很开心很愉快？我是真心爱你的呀，你伤害一个真心爱你的人，就不觉得难受吗？"

程辉放声大哭。刘玫也跟着哭了起来。她脸上的肌肉已经坏死，她说话哭泣的声音显得暗哑无力。

人与人之间好像总存在着一种奇怪而愚昧的现象，他们总想以伤害别人来保护自己或换得心理的平衡。但他们伤害到的往往总是和自己最亲近的人。因为他们只能伤害到这些人。可是他们在伤害这些人的同时也伤害了自己。刘丽伤害了刘玫。刘玫伤害了程辉，都是如此。

刘玫边哭边说："程辉。你滚吧！我不爱你。我现在成这个样子了，你还留在我身边干什么？我不需要你的同情和可怜。你这个窝囊废，还不快滚?!"

程辉痛苦地站起身来："好。我滚，我再也不会来找你了。"

程辉流着眼泪跑了出去。程辉走后，刘玫哭得更伤心了。她知道失去了程辉，失去了最后一份真爱，就等于失去了整个世界。她发觉自己已经真正爱上了程辉。她并不知道是什么时候开始的。

然而，她现在不得不这样做。她不想拖累程辉。她已经彻底失去爱他的勇气了。

第4节：无法悲伤

程辉梦游似的走在一条老街上。老街上的石板路面在太阳下蒸腾着一股热气，沿街的屋檐把它们切割成两种颜色，一半是耀眼的白色，一半是阴沉的暗色，使得程辉看到的景物都像隔着一层雾似的模糊不清。

街边的一家美容店里传出任贤齐那放荡不羁而略带沧桑的歌声：轻轻的风像旧梦的声音，不是我不够坚强，是现实太多坚硬。逆流的鱼，是天生的命运，不是我不肯低头，是眼泪让人刺痛……

程辉觉得每个人的命运都是一部早已写好了的剧本，只不过没有人可以预测下一场会是怎么样。他觉得他和刘玫的感情似乎是前生就已注定了的。前生他欠了她的，今生来还她的债。

街上到处都是女人，漂亮的女人。以前他也喜欢看满街的美女，喜欢看她们漂亮的脸蛋，又黑又大的眼睛；喜欢看她们躲躲闪闪的眼神和双颊飞红的模样。但现在他觉得满街的美女都是魔鬼，是将男人拉下地狱的魔鬼。

他觉得这世间所有美丽的女人都是上帝为了毁灭男人而创造出来的。而且，几乎所有漂亮的女人都是虚伪势利狡猾残酷的。她们将男人玩弄于股掌之间。她们用上帝赐予她们的美色，轻而易举地就征服了这个世界，征服了这世上的男人。

男人实在是太可怜太可悲了！

程辉回到别墅，将自己关在房间里，茶饭不思。十多天后，他的情绪渐渐平复下来，对刘玫的牵挂又涌上心头。经过再三考虑，最终他还是将刘玫的事情告诉了贾伟。

他说："我见她那绝望的样子，恐怕是没勇气活下去了。她挺可怜的，她说她一直爱着的人是你，我只是一个替身，一件被利用的工具。她说她报复你也是因为爱你。看在她爱你的分上，你去看看她吧。她现在在德济医院。你好好安慰安慰她，劝她不要有轻生之念。"

贾伟闻言大惊，问什么时候出的事。程辉如实说是半月前的事情了。贾伟埋怨道："这么久的事情了，你为什么不早告诉我？走，马上跟我去医院看刘玫。"

程辉赖着不动："刘玫不想见我。她根本就不爱我。她骂我是个窝囊废。我的心被她伤透了，我不想去见她了。"

贾伟说："你这傻瓜蛋！如果她是不想拖累你，有意伤害你，好让你离开她呢？你想过她现在的心情没有？你站在她的立场考虑过问题没有？"

程辉一震，呆呆地望着贾伟。贾伟说："快走啊，发什么呆？难道我还叫不动你吗？"

第 5 节：心如死灰

刘玫躺在病床上万念俱灰。经过医生的细心护理，她脸上坏死的皮肤和肌肉已经老化、定型，不再恶化，再过两天就可以进行整形修补手术。不过，刘玫知道像她这种毁容面积达 100% 的情况，想要术后恢复原貌，根本是痴心妄想。

刘玫不想别人一进来就看到她那张恐怖的脸，一直背对着门口躺着。当贾伟和程辉走进病房时，她正呆呆地想着心事，发觉有人进来，以为是医护人员，并没有回头。

贾伟将手中的鲜花放到床头，轻轻地唤了她一声："刘玫。"

这熟悉而久违的声音使刘玫猛地侧过身来，激动而愤恨地盯着贾伟："你来干什么？来看我的笑话吗？"

贾伟和颜悦色地说："刘玫。知道你出了事，我很难过。我怎么会是来看你的笑话呢?"

刘玫仇视着贾伟,那双眼睑已经被烧坏只留两颗可怕的黑眼珠的眼睛睁得大大的,毫不掩饰里面饱含的痛苦和绝望。

她愤怒地说:"贾伟!我落到今天这个地步,都是拜你所赐!要不是你当初将我赶出公司,我怎么会投奔董天海这个畜生?怎么会被他强奸?当时我叫天天不应,唤地地不灵,没有人救得了我!"

贾伟怜惜而又伤心地说:"刘玫。你一直是个挺聪明挺要强的人。发生这样的事我很遗憾。

刘玫冷笑。她的笑声如夜枭的声音一样难听:"你说来简单,可是谁会了解我的感受?那个畜生我又不能告他!他是我亲姐夫。我告了他,我姐姐和她女儿怎么办?我能忍心毁了她这个家吗?你以为我真的很坚强很泼辣呀?那是装出来的!我也是个很柔弱很无助的女人。我那么喜欢你,可你对我视而不见,不但不理会我的感情,还狠毒地将我的真心踩在了脚下。为了白雪,你居然将我逐出公司,你认为这是一件挺正常挺细微的事情。但这件事对我却是最大的伤害,并且最终让我坠入万劫不复的深渊。贾伟。我恨你,我恨死你了!"刘玫已经泣不成声。

贾伟没有吭声。他没想到自己不经意间做的一件事,会给刘玫带来这么严重的后果。他为此感到痛苦、内疚。

刘玫阴冷地仇视着贾伟:"我知道你今天来看我的目的。你是怕我出了事还不了银行那笔贷款,假惺惺地来看望我。你真虚伪!我告诉你,那1亿2000万贷款我不会还。我就是死也要拉个垫背的。我这辈子是好不了啦,我要叫你也好不到哪里去!你知道吗?我爱你有多深,恨你就有多深!"

贾伟依然没有说话。他理解刘玫此时的心情,他一直让刘玫骂着、恨着,待她发泄够了,才示意程辉上前和她说话。程辉走到病床边,温柔爱怜地说:"阿玫。你别难过。我不会离开你,我会一直陪在你身边。"

刘玫挥着手,费力地嘶嚷起来:"你滚!我不要你陪!你这个没用的男人,你这个窝囊废!我都成这个样子了,你还缠着我干什么?我根本就没爱过你,你死心吧!你滚吧,我看到你这种男人就觉得恶心!"

程辉满眼淌着泪水:"阿玫。我知道你是故意这么说的,你想把我气走。"

刘玫冷笑:"你真是不可救药!我从没见过你这种自作多情、自欺欺人的男人!你真是窝囊透顶了。你回头好好想想,我什么时候真正爱过你?我一直是在利用你!我告诉你吧,你那次在美容院被警察抓,也是我打电话报的警,然后我又出面做好人把你弄出来,我这么做,就是要让你觉得我是一心一意对你好,让你觉得离开我不行,让你完全受我的控制！但事实上，我从没把你放在眼里，你只不过是个小丑，只不过是我手中的一枚小棋子。"

程辉绝望了。他痛苦地望着刘玫："阿玫！你真的这么嫌我？在你眼中我真的这么一文不值？"

刘玫说："难道你还要我给你答案吗？要不要我再去医院修补处女膜？你连什么是真正的处女都不知道？你真愚蠢得可怜。程辉。我真的觉得你很可怜。我其实并不想骗你，并不想伤害你。但是我不骗你这种弱智的人，我又能去骗谁？"

程辉痛苦地大吼："你别说了！我滚！我死心了！我承认我弱智，我愚蠢，我是个大傻瓜！"

程辉从病房狂奔而出。刘玫恐怖的脸上流下了两行苦泪。此时，她心如刀绞、痛不堪言。

贾伟深深地叹了口气："刘玫。你又何苦呢？我知道你是爱他的，以前你爱不爱他，我不敢说，但起码我可以看出来，你现在是爱他的。"

刘玫痛苦地说："贾伟。你也走吧，我以前爱过你，也恨过你。我恨你对我视若无睹；我恨你狠心践踏了我的真情；我发誓要报复你，要让你后悔，要让你认识到我存在的价值。对于这个世界，对于我自己的命运，我努力过，抗争过，但最终还是被命运无情地击倒了。我没想到我的亲大姐会对我下这样的毒手。我的心已经死了，无所谓爱、无所谓恨了！所有的爱和恨，现在对我都没有意义了。你走吧，我利用程辉从银行贷的1亿2000万我会还的。我会委托律师把公司的产权和债务一并转到你公司名下。你当初不是一直想要城北那块地吗？现在第一期工程已快进行到一半了，我已经没有精力去和别人争、去和别人斗了，你去接管颖竹公司，好好料理那一切吧！"

贾伟从刘玫的话语中听出了厌世情绪，似乎在交代后事，忙苦口婆心地安慰她："刘玫。你不要悲观难过。现在医学技术这么发达，你完全可以通过整容整形手术恢复原貌。在中国不行，可以到美国去做手术。生命是宝贵的，你千万不要想不开啊！"

刘玫凄惨地一笑："你走吧，不要再安慰我了。"

贾伟神情黯然地离开了病房。

贾伟刚走不久，赵洪便提着一保温筒煲好的土鸡汤来到病房，虽然刘玫住的是特级病房，全天有特护照顾，但赵洪还是会经常抽空来医院看望刘玫。并且每次来都会带来他亲自煲的汤。

在特护喂刘玫喝过鸡汤后，赵洪告诉刘玫一个消息：刘丽被抓起来了，是董天海报的警。

刘玫愤恨地说："这个畜生，害惨了我们两姐妹！他现在终于可以毫无顾虑地将她甩掉了！我不会放过他的！我要让他付出沉重的代价！"

第6节：跳楼自杀

刘玫躺在病床上，终日保持沉默。在医院，几乎每天都有人离开这个世界。昨夜，特护告诉她医院有个患白血病的小女孩死了，那小女孩又乖又聪明，真是太可惜了。刘玫听了，心情悲伤得无以复加。虽然那是一个与她毫不相关的生命，但却令她感受到人生的悲哀，生命的无常。

这天上午，赵洪带着天栋律师事务所的主任律师肖凯来医院看望了刘玫。刘玫签署了一份法律文书，将颖竹公司所有的产权和债务一并转让到嘉客房地产开发公司名下。

两天后，刘玫悄悄溜出了医院，回到自己在浣纱花园购买的小别墅，写好了一份遗书。然后怀揣一把尖刀义无反顾地驾驶着她的白色奔驰轿车去找董天海拼命。

W市是一座拥挤的城市，街道上，车水马龙，那些年轻漂亮的妹子三五成群地结伴疯张，在人行道上搂脖子拷肩恣意说笑，肆无忌惮地炫耀她们的青春，把高级香水的淡雅芬芳播向人群，任凭小伙子们去注视她们那曲线毕露的身子。

曾经，刘玫也有过这样的青春，有过比她们还靓丽的脸蛋和美妙的身材。而今，她已成为一个丑陋可怖的女子。当一群美女透过挡风玻璃看到她那张极为丑陋恐怖的脸时，她们不由自主地、甚至有些夸张地尖叫起来，好像会被传染似的，撒腿跑远。然后又好奇地回头张望，继而指指点点窃窃私议着。

刘玫冷冷地笑了笑。她笑这些漂亮的女子，也笑丑陋的自己。她的眼神中饱含着对人生的绝望和对人性的嘲弄。她仇恨这个世界，仇恨这个世上的人类。人类为什么要以貌取人？人类为什么要注重脸蛋，而忽视人的内心灵魂？

携尘的长风，一段又一段地卷走了生命中最为珍贵的青春年华。刘玫感觉自己仿佛在一路笙歌的水路上漂泊了一生，醒来时两手空空。

她记得有位哲人曾经说过：人生是门，看不透还罢，看透了才知道人生最后摆着一具骷髅，一个骨灰盒，而不得不强作欢颜活下去。她不想再强作欢颜活下去了。这样活着太苦太累了，她觉得所有的恩怨其实很好解决，一死足矣。人死了，就没有恩怨了。

人类对痛苦和绝望只能忍受到一定限度，一旦超过这个限度，人立即就会爆发甚至毁灭。此时的刘玫已在人性混乱而矛盾的迷宫中找不到出路了。

此时，怀着必死之心的她身体里仿佛有一股恶魔般的力量，仿佛有一团地狱之火催使她紧紧握住了怀里的尖刀。

她要复仇。

她要让董天海下地狱！

轿车开到海豪房地产开发公司。门卫老王认不出她了，问她找谁。她叫了老王一声，说她是刘玫，来找董天海。老王好不容易才辨别出眼前这个丑陋的女人的确是以前的公司副总刘玫，便放她进去了。

刘玫径直来到总经理办公室，推门而入。董天海正在看市政府下发的文件，见一个丑陋至极的女人走了进来，忙惊愕地从大班椅上站了起来："你是谁？"

刘玫冷笑："怎么？认不出我了？你以前不是口口声声说爱我，要跟我结婚吗？"

董天海心悸不已，他没去医院看望过刘玫，他没想到刘玫被毁成这个程度。刘丽的报复手段远远超出了他的想象，他甚至有些后悔了，毕竟面前这个女人是他曾经深爱过的。

董天海心里忽然间涌起了一丝悲伤："阿玫。你怎么变成这个样子了？你姐姐真狠毒。我已经把她告了，警察把她抓走了，我替你报仇了。我正打算忙完手上的活，就去医院看你呢。"

刘玫依旧冷笑："是吗？这么说你心里还有我？"

董天海不知刘玫今天来这儿的目的，但他心里还是有种不好的预感，他不敢用言语伤害她。他敷衍道："我心里一直有你。阿玫。你知道我是一直很爱你的。你走后我干什么都手足无措，这不，市政府又下发文件了，要整顿房地产行业。以后想赚钱，想钻政府空子就更难了。阿玫。你回到我身边来吧，回来帮我，你比我有头脑。"

刘玫说："我现在成这个样子了，你还要我？还爱我？"

董天海说："爱。等我忙完这阵子，就带你去国外做整容整形手术。现在医学技术很发达。把你的照片带上，到美国去，一定让你恢复原来的容貌，甚至还可以变得更漂亮些。"

刘玫感动地说："天海！你真好。"说着，扑向董天海的怀抱。

董天海不敢张开双臂去拥抱这个丑陋的女人。他下意识地向后退。就在这一瞬间，他看到刘玫从怀中拔出一把亮闪闪的尖刀向他恶狠狠地刺来。

董天海吓得胆战心惊，本能地向旁边一闪。刘玫的尖刀从董天海身边擦身而过。一刺不中，又接连向他猛刺。

办公室空间有限，董天海一边闪避一边大声叫喊："救命啊，来人啊。"

钟勇和于兵闻声冲进办公室，见刘玫发疯似的追杀董天海。董天海左臂已挨了一刀，吓得面如土色。这是他们平生第一次见到董天海这么狼狈，而且是被一个女人弄的。看来"胆大的，怕不要命的"这句话的确有一定的道理。钟勇和于兵一齐上前将刘玫制服了。

董天海心有余悸，吼道："快给我把这个疯女人赶出去！"

两个保镖夺下了刘玫手中的尖刀，刘玫嘶声狂喊："董天海！我要杀了你这个畜生！"

钟勇和于兵将刘玫架出了办公室。刘玫一边挣扎一边用沙哑可怖的嗓子大声叫骂，其状凄惨。钟勇和于兵听了，觉得浑身起鸡皮疙瘩。刘玫以前是个漂亮的女子，如今却成了这副模样，他们禁不住有些悲怜，有些于心不忍。于是，手上控制刘玫的力道也就不由地放松了。

就在他们稍微松懈时，刘玫拼力挣脱了他们的控制，又发疯般扑向董天海的办公室。钟勇和于兵一边叫喊一边在后面追赶，董天海听到叫声探出头来一看，见刘玫又发疯似的冲了过来，连忙将办公室的门反锁上。

刘玫冲到门外拼命撞门，见撞不开，就大声叫骂："董天海。我做鬼都不会放过你！"骂罢，折转身向走廊外奔去，从三楼像飞鸟般头朝下直扎下去。

钟勇和于兵扑上前抓了一把，没抓住，眼睁睁望着刘玫从三楼坠入楼底的停车场，化作一滩血泥。

第二十八章：舍生取义

第1节：情人遗书

刘玫脑浆迸裂，当场丧命。

董天海和手下吓得慌了手脚。出了人命可不是儿戏，他们不敢私自处理，连忙报了警。警方看了现场，拍了照片，拉走了尸体，将董天海和钟勇、于兵以及看门的老王一并带到了警局，做了讯问和笔录。

最后，警方又通过程辉打开了刘玫在浣纱花园购置的小别墅，从她房间搜出一份她事先写好的遗书，证实刘玫是自杀。这份遗书是写给程辉的。

阿辉：

　　我决定要走了，要离开这个世界了。

　　我想了很久，想得很远。我已经彻底失败了。我厌倦了这么痛苦而辛苦地活着。在这个繁华而病态的都市里，我想静下来，永远地静下来，抛开事情、人情、感情，抛开所有恩怨和争斗，抛开生命本身。

　　我现在终于明白：人，是斗不过命运的。我命里注定了是一个不幸的女人，无论我怎么抗争，最终的命运是早已注定好了的。

　　生命对我来说是一场骗局，我如同被魔鬼牵引着来到这世上一遭，什么也没有带走，只带走了遗恨。

　　我这辈子失去了许多珍贵的东西。我从未经历过什么爱情，贞操就被董天海这个畜生粗暴地夺去了。我渴望爱情，渴望和自己心爱的男人有一次辉煌而神圣的欢爱，渴望将自己最好的爱最圣洁的童贞交给心中最爱的男人。

　　然而，这一切都已不可能了，爱情今生今世遥远得与我无关。

　　几年前，我爱上了一个男人，这个男人就是贾伟。我默默地爱着他，深深地爱着他。但他不但对我的感情视而不见，还为了另外一个女子无情地伤害了我。我恨他。我发誓要让他后悔，要让他认识到我是一个不同凡俗的女子。要让他知道我存在的价值。

　　我发誓要报复他。为此我追随他悄悄从上海回到了 W 市。为了寻求一个力量足可以与他相抗衡的人，我投奔了一个我最不想投靠的大流氓，我的亲姐夫董天海。没想到我一进公司，他就畜生不如地强奸了我，我挣扎我反抗但无济于事。这畜生撕毁了我全部的骄傲和自尊。从此，我自暴自弃了。

　　这个世界给我带来了太多的遗憾和无奈。我对这个世界充满了仇恨。

　　我的伤痕所记录的，不是我最重的创伤；我的眼泪所表示的，不是我最深的惆怅；我选择我所爱的，但不一定是爱我的；我的人生完完全全就是失败的！

　　自从毁容后，我的脑袋整天都在轰响，我的心灵每天都在震颤，而耀眼的阳光更是每天都会刺痛我的眼睛。我害怕阳光，害怕看到别人的美丽和欢乐。我没想到我的亲姐姐会将我推入万劫不复的境地。我恨她。也恨我自己。我不知道我怎么会落到今天这个地步。我到底错在哪里？

　　我恨董天海，也恨贾伟。如果不是为了贾伟，我怎么会落到这个地步？为了报复这两个男人，阿辉！我利用了你对我的爱情。我知道你是真心爱我的，我从来没有在乎过你。

　　直到现在，直到最后我被无情的命运残酷的现实击溃的时候，我才意识到你对我的重要，才知道我心里也是爱你的，才明白我也是一个渴望被别人真心疼爱的女人。

但为时已晚，我已经没有爱你的勇气和资本了。

如今，这个世界已经不属于我了；如今，我的头上已经不再有青天了；明天已经不再属于我；整个世界原本与我无关，生命的开始和终结对我来说都只不过是一场梦境。

阿辉！我明白得太晚了。我认识得太迟了。我已经回不了头了。我已经来不及珍惜你了。我只有带着缺憾和遗恨离开你，离开这个世界。你不要为我难过。你可以找一个比我好许多的女子。

忘了我吧，我今生今世欠你的，但愿有来生，来生我还你。不要恨我，我的躯壳已经承载不了仇恨了。

永别了。

刘玫。

程辉捧着遗书，边看边失声痛哭。他向来是个有泪不轻弹的大男人，他不明白怎么居然会变得如此脆弱？他不明白爱一个人怎么会是如此痛苦。以前，他最讨厌男人掉眼泪，他认为男人流泪太没出息了。在北京当小混混时，和别人拼刀子，拼得一身是伤一身是痛，也从未掉过一滴眼泪。没想到现在为了刘玫，他已经哭过几次了。

难道爱情真的可以令一个铁骨铮铮的男儿变得柔情万种，并且无比脆弱？

几天后，贾伟、陈明和程辉参加了刘玫的葬礼。刘玫的父母来了，哭得呼天抢地，凄惨至极。董天海也假惺惺地带着女儿董圆圆来参加了刘玫的葬礼。刘玫的母亲扑过去厮打他，骂他害了自己两个女儿。董天海居然眼里含着两颗鳄鱼眼泪，麻木地站着，没有反抗，无动于衷。刘丽没有来，她因故意伤害罪被法院判处有期徒刑9年，此时正在监狱服刑。

程辉仇视着董天海。如果不是贾伟拉着他，叫他在刘玫的丧礼上不要冲动，他早就冲过去和董天海拼命了。

在庄严而又隆重的丧葬仪式上，从教堂请来的牧师表情凝重地念起了悼词：

你去了，天堂的钟声已经敲响。

你绕过了人世的悲苦和泥泞。

你从此了无忧伤，了无痛苦。

那里永远弥漫着上天的气息，

你无所谓生，无所谓死。

你的心灵被纯净地照耀。

没有一丝尘埃，没有一丝悲伤，

只有永恒的宁静和微笑。

公墓里，成千上万座坟墓默默地林立着。四周没有声音，只有风，无声地吹过来，又无声地吹过去。四周暗影幽幽，阴气森森。贾伟和程辉久久地伫立在刘玫坟头。

最后贾伟说："阿辉，走吧。你要是心里有她，以后就常来看看。"

在车上，贾伟禁不住又伤心地感叹："才转眼间的功夫，一个活生生的生命就离开了我们。这真像是做了一场噩梦啊。"

程辉说："真要是一场噩梦就好了。可恨的是这是现实！"

第2节：重用贤才

刘玫的死令程辉消沉了起来。贾伟看在眼里，痛在心里，他觉得刘玫的死他间接是有责任的。就像刘玫说的那样，这一切都是拜他所赐，如果当初他不把她赶出公司，她就不会投奔董天海，也就不会发生这么多的恩恩怨怨。

刘玫下葬的第三天，天栋律师事务所的主任律师肖凯开着轿车来到别墅，将一封刘玫生前写好的亲笔信交到了贾伟手中。贾伟展开信笺。

贾伟：

无论今生我爱你也好，恨你也罢，都已经结束了。一个人死了，也就无所谓爱无所谓恨了。我们之间的恩怨，将随着我的死亡烟消云散。

我现在还欠银行两笔贷款，一笔是通过秦武帮忙以城北土地抵押从招商银行贷的2亿8000万，另一笔就是利用程辉假借贵公司担保从四家银行贷的1亿2000万，共计4亿。这笔钱除了还清征地贷款及利息外，还给了秦武和吴行长每人300万好处费，另外在蝉柳花园首期工程（包括颖竹医院在内）投入了5亿8000万，这5亿8000万中有颖竹置业公司策划几个楼盘赚取的将近1亿元的利润，有2亿8000万是华秀苑项目赚取的暴利，还有就是那些贷款了。总的算起来，抛开蝉柳花园今后的利润不说，颖竹房地产目前在策划伊莎贝尔广场和华秀苑这两个项目中创造的利润就有3个8000万左右。其实我当初完全不需要嘉客公司的担保，自己就可以筹措到资金。我那么做的目的就是想报复你，在关键时刻置你于死地。唉，想想我对你还真够残忍的，而你却一直那么仁义、超然。所以我觉得还是我欠你的多些。因此，颖竹公司目前创造的利润，抛开赵洪8%的股份和红利，其余的都作为我对你的补偿吧！如果你高兴可以以颖竹公司的名义向社会上捐赠一部分。

我死后，会委托律师将颖竹公司的产权和债务一并转让到你的名下。你是个明白人，这笔交易你赚的不只是一点点。

我要离开这世界了，我没别的放不下，就是放不下程辉。我希望你不要恨他。他对你很忠心，只不过是被我利用了。还有一点，我不希望程辉为我报仇。他性子烈，你一定要阻止他。我就怕他冲动。另外，我希望你任命程辉担任颖竹公司的副总，给他颖竹公司20%的股份，我欠他太多。除此之外，我想不出该怎么偿还欠他的债。

永别了！我最爱最恨的人！

刘玫绝笔。

贾伟看过信后，肖凯奉上刘玫已经签字盖章的转让协议书："贾总。刘玫生前委托我将颖竹公司的产权和债务一并转让给贵公司。只要你在协议上签个字，颖竹公司现有的一切便归属贵公司名下。"

贾伟接过协议书看过一遍，署上自己的名字。

第二天，贾伟将赵洪请到了别墅，在家中设宴款待了他。贾伟非常看重赵洪，这个外表大智若愚、谦逊随和的年轻人思维严谨，工作认真踏实，具备精彩、超前、大胆、科学卓越的房地产销售才能，并且精力旺盛，似乎永远不知疲倦。他前途无量。

席间，贾伟宣布了对赵洪的任命。任命赵洪担任颖竹房地产开发公司的总经理，年薪由原来的150万追加到200万，股份也由原来的8%涨到10%。遵从刘玫的遗愿，任命程辉担任颖竹公司的副总经理，享有颖竹公司20%的股份。公司原班人马不动，决策权完全交给赵洪，希望他能带领这帮精英干出一番更辉煌的事业。

面对贾伟的宽容和信任，赵洪心中感到无比羞愧，他愧疚地说："贾总，我曾经跟刘玫一起对付过你，城北那块地的投资计划书是我一手制订的。是我协助刘玫不择手段地粉碎了你的梦想，夺得了那块黄金宝地。还有，那次民工讨薪的恶作剧也是我跟刘玫一手策划并实施的。我没想到你不但没有因此报复排挤我，反而更加重用我，给我加薪，我很感动，也很羞愧。"

贾伟拍着赵洪的肩膀，真诚地说："赵洪，从你成功策划'伊莎贝尔广场'创造出那个商业神话开始，我就记住了你的名字。后来你又成功地创造了华秀苑的商业神话。我清楚你在华秀苑项目上花费的心血远比刘玫要多得多。我非常看重你，你是一个前途无量的年轻人。我怎么会因为你以前跟刘玫一起对付过我而嫉恨你呢？你们能够打败我，说明你们有本事，有本事的人我向来是看重的。再说那时各为其主，怪不得你。而且，正因为你对刘玫忠心耿耿，我才更看重你！说实话，凭你的才能和创造的非凡业绩，我给你200万年薪和颖竹公司10%的股份都是少的。以后我还会考虑给你加股份。好好干吧，不久的将来我们一定会成立集团化大公司，天地广阔，你的舞台大得很呢！"

赵洪眼中进发出炽热自信的神采，身体站得笔直，昂首挺胸地说："请贾总放心，我一定不负你的厚望，我会带领弟兄们竖起颖竹公司的大旗！绝对不会给你和九泉之下的刘玫丢脸！"

贾伟笑道："坐，坐下。赵洪啊，以后我们就是一家人了，有着共同的梦想和利益。颖竹公司我就交给你了，还有蝉柳花园工程也全仰仗你策划和实施了，这个项目我和陈总不参与决策。"

赵洪坐下，点头："嗯。我一定竭尽所能把这个项目做好！"

陈明对赵洪举起杯："来，赵洪，我也敬你一个！我要说的话贾总都说了，总之今后我们就是兄弟了！干！"

赵洪豪气上来了，酒来必干。接着又一一回敬了各人。几巡酒下来，赵洪情绪来了，不由得提起了刘玫，他说刘玫太可惜了，她绝对是个商业奇才，如果她不死，五年或十年之后，她的成就谁都无法估量，也许她会超过许许多多的商界大亨，成为令人侧目的房地产女霸主。

贾伟长叹一声，身子后仰，靠在餐椅上，似乎沉浸在对刘玫的缅怀中，眼睛里有些发潮，沉默了许久许久，贾伟才坐正身子，感叹道："人活于世，谁也无法说清到底是命运在捉弄人，还是人在决定存在的命运。也许，刘玫的死我是有责任的，我没想到当初在上海炒她鱿鱼这么一件很平常的事，会给她带来那么大的伤害和负面影响。以致造成后来一连串的恶果，最终害她丢了性命。"

陈明开导贾伟："阿伟。你不要自责了。我认为是人的性格决定存在的命运。刘玫的个性太要强了，这样就很容易走向极端。其实她根本没有必要自杀。现在医学技术这么先进，她又不是没有钱，完全可以通过做整形手术恢复容貌。就算不能完全恢复，起码也能恢复百分之七八十吧。如果在国内做不好，可以到国外去做。"说着，他偏头问一直没有说话的程辉："你认为呢，阿辉？"

程辉依然没有说话。但是他心里明白刘玫是丧失了活下去的勇气才走上绝路的。她先是暗恋上了贾伟，接着又被贾伟逐出了公司。再接着是被自己的亲姐夫强奸，并长期霸占。最后又被自己的亲姐姐毁容。她无法承受这接二连三不幸的打击。所谓"哀莫大于心死"，她的心已经死了，所以也就不会在乎那具行尸走肉了。

程辉的情绪坏到了极点，他放下碗筷，对贾伟说："贾总，我吃好了，你们慢用。"说罢默默地上楼去了。

贾伟、陈明和赵洪望着程辉灰暗而颓废的背影，心里有说不出的沉重。

第3节：痛快淋漓

程辉将自己关在房间里，捧着刘玫的照片躺在床上痴痴呆呆地看着。照片上的刘玫面带微笑，美丽动人。她的微笑就像一朵雪莲花在缓缓开放着，其香幽幽，沁人心脾。只是如今这微笑的人儿已经去了另外一个世界。

窗外，冬天阴冷的寒风，残酷无情地将花园里树上的枯叶一片片剥落下来。偶尔会有叶子打在窗玻璃上，就像一只疲惫的手在拨弄着枯涩的琴弦，虽然有声音，但却比无声更沉闷。

程辉捧着刘玫的照片，心潮起伏。他决定要为刘玫报仇，把刘玫未了的心愿完成。他一定要让董天海付出惨重的代价。他上街买了两把锋利的匕首。接下来就是等待时机了。

黎明到来，新的一天又开始了。淡淡的乳白色的晨雾渐渐在山林间、在城市的高楼大厦间弥漫而起，又慢慢消散开去。这天对许多人来说依然是美好的，W市对许多人来说依然是美丽的。

程辉起床了，穿好衣服站在窗前，痴痴地望着窗外正在逐渐飘散的烟雾。他觉得人的生命有时也和这烟雾一样，正在逐渐飘散，只不过谁也不知是飘向天堂，还是地狱。

程辉将两把匕首别在腰间皮带上，出了别墅。拦了一辆出租车直奔海豪房地产开发公司。

自从刘玫事件之后，董天海就换上两个高大威猛的年轻保安做门卫。两个保安拦住了程辉，程辉说："找你们董老板。我是通过朋友介绍来找董老板买房子的。"

两个保安见程辉一身名牌衣着，戴着宽边墨镜，一副大款派头，又似乎和董天海有交情，便换了一副笑脸，告诉他老板刚出去了，可能要下午才能回来。叫他下午三点左右再来。程辉友好地给两个保镖一人散了支中华烟，说下午再来。

程辉漫无目的地走在街道上。现在，他对这座城市没有了感情。他觉得这座城市就像一个婊子，远看非常漂亮迷人，叫你迫不及待想把她搂在怀里。过不了多久你就会觉得空虚，会厌恶自己，觉得自己受骗了。

　　程辉在街上逛了一个时辰，在广场中心的花园坐了下来，出神地望着一对年轻夫妇带着一个四岁左右的小男孩在玩耍。他挺羡慕他们，觉得他们的生活才是真实而幸福的。如果刘玟没有离开这个世界，没有离开他，他想他们以后也会有这么幸福的一天。他爱刘玟，渴望和她组建家庭，渴望有个可爱的小孩。男孩女孩都无所谓，他都会喜欢。他想：有个心爱的女人有个可爱的孩子，有个幸福美满的小家庭是多么美好啊！可是如今他失去了刘玟，他的梦想破灭了。

　　那对年轻夫妇带着他们的儿子在广场花园照了好多照片之后有说有笑地离开了，程辉便也起身离去。

　　他依旧漫无目的地在大街上游荡，像个梦游症患者。最后，他慢慢踱进了一家酒楼。吩咐服务员来瓶白酒，最烈的白酒，另外炒几个菜。服务员将菜单递给他，程辉挥手将菜单一挡，没好气地说："点什么点，把你们店里最拿手的菜都给我上。放心，老子有钱！"

　　服务员看出程辉心情不好，不敢招惹他，乖乖地退下了。没多久，服务员给他端上五道菜，一瓶本地产的高度白酒。程辉自斟自饮起来。他边喝酒边抽烟，欲望、酒精和烟草牢固地结合，在他身体里反复地流淌，撞击。

　　程辉喝了个半醉，不敢多喝了。他的头脑是清醒的，知道自己下午还有使命，不能烂醉如泥。他觉得喝个半醉是最好的，头脑更清醒，复仇欲望更强烈。

　　程辉埋了单离开酒楼，看看表见时间还早，就慢慢踱进了附近的一家录像厅，买了张雅座票坐下来靠着休息。程辉对看录像没有兴趣。他只是觉得这是一个很好地进行短暂休息的地方，进出方便，来去自由。

　　程辉靠在包厢的沙发上闭目养神。过了一会儿，一个漂亮性感的小姐走了过来，娇滴滴地说："哥哥！你一个人看录像不觉得孤独吗？要不要我陪陪你呀？"

　　程辉冷冷地白了她一眼，没好气地说："你能陪我做什么？"

　　小姐挑衅地说："你想要我陪你做什么，我就可以陪你做什么。"见程辉不语了，小姐又说："哥哥，耍一下嘛，你想啷个耍都要得，我都可以满足你。"

　　言罢，她稍一蹲身，便熟练地将皮裙里面的三角裤扒了下来，然后淫荡地解开程辉的皮带，忽然看到他腰间别着两把匕首，叫声"妈呀"，吓得落荒而逃。

　　程辉痛快地哈哈大笑。

第4节：应有下场

程辉离开录像厅的时候，外面不知什么时候下起了雨。雨不大不小，密密麻麻的。灰蒙蒙的天空，如同一本发黄的书。风像一群寻衅闹事的小流氓，斜脸歪脖地四处乱闯。

程辉漫不经心地来到海豪房地产开发公司，照例散给保安一人一支中华烟。然后，他堂而皇之地上了楼，推开了总经理办公室。董天海见一个戴着墨镜的年轻人，连门都不敲就大大咧咧地闯了进来，正感到诧异，却见来人关上了办公室门，摘下了墨镜，冲他挺不友好地笑了笑："董老板。不认识我了？"

董天海认出来者正是自己的情敌程辉，他分明从他的眼睛里看到了浓烈的仇恨和杀气。他知道来者不善，顿时有些紧张，挺不自然地问："程辉，你来干什么？"

程辉不疾不徐地说："来讨债！来了却刘玫的未了心愿！"说着从腰间拔出两把匕首，熟练地在手上把玩着，一步步向董天海逼近。

董天海一见这阵势，立即按响了大班台上的蜂鸣器，向两个保镖报了警。钟勇和于兵听到警铃从隔壁休息室奔了出来，推开总裁室，见一个青年男子正双手持刀向董天海步步进逼，恐老板有生命危险，忙从身上掏出自制手枪，对程辉大喝："不许动！再动就开枪了。"

程辉回头，冷笑："开枪呀？吓唬谁？"说着用匕首朝自己左臂扎了一刀："我告诉你们！我今天来根本就没打算活命。我非杀了董天海这畜生不可，我要为刘玫报仇！"见两个保镖怔住了，程辉接着说，"这是我和董天海的私人恩怨，与你们无关。你们识相的话，就给我滚出去，要不就开枪打死我。不过，如果你们开枪打死我，你们不抵命也得把牢底坐穿。你们私藏枪支，开枪杀人，这罪行可不小。"

钟勇和于兵一听，吓坏了。程辉的话句句切中他们的要害。他们看出程辉是个拼命三郎，害怕了，将枪支扔到地上，对董天海说："对不起，董老板。你今天遇上大麻烦了。我们帮不了你。这是你提供给我们的枪支，我们办不好这件事，也就没脸在你手下混饭吃了。再见了！"

见两个保镖临阵脱逃，董天海大嚷大骂："钟勇，于兵，你们两个忘恩负义的王八蛋！懦夫！"

程辉一步一步向董天海逼近。董天海一步步向后退缩，边退缩边抓起自己的坐椅和大班台上的茶杯、文件夹等等有攻击力量的东西朝程辉砸了过去。程辉不避不让，一直不紧不慢地朝他逼近。他很喜欢这种猫捉老鼠的游戏。

董天海一直退到了大班台后面的角落，无路可退，干脆停了下来，对程辉破口大骂："来吧！小子，你董爷不是没见过杀人放血的场面。有种就朝你董爷胸口捅上一刀，把你董爷的心脏捅个对穿，给你董爷来个痛快！"

程辉冷笑："董天海，你别给自己壮胆了，我知道你现在很害怕。"

董天海说："老子怕什么？老子在江湖上玩命的时候你小子还没出生呢？你算个什么东西？有本事跟我来个单打独斗！你不是要为刘玫报仇吗？有种就跟我决斗，那样我才服你，才佩服你是条汉子。双手持刀对付一个赤手空拳、年纪比你大了一轮的人，算什么好汉？"

程辉冷笑："我十四岁就在社会上混，跟别人打架、玩刀子、拼命。后来改邪归正了，好些年没遇上一个好对手，手也觉得好痒痒。我今天就跟你来场公平决斗，让你死得口服心服。"

程辉将地上的两支手枪捡起扔到楼下，关上办公室的门，从里面把门反锁上了。然后"嗖、嗖"两下子将两把匕首飞投出去，齐齐扎在门板上。董天海见程辉亮出这么一手，就知道他身手不错，心里更没底了。他在江湖上混了这么多年，从来都是他向别人挑战，一向信心十足，从没害怕过。没想到现在轮到有人向他挑战了，他居然害怕起来了。

程辉任凭左臂的刀伤鲜血直流，没有包扎。他见董天海迟疑不动，便说："你怕什么？我没占你便宜，你年纪比我大，但我往自己左臂扎了一刀，相对来说我还吃了点亏。如果我今天打不过你，刘玫这仇我也就没脸报了。如果你败在了我手下，你也就认命吧！"

董天海不想让这个后来居上的江湖小辈看不起自己，便爽快地从角落里走了出来，站在五十多平方米的办公室中央，摆开阵式对程辉说："来吧，咱们来个快刀斩乱麻，快意了恩仇！"

程辉冷冷一笑："看不出你这老王八还有点血性。今天我就要打得你满地找牙！"还没说完就朝董天海发起了猛烈的进攻。

程辉手脚并用，拳打脚踢，"黑虎掏心"、"双风贯耳"、"海底捞月"、"扫堂腿"、"连环腿"……每招每式都让久经沙场的董天海应接不暇、大开眼界。董天海只有招架之功，没有还手之力。

程辉的攻势太凌厉太猛烈了，一记记勾拳直打得他鼻青脸肿，一个个飞腿直踢得他步履踉跄。不到几分钟，董天海就被程辉打趴在地，气喘吁吁。程辉回身从门上拔下两把匕首，以胜利者姿态走到董天海面前，一脚踩在他的胸口："姓董的，你输了。还有何话说？"

董天海一边喘气一边说："程辉。你小子有种！是条汉子。我打不过你，我输了，我认命。不过，临死前我有句话要告诉你，我爱刘玫！我爱她之心不会比你差，遗憾的是她不爱我。我得不到她就要毁了她，让谁也得不到。这是我的性格。我的话说完了，你动手吧！"

程辉本想一刀宰了董天海为刘玫报仇，但转念一想觉得就这样让他死了自己还得搭上一条性命，太便宜他了。于是手起刀落朝董天海胯间刺了下去，一切一拉，瞬间将董天海胯间那个作孽的物件给切割了下来。在董天海的嚎叫声中，他将那截东西抓起扔出窗外。马路上，一辆大客车正好经过，将那截东西碾了个稀烂。

程辉说："董天海。我今天不取你性命。我要让你这辈子再也祸害不了女人，我要让你生不如死地活着！"

董天海恶狠狠地咒骂："程辉。你这个王八蛋！你好歹毒，你不如干脆一刀杀了我！"

程辉冷笑着拉开办公室门扬长而去。程辉没有回别墅，直接去公安局自首了。

半月后，程辉被推上法庭，接受法律的审判。程辉对自己的犯罪行为供认不讳。由于他认罪态度好，加上有主动向公安机关投案自首的情况，法院以故意伤害罪判处他6年有期徒刑。

第二十九章：风雨过后

第1节：时来运转

"嘉客"公司开始时来运转。2001年12月底，"愿景花园"二期楼盘开盘面市。由于区位优势明显，加上到位的广告宣传，开盘之后销势良好，曾创造了一天售出476套公寓的W市最高售房记录，3个月后即告售罄，收回投资，赢利2亿4000万。

紧接着，2002年4月，颖竹房地产公司华秀苑二期开盘，开盘价5000元/平方米，开盘当天便创下了成交量178套房子的辉煌纪录。

2002年5月底，三十集电视连续剧《都市情恨》卖出播映权，在全国各地电视台播出，收回 1500 万投资，还小赚了 900 万。

转眼间，又是几个月的光阴从指缝间悄然溜走。2003 年 4 月，城北"蝉柳花园"首期工程竣工。优越的地理位置，加上极富创造性的楼盘设计，完美的配套设施（包括一家甲等医院），使得首期写字楼和商住楼在开盘第一个月便售出 70%，接下来的两个月内，余下的楼盘被抢购一空。最好的门面卖到 18000 元／平方米，首期工程便资金回笼了 4 亿 8000 万。纯利润将近 2 亿 3000 多万。

2003 年 5 月，拥有 4000 个床位的三级甲等独资医院——颖竹医院投入使用。医院大量引进国外、海外、港澳及内陆的优秀医师和教授，并推行国外的先进管理体制，打破终身铁饭碗、实行严格的重奖重惩制度，杜绝拿红包和药品回扣等不良风气，以崭新的竞争姿态促进 W 市的卫生医疗事业的发展。先进的人才、技术、科学的管理，合理的收费，使颖竹医院名声大振，当然也就财源滚滚。

2003 年 6 月，W 市房地产业抖出两起违法违规操作房地产黑幕。一起是新维度"假按揭"事件，套取银行资金 1 亿 6000 万。一起是凝碧花园"假按揭"事件，骗套银行资金 1 亿 8000 万，给 W 市房地产业敲上了两记闷棍。

"假按揭"是一面镜子，毫不掩饰地揭示出了商业银行的金融漏洞，与此同时，它更像一块丑陋的伤疤，赤裸裸地显露出房地产开发中令人心寒的黑幕。事实上，中国像贾伟和陈明这样靠实力和诚信搞房地产的商人并不多。许多开发商玩的都是"空手套白狼"和"借鸡生蛋"的把戏。

按照房地产行业的操作规定，开发商拿到批文后，必须到银行融资，而银行贷款的前提是"开发商前期投入至少不能低于开发总额 25% 的资金"。但在实际操作中，开发商通过"勾兑"降低了这一门槛，有的甚至是在银行经办人的指点下按银行内部的打分标准，量身定做地修改资产负债表，使做过"美容"的企业拿到贷款。得到建设资金后，有的房子还在图纸上，开发商就开始搞"内部认购"。建设施工按进度付款又可以拖欠一部分资金。然后再用假按揭套取更多的资金。其典型的手法是将一大堆员工或不明真相者的身份证收拢来，签订虚假的购房合同，最后抱到银行去套现。所以，有时操作数亿元的大项目，他们手头仅仅有个一两千万元就敢上马，操作十亿甚至数十亿的项目，他们手头有个一两亿就敢上马。如果运气好，楼盘销售成功，假按揭"偷渡"的证据将从此石沉大海，永不为外界知晓。如果楼盘操作失败，开发商便将楼盘的所有风险转嫁给了银行，他们在旁数钱偷着乐。"新维度"和"凝碧花园"两个楼盘的开发商玩的就是这样一套"空手套白狼"的把戏。

"假按揭"就像一个人造美女，当人们发现她丰满的胸脯只是一块硅胶时，谁都会感到恶心。如果已被按揭的房子"重婚"，被伤害的就是购房者了。因为银行虽被套牢，但还有抵押的房子在手中，而购房者拿出一辈子积攒的血汗钱，到头来却陷入一场噩梦，什么也没得到。

凝碧花园楼盘50%的购房者便遭遇这种噩梦。有些房子还"一女嫁二夫"，甚至出现三个人购买同一套房子的恶剧。案发后，许多市民大骂银行的头头是傻蛋，甚至骂某些掌权者贪了不少回扣等等。至于受害的购房者更是怒不可遏，纷纷结伴到市委市政府上访，要求严惩不法商人。

这两起案子不但引起了 W 市房地产市场的哗变，还引起了当地政府部门的恐慌。为此，2003 年 12 月，W 市展开了一系列的房地产业整顿与规范行动。重点查处开发建设中的违法违规行为，商品房销售"短斤缺两"行为；虚假和不规范房地产广告行为，开发企业银行贷款呆、坏账行为与拖欠施工单位工程款行为，房地产中介活动中的违法违规行为，合同订立和履行中的违法违规行为和物业管理中的违法违规行为。与此同时，市政府有关部门还制定了若干方案，以排山倒海之势展开了大规模的清地运动，将所有闲置两年以上的土地强制收回，公开拍卖。

长期以来，闲置土地是 W 市城市建设的一大顽疾。不少荒芜的土地夹杂在繁华的城市中，旁若无人地"歇凉"，土地上杂草丛生，垃圾成堆，有的开挖成"天坑"就不动了，有的修建到一半就后续乏力。这些现象成为 W 市最恶心的风景。市政府颁布一项规定：自动工开发期限的起始之日起，满两年未动工开发的；以有偿方式取得单个建设项目国有土地使用权，自该土地开发期限的起始之日满两年，投资额不足投资总额25%的；或实际开发建设面积未达到应开发总面积的 1/3 的，都将无偿收回土地使用权或者占有的土地。同时，涉嫌闲置土地两年以上及"四久"项目的开发商因为"前账未清"，将在一段时间禁止再取得新土地使用权。自土地批准开发期限起满半年未动工者，市建委将对这些项目的开发商收取相当于 20% 出让金的土地闲置费。

这一系列的整顿下来，许多一向擅长钻政府和政策空子的不法房地产开发商除了恐慌，还清楚他们圈钱的黄金时代已经过去了。接下来是政府跟他们清账，他们吞进去的是桐油，可能最终吐出来的则是生铁。甚至于可能有不少商人得去牢狱里享受受那种冷清恐惧寂寞的铁窗生涯。

而贾伟却高兴坏了，政府这样一搞，他简直是欢欣鼓舞。他觉得政府部门越动真格就越好，这样可以激起那些潜在房产消费者的购房兴趣。而事实上"嘉客"公司一向是家正规操作房地产开发的企业，不怕政府的规范行为，相反，热烈欢迎。

贾伟预计经过这么一番整顿之后，W 市房地产价格还得上涨。因为 W 市的房地产价格与北京、上海、广州、深圳等大中城市比较，还有非常大的上扬空间。贾伟兴高采烈地对陈明说："阿明，如果我预料得没错，W 市房地产的春天马上就要到了！

而且将迎来一个又一个的高潮！"

果然不出贾伟所料。经过一系列的整顿之后，2003年8月初，W市房地产再次迅速升温，地价上涨、房价上涨。城北的土地涨到100万一亩，城南的土地也涨到60万一亩。房价平均上涨了900元／平方米。

"怡云山庄"首期工程竣工时恰巧赶上这个最佳时机。由于"嘉客"公司定位恰当，对建筑规划设计施工质量精益求精，对环境营造精雕细琢，并在此基础上推出了高品质的物业管理，为业主创建了安全、健康、和睦、文明、尊贵的精品小区生活。开盘之后，200幢最初预计售价180万元左右的独体别墅卖到250万元一幢，而且出现抢购现象。这种情形简直无法不令人欣喜若狂，贾伟和陈明乐坏了。

当然，能够创造如此好的开盘价格和销售业绩，离不开策划天才赵洪的绝妙策划。在开盘前一个月，贾伟和陈明虚心向赵洪请教，希望他能让怡云山庄在开盘时火一把。赵洪向贾伟提交了一个完美的销售策划方案。他狡黠而憨厚地笑了笑："其实，我早就做好了准备。"

贾伟笑道："你小子早就做好了准备，却不拿出来。是不是我不问你你就藏私啊？"

赵洪笑道："哪里是藏私啊。是担心你根本就不需要我出主意。说实在的，怡云山庄前期我认为要做的全部做好了，就差最后画龙点睛的一步，那就是开盘造势。我这个策划其实很简单，就是请中国娱乐圈中风头最劲的彭纪到开盘现场剪彩，并参与公司一系列的公益活动和宣传！彭纪正好是W市人。作为报酬，我们赠送一幢别墅给他，让彭纪成为怡云山庄的业主。只要彭大帅哥一出现在开盘现场，不用我们去请，本地的所有媒体记者都会蜂拥而来，到时这不用花钱的广告宣传攻势就到位了。本地的追星族只要有购买能力的，都会争相成为怡云山庄的业主，和彭纪成为邻居。到时我们还可以聘请彭纪担任业主委员会的名誉主席。"

贾伟对这个策划相当满意，他笑问："不过，彭纪他会来吗？"

赵洪笑道："会来的。因为我跟彭纪从小学到高中都是同学，是非常要好的朋友。我已经给他打过电话了。他说没问题。"

陈明笑着捶了赵洪一拳："你小子真行啊！"

开盘当天，中国最具人气和发展潜力的影视歌三栖明星彭纪乘坐嘉客公司的加长林肯豪华大房车来到开盘现场，W市所有媒体记者和购房客户夹道欢迎，镁光灯闪烁不停，数码相机、摄像机聚焦定位。在众星捧月的欢呼簇拥中，在喜庆的彩炮和锣鼓中，彭纪和贾伟共同挥剪开盘！

接下来，彭纪十分配合地和嘉客公司的高层合影，和那些已经预订别墅的业主合影。亲和力、魅力十足。那些美女和少奶二奶追星族在外围煽情地尖叫，让贾伟不得不叹服，一个明星在商业上的号召力影响力有时远远胜过一位位高权重的政治家。

紧接着，善于抓住商机的贾伟向彭纪提出出资 1500 万聘请彭纪担任嘉客房地产开发公司的终身制形象特使。彭纪在了解了嘉客公司的实力尤其是了解了贾伟的为人之后，非常高兴地接受了贾伟的聘请。

嘉客公司将与彭纪的大幅宣传活动照片在嘉客公司开发的所有楼盘宣传栏中张贴，激发了那些潜在购房者的欲望和热情，效果十分显著。

一个个楼盘的辉煌销售业绩让贾伟和陈明高兴得合不拢嘴，但更让他们高兴的是愿景花园、怡云山庄、蝉柳花园、华秀苑精品社区四个项目囤积的土地，足够维持"嘉客"公司 5～8 年的开发量。就目前情形看，且不计较这四个项目的开发价值，单就四块地皮的价值而言，就可达 15 个亿，嘉客公司再没有土地储备的后顾之忧了。

第 2 节：促膝交谈

2003 年 9 月中旬，在公司资金大部分回笼后，贾伟和陈明首先考虑的就是还债。他们将刘玫欠银行的两笔贷款连本带利还清了。然后，贾伟给叶子打了个电话，要她约一下郑浩，他打算把从郑浩手中借的 6000 万还了，并当面向他致谢。

次日上午，贾伟和叶子一同来到郑浩府上。郑浩在别墅门口相迎。贾伟握着郑浩的手，感谢郑浩在他最困难之时伸出援助之手。郑浩笑着说：朋友之间，举手之劳，何足挂齿！

郑浩领着两位贵客进了客厅，女佣沏好极品龙井茶招待客人。藤原惠子领着一双儿女从楼上下来，远远地就跟叶子打招呼。两个孩子甜滋滋地叫着"干妈"老早就伸出了手臂。叶子高兴地抱起两个孩子。

两个孩子是 2001 年 2 月 12 日在德济医院出生的，惠子的父亲藤原健一还专程从日本飞到中国 W 市看望两个小外孙，并隆重地按照中国习俗为他们操办了满月酒，大宴宾客。现在两个孩子已 2 岁半，除了会叫爸爸妈妈外公和干妈外，还会蹦蹦跳跳地争玩具，有了这两个小家伙，现在别墅里天天热闹非凡。

郑浩吩咐惠子好好陪叶子聊聊，自己领着贾伟上楼进了套房客厅。俩人在沙发上坐下，开始了知心朋友式的促膝交谈。郑浩看着贾伟的眼睛，鼓起勇气说："贾总，冒昧问一句，你是真心爱叶子吗？"

贾伟坦然地迎视着郑浩的目光："当然。这毋庸置疑。"

郑浩从贾伟的眼睛里看出他的真诚，他笑了笑："这就好。叶子非常爱你。我看得出来。但我不知道你对叶子的感情有多深，故有此一问。说实话，我担心你会介意叶子以前跟我恋爱过。"

贾伟笑道："我会是这样小肚鸡肠的男人吗？再说，那也不是叶子的错啊？"

郑浩苦涩地笑了笑："你说得没错。那不是叶子的错。过去的事情说来惭愧，是我负了叶子。男人在感情和事业之间必须要作出选择时，往往会迫不得已要放弃感情。但现在我觉得当初的选择是错误的，我放弃的恰恰是我生命中最珍贵的东西。一个人在穷困潦倒时，对金钱的追求特别强烈，而一旦金钱到了一定的程度和位置，金钱也就失去了意义。钱现在在我心目中已经不算什么了，就像一种工具。贾总，你能理解我这种感受吗？"

贾伟说："我能理解你这种感受，也相信你当初放弃叶子是经过一番痛苦挣扎的。因为她是个好姑娘，而且非常优秀。"

郑浩真诚地说："是啊，叶子是个值得珍惜的好姑娘。不但有才华，而且有思想、有品位。可惜，我没有珍惜她。贾总，你跟我不一样，你事业有成，不像我当初一贫如洗。我相信你不会犯和我一样的错误。"

贾伟："郑总，你放心，我会珍惜她的。"

郑浩："我为叶子找到了一个好归宿感到高兴。叶子是个心高气傲的姑娘，不是非常优秀的男人，她是看不上眼的。我觉得你们的确是天造地设的一对。"

聊了片刻，贾伟从身上掏出支票，递给郑浩。郑浩见支票上的金额是 6500 万，便不高兴地说："贾总，你这就不对了。我不是跟叶子说过，不收利息吗？朋友之间借点钱，有能力相助是举手之劳，又不是放高利贷，我怎能收你 500 万元高额利息呢？"

贾伟说："郑总，这钱你一定要收。在商言商，你在我最困难的时候帮助了我，我就感激不尽了，你这笔钱放在银行也是有利息的，如果你不收就是瞧不起我。"

郑浩只好将支票收下。吃过午饭，贾伟和叶子执意告辞。郑浩将他们送到门口，握手而别。

第 3 节：幸福结合

贾伟开车送叶子回到电视台"传媒公寓"，借口口渴跟着叶子上了楼进了房间。叶子放响音乐，用电热壶烧水给他冲了杯雀巢速溶咖啡。贾伟喝了咖啡，并不提出告辞。他打定主意，如果叶子没有赶他走的意图，今晚他就赖着不走。和叶子交往了这么久，一直是柏拉图式的精神恋爱，从未有过肉体接触，而事实上爱情不单单只需要精神力量，更需要血肉交融。

在音乐声中，贾伟站起身来，向叶子发出邀请："叶子，我们跳支舞吧？"

叶子温柔地笑了笑，张开双臂和他共舞。他们贴面而舞，距离是如此的近，彼此能感受到对方的呼吸。在贾伟热辣辣的目光注视下，叶子的脸渐渐发烫。她感觉自己的心跳加速了，她预感今晚要发生点什么。但她并不感到害怕，相反，内心还有些渴望和期盼。

贾伟俯下脸亲了亲叶子。见她没有拒绝，胆子就更大了起来，他双手一用力，紧紧地将她的腰身揽入怀中，热烈而疯狂地吻住了她的嘴唇。

在贾伟坚实宽厚的胸怀里，在他热烈而疯狂的亲吻下，叶子感觉到一股巨大的暖流在自己心中流淌，一阵久违的幸福冲击着她，令她感到一阵天旋地转。她将整个身子无力地深埋进他的怀抱中，觉得一切都已不属于自己了，一切都是他的了。

贾伟能够清晰地感觉到叶子身体的变化。他拦腰抱起了她，一步步走向床边，轻轻将她放到了床上，慢慢解开了她的衣扣，叶子美丽的身体渐渐呈现在他眼前。

叶子幸福地闭着眼睛，她不知道贾伟在做些什么，只知道自己和他紧紧地联系在一起，成了一个人。她感觉自己变成了一朵莲花，有晶莹的水珠在上面滚动，在阳光温暖的照耀下，反射出许多彩色的光辉，是那么的灿烂，是那么的迷人。慢慢地，她感觉自己像是被一块云彩托了起来，四肢软绵绵的。阳光突然变得热辣起来，云朵慢慢被熔化……

幸福的感觉让人沉醉，整个夜晚，贾伟都紧紧地将她搂在怀中，生怕她飞走了似的。在他的怀抱中，叶子睡得很香很甜，脸上挂着幸福的微笑。

凌晨，叶子醒来，见自己的身子紧紧地和贾伟贴在一起，一张脸羞得通红："阿伟。我的处女之身给了郑浩。不过我只跟他有过一次。你会介意吗？"

贾伟淡淡地笑："傻瓜，你和郑浩的事情我早就知道。我不是一个思想保守的人。我爱的是你整个的人，并不是你的处女之身。相信我，我会善待你一生。我会给你幸福。"

叶子幸福地点了点头："我相信你。"

贾伟深情地吻了吻叶子："叶子。谢谢你陪我走过了人生中最灰暗的一段路。谢谢你在我最需要温暖和帮助的时候牵住了我的手。现在我不但走出了困境，而且前途一片灿烂辉煌。我想将我的人生、我的事业、我的财富、我的一切与你分享。我想与你结婚，我说过，你是我今生最美丽最重要的追求。答应嫁给我吧，好吗？"

叶子矜持地笑道："人家还没有玩够呢？现在不是提倡晚婚吗？再过两年，好吗？"

贾伟不依不饶："叶子。我已经不年轻了。我不能再等待了。我害怕错过人生最美丽的风景，我不想再让年华虚度！叶子。我珍惜我的事业，但我更珍惜我的爱情。我不许你拒绝我！"

叶子故作生气地说："阿伟。你好霸道啊！"

贾伟笑道："男人在女人面前，有时还是需要一点点霸道的，不然就不叫男人了。我们把婚礼定在元旦，你说好不好？"

叶子幸福地依偎在贾伟怀里，娇羞地说："你都已经先斩后奏了。我能不依你吗？"

第 4 节：左右为难

贾伟将他和叶子决定在 2004 年元旦举行婚礼的喜讯告诉了陈明。陈明默默地抽着烟，没有答理贾伟，连一句祝福的话也没说。贾伟觉得陈明有些反常，便问他怎么不高兴。

陈明狠狠地扔掉烟头，定定地盯着贾伟，像看一个怪物似的。贾伟觉得他的眼神很陌生，怔了怔，莫名其妙地问："你今天是怎么啦？怪怪的！"

陈明说："阿伟！在你决定和叶子结婚之前，我要带你去见一个人。如果你见了她，还是决定要和叶子结婚，我没话说。但是，现在我必须带你去见她。我不能再隐瞒下去了，否则，我会一辈子良心不安！"

陈明拉着贾伟就出了别墅。陈明将车开得飞快，一会儿便来到了荣华湘菜馆。透过车窗，贾伟远远地就看到了白雪。他没想到白雪还在 W 市，更让他吃惊的是白雪正在餐馆门口的空地上逗一个一岁多的小男孩玩。那小男孩张开双臂步履蹒跚地追逐着她，嘴里奶声奶气地喊着"妈妈、妈妈"。

陈明对贾伟说："那孩子是你的，叫白天。白雪离开公司后只在家里呆了一个多月，发现自己怀了身孕就又回来了，开了这家湘菜馆维持生计。在我们最困苦的那段日子，她给了我 120 万。要是没有她的帮助，当时我们恐怕连生活费都没有，我真不知我们该如何熬过来。"

贾伟怔住了，眼睛湿得稀里糊涂。他责怪陈明："你为什么不早告诉我？还骗我是你家里汇来的钱？"

陈明说："阿伟！你也不想想，我家里还有钱吗？有钱我能坐视不管吗？一直以来都是我在养家，公司没钱，我也就没钱，我没钱，家里也就没钱。在我们最困难的时候，我连生活费都没给父母寄，家里还指望我的钱呢。其实，这事当初我也不想瞒你，是白雪叫我瞒着你。她说她不想在你和叶子之间制造障碍。她说她不想给你增添感情和思想负担。她说她明白你的心。可是，阿伟。你明白她的心吗？你知道她有多爱你吗？你知道她为你承受了多大的痛苦和压力吗？一个姑娘家没有结婚就生了孩子，做了未婚妈妈。你说以后孩子长大了问她要爸爸，她该如何回答？你不觉得你应该为她做点什么吗？你不觉得她比叶子更需要你吗？你不认为你应该对她负责任吗？"

贾伟无语，眼里却有两行泪水无声地淌了下来。

陈明接着说："我知道我这样做很残酷，可我不能再保持沉默了。这件事对我也是一种负担，我瞒了你两年多。你算算两年多有多少天、有多少个小时、有多少个分分秒秒？为了这事，我无时无刻不在承受着感情和精神上的煎熬。如果我再不把真相告诉你，等你和叶子结婚了，我会后悔一辈子，我会恨自己一辈子！我现在必须告诉你，让你在叶子和白雪之间作个选择。这样，对你、对白雪都有个交代。"

贾伟擦去了脸上的泪水，打开车门跨下车去。白雪正逗儿子玩得开心，见贾伟从车里钻出来，一下子怔在那里了。贾伟走到白天身边，蹲下身抱起他，百感交集地端详着。他发现这孩子无论鼻子还是眼睛，无论是脸蛋还是嘴唇，没有一处不像他。也许因为血缘关系，白天和贾伟一点也不觉得生分，他摸着他的脸，甜甜地喊他叔叔，并天真地问："叔叔你是谁，我怎么没见过你啊？"

白雪站在旁边，没有说话，但泪水却情不自禁地涌了出来。贾伟望着白雪，问："雪儿，你们住哪？"

白雪没有说话，默默地上了轿车。陈明心情沉重地坐在驾驶室，侧过头来对白雪说："雪儿，对不起，我瞒不下去了。阿伟和叶子决定在元旦结婚。我觉得应该让他作一次清醒的选择，否则以后我没法向他交差。"

白雪说："阿明，我不怪你。我知道你是为我好。"

说话间，贾伟抱着白天上了车。陈明将车开到白雪租住的公寓楼下。陈明放响了音乐，说："我就在车里听听音乐，你们上去好好谈谈。"

贾伟随白雪进了公寓，将孩子交给保姆小燕，小燕抱着白天出去玩了。白雪给贾伟冲了杯咖啡，然后心事重重坐到贾伟身边。贾伟拉着白雪的手，问："雪儿，告诉我，你怎么会怀上孩子的？你不是一直定期吃避孕药吗？"

白雪眼里涌出委屈的泪水："阿伟。我不是故意的。我是一直定期服用避孕药，但你和叶子认识后，就难得和我做一次爱了。你心里只有她，我在你身边形同虚设。在这种同床异梦的日子里，我觉得我已经没有服用避孕药的必要了。时间一长，就根本将这件事情忘记了。2001 年 7 月 10 号，我清楚地记得这个令我终生痛苦难忘的日子，当天晚上，你对我提出分手。在这之前，不知是怜悯还是依恋，你疯狂地爱了我一回。就这一回，我怀上了白天。"

贾伟想起是有这么回事，便无话可说。白雪接着说："我回家后不久，发现自己怀了孕就又回到 W 市，用你给我的那笔钱开了家湘菜馆，并租下了这间公寓，请了个保姆。孩子生下来后，经常有人问我这孩子的父亲在哪，我就骗人家说在西藏参军，几年难得回来一次。"

　　白雪说着说着禁不住轻声抽泣起来。贾伟紧紧地将她搂在怀里，愧疚地说："雪儿。是我辜负了你，我对不起你，让你受苦了。"

　　白雪说："这不怪你，是我心甘情愿的。只要你不埋怨我我就高兴了。阿伟。我真的不是故意要给你添麻烦，我没有勇气打掉这个孩子，他是我的心头肉啊。我一直要阿明瞒着你，就是不想给你增加思想负担。"

　　贾伟亲了亲白雪的额头："雪儿。我欠你太多了。对不起。"贾伟揽着白雪的肩，想起白雪对自己无悔的爱和付出，想起与叶子共度时光的温馨甜蜜，他痛苦地闭上了眼睛，最后吸了长长的一口气，说："雪儿，我们结婚吧。我要照顾你和我们的孩子。"

　　白雪久久地默默地注视着贾伟，直到眼里的泪水如断了线的珠子掉下来，她才摇着头伤心地说："阿伟。你一点也不心甘情愿！你在骗我，也在骗你自己。我知道你现在心里只有叶子。你并不真正了解我，但我却是完完全全了解你的，了解得非常透彻。我当初让阿明瞒着你，就是怕你为了孩子而负疚与我结婚。但是你一定会很不快乐，你这一辈子都会过得不开心。这又何苦呢？阿伟。我爱你。我绝不会让你生活在痛苦之中。这辈子只要你快乐，我也就快乐。所以，我不能答应你。"

　　"可是，雪儿，你和我们的孩子需要我的照顾……"贾伟还未说完，雪儿的手指掩住了他的嘴唇。她摇头含泪说："阿伟，有你这些话，就够了。我别无所求。如果你逼我，我就离开这里，带着孩子离开这里。"

　　贾伟怔住了，内心的感动使他说不出一句话。他亲吻着白雪的额头说："雪儿，对不起。对不起。"

　　白雪含情脉脉地望着贾伟："阿伟。我没有别的要求。既然你现在知道白天是你的孩子，我希望你以后能经常抽空来看看他。好吗？你如果觉得不便。我可以叫他认你做干爹，这样也就名正言顺些了。"

　　贾伟满口答应："我一定常来看望白天。"

　　白雪接着说："阿明说你和叶子准备在元旦结婚。是吗？"

　　贾伟点头说是。白雪说："恭喜你，终于得偿所愿了！"

　　第二天，贾伟便给白雪送来了一张 150 万的现金支票。白雪拒不接受，她伤心地说："阿伟。你是不是想用金钱补偿我？你是不是觉得这样就不欠我了？你是不是要跟我分得一清二楚？”

贾伟强行将支票塞到她手里，真诚地说："你给了陈明 120 万。这 120 万在公司最困难的时候起到了不可估量的作用。我还 150 万给你一点也不多。这不是补偿，而是道义。我欠你太多，真要还，恐怕一辈子也还不清。我知道你不是那种看重金钱的女人。但是身边有点钱也不是什么坏事。雪儿。我不想跟你分个一清二楚，你也不要跟我分个一清二楚，好吗？"

白雪伤感地笑了笑：阿伟。我现在已经能够自食其力了，我并不缺钱，这次你带来的这笔钱我收下，就算为儿子存着。不过，以后就不要带钱来了，我对金钱没有太高的追求。"

贾伟说："好。我依你就是了。不过，雪儿你也听我一句劝告。其实这世上有不少好男人，你不妨试着去接触一下，说不定能找到一个比我更好的。一个女人身边不能没有男人，一个家庭不能没有男人。你应该找个好男人组成一个幸福的小家庭，那样……"贾伟突然辞穷了，他不知道，他到底在说什么，应该说什么。

白雪凄然一笑："阿伟。你是不是非要逼我随便找个男人嫁了，你才觉得安心？如果真是这样，我明天就可以领个男人回家。"

见贾伟不语，白雪又说："阿伟。你知道吗？我不想接受其他男人。我害怕孩子以后会受委屈。但如果你认为只要我嫁了人，你就可以放下思想包袱、解开心结的话，那我会让你如愿。"

白雪说着又伤心地落下了眼泪。贾伟没想到他无意中又伤害了白雪，内心的负疚感就更深了。他将她搂在怀里，为她拭去泪痕，连忙赔礼道歉："雪儿。我是无心的。我是善意的。如果我无意伤害了你，请你不要见怪。"

白雪说："我不会怪你。阿伟。你不要有思想负担，我过得非常快乐，儿子并没有给我带来什么不便。相反他给我带来了无穷无尽的幸福和快乐。他让我体验到了做母亲的伟大和神圣。每天我看着他哭啊笑啊就觉得生活充满了乐趣。看着他一天天长大，先是牙牙学语，然后是蹒跚学步，我觉得幸福死了。谢谢你！阿伟。是你给了我这个儿子。他是我们爱情的结晶，是我们感情的延续。"

贾伟感动不已，白雪的善解人意和无悔无私使他觉得自己的懦弱和渺小。或许，这世间没有一个女人可以做到像她这样。

第 5 节：衷心祝福

婚礼筹备好之后，贾伟和陈明带着大包小包的来到城东监狱看望服刑的程辉。

自程辉在城东监狱服刑后，贾伟和陈明每隔半月便会看望他一次，给他带去一些生活用品。当然最重要的一件事就是给他带一条香烟。

　　在监狱里寂寞，无聊，失去自由的人没有别的精神寄托，香烟成为唯一的慰藉。监狱长和管教很给贾伟和陈明这两位房地产大亨面子，不但允许他们给程辉送香烟、食品和日用品，而且每次还或多或少延长他们与程辉的会面时间。

　　贾伟将生活用品和钞票交到了程辉手中："阿辉！这半个月你过得好不好？有没有人欺负你？"

　　程辉自豪地说："我在这里生活得还好，你们也知道管教干警对我很关心，狱友听说我把以前的黑道大佬董天海废了，都对我佩服得五体投地。"

　　贾伟惋惜道："阿辉。当初你太冲动了。为了董天海这个畜生，把自己搭进去了。真不值得。"

　　程辉洒脱地笑了笑："我认为没有什么不值得的。大丈夫有所不为，有所必为。刘玫是那个畜生害死的。我爱刘玫，就自然要为她报仇，替她完成她未了的心愿。否则刘玫会死不瞑目的。"

　　贾伟说："你错了。刘玫并不希望这样。她是爱你的，不希望你有事。她在遗书中交代我一定要劝你别为她报仇。她算准了你会这么做。没想到我费了一番口舌，还是没劝住你。"

　　程辉说："我不后悔。现在我心里很平静。我废了那个畜生，这辈子他再祸害不了女人了。"

　　陈明说："阿辉。我非常欣赏你这种敢爱敢恨的性格。我就不如你，顾虑太多。那次在上海，我亲手逮住了赵苇和小白脸在公寓鬼混，最终却放过了他们。"

　　程辉说："陈总。你要真为赵苇这种女人去拼了性命，那就太不值得了。因为她从来没有爱过你，她只是利用你。而刘玫不同，她是爱我的。虽然起初她也是利用我，但最终她是真心爱我的。我替她报了仇，废了董天海这个杂种，虽然我为此被判了 6 年刑，但我可以好好改造，争取提前释放。我觉得值！"

　　贾伟说："没错。你现在最重要的就是好好接受改造，争取立功表现。我们再在外面为你活动活动，一定让你早点出来。不过首要的条件就是你必须争气，在里面你不能再犯错，知道吗？"

　　程辉点头："我知道。你们放心吧。我还盼望着早点出去和你们并肩作战，一起打天下呢。这段时间里，我每天都在回忆以前我们在一起的快乐时光。昨晚我还梦见刘玫了，她没有和我说话，只是一直含情脉脉地看着我，对我微笑。"

　　看着程辉那副沉浸在幸福回忆中的憨厚傻样儿，贾伟觉得心里有暖流在升涌。程辉这小子是贾伟遇到过的对感情最执著最认真的男人。一个男人能够如此一心一意对一个女人，的确非常难得，尤其是在现在这个物欲横流的时代。贾伟想刘玫在九泉之下也会感到幸福的。

探视时间到了。贾伟对程辉说："告诉你一个好消息，我就要和叶子结婚了，婚礼定在元旦。喜糖和喜烟我给你带来了，在包里。"

程辉笑道："衷心祝福你们，有情人终成眷属！"

第三十章：喜结良缘

第 1 节：喜事连连

2004 年元旦在众人殷切的期盼中终于来临。

婚礼当天，宾客如云。除了江洋因与贾伟反目成仇不敢来，白雪因害怕与叶子碰面这一特殊原因不能来之外，所有朋友都到齐了。

在两对童男童女的簇拥下，贾伟和叶子穿着漂亮得体的礼服走进了教堂，在牧师面前交换了戒指，并对圣经庄严宣誓终生不渝、相爱一生。隆重的结婚仪式完成后，婚车和大队人马浩浩荡荡地开往六星级蝶湖酒店，盛大的婚宴随即拉开了帷幕。

婚后，贾伟和叶子商量着去什么地方度蜜月。叶子说去香港澳门。陈明建议说去香港澳门不如去国外，找一家出国公司，几天就可以办好全部手续，很方便。

贾伟和叶子接受了陈明的建议，次日便来到悦程国际旅游公司，办好了蜜月旅行的签证，开始了他们的蜜月之旅。他们游览了很多世界名城和名山大川，如神仙眷侣一般度过了逍遥惬意而幸福快乐的蜜月，然后满载而归。

2004 年 4 月的一天，贾伟无意中在报纸上看到 W 市向阳皮件厂拍卖的消息，突然灵光一闪，有了一条很好的生财之道。他想起这次和叶子出国度蜜月期间，看到欧洲各国的货币都小于欧元主币。如今欧元已成为世界通用货币，装欧元的票夹至少要 170 毫米长 95 毫米宽。而现在流行欧洲的各种票夹宽都不超过 80 毫米。他想何不收购向阳皮件厂专门生产欧元票夹，投放国外市场。

贾伟把自己的想法对陈明一说，立刻得到陈明的赞同。第二天，贾伟和陈明便来到向阳皮件厂，经过一番讨价还价，最终以 800 万元人民币的价格收购了这家濒临倒闭的皮件厂，更名为嘉客皮件出口加工公司。

　　贾伟到相关部门弄到了出口批文，由叶子向他推荐了毕业于中山大学国际商贸专业的哥哥叶强。叶强来参加过妹妹的婚礼，贾伟和陈明对他的管理和销售能力很是信任。

　　贾伟当即给叶强打了电话，说明意图。叶强听了贾伟一番宏伟的构想之后，觉得这个妹夫是个干大事的人，不仅有实力有胆略，更重要的是有智慧有远见，能抓住一些别人看不到的商机。而他在国营单位并不能很好地施展抱负，他决定跟贾伟干一番事业，于是砸了铁饭碗，带着老婆孩子来到了 W 市。

　　向阳皮件厂并不缺少人才，但缺乏管理和市场调查，盲目生产一些没有销路的产品。加上对人才不够重视，企业没有凝聚力，最终导致倒闭。

　　叶强上任后，保留了向阳皮件厂原有的技术骨干。立即在公司颁布了奖惩制度。重奖有功之臣，至于害群之马，发现一个开除一个。高级员工薪金根据成绩和才能随时浮动，普通员工按劳计酬，极大地激发了员工们的创造性和积极性。很快，公司的技术骨干加班加点研制出了四十多种不同款式的欧元票夹样品，获得了质量认证，并申请了专利，随后投入大批量生产。

　　两个月后，第一批产品共 100 万只欧元真皮票夹投放到欧洲市场，一销而空，获纯利 400 万美元。紧接着，大批订单接踵而来。贾伟、陈明和叶强经过研究，决定在开发欧元票夹的同时，再开发皮带、皮包、皮衣等其他产品投放欧洲市场。

　　嘉客公司日益壮大，资产滚雪球般不断递增，2004 年 7 月底，贾伟和陈明商量之后决定成立嘉客集团。经过一个多月的筹备，嘉客集团成立。下设嘉客房地产开发公司，嘉客物业管理公司，颖竹房地产开发公司，嘉客皮件出口加工公司几个分公司。为了集团的长远发展，贾伟和陈明到 W 市人才市场设了个专场招聘会，重金招纳贤才，增添集团新鲜血液。

　　接着，嘉客集团又添置一辆奔驰 S600 大房车和一辆银白色宝马跑车。加上嘉客公司原有的一辆墨绿色林肯加长豪华车，和颖竹公司刘玫遗留下的一辆白色奔驰 S600 轿车，现在集团已有了四辆高级豪华轿车。对于四辆高级轿车，集团暂行规定如下：集团总裁贾伟与副总裁陈明乘坐林肯轿车，并配备奔驰 S600 大房车用以接送贵宾；颖竹房地产开发公司总经理赵洪支配公司原有的白色奔驰 S600 轿车；嘉客皮件出口加工公司总经理叶强支配新买的宝马跑车。

　　嘉客集团公司人强马壮，喜事连连。此时，嘉客皮件出口加工公司已经成为嘉客集团的创汇明星，生产品种从最初的欧元票夹扩展到皮包、背包、皮带、皮鞋、皮衣等多个品种。产品销势良好，尤其是欧元票夹，欧洲十几个国家因为有了先入为主的观念，就认准了"嘉客"商标，而且，极具国际化商业文化产权意识的贾伟在欧洲申请了嘉客商标及外观专利。也就是说今后在欧洲若发生外观与嘉客公司生产的欧元票夹相同的产品，都是侵权的。嘉客皮件出口加工公司赚得不亦乐乎。其赢利直追嘉客房地产开发公司的利润，并且具有投资少、周期短、回报高、无风险等特点和优势。

2004年中秋节之夜，贾伟和陈明在别墅平台喝酒赏月，贾伟有感而发："阿明。你说这一切是不是命里注定？没想到去欧洲度蜜月，却无意中发现了一条上好的财路。简直有种种豆得瓜的味道。"

阿明评价道："阿伟！生意场上种豆得瓜的奇迹偶然也会发生，但这种奇迹只有目光敏锐，思维敏捷的人才能创造出来。如果换了是我，就不一定能看出这个潜在的巨大市场。是你看出了欧洲人内心将要发生的需求，所以说要想做大生意，要想发大财，首先必须了解人们需求什么。搞房地产是这样，要了解人们的购买能力，要了解人们需要什么样的房子，要将开发的楼盘定好位。搞实业也是一样，要知道市场是个什么情况，要了解消费者有什么需求。你是个目光敏锐思维敏捷的人，所以你能成功。这些年跟你在一起，说句心里话，我完全是依附你的智慧和才能，跟你一起享受成功的喜悦！我特佩服你！真的，这世上除了你，在商场上我再没有佩服的人了。这不单单因为你拥有非凡的才能，更因为你具备非常高尚的品质。你是个重情重义的汉子，有担当、有责任、有爱心、有仁义。在你身上具备许多人性的闪光点。现在这世道，要多有几个你这样的人，我们的社会、我们的国家、我们的经济秩序，都会变得非常美好！"

贾伟笑道："阿明。你别吹捧我了，我这叫无心插柳柳成荫。这也全靠现在国家的政策好，我们的产品打出国外，政府部门帮了不少忙。这个月，我打算捐出500万到贫困地区建学校，改善贫困山区的教学条件。人啊，要是没有知识没有文化，是不可能办成大事的。"

第2节：让爱回头

2005年元旦期间，贾伟在书房上网，无意中在一家娱乐网站看到一则有关赵苇的新闻：

以拍《都市情恨》一炮走红的赵苇如今人气飙升，红得发紫。在接拍了三十集都市言情剧《花开花谢》之后，又在三十集古装武打剧《江湖血》中担任女主角。在这部戏中，赵苇不仅提出了每集1.8万元的高片酬，而且以拍武打戏有风险为由，要求导演为她买下了一份高额保险。目前这部戏的拍摄已接近尾声。不料赵苇果真受了伤，在无锡外景地拍摄时从一个木梯上摔了下来，造成颈椎扭伤，小腿骨折，据说极有瘫痪可能。

贾伟将这则新闻打印了下来，交给陈明。陈明看了，高兴地说："报应！她终于得到报应了。命运是公平的，善有善报，恶有恶报！"

贾伟笑陈明有失君子风度："君子绝交，不相往来，但也绝不出恶言。不管赵苇负没负你，总之当初是你心甘情愿捧她。你看上了她的肉体，捧红了她；她付出了自己的肉体得到了你的帮助。在当今社会，这种各取所需的交易比比皆是，你就不要耿耿于怀了。她要是真的落下个瘫痪，也挺可怜的。"

陈明叹口气："阿伟。你不知道，我之所以对她耿耿于怀，是因为她是我唯一动过真情的女人。"

贾伟听出陈明的言下之意，他望着陈明，不解地问："莫非你心里还放不下她？"

陈明不语。贾伟叹口气："都说这世间是痴心女子负心汉，到你身上，这句话得反过来说了，应该是痴心男子负心女。"

陈明自嘲地笑了笑，正在此时手机响了，他接听之后，整个人都怔住了。贾伟见他发呆，便问是谁打来的电话，陈明愣了半晌，说："是赵苇打来的，她说她这次受伤是有人蓄意制造的。有人在片场偷偷锯断了木梯，有意害她摔断了腿扭伤了脖子。如果不是她反应快，在断梯时转身跳了下来，当时就会栽到石块上性命不保。她说她再也不想拍戏了，为了拍戏她什么苦都吃过了。她说她想死，她说她希望在离开这个世界之前能够再见我一面。"

贾伟说："她现在受到的打击不亚于我们当初公司陷入困境时。一个人在春风得意时，遭受命运的猛然痛击，一般是很难扛下去的。我能够体会她此时的心情。用一句话来形容，那真是心如死灰。她告诉了你在什么地方吗？"

陈明说："她说她在无锡骨科医院接受治疗。"

贾伟问陈明想不想去见赵苇。陈明痛苦而矛盾地说他不知道。贾伟说："我知道你现在心里很乱。不要紧，躺到床上睡一觉，等你明天一觉醒来，你就会有答案了。"

第二天，陈明一早就起了床，告诉贾伟他要去无锡见赵苇。他说："我不能见死不救。她还年轻，每个人都会有犯错的时候，我应该给她机会。就像你给程辉机会、给刘玫机会一样。我要去救她。我不指望她回头爱我。我只是想劝她不要轻生。生命太宝贵了，我们来这世间一趟不容易，每个人都应该善待自己的生命，毕竟生命给予人的只有一次。"

贾伟拍了拍陈明的肩膀："去吧，我支持你！"

贾伟亲自开车送陈明到了城北机场，登上了飞往无锡的航班。陈明到了无锡之后给贾伟打来电话，告诉他说他已经成功说服了赵苇，不过她的情况很糟糕，整天躺在床上不能动弹，拉屎拉尿都要人照顾。加上剧组一位女主角对她大肆抵触、恶意中伤，新闻媒体捕风捉影，现在她的情绪非常低落。

贾伟叫陈明好好陪在赵苇身边，集团的事不用操心。陈明在电话里迟疑片刻，问贾伟："阿伟。你会不会笑话我？笑我窝囊？"

贾伟笑道："傻小子，我们是好兄弟。我是什么样的人你还不了解吗？我不但不会笑话你，还衷心地希望你能把一个健康快乐的赵苇带回来。我相信经过这次磨难，她会变得成熟起来。从此以后，她会真心实意地爱你的。"

陈明感动地说："阿伟。谢谢你！"

第3节：终成眷属

三个月后，赵苇康复出院，坚持在剧组拍完了最后几场戏，然后和陈明一同回到了 W 市。贾伟亲自开车去机场迎接他们。回到别墅，赵苇心中涌起一种久违的亲切感，尤其当她闻到厨房飘出小张炒菜的香味时，更有种回家的感觉。

叶子下了班，听说赵苇回来了，高兴地跑进厨房帮忙，并从小张手中接过锅铲炒了两道菜。她把菜端上桌时，对赵苇指点着说："赵苇，这两道菜是我亲自炒的。杭州风味，你看好不好吃？"

赵苇热泪盈眶，她已经不知道应该用什么语言来表达自己的情感了，唯有任眼泪肆意地流淌。

席间，叶子问赵苇有没有兴趣到她主持的《时尚生活》做嘉宾做一回节目。赵苇说她不想在媒体上露面了。前段时间全国各地的报刊电视对她的负面报道太多，简直是轮番轰炸，严重地破坏、诋毁了她的形象，压得她喘不过气来，现在一谈到媒体就害怕。叶子说："那你正好可以在节目中澄清事实啊。"

赵苇说："没必要了，越描越黑。我已决定退出娱乐圈，又何必在乎别人对我的误解？又何必在意媒体对观众的误导？"

贾伟听了这番话，起身对赵苇举起酒杯："赵苇。来，我敬你一杯！很高兴，你对社会，对人生有了自己的独到见解。的确，这世上没有绝对的成功，任何成功都会带来负面影响。官做大了，会有政治对手；钱赚多了，会有人暗中算计；人走红了，也会有人嫉妒、不安好心。所以，做人就该对名利淡泊些，说笑由心，得失听命，宁静致远。能做到这几点，你就算是脱胎换骨、真正令人刮目相看了。"

赵苇起身，微笑着一口气干了杯中酒："谢谢贾总给我这么高的评价。"

贾伟说："以后你别一口一声贾总了，就叫大哥吧，这样听起来亲切，才像一家人。这段时间你好好调整一下心态，我打算在今年五·一为你和阿明操办婚事。不知你意下如何？"

赵苇眼里闪耀着泪花："一切由大哥作主，我愿意嫁给阿明。我现在终于体会到了，在这世上只有阿明是真心爱我。在我跋涉过生命中最为幽暗的一段路程时，许多人抛弃了我，只有阿明一直在路的尽头温柔地等我，等我回头，等我回头寻找失去的世界和爱情。如果我再不珍惜他，那我就真不是人了，只是一具没有灵魂没有生命的行尸走肉！"

听了这番话，贾伟、叶子、小张、叶强都鼓起掌来。掌声中，陈明和赵苇的手紧紧地握在一起，脸上挂着幸福的微笑。

赵苇感慨万千地说："和大家在一起，我感到非常幸福。这是一个幸福和睦的大家庭。没有猜忌和矛盾，充满了温暖和关爱。我很高兴今后能成为其中的一员。"

陈明告诉赵苇："如果不是阿伟的鼓励和支持，我没有勇气去找你。是他要我把你带回来的。这些年，我跟阿伟学到了许多东西，学会了善待生活，尤其学会了宽容。"

赵苇深深地看了贾伟一眼，所有的感动、感激、敬爱、崇拜，尽在不言中。

五·一，在贾伟的操办下，陈明和赵苇举行了隆重的婚礼。陈明父母专程从上海赶来，喜气洋洋地参加了儿子的婚礼。从此，这对破镜重圆的情侣开始了双宿双栖的夫妻生活。

第4节：伤心发现

2005 年 7 月一个偶然的日子，叶子和摄像师小郭乘坐电视台的采访车出去采访。途经荣华路湘菜馆时，她忽然看到了一个酷似白雪的女人领着一个三岁多的小男孩在餐馆门口玩气球。

车子掠过的瞬间，叶子满腹疑虑地想：如果这女人真是白雪，那她是什么时候回来的？为什么要对所有的朋友和曾经的情人隐瞒行踪？她有什么不可告人的秘密或苦衷？

当天采访时，叶子还不时地考虑这些问题，情绪有些混乱。采访结束，叶子吩咐司机按原路回返再走荣华路。途经湘菜馆时，她下了车，吩咐小郭先回去，她有点私事要办。

叶子进了湘菜馆，没见到白雪，但从餐馆的营业执照和税务登记照上看到了白雪的名字。白雪居然就是这家餐馆的主人。叶子犯疑了：她为什么要这么神秘？她那么爱贾伟，就算做不成情侣了还可以做朋友或者兄妹嘛。她有必要对贾伟隐瞒她的情况吗？还有，她身边的小男孩是谁的孩子？难道她结婚了？这些疑问在叶子脑海中盘旋，她产生了要把这些情况弄清楚的念头。

叶子决定在餐馆用晚餐，她点了两个菜一个汤，觉得口味还真不错，服务小姐的态度也很热情，店里的员工都说普通话，这在以方言为主打语言的 W 市算是个亮点。看来白雪还真是块当老板做生意的好料子。

埋单时，叶子对大堂收银小姐亮出了记者证，说她想采访白雪，问白雪住哪。收银小姐知道她是本地的媒体明星，觉得白雪要是上了叶子的节目，餐馆的生意一定会更红火，于是便将白雪的住所告诉了她。

叶子按响了门铃，保姆小燕出来开了门，叶子笑吟吟地进了门，见白雪抱着白天在看电视，便僵住了笑容。在见到叶子的瞬间，白雪也惊呆了，好久才想起该招呼客人。她手忙脚乱地吩咐小燕请叶子进来，沏茶看座。

白雪问叶子："你是怎么找来的？是阿明还是阿伟告诉你的？"

叶子大吃一惊："他们谁也没告诉我，是我自己偶然间看到你的。这么说他们早知道你的情况？"

白雪无语。叶子继而盯着白雪怀中的小男孩，她惊愕地发现这个小男孩和贾伟长得竟非常地相像，这显然是遗传的功效。她的心瞬间像掉进了冰窖，嘴唇也有些哆嗦了："白雪，你告诉我，这孩子是不是贾伟的？"

白雪不敢迎视叶子咄咄逼人的目光，一时之间不知如何是好，竟无言以对。叶子一下子什么都明白了，她痛苦地说："好啊，你们都在欺骗我！你们藕断丝连，还生下了孩子。你们……你们还假惺惺的闹什么分手，你们唱了一出双簧，把我蒙在了鼓里。你们太不像话了！"

白雪想跟叶子解释，但话还没来得及说出口，叶子已拂袖而去。

白雪不知该如何处理这突发事件，想来想去，最后拨通了贾伟的手机，将叶子来找过她的事情告诉了他。贾伟一时之间也没了主张，他知道叶子的个性，这个女人视爱情如生命，绝不容忍爱情的背叛和欺骗，这回他死定了。

陈明见贾伟脸色苍白瘫坐在沙发上，口里嘟囔着"完了完了"，忙问他出了什么不妙的事情，贾伟告诉他叶子见过白雪和孩子了。陈明闻言也说："完了，真的完了。这回不用说叶子伤心死了。"

贾伟茫然地问陈明："你说，现在该怎么办？"

陈明说："还能有什么办法。把事实情况跟她说清楚呗，争取她的谅解。"

贾伟忙拨通叶子的手机，叶子一听他的声音便将手机关了，连解释的机会也不给他。贾伟颓废地说："阿明，我这回真的完蛋了。我真的非常爱叶子，我不能没有她。可是我……，以她那敢爱敢恨的性格，现在一定恨死我了，她一定不会原谅我的。"

陈明叹了口气："以前我还羡慕你有那么多好女人死心塌地地爱着你，现在看来这爱情多了，也不是好事。可真难为你了，叶子就像只孤傲的孔雀，以她的个性，她的确很难原谅你。在她眼里爱情是唯一的，不容分享。"

贾伟急切地说："可是，我没有拿爱情去分享啊？白雪怀孕不是不可预料的事情吗？这是发生在我跟叶子确定关系之前的事情啊，我没有欺骗她嘛。我最大的错就是没有早把事情的真相告诉她，不该瞒她。"

陈明说："对啊，所以她认为你是一直在欺骗她啊。所以她根本不会听你解释，也不会给你任何解释的机会，她一听你的声音就把手机关了。现在她正在气头上呢，我看你要跟她解释，也得等她气消了再说。"

贾伟说："我不能等，多等一个小时我们两个人便多忍受一个小时的痛苦煎熬。再说了，这事不解决好，我晚上还能安心睡觉吗？我现在就去找她，我一定要跟她把事情说清楚，争取她的谅解。"

第5节：求得谅解

贾伟急匆匆出门，驾车直奔"传媒公寓"。叶子的门关着，但里面有音乐传出。贾伟轻轻地敲着房门，叫唤着叶子的名字，叫她开门。他声音都快喊哑了，里面就是没有动静。

叶子紧闭房门，躺在床上默默垂泪，万念俱灰。贾伟在门外一个劲地解释："叶子。你总得给我一个解释的机会吧？白雪怀孕生小孩的事情我以前根本就不知道。我爱上你后就决定和她分手，白雪回到了老家后发现自己怀了身孕，她不舍得打掉这个孩子，于是就又回到W市，开了家湘菜馆。直到孩子生下来，我都不知道白雪回来了。后来，公司陷入了困境，白雪知道公司的情况后，把所有的积蓄都给了阿明，并要他瞒着我，她不想给我增加思想负担，不想成为我和你之间的感情障碍。再后来阿明听说我要跟你结婚，觉得白雪为我牺牲得太多，就把真相告诉了我，要我在你和白雪之间作出选择，他说这样对你和白雪都公平。这时，我才知道白雪为我生了个儿子。我去见了白雪，当时我非常痛苦、非常矛盾。白雪非常通情达理，她知道我真正爱的人是你。她要我跟你结婚，她说如果我选择她，仅仅是出于同情和怜悯，而不是真正的爱情。"

叶子在房间里听着听着就落泪了。她觉得白雪太伟大了，她对贾伟的爱无私无悔。换了她，她绝不会无名无分地为一个不能给自己幸福和责任的男人生孩子。为了这孩子，今后她要面临多大的感情压力和生存压力啊！一个单亲家庭、一个没有男人的家庭，会有幸福吗？这会给孩子的成长带来多大的伤害啊？！

叶子知道贾伟爱她，他对她的真心她时时刻刻都能够感觉得到。可是现在她心中放不下白雪。她觉得白雪太不幸了，她觉得自己的幸福是建立在白雪的痛苦之上的。她无法面对自己的良心。她觉得不管是两个女人同时爱着一个男人，还是一个男人同时爱着两个女人，都是不道德的。

许久许久，她对门外的贾伟说："阿伟，回到白雪身边去吧，她比我更需要你。她那么死心塌地地爱着你，爱得几乎丧失了理智，你应该娶的人是她，而不是我。我有什么好？白雪跟你时是黄花闺女，而我不是。你为什么要退而求其次，不选最好的？"

贾伟听叶子说话了，忙表白："叶子。你那么聪明，你应该知道爱一个人是没有理由的。在我心目中你是这世界最好的女人，是我一直梦寐以求的爱人。我爱你。你是无可替代的！你知道吗？我不能没有你啊！"

叶子说："白雪那么爱你，连儿子都为你生了。你就那么狠心，抛下她们母子俩？你要真是这种无情无义的男人，我爱你又有什么意义？"

贾伟苦笑："叶子。你叫我怎么做？我现在真的不知道该怎么办了？"

叶子说："不知道该怎么办，那你就回去吧，别守着我。你放心，我不会想不开的。以前郑浩抛弃我，我也挺过来了。你回去吧，我们彼此冷静下来，好好地考虑一下。"

叶子说罢狠心不再答理贾伟。

半夜，叶子醒来，再无法成眠，于是想出去走走。刚打开门，一个脑袋便滚了进来，吓了她一大跳。原来贾伟靠在门口不知不觉就睡着了，贾伟惊醒过来，见叶子开了门，正满眼泪水望着他，忙欣喜地站起身来，紧紧抓住叶子的手："叶子。你原谅我了！"

叶子将贾伟请进房间。怕他着凉了，又用电热壶烧水煮咖啡给他暖身子。叶子给贾伟倒了一杯，然后在沙发上坐下，凄迷地说："还好，我这里有一个临时栖身之处，要不我现在真不知该到哪儿去。"

贾伟无语。叶子望着贾伟，又说："阿伟。还记得这张小床吗？那天晚上，我们就在这张床上有了第一次欢爱。床很小，你就整夜将我抱在怀中，那天晚上是我今生最幸福的时光，我多希望你今生今世都能这样抱着我。可是现在我知道这只能是个昙花一现的美梦。"

叶子眼里涌出了泪水。贾伟说："叶子。这不是昙花一现的美梦，这是一份永远真实的情感。我会永远这么爱你，如果今生今世我有负于你，天打五雷轰！"

叶子忧伤地说："阿伟。我知道你爱我。可是，白雪怎么办？你的儿子怎么办？一个男人可以抛弃他的妻子，但绝不可能抛弃他的亲骨肉。"

贾伟想了想，说："关于这个问题，我认真考虑过了，也和白雪商量好了。我会以干爹的名义好好照顾白天。叶子你听我说，人生有时是迫不得已必须要做出选择的。在白雪和你之间，我只想选择你。我对你是真心的，我没有辜负你，我一直是全心全意去爱你。如果要说辜负，我只能是辜负了白雪。她对我一片痴情，无怨无悔，我不是不想珍惜她，我只是无法欺骗自己的感情。因为感情是双方面的，不是一厢情愿的。我真正爱的人是你，我也知道你是爱我的，所以我们能够牵手踏上红地毯，所以上天给了我们婚姻，给了我们一个家。还记得我们结婚时你母亲说的话吗？她说一段幸福的婚姻，是前生修来的福分！我们一个是北京人，一个是杭州人，千里迢迢都来到了这座城市，在这里相识，相爱，继而结成了夫妻，这就是上天注定了的缘分。叶子。你永远是我心爱的妻子，我不能没有你！"

叶子泪盈于睫，轻轻地依偎进贾伟怀抱。

天亮后，叶子去商场买了些礼物，和贾伟来到白雪租住的公寓。白雪见叶子和贾伟提着礼物登门，便知道他们之间的误解已烟消云散了，眼里的泪水也就霎时涌了出来。

叶子拥抱着白雪，流着泪说："雪儿。苦了你了。"

白雪擦着眼泪说："不。我不苦。我很幸福。真的，我说的是真心话。因为我心里有爱。"

叶子感叹："是啊！只要心里有爱，就是幸福的。你真了不起。我不如你啊！"

白雪真诚地说："叶子。阿伟是爱你的。在他眼里，你是女神，而我只是一个他曾经疼爱过的小妹妹。我爱他，永远爱他，不等于我能永远拥有他，更不等于他会永远爱我。我和他缘分已尽，儿子白天是我对他爱的延续，所以我生下了他。"

叶子说："雪儿。别再说了，我理解你。今后，我会像亲姐妹一样待你。"

看着两个都深爱着自己的女人冰释前嫌，贾伟脸上露出了欣慰的复杂笑容。

第6节：因果报应

董天海被程辉废了之后，成了一个变态狂。他再也无法通过性器官获得对生理需求的满足，于是就用牙齿咬，用皮鞭抽，用各种极端的方法，虐待一个个或从酒吧或从舞厅或从宾馆或从夜总会带回的高级妓女。

董天海成了孤家寡人，原来的黑道大佬、商界大亨的形象已不复存在。在程辉将他的生殖器割掉之后，他再也无法享受这世间如云的妖精一般的美女，同时，他的自尊也被人们践踏得一文不值，人们背后都称他是：新世纪的太监！

董天海威信日渐衰落，自从钟勇、于兵两个贴身保镖离开他之后，他身边的一帮马仔也逐渐离开他，有的甚至想取代他，并公然骂他："老太监！你的时代已经过去了，现在是我们的天下！"

董天海悔不当初！他不该借刀杀人，害死了刘玫，其实他是深爱刘玫的。刘玫被毁容后，最初他是得到了一丝报复的快感，但刘玫在他公司跳楼自杀后，他的内心震撼了。

他审视自己的内心世界：我应该如此报复她吗？我虽然得不到她，但只要她活在这个世上，只要我还能看到她美丽的身影，我也是幸福的。可如今她死了，我除了换来痛苦和报应之外，我得到了什么？

因为再也享受不了女人，董天海内心痛苦、悔恨不堪，最终加上女儿圆圆的堕落及离家，对他视若陌路，他的痛苦更甚。于是，他开始吸毒，期望以此缓解内心的痛苦，但没过多久，他就发现自己陷入更深的痛苦和绝望之中，他发现自己已逐渐被毒品所控制，再也挣脱不开了。

董天海再也无心料理公司业务，他修建的一处楼盘也成了烂尾楼，最终因严重损害市容，被政府强拆！

由于董天海在公司喜怒无常和神魂颠倒的狂乱，公司又濒临倒闭的边缘，公司人心惶惶，员工纷纷忙着寻找退路，就连几个副总也开始为自己的前途另谋生路而四处奔波了。董天海昔日看似辉煌的大厦，一夜之间便土崩瓦解。时至今日，董天海惊叹自己身边竟然连一个真正可以依赖的人都没有，这大概就是所谓的众叛亲离吧！

最终，海豪房地产开发公司除了董天海的司机和一个看门的老头外，就只剩下一个打扫清洁的下岗中年妇女，年轻一辈的员工一一离开，谁也不想跟这种名声太臭、并且自暴自弃的老板打工。董天海彻底地成了孤家寡人，他只有抱着自己手上的财产拼命地吸食毒品，直至最终将自己的生命填进去。

2006 年 4 月的一天，董天海在街上偶遇钱峰。钱峰出狱后奋发图强，将自己的全部精力都放在做生意上，生意越做越大，现在已成立了集团公司，财势与过去已不可同日而语。钱峰远远看到董天海的轿车，故意吩咐司机擦边撞去。

两车擦肩相撞后，钱峰带着两个贴身保镖下车了，这两个保镖不是别人，正是钟勇和于兵。钱峰为了打击报复董天海，故意费尽苦心将钟勇和于兵搜罗到自己门下。

董天海和司机也从车上下来，见到钱峰，还想客套地跟昔日朋友打声招呼，不料钱峰已迎头一拳向他的司机打来："日你妈，你瞎了眼，怎么开车的，将我的车撞坏了，给我赔钱！"

司机捂着被打肿的左眼，气愤而委屈地说："是你的司机违章撞我的，你还恶人先告状？！"

钱峰大怒："你他妈的还敢胡说八道，给我揍！"

钱峰一声令下，钟勇和于兵便对董天海的司机拳脚相加，打得司机直喊董老板救命。董天海清楚今天钱峰是故意找碴，心想钱峰这小子也太不像话了，当着他的面打他的司机，这跟打他有什么区别？董天海愤慨地说："钱峰，你小子太过分了，打狗还得看主人呢，今天这事明明是你不对，你还打人！"

钱峰指着董天海的鼻梁破口大骂："你他妈的算哪根葱？我打狗为什么要看主人？其实，你目前也只不过是条狗！你信不信我今天连你一块打？！"

董天海涨红着脸说："你他妈的敢！"

钱峰挥手便一拳砸在董天海脸上："我有什么不敢，老子今天打你就像打落水狗一样！你以为你还是以前不可一世的董天海？你以为老子不知道你以前是怎么在背后朝我捅刀子的？老子发过誓，这辈子总有一天，老子要向你这老王八讨回公道！"

钱峰言罢，掏出手帕擦了擦手，然后喝令钟勇和于兵："给我揍这老王八，不把他打残、打死就行！反正这老王八也活不长了！"

钟勇和于兵上前便对昔日黑道大佬兼昔日的老板大打出手，两个打手出身的保镖下手既狠又准，专拣身上那些不致命的部位动拳脚，打得董天海嗷嗷叫唤，围观者甚众，但没有一个站出来为董天海说一句公道话。

董天海眼泪纵横，对钟勇和于兵破口大骂："钟勇、于兵，你们两个忘恩负义的王八蛋，畜生！我当初待你们不薄，你们居然这样对我！你们的良心让狗给吃了！"

钟勇和于兵对董天海边打边骂："对你这种人，还值得讲什么什么良心和情义吗？无毒不丈夫，以暴制暴，这都是你教我们的！"

董天海绝望地号叫着。钱峰见打得差不多了，将手帕一甩，吆喝一声，带着两个保镖上车，扬长而去。

2006年8月某日，双目呆滞、瘦骨嶙峋的董天海躺在被烟头烫得千疮百孔的席梦思床上，慢慢地捋起左手袖管，慢慢地将满满一针管已稀释好的毒品注入自己的静脉中。他的毒瘾越来越大，在两个月前就已到了靠静脉注射维持毒瘾的地步。

董天海开始飘飘然进入了一种从未有过的、与世无争的、物我两忘的超然境界。在这瞬间没有仇恨、没有激情、没有欲望的心态下，他觉得自己比所有人都活得明白、活得超然。他甚至可怜起那些至今还在为了物欲、官欲、权欲、情欲和肉欲拼命忙碌钻营和苦苦挣扎的人们，那些可怜可悲可笑可恨的凡夫俗子在这个乌烟瘴气、丑陋肮脏的混沌世界，活得那么的苦、那么的累、那么的艰辛、那么的浑浊、那么的愚昧、那么的迂腐、那么的无知。他感觉自己的大脑处在一种从未有过的高度清晰状态，仿佛灵魂也游离了肉体，轻如烟云，尽情地随风飘荡，飘啊飘，飘啊飘，直升入天堂……

十多天后的一个夜晚，两个小偷用特制钥匙打开董天海的家门，悄悄地溜了进去。进门之后，他们闻到一股恶臭，循着这股气味他们来到董天海的卧室，打开灯，发现一具已经严重腐烂的尸体，一些白色粗大的蛆虫在上面爬进爬出，十分恶心恐怖。

两个小偷吓得魂飞魄散，叫爹叫妈的凄厉怪叫着，顾不得偷盗财物，夺路奔逃。

大世界夜总会生意越来越红火，江洋志得意满，不可一世。后来，"大世界"房产权持有者胡三破产，被几个老婆几个儿女的抚养费压得喘不过气来，不得不将大世界的房产卖给了江洋。由于当初和江洋订的5年的转让期未到，江洋趁机杀价，最终，以400万的超低价格买下了"大世界"的房产。接着，他雇了一帮打手，购了两辆私车，出入前呼后拥，俨然一副大亨派头。

2006年9月初，警方得到线报，称大世界夜总会是个魔窟，不但有未成年少女卖淫，还有人暗中从事毒品、摇头丸交易。警方在某个夜晚对大世界夜总会进行了突击搜查，果真揪出26名在包厢里对客人提供色情服务的少女，其中最小的才13岁。董圆圆就在其中，她刚满15岁。

同时，警方还从几名可疑青年身上搜出200多克海洛因以及600多颗摇头丸。警方查封了大世界夜总会，将江洋及爪牙带回了警局。

在公安局，办案人员对董圆圆进行了讯问："你叫什么名字？"

"董圆圆。"

董圆圆脸上一副无所谓的表情，这个生性叛逆的少女在这个董天海一手造成的缺少温暖和关爱的残缺家庭里变得越来越孤僻、越来越消沉了，她开始旷课、逃学，继而在成绩一落千丈的情况下离开了学校，和社会上一些不三不四的青少年男女鬼混在一起。

"年龄？"

"15 岁。"

"你这么小不好好在学校念书，出来做这种事。你对得起父母吗？"

"我没有父母。我父亲死了，我母亲在坐牢！"

办案人员无语了，内心却无比的沉重。

尾声

2006 年 10 月。程辉因在狱中表现良好并立过一次二等功，获得减刑提前释放。贾伟、陈明和赵洪各驾一辆豪车去接他出狱。

贾伟在蝶湖酒店订了一桌酒宴为程辉去晦洗尘，同时也庆贺他重获自由，开始新的生活。酒过三巡，贾伟谈起程辉现在在颖竹房地产开发公司拥有的 20% 的股份随着公司的发展壮大已经增值到 1 亿 6000 万元。

程辉平淡地说："贾总，我要这么多钱干什么？我又没有为公司出过一点力。这钱我不能要。都给赵洪吧，他是颖竹公司的大功臣。"

赵洪说："阿辉，你不要可不行，我在颖竹公司拥有 10% 的股份，我不能再多要了。你这 20% 是刘玫在遗言中交代的。再怎么说你也是她的男朋友，虽然没有结婚。但刘玫最终是认可了你的。"

程辉又伤怀地想起了刘玫，他说："我对生活没有太大的奢求，以前刘玫在世时我想过有一天也能干一番大事业，让她对我刮目相看。现在刘玫不在了，我对金钱已经没什么兴趣了。要那么多钱干什么，能过日子就行了。"

说罢，程辉对贾伟说："贾总，我有个请求，我想从颖竹公司提 1500 万购买一幢大别墅，买一辆轿车，另外添置些东西。我要把刘玫的父母接到身边照顾。刘玫不在了，刘丽又在坐牢，两个老人孤苦伶仃的，虽然他们身边不缺钱，但缺少亲情和温暖。我在牢里就想过了，这辈子我要把他们当做自己的亲生父母一样照顾，为他们养老送终。"

贾伟赞许地说："好！阿辉，你能这么想这么做，我感到非常欣慰。你变成熟了。"

第二天，贾伟、陈明和赵洪陪同程辉去郊县接刘玫的父母。开始两位老人说什么也不愿意跟程辉同往。程辉扑通一声就给二老跪下磕了三个响头，说："今后二老就是我的亲爹亲娘，我就是你们的亲儿子，我会代刘玫完成她的心愿，照顾好二老，为二老养老送终！"

　　二位老人老泪纵横，什么话也说不出来，默默地扶起了程辉。

　　程辉将两位老人接到市区，暂时安排在贾伟的别墅居住。程辉另外在秀桐山庄购买了一幢大别墅，目前正在进行装修。待装修好后就迁过去。

　　2007年3月一个阳光明媚的日子里，蝉柳花园二期工程竣工了。

　　贾伟、陈明、赵洪和程辉来到开盘现场，赵洪饱含喜悦的泪水，用力敲响了售房部大门的一面金铜色的大锣。锣鼓喧天，彩炮轰鸣。看着排成长队的购房者，赵洪为九泉之下的刘玫感到欣慰，因为这曾经是她的宏伟事业。

　　2007年8月，怡云山庄二期工程300幢独体别墅隆重推出。此时嘉客集团已成功地将怡云山庄打造成名牌小区。良好的整体配套设施，优越的地理环境，高超的建筑质量，动情的人文关怀，令每个功成名就者都渴望成为怡云山庄的业主。

　　300幢独体别墅在封顶前就已订下180幢，剩下的120幢别墅在一个多月里就被抢购一空。每幢售价均为250万，业主以外企老总与外地投资商居多，怡云山庄成为那些欲在W市安家的"资本家"们首选的经典名牌小区。

　　嘉客集团打出的广告是——怡云山庄，给你最尊贵的享受，给你最贴心的关怀！同时，他们也是这么做的。

　　2008年6月中旬，颖竹大厦破土动工。贾伟和赵洪喜气洋洋地挥动铁锹，铲起两锹泥土堆在奠基石上。刘玫未完成的事业将在他们手中崛起！

　　经过数年打拼，"嘉客"集团总资产已累积到40亿。成为W市房地产业前五强。贾伟和陈明决定将其中的28亿作为集团的预备资金，准备用以超大型项目运作。其余的12亿用以追加投资：其中6亿投入到颖竹大厦；2亿投入到嘉客皮件出口加工公司，添置进口设备，扩大生产线；4亿投入到蝉柳花园建造第三期工程，打造300幢款式绝不雷同的商务别墅。

　　贾伟预测，在今后的5至10年内，中国90%的房地产公司将会在激烈而残酷的竞争中消亡，届时国内将会逐步形成百家以上百亿元资产的跨区域经营的房地产企业。其中将会涌现出几位像香港李嘉诚一样的地产寡头。

　　到那时，贾伟希望并相信自己便是其中一位笑傲江湖笑看风云的佼佼者！

图书在版编目（CIP）数据

地产江湖 / 阿祥著.– 重庆：重庆出版社，2009.3
ISBN 978-7-229-00404-0

Ⅰ.地… Ⅱ.阿… Ⅲ.长篇小说 – 中国 – 当代

Ⅳ.I247.5

中国版本图书馆 CIP 数据核字（2009）第 004711 号

地产江湖

DICHAN JIANGHU

阿祥 著

出 版 人：罗小卫
策　　划：华章同人
责任编辑：陈建军
特约编辑：李江华　孙丽莉
封面设计：布克

重庆出版集团
重庆出版社　出版

（重庆长江二路 205 号）

三河市宏达印刷有限公司　印刷
重庆出版集团图书发行公司 发行
邮购电话：010-85869375/76/77 转 810
E–MAIL：sales@alphabooks.com
全国新华书店经销

开本：787mm×1092mm　1/16　印张：20　字数：290千
2009年3月第1版　2009年3月第1次印刷
定价：29.80元

如有印装质量问题，请致电023-68706683